Más
allá
de
las
estrellas

Más allá

de

las

estrellas

GLENDY VANDERAH

Traducción de Julieta María Gorlero

UMBRIEL

Argentina • Chile • Colombia • España
Estados Unidos • México • Perú • Uruguay

Título original: *Where the Forest Meets the Stars*
Editor original: Lake Union Publishing
Traducción: Julieta María Gorlero

1.ª edición mayo 2020

ISBN: 978-84-16517-31-2
E-ISBN: 978-84-17981-24-2
Depósito legal: B-5.465-2020

Fotocomposición: Ediciones Urano, S.A.U.
Impreso por Romanyà-Valls, S.A. – Verdaguer, 1 – 08786 Capellades (Barcelona)

Impreso en España — *Printed in Spain*

Para Cailley, William y Grant.
Y para Scott.

Capítulo uno

La niña podía ser una *changeling*, uno de los niños cambiados por las hadas de las leyendas europeas. Era casi invisible; y su cara, pálida. Llevaba puesta una capucha y unos pantalones que se desvanecían con la luz crepuscular que caía sobre el bosque. Tenía los pies descalzos. Estaba de pie, inmóvil. Con un brazo rodeaba el tronco de un nogal. Y no se movió cuando el coche crujió hasta el final del camino de gravilla y se detuvo unos metros más adelante.

Mientras apagaba el motor, Jo apartó la mirada de la niña y recogió sus prismáticos, su mochila y las fichas técnicas del asiento del acompañante. Quizá la pequeña regresara al reino de las hadas si ella no la miraba.

Pero la niña seguía allí cuando Jo salió del coche.

—Te veo —le advirtió Jo a la sombra sobre el nogal.

—Lo sé —respondió la niña.

Las botas de senderismo de Jo soltaron trocitos de lodo seco a lo largo del sendero.

—¿Necesitas algo?

La niña no contestó.

—¿Qué haces en mi jardín?

—Intentaba acariciar a tu cachorro, pero no me ha dejado.

—No es mi perro.

—¿De quién es?

—De nadie. —Abrió la puerta del porche cerrado con mosquiteras—. Deberías regresar a tu casa mientras haya luz. —Encendió el farol con bombilla contra insectos y abrió la puerta de casa. Después de encender la lámpara, regresó a la puerta de madera y la cerró con llave. La niña no tendría más de nueve años, pero aun así podía estar tramando algo.

En quince minutos, Jo ya estaba duchada y vestida con una camiseta, pantalones deportivos y sandalias. Encendió las luces de la cocina, lo que atrajo un silencioso enjambre de insectos a las ventanas negras. Mientras preparaba los utensilios para cocinar a la parrilla, pensó distraídamente en la niña que estaba bajo el nogal. Lo más probable era que el bosque oscuro la asustara demasiado como para quedarse. Ya se habría ido a su casa.

Jo llevó una pechuga de pollo marinada y tres pinchos de verdura al pozo para hogueras en un trozo del jardín lleno de maleza que separaba la casa de tablillas amarillas de unas pocas hectáreas de pastizales iluminados por la luna. La casa de los años cuarenta en la que vivía de alquiler, conocida como la Cabaña Kinney, estaba ubicada en una colina frente al bosque, y su parte trasera se abría a una pequeña pradera que el dueño quemaba con frecuencia para mantener alejado el bosque invasor. Jo encendió el fuego en el círculo de piedra y apoyó sobre él la parrilla. Mientras colocaba el pollo y los pinchos sobre las llamas, se tensó al ver que una forma oscura doblaba la esquina de la casa. La niña. Se detuvo a unos pocos metros del fuego y observó cómo Jo apoyaba el último pincho sobre la parrilla.

—¿No tienes horno? —preguntó.

—Sí.

—¿Por qué cocinas en el jardín?

Jo se sentó en una de las cuatro tumbonas viejas.

—Porque me gusta.

—Huele bien.

Si había venido para conseguir comida, se sentiría decepcionada al ver la alacena vacía de una bióloga de campo con poco tiempo para ir a hacer la compra. Hablaba con el acento rural de un lugareño y sus pies descalzos demostraban que venía de una propiedad cercana. Que se fuera a cenar a su maldita casa.

La niña se acercó más, y el fuego le coloreó las mejillas con hoyuelos y el pelo rubio oscuro, pero no los ojos, que aún parecían agujeros negros de *changeling*.

—¿No crees que es hora de volver a casa? —le preguntó Jo. La niña se acercó.

—No tengo casa en la Tierra. Vengo de allí. —Señaló el cielo.

—¿De dónde?

—De Osa Mayor.

—¿La constelación? —La pequeña asintió.

—Soy de la galaxia del Molinete. Está al lado de la cola de la Osa Mayor.

Jo no sabía nada sobre galaxias, pero el nombre le sonaba inventado por una niña pequeña.

—Jamás he oído hablar de la galaxia del Molinete.

—Así es cómo la llama tu pueblo, pero nosotros la llamamos de otra forma.

Ahora, Jo podía verle los ojos. El destello de inteligencia en su mirada era extrañamente perspicaz para su cara infantil y Jo lo tomó como una señal de que la pequeña sabía que todo se trataba de una broma.

—Si eres extraterrestre, ¿por qué pareces un ser humano?

—Solo uso el cuerpo de esta niña.

—Pues ya que estás ahí dentro, dile que vuelva a casa, ¿de acuerdo?

—No puede volver. Estaba muerta cuando me apoderé de su cuerpo. Si volviera a casa, asustaría a sus padres.

Así que era eso. Jo había oído hablar sobre aquellos juegos. Pero si lo que la niña quería era jugar con alguien a la extraterrestre zombi, había ido a la casa equivocada. A Jo nunca se le habían dado bien los niños o los juegos de fantasía, ni siquiera cuando era tan pequeña como la niña. Los padres de Jo, científicos los dos, decían a menudo que su dosis doble de genes analíticos la habían creado de esa forma. Solían bromear acerca de cómo había salido del vientre: con el ceño fruncido como si hubiera estado formulando una hipótesis sobre dónde estaba y quién era toda esa gente en la sala de partos.

La extraterrestre con cuerpo humano observó cómo Jo le daba la vuelta a la pechuga de pollo.

—Será mejor que vuelvas a casa a cenar —le aconsejó Jo—. Tus padres deben de estar preocupados.

—Ya te lo he dicho, no tengo…

—¿Necesitas llamar a alguien? —Jo sacó el teléfono del bolsillo de su pantalón.

—¿A quién voy a llamar?

—¿Qué tal si llamo yo? Dime tu número.

—¿Cómo voy a tener un número si vengo de las estrellas?

—¿Y la niña a la que pertenece el cuerpo que has tomado? ¿Cuál es su número?

—No sé nada sobre ella, ni siquiera su nombre.

Fuese lo que fuese que estuviera tramando la niña, Jo se encontraba demasiado cansada para seguirle la corriente. Llevaba despierta desde las cuatro de la mañana y había trabajado en el campo y en el bosque bajo el calor intenso y la humedad durante más de trece horas. Hacía semanas que aquella se había convertido en su rutina diaria y las pocas horas que pasaba en la cabaña por la noche eran un momento importante para relajarse.

—Si no te vas, llamaré a la policía —advirtió, tratando de sonar severa.

—¿Qué hará la *policía*? —Lo dijo como si nunca hubiera oído aquella palabra.

—Te arrastrarán hasta casa.

La niña cruzó los brazos contra su cuerpo delgado.

—¿Qué harán cuando les diga que no tengo casa?

—Te llevarán a la estación de policía y encontrarán a tus padres o a la persona con la que vives.

—¿Qué harán cuando llamen a esas personas y descubran que su hija está muerta?

Jo no tuvo que fingir su enfado esta vez.

—Estar sola en el mundo no es un chiste, ¿sabes? Deberías regresar a casa, con quien sea que se preocupe por ti.

La niña presionó los brazos contra su pecho con más fuerza, pero no dijo nada. La pequeña debía enfrentarse a la realidad.

—Si de verdad no tienes familia, la policía te encontrará una casa de acogida.

—¿Qué es eso?

—Te irás a vivir con unos desconocidos, que a veces son malos, así que será mejor que vuelvas a casa antes de que llame a la comisaría.

La niña no se movió.

—Hablo en serio.

El joven perro que había mendigado comida cerca de la parrilla de Jo las últimas noches se acercó al círculo de luz que provenía del fuego. La niña se sentó en cuclillas, sostuvo una mano en alto e intentó engatusarlo con una voz aguda para que la dejara acariciarlo.

—No se acercará más —dijo Jo—. Es salvaje. Es probable que haya nacido en el bosque.

—¿Dónde está su madre?

—Quién sabe. —Jo dejó el teléfono y le dio la vuelta a los pinchos—. ¿Hay alguna razón por la que te asuste volver a casa?

—¿Por qué no crees que vengo de las estrellas?

La terca niña no sabía cuándo detenerse.

—Sabes que nadie creerá que eres extraterrestre.

La pequeña caminó hasta el borde de la pradera, con la cara y los brazos dirigidos hacia el cielo estrellado, y recitó unas palabras en alguna especie de galimatías que pretendía sonar como un lenguaje alienígena. Sus palabras fluían como si se tratara de una lengua extranjera que conocía bien y, cuando terminó, se volvió hacia Jo con aire de superioridad y las manos en las caderas.

—Espero que les hayas pedido a los extraterrestres que te vengan a buscar —comentó Jo.

—Ha sido una salutación.

—«Salutación», qué palabra más bonita.

La pequeña volvió al círculo de luz del fuego.

—No puedo volver todavía. Tengo que quedarme en la Tierra hasta que haya presenciado cinco milagros. Es parte de nuestro entrenamiento cuando llegamos a cierta edad... como el colegio.

—Pues te quedarás aquí una buena temporada. Hace más de dos milenios que el agua no se convierte en vino.

—No me refiero a milagros como en la Biblia.

—¿Qué clase de milagros, entonces?

—Cualquier cosa —respondió la niña—. Tú eres un milagro y también ese perro. Este es un mundo nuevo para mí.

—Bien, entonces ya tienes dos.

—No, los guardo para cosas buenas de verdad.

—Vaya... Gracias.

La niña se sentó en una tumbona cerca de Jo. Las pechugas que se asaban rezumaban una salsa de adobo grasienta al fuego, lo que llenaba el aire nocturno de un humo con aroma delicioso. La pequeña miraba la parrilla fijamente, su hambre era real, no había nada imaginario allí. Quizá su familia no tenía dinero para comprar comida. Jo se sorprendió por no haber pensado en eso de inmediato.

—¿Qué tal si te doy algo de comer antes de que vuelvas a casa? —sugirió—. ¿Te gustan las hamburguesas de pavo?

—¿Cómo voy a saber qué gusto tienen las hamburguesas de pavo?

—¿Quieres una o no?

—Sí, quiero una. Se supone que debo probar cosas nuevas mientras estoy aquí.

Jo colocó la pechuga de pollo en el lado con menos fuego antes de entrar a buscar una hamburguesa congelada, algunos condimentos y un panecillo. Recordó que quedaba una última loncha de queso en la nevera y la añadió a la cena de la niña. Era probable que la pequeña lo necesitara más que ella.

Jo regresó al jardín, puso la hamburguesa sobre el fuego y colocó el resto en una silla vacía a su lado.

—Espero que te guste ponerle queso a la hamburguesa.

—He oído hablar del queso —comentó la pequeña—. Dicen que está bueno.

—¿Quiénes lo dicen?

—Quienes ya han estado aquí. Aprendemos algunas cosas sobre la Tierra antes de venir.

—¿Cómo se llama tu planeta?

—Es difícil de pronunciar en tu idioma… algo parecido a *Alarreit*. ¿Tienes malvaviscos?

—¿Los alarreitanos te hablaron de los malvaviscos?

—Me contaron que los niños los ensartan en palos y los derriten sobre el fuego. Dicen que son deliciosos.

Jo por fin tenía una excusa para abrir la bolsa de malvaviscos que había comprado por antojo nada más mudarse a la cabaña. Pensó que era mejor comérselos antes de que se pusieran rancios. Los buscó en una alacena de la cocina y dejó caer la bolsa en el regazo de la extraterrestre.

—Tienes que cenar antes de abrirlos.

La niña alienígena encontró un palo y se sentó en su silla con los malvaviscos resguardados en el regazo. Sus ojos oscuros no perdían de vista la hamburguesa que se cocía al fuego. Jo tostó el panecillo y colocó en el plato un pincho con patatas, brócoli y champiñones dorados al lado de la hamburguesa con queso. Trajo dos bebidas.

—¿Te gusta el zumo de manzana?

La pequeña aceptó el vaso y bebió.

—¡Está muy bueno!

—¿Lo suficiente para ser un milagro?

—No —respondió la extraterrestre, pero se bebió más de medio vaso en pocos segundos.

La niña casi se había terminado la hamburguesa en el tiempo que había tardado Jo en comer solo un bocado.

—¿Cuándo fue la última vez que comiste? —preguntó.

—En mi planeta —contestó la extraterrestre, con una mejilla hinchada con comida.

—¿Cuándo fue eso?

La pequeña tragó.

—Anoche.

Jo bajó su tenedor.

—¿No has comido nada en todo el día?

La niña se metió un trozo de patata en la boca.

—No he tenido apetito hasta ahora. No me sentía del todo bien…
por el viaje hasta la Tierra y el cambio de cuerpo y todo eso.

—Entonces, ¿por qué comes como si te estuvieras muriendo de hambre?

La pequeña partió el último trozo de hamburguesa y le arrojó la
mitad al cachorro vagabundo, probablemente para demostrar que no
estaba famélica. El perro se lo tragó tan rápido como lo había hecho la
niña. Cuando la extraterrestre le ofreció el último trozo con su mano, el
cachorro se abalanzó hacia delante, se lo arrebató de los dedos y retrocedió mientras se lo comía.

—¿Has visto eso? —exclamó la pequeña—. Me lo ha quitado de la
mano.

—Lo he visto. —Lo que Jo también vio fue a una niña que quizá
estuviera en serios problemas—. ¿Eso que llevas puesto es un pijama?

La pequeña echó un vistazo a sus pantalones finos.

—Supongo que así es cómo lo llaman los humanos.

Jo cortó otro trozo de pechuga.

—¿Cómo te llamas?

La niña estaba de rodillas, intentando acercarse lentamente al cachorro.

—No tengo un nombre terrícola.

—¿Cómo es tu nombre extraterrestre?

—Es difícil de pronunciar…

—Dímelo, venga.

—Suena algo así como *Irpud-na-asru*.

—¿Iracunda…?

—No, Ir*pud-n*a-asru.

—De acuerdo, Iracunda, quiero que me digas la verdad de por qué
estás aquí.

Se dio por vencida con el perro huraño y se puso de pie.

—¿Puedo abrir los malvaviscos?

—Cómete el brócoli primero.

Miró el plato que había dejado en su silla.

—¿Esa cosa verde?

—Sí.

—No comemos cosas verdes en mi planeta.

—Me has dicho que debías probar cosas nuevas.

La niña se metió las tres cabezas de brócoli en la boca en una rápida sucesión. Mientras masticaba los trozos, que le hinchaban las mejillas, abrió la bolsa de malvaviscos.

—¿Cuántos años tienes? —preguntó Jo.

La pequeña tragó con esfuerzo lo que quedaba del brócoli.

—Mi edad no tiene sentido para un ser humano.

—¿Cuántos años tiene el cuerpo que has tomado?

Pinchó un malvavisco con la punta del palo.

—No lo sé.

—En serio, voy a llamar a la policía —advirtió Jo.

—¿Por qué?

—Ya sabes por qué. ¿Qué tienes? ¿Nueve… diez años? No puedes estar fuera de noche tú sola. Alguien no te está tratando bien.

—Si llamas a la policía, simplemente huiré.

—¿Por qué? Ellos podrán ayudarte.

—No quiero ir a vivir con desconocidos malos.

—Lo he dicho de broma. Estoy segura de que encontrarán gente amable.

La niña atravesó un tercer malvavisco con su palo.

—¿Le gustarán los malvaviscos a Oso Menor?

—¿Quién es Oso Menor?

—He llamado así al cachorro… por la Osa Menor, la constelación que está después de la mía. ¿No crees que parece un oso bebé?

—No le des de comer malvaviscos. No es bueno que coma azúcar.

—Jo quitó lo que quedaba de carne en la pechuga de pollo y se lo arrojó al perro. Estaba demasiado preocupada como para terminarse la comida.

Cuando la carne desapareció en la garganta del perro, le dio las verduras que quedaban de sus dos pinchos.

—Eres buena —comentó la pequeña.

—Soy estúpida. Ahora nunca me desharé de él.

—¡Uy! —La niña se acercó los malvaviscos llameantes a la cara y sopló el fuego.

—Espera que se enfríen —indicó Jo.

No esperó y se metió la viscosidad blanca y caliente en la boca. Los malvaviscos desaparecieron enseguida y la niña doró otra tanda mientras Jo llevaba las cosas a la cocina. Mientras lavaba con rapidez los platos, decidió utilizar una nueva estrategia. Era evidente que hacer de policía malo no estaba funcionando. Tendría que ganarse la confianza de la pequeña para sacarle alguna información.

Encontró a la niña sentada en el suelo con las piernas cruzadas, mientras Oso Menor lamía alegremente el malvavisco derretido en la mano de la extraterrestre.

—Creía que ese perro jamás comería de la mano de un humano —comentó.

—Aunque es una mano humana, sabe que soy de Alarreit.

—¿Y eso en qué ayuda?

—Nosotros tenemos poderes especiales. Podemos hacer que pasen cosas buenas.

Pobre niña. Sin duda, era una expresión de deseo debido a su dura realidad.

—¿Me dejas el palo?

—¿Para dorar malvaviscos?

—No, para echarte de mi casa a golpes.

La niña sonrió, y un profundo hoyuelo apareció en su mejilla izquierda. Jo pinchó dos malvaviscos con el palo y los sostuvo sobre el fuego. La pequeña regresó a su tumbona, el perro salvaje se echó a sus pies como si, de forma milagrosa, ella lo hubiera amansado. Cuando los malvaviscos quedaron dorados a la perfección por todos lados y estuvieron lo bastante fríos, Jo se los comió directamente del palo.

—No sabía que los adultos comían malvaviscos —comentó la niña.

—Es un secreto que los niños terrícolas no saben.

—¿Cómo te llamas? —preguntó.

—Joanna Teale, pero la mayoría de la gente me llama Jo.

—¿Vives aquí sola?

—Solo durante el verano. Alquilo la casa.

—¿Por qué?

—Si vives en esta calle, y estoy segura de que sí, entonces ya sabes por qué.

—No vivo en esta calle. Cuéntame.

Jo resistió la necesidad de rebatirle la mentira, recordando que ahora interpretaba al policía bueno.

—Esta casa y las treinta hectáreas que la rodean pertenecen a un profesor y científico llamado doctor Kinney. Permite que otros profesores la usen para dar clases y que los estudiantes de posgrado se queden aquí mientras realizan sus investigaciones.

—¿Por qué no quiere vivir aquí?

Jo apoyó el palo de los malvaviscos contra las piedras del pozo para hogueras.

—La compró cuando tenía cuarenta años. Su esposa y él la usaban como casa de verano y él investigaba sobre los insectos acuáticos en el arroyo, pero dejaron de venir hace seis años.

—¿Por qué?

—Porque ya tienen más de setenta años y su esposa necesita estar cerca de un hospital por un problema de salud. Ahora usan la casa como una fuente de ingresos, pero solo la alquilan a científicos.

—¿Eres científica?

—Sí, pero todavía soy una estudiante de posgrado.

—¿Qué significa eso?

—Significa que terminé los primeros cuatro años de la universidad y ahora voy a clase, trabajo como docente auxiliar y hago investigaciones para conseguir mi doctorado.

—¿Qué es un doctorado?

—Es el grado máximo de estudios. Una vez que lo tenga, podré conseguir un trabajo como profesora en la universidad.

La niña se lamió los dedos sucios, llenos de baba de perro, y se los frotó contra la mejilla para limpiarse el malvavisco ennegrecido que se le había quedado pegado.

—Una profesora es una maestra, ¿no?

—Sí, y la mayoría de la gente de mi especialidad también realiza investigaciones.

—¿Qué investigan?

Curiosidad implacable. Sería una gran científica.

—Mi especialidad es la ecología y la conservación de aves.

—¿Qué haces exactamente?

—Suficientes preguntas, Iracunda…

—¡*Irpud-na*!

—Es hora de que te vayas a casa. Me despierto temprano, así que necesito irme a dormir. —Jo abrió el grifo y estiró la manguera hacia el fuego.

—¿Tienes que apagarlo?

—El oso Smokey, el del anuncio, dice que sí. —El fuego siseó y echó humo al ser conquistado por el agua.

—Es triste —comentó la pequeña.

—¿El qué?

—Ese olor a cenizas mojadas. —Su rostro adquirió un tono azulado bajo la luz fluorescente de la cocina, que se filtraba por la ventana, como si se hubiera convertido otra vez en *changeling*.

Jo giró el grifo para cortar el agua.

—¿Qué tal si me cuentas la verdad sobre por qué estás aquí fuera?

—Ya te la he contado —respondió la niña.

—Por favor. Voy a entrar en casa y no me gusta la idea de dejarte aquí fuera sola.

—Estaré bien.

—¿Regresarás a casa?

—Vamos, Oso Menor —llamó la pequeña, y el perro, de manera sorprendente, obedeció.

Jo observó cómo la niña extraterrestre y el perro se iban caminando. El desvanecimiento de sus figuras en el bosque fue tan triste como el olor a ceniza mojada.

Capítulo dos

La alarma despertó a Jo a las cuatro, su horario habitual para los días en que recorría largas distancias hasta sus lugares de estudio. Bajo la luz de una pequeña lámpara, se puso una camiseta, una camisa con botones, pantalones de camuflaje y botas. Solo cuando encendió la luz fluorescente de la cocina recordó a la niña. Parecía mentira, tras haber pasado media hora inquieta la noche anterior, sin poder pensar en otra cosa, mientras intentaba dormir. Miró hacia fuera, a través de la puerta trasera, a las tumbonas vacías alrededor del pozo para hogueras. Encendió la luz del porche de la entrada y salió al espacio cerrado con mosquiteras. No había señales de la niña. Probablemente había regresado a su casa.

Mientras su avena se cocía, preparó un sándwich de atún y lo guardó con su surtido de frutos secos y su botella de agua. Salió por la puerta veinte minutos después y, para el amanecer, ya se encontraba en su primer lugar de estudio. Si bien el aire matinal seguía siendo frío, buscó nidos de azulejo índigo a lo largo de la calle Church, que, de sus nueve lugares de estudio, era el que menos sombra tenía. Unas pocas horas después, se dirigió al de la Granja Jory y, después de eso, al de la calle Caver Hollow.

Terminó a las cinco, más temprano de lo habitual. El insomnio se había convertido en una rutina en los últimos dos años, desde el diagnóstico y reciente muerte de su madre, pero por alguna razón, su ansiedad había sido particularmente severa desde hacía tres noches. Quería estar en la cama a las nueve, como muy tarde, para recuperar el sueño perdido.

Aunque primero se había detenido en el puesto de una granja, llegó a la calle Turkey Creek bastante temprano, así que el Hombre de los Huevos, un muchacho joven y barbudo, seguía sentado bajo su toldo azul en el cruce con la carretera del condado. Durante los escasos días libres que se tomaba —en su mayoría debido a la lluvia—, Jo había advertido que el hombre tenía horarios fijos: vendía huevos los lunes por la tarde y los jueves por la mañana.

El Hombre de los Huevos la saludó con la cabeza cuando tomó la curva. Ella lo saludó con la mano y deseó que se le hubieran acabado los huevos solo para aumentar las ventas del muchacho, pero le quedaban al menos cuatro en la nevera.

La calle Turkey Creek era un camino de gravilla de unos ocho kilómetros que terminaba en el arroyo y la Cabaña Kinney. Conducir sobre ella llevaba tiempo, incluso con un todoterreno. Tras el primer kilómetro y medio, se estrechaba, se volvía serpenteante, irregular, llena de baches y, hacia el final, resultaba peligrosamente escarpada en algunos lugares que el arroyo había erosionado durante las lluvias intensas. El viaje de regreso por esa calle era su parte preferida del día. Nunca sabía qué encontraría en la siguiente curva: un pavo, una familia de codornices cotuí o incluso un lince. El final de la calle la conducía hasta una hermosa vista del arroyo cristalino y rocoso, y un giro a la izquierda la llevaba a su pintoresca cabaña en la colina.

Pero cuando tomó el camino de la propiedad Kinney no fue la flora y la fauna lo que la contempló desde el sendero que llevaba a la cabaña. Sino la extraterrestre de la Osa Mayor y su perro de la Osa Menor. La niña llevaba la misma ropa de la noche anterior, y seguía descalza. Jo aparcó y salió del coche sin quitarse el equipo.

—¿Por qué sigues aquí?

—Ya te lo dije —respondió la pequeña—. Vine de visita desde…

—¡Tienes que volver a casa!

—¡Lo haré! Prometo que lo haré cuando haya visto cinco milagros.

Jo se sacó el teléfono del bolsillo de sus pantalones.

—Lo siento… Tengo que llamar a la policía.

—Si haces eso, huiré. Encontraré otra casa.

—¡No puedes hacer eso! Hay gente rara ahí fuera. Gente mala…

La pequeña se cruzó de brazos.

—Entonces, no llames.

Buen consejo. No lo haría frente a ella. Jo se guardó el móvil.

—¿Tienes hambre?

—Un poco —respondió la niña.

Probablemente no había comido nada desde la cena frente al fuego.

—¿Te gustan los huevos?

—He oído que los huevos revueltos saben bien.

—Hay un hombre que vende huevos al final de la calle. Iré a comprar algunos.

La niña observó cómo Jo regresaba al coche.

—Si estás mintiendo y traes a la policía, me escaparé.

La desesperación en los ojos de la pequeña inquietó a Jo. Giró el coche para tomar la calle Turkey Creek. A un kilómetro y medio de la cabaña, se detuvo en una colina, donde era más probable que hubiera cobertura, y llamó al número de información para que le dieran el número de la policía para situaciones que no son de emergencia. Después de tres intentos fallidos, guardó el teléfono en la guantera. Tenía una idea mejor.

Llegó a la carretera exterior justo a tiempo. El Hombre de los Huevos había desmontado el toldo y el cartel de HUEVOS FRESCOS, pero todavía no había guardado la mesa ni las tres cajas de huevos sin vender que estaban apoyadas en su silla. Jo aparcó el coche en la maleza del costado de la carretera y tomó su cartera. Esperó detrás del Hombre de los Huevos mientras él se inclinaba sobre la mesa para plegar las patas. Jamás había visto su cuerpo entero porque siempre estaba sentado detrás de la mesa cada vez que ella le había comprado huevos. Medía alrededor de un metro ochenta y era musculoso debido al trabajo duro que realizaba a diario, la clase de fuerza proporcionada que Jo prefería a las protuberancias de los que van al gimnasio.

Él se dio media vuelta. Sonrió e hizo más contacto visual de lo acostumbrado.

—¿Un antojo repentino de tortilla? —preguntó, observando la cartera en la mano de Jo.

—Ojalá —respondió—, pero se me ha acabado el queso. Me tendré que conformar con huevos revueltos.

—Sí, no es una tortilla de verdad si no lleva queso.

Jo le había comprado huevos tres veces en las cinco semanas que habían transcurrido desde su llegada y él nunca le había dirigido tantas palabras. Normalmente, se limitaba a asentir con la cabeza, a alargar la mano callosa para tomar el dinero y a contestar «Gracias, señorita» cuando ella le decía que podía quedarse con el cambio. El Hombre de los Huevos resultaba un misterio para Jo. Había creído que un tipo que vendía huevos al lado de la carretera sería un poco lento, pero su mirada, el único rasgo que destacaba en su cara barbuda, era muy perspicaz, y tan penetrante como el azul cobalto. Y era joven, probablemente tuvieran casi la misma edad, de modo que no comprendía por qué un joven avispado se encontraba vendiendo huevos en medio de la nada.

El Hombre de los Huevos dejó caer la mesa plegada al césped y la miró de frente.

—¿Una docena o media?

Jo no detectó ningún rastro de la pronunciación lenta del sur de Illinois.

—Una docena —respondió ella y le extendió un billete de cinco de su cartera.

Él levantó una caja de la silla y se la intercambió por el dinero.

—Quédate con el cambio.

—Gracias, señorita —repuso, guardándose el billete en el bolsillo trasero. Recogió la mesa y la llevó a su vieja camioneta blanca. Jo lo siguió.

—¿Puedo hacerte una pregunta?

—Puedes.

—Tengo un problema...

Un brillo se encendió en los ojos del muchacho, más de curiosidad que de preocupación.

—Tú vives en esta calle, ¿verdad?

—Así es —contestó él—. En la propiedad contigua a la de Kinney, de hecho.

—Oh, no lo sabía.

—¿Cuál es el problema, vecina?

—Supongo que conoces a la gente que vive en esta calle… probablemente les vendes huevos…

Él asintió.

—Anoche apareció una niña en mi casa. ¿Has oído hablar de algún niño perdido en la zona?

—La verdad es que no.

—Tiene unos nueve años, es delgada, con el pelo rubio oscuro y largo, grandes ojos marrones… tiene una cara bonita, interesante, medio ovalada, se le forma un hoyuelo en una mejilla cuando sonríe. ¿Te suena?

—No.

—Debe de ser de por aquí. Va descalza y lleva un pantalón de pijama.

—Dile que vuelva a su casa.

—Lo hice, pero no quiere. Me parece que tiene miedo de volver. No había comido en todo el día.

—Quizá sea mejor que llames a la policía.

—Me dijo que huirá si lo hago. Me contó una historia absurda, dice que viene de otro planeta y tomó prestado el cuerpo de una niña muerta.

El Hombre de los Huevos alzó las cejas.

—Sí, es una locura. Pero no creo que esté loca. Es inteligente…

—Muchos locos son inteligentes.

—Pero actúa como si supiera exactamente lo que hace.

Entornó los ojos azul cobalto.

—¿Por qué no podría una persona con una enfermedad mental saber exactamente lo que hace?

—Eso es lo que intento de decir.

—¿El qué?

—¿Y si es lo bastante inteligente como para saber lo que hace?

—¿Es decir?

—Sabe que volver a casa no es seguro.

—Tiene solo nueve años. Debe volver a su casa. —Abrió la puerta del pasajero y colocó en el suelo las dos cajas de huevos que le quedaban.

—Entonces, llamo a la policía y, cuando la pequeña vea venir a los agentes, echará a correr y… ¿quién sabe lo que puede pasarle?

—Hazlo a escondidas.

—¿Cómo? Se adentrará en el bosque antes de que salgan del coche patrulla.

No ofreció más consejos.

—¡Mierda! No quiero hacer esto.

El Hombre de los Huevos, que había apoyado el brazo sobre la parte superior de la puerta abierta de la camioneta, la miró con compasión.

—Tienes aspecto de haber trabajado muchas horas.

Ella echó una mirada a su ropa manchada y sus botas llenas de lodo.

—Sí, y el día se está alargando más de lo que quisiera.

—¿Qué tal si te acompaño y veo si conozco a la niña?

—¿Te importaría?

—No sé si podré serte de ayuda.

Jo estiró la mano con la docena de huevos.

—Tráelos cuando vengas. Le diré que los habías vendido todos y que fuiste a tu casa a buscar más.

—Esta niña te tiene consternada.

Tenía razón, ahora que lo pensaba. ¿Qué demonios le pasaba?

Él colocó los huevos en el suelo frente al asiento del pasajero junto a los otros.

—¿Qué estudias?

No había imaginado que el Hombre de los Huevos le preguntaría eso. Se quedó en blanco durante unos segundos.

—El verano pasado, se hospedó un grupo de estudiantes dedicados a los peces en la propiedad Kinney —agregó él—. El verano anterior a ese, fueron libélulas y árboles.

—Estudio aves —respondió Jo.

—¿De qué clase?

—Investigo el éxito de anidación de los azulejos índigo.

—Hay muchos por aquí.

A ella le sorprendió que conociera el nombre del ave. La mayoría de la gente no sabía más que el nombre del cardenal, al que a veces llamaban pájaro rojo.

—Te he visto caminando un par de veces —comentó él—. ¿Fuiste tú quien colocó esa cinta de marcado naranja?

—Sí, fui yo. La calle Turkey Creek es uno de mis lugares de estudio. —No le dijo que las marcas señalaban nidos. Si los chavales de la zona los encontraban, podían tocarlos y estropear sus resultados. Observó cómo él plegaba su silla.

—Por casualidad, ¿no has perdido un perro?

—No tengo perros, solo un par de gatos asilvestrados. ¿Por qué preguntas?

—Mi otro problema es un cachorro hambriento.

—Llueve sobre mojado.

—Supongo —dijo Jo, regresando a su coche. No vio ni a la niña ni al perro cuando giró en la entrada de la cabaña. Descargó su equipo de campo, las frutas y las magdalenas que había comprado en el puesto de la granja. La pequeña se había escondido o, tal vez, se había percatado de que estaba en problemas y se había ido.

Mientras Jo guardaba sus compras, tres golpes suaves repiquetearon contra la puerta de la cocina. Jo la abrió y miró a la niña a través de la raída mosquitera.

—¿Vas a preparar los huevos? —preguntó la pequeña.

—El chico los había vendido todos —respondió Jo—. Traerá algunos.

—¿Cómo va a traerlos si se le han acabado?

—Iba a pasar por su casa a por más. Vive en la propiedad de al lado. Por allí.

La niña miró hacia el oeste, adonde apuntaba Jo.

—¿Quieres una magdalena de arándanos?

—¡Sí!

Jo dejó caer una magdalena en la mano sucia de la niña.

—Gracias —dijo, antes de enterrar la boca en ella.

La comida atrajo al perro desde una esquina de la casa, pero la niña tenía demasiada hambre como para compartir. Ya se había terminado la magdalena cuando, medio minuto después, la camioneta del Hombre de los Huevos avanzó sobre la gravilla del camino de entrada. Jo tomó el papel de la magdalena de la mano de la niña y lo arrojó a las cenizas frías del pozo para hogueras.

—Vayamos a por los huevos —indicó, haciendo señas a la pequeña para que se acercara al costado de la casa.

—¡Ay, no! —exclamó la niña.

—¿Qué ha pasado?

—Oso Menor se ha comido el papel de la magdalena.

—Estoy segura de que ha comido cosas peores. Vamos.

Fueron a buscar al Hombre de los Huevos a su camioneta. Mientras le entregaba la caja de huevos a Jo, estudió a la niña enlodada, desde los mugrientos pies descalzos a su pelo grasiento. Su aspecto era mucho peor que anoche.

—¿Vives por aquí? —le preguntó el Hombre de los Huevos a la pequeña.

—Ella te ha dicho que me lo preguntes —exclamó la niña—. Esa ha sido la verdadera razón por la que has traído los huevos. No se te habían terminado.

—Vaya sabelotodo —comentó el hombre.

—¿Qué es eso? —preguntó la niña.

—Significa que eres una engreída. Y por cierto, ¿por qué vas en pijama?

La niña abandonada echó una mirada a sus pantalones lavanda con estrellas.

—La niña iba vestida así cuando murió.

—¿Qué niña?

—La humana cuyo cuerpo tomé. ¿Jo no te lo ha contado?

—¿Quién es Jo?

—Yo —respondió ella.

El Hombre de los Huevos estiró la mano.

—Un placer, Jo. Soy Gabriel Nash.

—Joanna Teale. —Estrechó la mano cálida y callosa de Gabriel, muy consciente de que no había tocado a un hombre en dos años. La sostuvo un poco más de lo necesario o, quizá, era él quien no la soltaba.

—¿Y tú cómo te llamas, niña zombi? —preguntó él, ofreciéndole la mano.

La pequeña retrocedió, con miedo de que él intentara sujetarla.

—No soy zombi. He venido de visita desde Alarreit.

—¿Dónde está eso? —Quiso saber Gabriel.

—Es un planeta en la galaxia del Molinete.

—¿En la del Molinete? ¿En serio?

—¿Has oído hablar de ella?

—La he visto.

La pequeña lo miró con desconfianza.

—¡No es cierto!

—¡Sí! Con un telescopio.

Algo en las palabras del Hombre de los Huevos hizo que la niña sonriera un poco.

—Es preciosa, ¿no es cierto?

—Es una de mis favoritas.

Debía de ser una galaxia real. Al menos la pequeña no había mentido en todo.

El Hombre de los Huevos se apoyó contra la parte delantera de su camioneta y se puso las manos en los bolsillos de los vaqueros.

—¿Por qué has venido a la Tierra?

—Es como una universidad para nosotros. Soy como Jo: una estudiante de posgrado.

—Interesante. ¿Cuánto tiempo piensas quedarte?

—Hasta que haya visto lo suficiente.

—¿Lo suficiente de qué?

—Lo suficiente para comprender a los humanos. Cuando haya visto cinco milagros, regresaré.

—¿Cinco *milagros*? —exclamó Gabriel—. Tardarás una eternidad.

—Por milagros me refiero a cosas que me maravillen. Cuando haya visto esas cinco cosas, regresaré y le contaré las historias a mi pueblo. Es como conseguir un doctorado y convertirse en profesor.

—¿Serás una experta en humanos?

—Solo en la pequeña parte de vuestro mundo que haya visto. Igual que Jo será experta en ecología de aves, pero no de otras clases de ciencia.

—Guau —dijo él, mirando a Jo.

—La pequeña alienígena es de lo más inteligente, ¿no? —Jo estiró la docena de huevos hacia la niña—. ¿Puedes ponerlos en la nevera?

—¿Me dejas entrar en tu casa?

—Sí.

—Solo porque quieres hablar de mí con él.

—Guarda los huevos.

—No digas nada malo.

—Ve. —La pequeña fue corriendo hacia la puerta de la entrada—. Pero no corras —gritó Jo—. O tus huevos revueltos acabarán en el suelo. —Se dirigió al Hombre de los Huevos—. ¿Qué opinas?

—Jamás la había visto. Estoy bastante seguro de que no vive en nuestra calle.

—Tiene que venir de algún lugar cercano. Tendría los pies heridos si hubiera caminado mucho.

—Quizá perdió los zapatos al llegar aquí… metió los pies en un arroyo y olvidó dónde los dejó. —Bajó de su camioneta y se frotó la barba con una mano—. Por su acento, suena a que es de por aquí. Pero todo eso sobre estudiantes de posgrado y profesores…

—Me lo oyó decir a mí.

—Obviamente, pero parece demasiado pequeña para sacar ese tipo de conclusiones.

—Lo sé, eso es lo que intentaba decir…

La niña salió de golpe por la puerta del porche; con cada paso acelerado, sus pies descalzos resonaban contra el cemento agrietado.

—¿Qué estáis diciendo? —preguntó agitada.

—Decíamos que es hora de que regreses a casa —respondió él—. ¿Quieres que te acerque? Puedo llevarte en mi camioneta.

—¿Cruzarás las estrellas para llevarme a mi planeta?

—Eres demasiado lista para creer que nos tragamos lo de que eres extraterrestre —sostuvo él—, y sabes que una niña de tu edad no puede estar fuera sola. Dinos la verdad.

—¡Ya lo he hecho!

—Entonces Jo no tiene más opción que llamar a la policía.

—*¡Atoh-idi nu ser-eh!*

—¿Ató indio *qué*? —cuestionó él.

La niña comenzó a hablar en su lenguaje extraterrestre con tanta fluidez como la noche anterior, pero esta vez, parecían improperios dirigidos hacia el Hombre de los Huevos, acompañados por gesticulaciones con los brazos y las manos.

—¿Qué ha sido eso? —preguntó Gabriel cuando ella terminó.

—Te estaba explicando en mi idioma que deberías ser más amable con una estudiante de posgrado que ha venido desde otra galaxia a verte. Nunca podré ser profesora si no me dejáis quedarme.

—Sabes que no puedes quedarte aquí.

—¿Tú también estás haciendo tu doctorado?

Él la miró de forma extraña.

—Si es así, entonces sabes que está mal que no me dejes hacer el mío —comentó la niña.

El Hombre de los Huevos se dirigió hasta su camioneta y abrió la puerta.

—Espera… —llamó Jo.

Él cerró la puerta.

—Estás sola en esto —dijo, asomado por la ventanilla.

—¿Y si hubiera aparecido frente a tu puerta?

—Pero no lo hizo. —Aceleró por el camino que llevaba a la calle, desparramando la gravilla.

—¡Pero bueno! ¿Acaso el gallinero está en llamas?

—¿Qué llamas? —preguntó la pequeña.

Sin duda algo le había molestado. Quizá el nivel de educación de Jo lo intimidaba. Había cambiado de actitud cuando la niña le había preguntado si estaba haciendo un doctorado.

—He visto un pastel en la cocina. ¿Puedo comerme un trozo?

Jo se quedó mirando la calle vacía mientras el rugido de la camioneta del Hombre de los Huevos se alejaba. ¿Por qué la gente de esta comunidad no se preocupaba por sus integrantes? ¿Por qué le tocaba a ella, que era una forastera que no conocía sus costumbres, seguir las reglas?

—¿Puedo? —insistió la niña.

Jo se volvió hacia ella, tratando de no parecer nerviosa.

—Sí, puedes comerte un trozo, pero primero deberías comer algo más nutritivo. —Y antes de eso, Jo de algún modo tenía que llamar a la comisaría sin que la niña se diera cuenta.

—¿Los huevos revueltos son nutritivos?

—Sí —contestó Jo—, pero quiero que te asees antes de comer. Tienes que ducharte.

—¿No puedo comer primero?

—Estas son las reglas. Las tomas o las dejas.

La pequeña siguió a Jo al interior de la casa como un perrito moviendo el rabo.

Capítulo tres

Tras darse ella misma una ducha rápida, Jo envió a la niña al cuarto de baño con una toalla limpia. Cerró la puerta, se quedó al otro lado escuchando y, cuando estuvo segura de que la niña estaba bajo el agua, salió rápidamente de la casa con su teléfono.

El bosque tenía un color gris, el mismo tono crepuscular que había traído a la *changeling* hasta la cabaña la noche anterior. Jo recorrió el camino de entrada, mientras apartaba los mosquitos a manotazos; gotas de sudor mezclado con agua caían desde su pelo. Oso Menor merodeaba cerca, siguiendo todos sus movimientos como un espía de la niña extraterrestre.

Tardó más de siete minutos en conectarse a Internet y encontrar el teléfono de la policía para situaciones que no son de emergencia. Cuando la operadora de la comisaría atendió la llamada, Jo habló lo más rápido posible, temiendo que la niña saliera y la escuchara. Le dijo a la mujer que necesitaba que algún agente viniera a buscar a una posible niña abandonada. Le dio su dirección y unas cuantas indicaciones para llegar allí. La mujer le hizo algunas preguntas, pero Jo solo tuvo tiempo de decir que estaba muy preocupada por la niña y que quería que alguien viniera de inmediato. Se guardó el teléfono en el bolsillo y regresó corriendo a casa.

Justo a tiempo. La pequeña se encontraba en la sala de estar envuelta en una toalla, y su pelo largo goteaba por sus delgados hombros. Estudió con sus ojos oscuros la mirada de Jo.

—¿Dónde estabas? —preguntó.

—He oído algo ahí fuera —respondió Jo—, pero solo era el perro.
—Se acercó más a la niña, con la esperanza de que las manchas que veía
no fueran más que restos de barro que la pequeña no había lavado bien.
Las marcas no eran de suciedad. Tenía hematomas púrpuras en la garganta y en la parte superior del brazo izquierdo, y el muslo derecho se
encontraba arañado y magullado. Su brazo izquierdo parecía albergar
marcas de dedos, como si alguien la hubiese sujetado con mucha fuerza—. ¿Cómo te has hecho esas magulladuras?

La pequeña retrocedió.

—¿Dónde está mi ropa?

—¿Quién te hizo daño?

—No sé qué ocurrió. Estas marcas estaban en el cuerpo de la niña
muerta. Quizá la atropelló un coche o algo así.

—¿Es por esto que tienes miedo de ir a tu casa? ¿Alguien te hace
daño? —La niña la miró echando chispas.

—Creía que eras buena, pero supongo que no lo eres.

—¿Por qué?

—Porque no me crees.

Jo sintió alivio. Había temido que la niña descubriera que había
llamado a la policía. Y menos mal que había llamado. Resultaba obvio
que la situación requería una intervención policial. Jo esperaba que se
tomaran en serio su llamada y vinieran de inmediato, pero mientras
tanto, tenía que mantener a la niña ocupada.

—Encontremos algo de ropa para ti y preparemos los huevos —dijo.

Jo no pensaba dejar que volviera a llevar la misma ropa mugrienta.
A la pequeña no le molestó ponerse una de sus camisetas y unos *leggings*
arremangados hasta las pantorrillas. Ayudó a Jo en la cocina, incluso
lavó algunos platos antes de comer. Jo intentó que le contara de dónde
era mientras cocinaban y comían, pero la pequeña insistía en su historia
estrafalaria. Pese a «eso verde» —unas pocas hojas de espinaca—, la
niña devoró tres huevos revueltos. Completó la comida con una buena
porción de pastel de manzana, después de la cual dijo que le dolía el
estómago.

En cuanto terminaron de limpiar, la niña le pidió alimentar a Oso Menor, y Jo permitió que le diera unas sobras de judías, arroz y pollo que llevaban demasiado tiempo en la nevera. Pusieron la comida en un plato sobre la losa de cemento que se encontraba detrás de la casa, y el perro se lo comió incluso más rápido que su guardiana extraterrestre.

—Lavaré el plato —ofreció la pequeña.

—Déjalo ahí fuera. Hablemos en la sala de estar. —Quería que estuviera lo más lejos posible de la puerta cuando llegara el comisario.

—¿De qué?

—Ven a sentarte conmigo. —La guio hasta el sofá azul raído. Esperaba que, antes de que llegara la policía, mientras aún confiaba en alguien, la niña le confesara qué la había llevado al bosque—. Me gustaría saber tu nombre —agregó.

—Ya te lo dije —respondió la pequeña.

—Por favor, dime tu verdadero nombre.

La niña apoyó la cabeza contra una almohada y se acurrucó como una oruga cuando la tocan.

—Hay personas que pueden ayudarte con lo que sea que esté sucediendo.

—No hablaré más sobre el asunto. Estoy harta de que no me creas.

—Tienes que contármelo.

La niña se colocó un mechón de pelo mojado sobre la nariz.

—Me gusta el olor de tu champú.

—No cambies de tema.

—No hay tema.

—No podrás esconderte siempre.

—Nunca dije que fuera para siempre. Me iré después de cinco milagros.

—Sí que eres terca. —Más bien, estaba aterrada. ¿Qué le había pasado a esta pobre niña?

—¿Puedo dormir aquí?

La pequeña extraterrestre no tenía buen aspecto. Sus mejillas hundidas estaban pálidas y las medialunas púrpuras bajo sus pestañas inferiores agrandaban el tamaño de sus ojos de cervatillo. Los ojos de la madre de Jo habían adquirido ese aspecto antes de morir, pero sin pestañas y con un brillo de morfina.

—Sí, puedes dormir aquí —respondió. Extendió una manta sobre la pequeña y la plegó alrededor de su cuerpo delgado.

—¿Te vas a dormir?

—Leeré un poco, pero estoy demasiado cansada para avanzar demasiado con mi lectura.

La niña rodó sobre su espalda.

—¿Qué haces durante todo el día que terminas tan cansada?

—Busco nidos de aves.

—¿En serio?

—Sí.

—Qué raro.

—No para una bióloga de aves.

—Es que eso es lo raro. Me dijeron que la mayoría de las mujeres terrícolas son camareras, profesoras, o cosas por el estilo.

—Supongo que no entro en la categoría de «la mayoría de las mujeres terrícolas».

—¿Puedo ir contigo a buscar nidos? Suena divertido.

—Lo es, pero ahora tienes que dormir. —Jo se levantó y caminó hasta el dormitorio más cercano de los dos que había.

La niña se incorporó.

—¿Dónde vas?

—A buscar mi libro. Me sentaré contigo mientras leo. —Entró en el oscuro dormitorio, tomó su ejemplar de *La cruzada de los niños* y lo llevó a la sala de estar. Se sentó en el extremo del sofá, al lado de los pies de la niña.

—¿Qué es ese libro? —preguntó la pequeña.

—Su título es *Matadero cinco*. Hay extraterrestres en él.

La niña hizo un gesto escéptico.

—De verdad, se llaman tralfamadorianos. ¿Los conocen los alarreitanos?

—¿Te estás burlando de mí?

—Estoy…

Un puño golpeó la puerta mosquitera exterior. Había llegado la policía. Era probable que el agente hubiera llamado ya una vez y Jo no lo hubiera oído. Había encendido al máximo el ruidoso aire acondicionado para esconder el ruido del coche patrulla al acercarse.

La niña se quedó helada como un ciervo acorralado; con la mirada fija en la puerta de la entrada.

—¿Quién es?

Jo apoyó una mano en el brazo de la niña.

—No tengas miedo. Quiero que sepas que de veras me importa lo que p…

—¿Has llamado a la policía?

—Sí, pero…

La niña se puso de pie de un salto, lanzando la manta a los brazos de Jo para enredarla. Atravesó a Jo con una mirada herida, de repudio, y en unos pocos segundos, una mancha con forma de niña cruzó como un rayo la cocina. La puerta de atrás se abrió y la mosquitera dio un golpe al cerrarse.

Jo se quitó la manta de encima y la apoyó sobre el cálido hueco donde había estado la pequeña. No hubiese usado la fuerza con la niña. Nadie tenía derecho a esperar que lo hiciera.

El puño golpeó otra vez. Jo salió al porche y vio a un hombre uniformado a través de la puerta mosquitera.

—Gracias por venir —dijo—. Soy Joanna Teale.

—¿Ha llamado por una niña… una niña «sintecho», dijo? —preguntó el hombre con la pronunciación lenta de los lugareños.

—Sí. Pase. —Hizo entrar al agente en el porche. Él miró la puerta de madera abierta; su rostro adquirió un aspecto amarillento bajo el resplandor de la bombilla contra insectos.

—¿Está dentro de la casa?

—Entre —indicó Jo.

El agente la siguió a la sala de estar y cerró la puerta tras de sí para que el aire acondicionado no se escapara. Jo se puso de frente al hombre.

Su placa de identificación decía que se llamaba k. dean. Tendría treinta y tantos años, se estaba quedando calvo, era un poco regordete y su vulgar cara redonda parecida a una luna llena se encontraba eclipsada por una profunda cicatriz que se extendía desde su mandíbula izquierda hasta su mejilla. Con la naturalidad de la costumbre, el hombre dejó caer la mirada al pecho de Jo. Segura de que no encontraría allí nada tan fascinante como la cicatriz que él tenía, Jo esperó a que sus ojos regresaran a los de ella. Dos segundos, quizá menos.

—La niña salió corriendo cuando usted llamó a la puerta —comentó.

Él asintió mientras observaba la casa.

—¿Sabe si hay alguna Alerta AMBER que notifique sobre niños desaparecidos por aquí? —preguntó Jo.

—No —respondió el agente.

—¿No hay ningún niño desaparecido?

—Siempre hay niños desaparecidos.

—¿De por aquí cerca?

—No que yo sepa.

Esperaba que él le hiciera preguntas, pero él seguía mirando en derredor, como evaluando el escenario del crimen.

—Apareció ayer. Tiene alrededor de nueve años.

El agente volvió su atención a ella ahora.

—¿Qué le hace pensar que no tiene hogar?

—Llevaba puesto un pantalón de pijama…

—Creo que eso es lo que los chavales llaman un «mensaje a través de la moda» —sostuvo él.

—Estaba famélica y sucia. Iba descalza.

La media sonrisa no movió su cicatriz.

—Me recuerda a mí a esa edad.

—Tiene hematomas.

Por fin pareció preocuparse.

—¿En la cara?

—En el cuello, piernas y brazos.

Una sospecha le tiñó los ojos.

—¿Cómo los vio si la niña llevaba el pijama puesto?

—Permití que se duchara aquí.

Entornó los ojos aún más.

—Como ya he dicho, estaba sucia. Y tenía que mantenerla ocupada hasta que usted viniera. También le di de cenar.

La forma en que el oficial la miraba, como si ella hubiera hecho algo malo, la hizo enfurecer.

—Sigo sin ver por qué cree que es una sintecho.

—Por «sintecho» quiero decir que le asusta volver a casa.

—Entonces… no es una sintecho.

—¡No sé qué es! —exclamó Jo—. Tiene hematomas. Alguien le está haciendo daño. ¿No es eso lo único que importa?

—¿Ella dijo que alguien le hace daño?

La historia extraterrestre que contaba la niña solo agregaría confusión a una situación que ya era exasperante.

—No quiso contarme cómo se hizo los hematomas. No quiso decirme nada, ni siquiera su nombre.

—¿Se lo preguntó?

—Sí, se lo pregunté.

Él asintió.

—¿Quiere una descripción de ella?

—De acuerdo.

No sacó una libreta, solo asintió mientras Jo describía a la niña.

—Entonces, ¿la buscará por la mañana cuando haya luz?

—Si huyó es porque no quiere que la encuentren.

—¿Qué más da? Necesita ayuda.

El agente parecía juzgarla.

—¿Qué clase de ayuda cree que necesita la niña?

—Obviamente debe ser apartada de quien le hace daño.

—¿Quiere enviarla a una casa de acogida? —preguntó él.

—Si fuese necesario.

El agente reflexionó un momento; mientras se pasaba las yemas de los dedos por su cicatriz como si le picara.

—Voy a decirle algo —comentó—, y tal vez se lo tome mal, pero se lo diré de todas formas. A uno de mis amigos de primaria lo separaron de su madre porque ella bebía y prácticamente lo dejaba hacer lo que quería. Lo enviaron con una familia que acogía niños a cambio del dinero del Estado (algo que es más habitual de lo que usted cree) y terminó mucho peor que si se hubiera quedado con su madre. Su padre de acogida lo golpeaba y la mujer lo maltrataba verbalmente. Mi amigo murió de sobredosis cuando tenía quince años.

—Lo que intenta decirme… ¿Cree que debería quedarse en una casa donde la maltratan?

—Oiga, no he dicho eso, ¿o sí?

—Lo ha insinuado.

—Lo que *he insinuado* es que no saque a la niña del fuego para que caiga en las brasas. Esas magulladuras podrían ser de trepar una valla o de haberse caído de un árbol. Y si usted la entrega, lo más probable es que diga eso, aunque no sea cierto. Los niños son más inteligentes de lo que creemos. Saben cómo sobrevivir a la basura que les ha tocado mejor que un asistente social que nunca en su vida ha pasado un día en la piel de esos pequeños.

¿Eran esas las reglas tácitas que Jo buscaba? ¿O era solo la opinión de un hombre resentido que había perdido a un amigo de la infancia?

—Supongo que esto significa que no la buscará —comentó.

—¿Qué quiere que hagamos, que soltemos a los perros tras ella? Acompañó al agente hasta la puerta.

Capítulo cuatro

Jo salió con una linterna por la puerta trasera y buscó a la niña. Se había instalado un frente que se esperaba que trajera lluvia al día siguiente y sus nubes conquistaban la luna y las estrellas. Jo ya olía un leve aroma a lluvia en el cálido aire húmedo. Pero no encontró rastro alguno de la pequeña.

La lluvia llegó unas pocas horas después, un fuerte tamborileo que sacó a Jo de un sueño profundo. Pensó en la niña, que posiblemente se encontraba sola bajo la lluvia en el bosque oscuro, y deseó no haber llamado a la comisaría. Miró el móvil. 2:17 a. m. Habían transcurrido solo un par de horas del cumpleaños de su madre. Habría cumplido cincuenta y uno.

Fue al baño, más para distraerse que por necesidad. Mientras se lavaba las manos, se inclinó hacia el espejo que estaba sobre el lavabo para evaluar el color saludable de su piel y las mechas aclaradas por el sol de su cabellera. Tenía el rostro más delgado y, aunque el pelo aún no le había crecido lo bastante como para peinárselo hacia atrás, su aspecto era casi el de siempre.

Casi. Los ojos de color avellana en el espejo se burlaron de ella. Pero ¿quién estaba reflejada ahí? ¿La vieja Jo o la nueva *casi* Jo? Sujetó el lavabo e inclinó la cabeza para contemplar el interior de la oscura tubería. Quizá así sería de ahora en adelante: dos versiones de sí misma dentro de un solo cuerpo. Jo levantó la mirada hacia la mujer del espejo mientras apagaba la luz, y esta se desvaneció con la oscuridad.

La tormenta continuó toda la mañana, pero ella no podía trabajar bajo la lluvia. Durmió hasta más tarde de lo habitual, hasta pasada media hora del amanecer. Tras vestirse, beberse el café y comerse los cereales, recogió la ropa sucia; su ritual en días lluviosos. La ropa de la niña extraterrestre estaba sobre la cesta de la colada. Jo la metió en la bolsa de lona junto a sus propias prendas y toallas para lavar y una botella de detergente.

En una mochila, guardó su portátil y suficientes datos sin procesar para trabajar durante una hora. Mientras cerraba con llave la puerta delantera, vio por el rabillo del ojo cómo algo se movía. La manta de ganchillo que dejaba en el sillón de mimbre del porche estaba estirada sobre un largo bulto con las dimensiones exactas de la extraterrestre. La niña se había colocado la manta sobre la cabeza, intentando esconderse.

Jo trató de transformar la intensidad de su alivio en enfado, pero no pudo.

—Supongo que aún no has descubierto cómo esconder tu cuerpo humano —le dijo al bulto.

La cara pálida de la pequeña asomó por el borde de la manta.

—Todavía no —respondió.

—¿Cómo es el cuerpo de los alarreitanos?

La niña lo pensó durante unos segundos.

—Tenemos el aspecto de la luz de las estrellas. No es exactamente un *cuerpo*.

Una respuesta creativa. Jo consideró qué hacer. Si llamaba a la comisaría, la niña volvería a huir. La única posibilidad era encerrarla en una habitación hasta que llegara el agente. Jo no estaba dispuesta a hacerlo y, aunque lo estuviera, la casa no tenía ninguna habitación que no se pudiera abrir desde el interior.

La niña intuyó los pensamientos de Jo.

—Me iré. Solo he vuelto porque anoche estaba demasiado oscuro para ver por dónde ir.

Aunque la niña intentó disimularlo, Jo vio una sombra de la angustia que había experimentado al huir de la cabaña. Con las nubes cubriendo la luna y las estrellas, le habría resultado imposible verse la mano aunque se la hubiera colocado frente al rostro. Había permanecido cerca de las luces de la casa.

La pequeña se sentó y apartó la manta.

—Suelo dormir en ese viejo cobertizo de allí atrás, pero caían gotas de lluvia sobre mí.

—¿Dormiste allí el día que te acercaste a mi fogata?

Ella asintió.

—Hay una cama. La comparto con Oso Menor.

Cuando Jo se mudó a la cabaña, se percató de que los ratones habían destrozado el único colchón doble que había quedado en la casa durante el invierno. Muchos estudiantes de biología habrían usado la cama manchada de orina de todas formas, pero Jo no era tan tolerante. Había arrastrado el colchón hediondo y mordisqueado hasta el cobertizo y había usado parte del dinero de su investigación para comprar un colchón doble barato.

—No deberías entrar en ese cobertizo —dijo Jo—, parece que vaya a venirse abajo en cualquier momento.

—Lo sé. El techo tiene unos agujeros enormes. Y nuestra cama está toda mojada. —Pronunció las últimas palabras de forma casi trágica, como si el repugnante colchón hubiera sido lo único que le quedaba en el mundo.

—¿Tienes hambre? —preguntó Jo.

La niña la miró con suspicacia.

—¿Qué tal unas tortitas?

—Seguro que intentas engañarme otra vez —respondió.

—No. Voy a salir y no quiero dejarte aquí con hambre.

La pequeña observó afligida el bosque lluvioso, considerando qué hacer. «No saque a la niña del fuego para que caiga en las brasas», había dicho el agente. ¿De verdad esas eran sus únicas opciones? Jo sintió una repentina necesidad de envolver a la niña en sus brazos y sostenerla.

—Tengo sirope —agregó.

La niña levantó la mirada hacia ella.

—He oído que el sirope queda muy rico con las tortitas.

—Es increíble que te hayas acordado de fingir que jamás lo has probado.

—¿Era una trampa?

—No. —Jo volvió a poner la llave en la cerradura y abrió—. Entra, entonces.

Tras atiborrarse a tortitas y zumo de naranja, la niña le suplicó a Jo que dejara entrar a Oso Menor al porche para que no se mojara con la lluvia y que le diera de comer una tortita. Jo cedió con la condición de que el cachorro y sus pulgas no entraran en casa. Con el impermeable de Jo puesto, la niña se dirigió al cobertizo con una tortita para atraer al perro. El cachorro hambriento se escabulló al interior del porche para buscar la comida, pero solo cuando Jo volvió a meterse en casa.

—Si hace pis o caca ahí fuera, tendrás que limpiarlo —avisó Jo.

—Lo haré. ¿Puedo darle un cuenco con agua?

—No hay problema. Ahora iré a la lavandería del pueblo.

—¿Por qué no hay una lavadora aquí?

—Supongo que Kinney no quiere gastarse el dinero en una cuando solo alquila este lugar un par de meses al año.

—¿Es por eso que no hay tele?

—Probablemente.

—Podrías traerte la tuya.

—No hay cable ni Internet —comentó Jo.

—¿Por qué no?

—Kinney pertenece a una generación de biólogos que creen que cuando estás sumergido en el mundo natural solo trabajas, comes y duermes.

—¿Cuánto tardarás en la lavandería?

—Algunas horas.

Había estado intentando decidir si cerrar la puerta para que la niña no pudiera entrar en casa mientras ella no estaba. En lugar de eso, se guardó los prismáticos y el portátil en la mochila. Estos, junto a su cartera, eran los únicos objetos que poseía que valía la pena robar.

—No enciendas la cocina mientras no estoy —advirtió.

—¿Me dejarás quedarme en la casa?

—Sí… por ahora. Ya decidiremos qué vamos a hacer cuando regrese, ¿de acuerdo?

La pequeña no respondió.

—No juegues con lo que hay en ese escritorio mientras no estoy —dijo Jo.

La niña miró el escritorio abarrotado de libros, revistas y papeles apilados.

—¿Qué es todo eso?

—Son mis cosas de científica. No las toques.

Siguió a Jo hasta el porche cerrado. Oso Menor estaba acurrucado como una bola en la alfombra; le dirigió una mirada desconfiada a Jo cuando esta se encaminó a la puerta mosquitera.

—Recuerda: no dejes entrar al perro —le recordó Jo.

—Ya lo sé.

Jo se levantó la capucha y avanzó de manera apresurada bajo la lluvia hasta el camino de entrada. La niña observó cómo lo cargaba todo y se metía en el coche; la translucidez de la mosquitera del porche empapada de lluvia le otorgaba un aire fantasmal y distorsionado a su pequeño cuerpo.

Durante los cuarenta y cinco minutos de viaje hasta el pequeño pueblo de Vienna —pronunciado Vii-ena por los lugareños—, la lluvia disminuyó hasta convertirse en una llovizna, aunque la amenaza de una tormenta más fuerte oscurecía el cielo. El centro de Vienna se parecía a los lugares que había visto en las películas antiguas, lo cual le resultaba extrañamente reconfortante. Mientras circulaba por las calles casi vacías, dos ancianos sentados bajo el toldo de una tienda levantaron la mano para saludarla y ella les devolvió el gesto. Pasó al lado de la estación de policía de camino a la lavandería.

Se sentó en su silla de plástico azul habitual frente al ventanal mientras sus prendas se revolvían en dos lavadoras. Buscó la foto de Tabby entre los contactos de su móvil, una foto en la que su amiga llevaba puestas unas orejas de gato rayadas, mientras un pez de plástico le colgaba de la boca como un cigarrillo. Tabby había sido la mejor amiga de Jo desde su segundo año de universidad, cuando fueron compañeras de laboratorio, y ella también había decidido seguir su trabajo de posgrado en la Universidad de Illinois. Había entrado en la Facultad de Veterinaria, que contaba con un plan de estudios espléndido, pero con frecuencia se preguntaba por qué no se había trasladado a una facultad con un paisaje mejor que no solo tuviera campos de maíz y soja.

—Hola, Jojo —respondió Tabby al tercer tono—. ¿Cómo van las cosas en el Pueblo Salchicha?

Le resultaba graciosísimo que hubiese un pueblo llamado Vienna en la zona rural de Illinois y estaba convencida de que el nombre hacía referencia a las salchichas de Viena con que se hacían los perritos calientes, y no a la capital de Austria.

—¿Cómo sabes que estoy en Vienna? —preguntó Jo.

—Solo me llamas cuando vas a la lavandería. También sé que está lloviendo, porque serías capaz de llevar la misma ropa mugrienta hasta que quedara hecha jirones con tal de no lavar la ropa en días despejados, cuando podrías estar trabajando.

—No me había dado cuenta de que soy tan predecible —repuso Jo.

—Lo eres. Lo que significa que estás trabajando como una loca a pesar de que los médicos te dijeron que te lo tomaras con calma.

—Estuve dos años enteros tomándomelo con calma. Necesito trabajar.

—Esos dos años no fueron fáciles, Jo —comentó Tabby con voz suave.

Jo contempló a través de la ventana empañada de la lavandería el charco que se había formado en un cráter de asfalto roto, cuya superficie rizaba la lluvia.

—Hoy es el cumpleaños de mi madre —dijo.

—Ah, ¿sí? —respondió Tabby—. ¿Estás bien?

—Sí.

—Mentirosa.

Era cierto. Había llamado a Tabby para pedirle consejo sobre la niña, pero en lugar de eso le había soltado lo del cumpleaños de su madre.

—Levanta la botella de agua —le pidió Tabby.

—¿Por qué?

—Porque vamos a hacer un brindis.

Jo alzó su botella azul maltrecha, que, como era previsible, se encontraba a su lado.

—¿Lista? —preguntó Tabby.

—Lista —confirmó Jo.

—Feliz cumpleaños a Eleanor Teale, la encantadora de flores que hacía que todo y todos los que estábamos a su alrededor floreciéramos. Su luz sigue con nosotras, alimentando el amor a través del universo.

Jo levantó su botella hacia el cielo gris y bebió.

—Gracias —dijo, secándose las pestañas inferiores con los dedos—. Ha sido un gran brindis.

—Era una de las personas más geniales que he conocido jamás —sostuvo Tabby—. Además de ser mi madre sustituta.

—Te quería —señaló Jo.

—Lo sé. Mierda… me haces llorar cuando intento hacerte sentir mejor.

—Me siento mejor —aseguró Jo—. Pero ¿adivina quién viene de visita hoy?

—No me digas…

—Sí, Tanner.

—¡Ojalá estuviera allí para darle una patada en el culo!

—No merece siquiera esa atención.

—¿Cómo coño se atreve a ir allí?

—Dudo que quisiera venir. Él y otras dos estudiantes de posgrado se encuentran en un taller con mi tutor en Chattanooga. Harán una parada en la Cabaña Kinney para descansar de camino al campus, así que pasarán la noche también.

—¿Hay espacio para cuatro personas más en esa casa?

—No hay camas, pero la mayoría de los biólogos duerme en cualquier lado.

—Envía a Tanner al bosque. O que duerma sobre un hormiguero.

¿Qué iba a hacer con la niña? De camino a la lavandería, había pensado una única solución posible. Pero si eso no funcionaba…

—¿Sigues ahí? —preguntó Tabby.

—Sí, aquí estoy —respondió Jo—. Sucedió algo extraño hace dos noches…

—¿El qué?

—Una niña apareció en casa y no quería irse.

—¿Cuántos años tiene?

—No me lo quiso decir. Debe de tener unos nueve o diez años.

—Por Dios, Jo. Dile que se marche a casa y ya está.

—Eso ya lo intenté, obviamente. Pero luego le vi unos hematomas.

—¿De los que se ven en casos de maltrato infantil?

—Eso creo.

—¡Tienes que llamar a la policía!

—Lo hice. Pero huyó cuando llegó el agente.

—¡Pobre niña!

Antes de que Jo pudiera contarle que la pequeña había regresado, sonó el tono de llamada en espera. Miró la pantalla. Shaw Daniels, su tutor, la estaba llamando.

—Te tengo que dejar. Está llamando Shaw.

—Bueno, adiós —dijo Tabby—. Y llámame algún día que no esté lloviendo, ¿de acuerdo?

—Lo prometo. —Jo colgó para aceptar la llamada entrante—. Estaba a punto de mandarte un mensaje.

—Me sorprende encontrarte —comentó Shaw—. ¿Estás de camino a algún lugar de estudio?

—Llueve. Estoy en la lavandería.

—Bien, te estás tomando un descanso.

¿Alguien la dejaría ser la persona que era antes de su diagnóstico alguna vez? Sospechaba que Shaw iba a parar en la cabaña, sobre todo, para comprobar su estado de salud. Había tratado de convencerla de que contratara a un asistente de campo mientras se recuperaba y se había opuesto a que viviera sola en casa de Kinney.

—¿Aún crees que puedes recibirnos esta noche?

—Por supuesto. ¿Sobre qué hora vendréis?

—Nos pondremos en marcha después de la última reunión, alrededor de las tres. Deberíamos llegar alrededor de las siete y media, ocho como muy tarde. Si nos esperas, te llevaremos a cenar fuera.

—¿Os molesta si comemos en casa? Quería asar unas hamburguesas. Pero quizá tenga que hacerlas en la cocina, si sigue lloviendo.

—¿Estás segura de que quieres hacer todo ese esfuerzo?

—No es ningún esfuerzo —aclaró Jo.

—Bueno, si insistes —respondió él—. Nos vemos luego.

Tras pasar por la tienda de alimentación y el puesto de verduras, Jo regresó a la cabaña a primera hora de la tarde. La niña no estaba. Jo albergó la esperanza de que hubiese regresado a su casa. Pero cuando pensó en la brutalidad de la que podía ser víctima, lamentó haberlo deseado. Echó un vistazo a la casa, la niña no había robado nada. El único elemento que se encontraba fuera de su sitio era un manual, *Ornitología*, que ya no estaba en el escritorio, sino apoyado en el sofá.

Jo apartó a la niña de sus pensamientos. Tenía mucho que hacer antes de que llegaran las visitas. Después de ordenar la casa, comenzó a preparar pasteles para el postre, uno de melocotón y otro de fresas con ruibarbo, hechos con las frutas que había comprado en el puesto. En condiciones normales, no dedicaría su valioso tiempo de investigación a algo tan frívolo, pero la lluvia seguía cayendo y quería que la cena fuera agradable para Shaw, a pesar de que Tanner Bruce estaría allí. Tanner, otro de los estudiantes de posgrado de Shaw, solo llevaba un año estudiando cuando Jo se matriculó en la escuela de posgrado, pero ahora le llevaba tres y ya casi había terminado sus estudios. Poco antes de que ella dejara la universidad para cuidar de su madre enferma, se había acostado con Tanner. Tres veces. Pero el único contacto que había mantenido con él desde entonces había sido la firma que Tanner había escrito en la tarjeta de pésame que Shaw y sus estudiantes de posgrado le habían enviado.

Jo estiró de forma mecánica un trozo de masa mientras su mente viajaba al último día que había pasado con Tanner. Aquella noche de julio había sido calurosa, demasiado para dormir en la tienda, y ambos se habían desnudado y hecho el amor en un remanso hondo del río cerca de su campamento. El recuerdo habría sido uno de los mejores de su vida si Tanner Bruce no estuviese en él.

—¿Para quién son los pasteles?

Jo volvió su atención de inmediato a sus manos. La niña había entrado en casa sin hacer ningún ruido; la lluvia le había empapado el pelo y la ropa demasiado grande de Jo.

—¿Dónde estabas? —le preguntó.

—En el bosque.

—¿Qué hacías allí?

—Creía que estarías con ese policía otra vez.

Jo apoyó un círculo uniforme de masa harinosa en uno de sus moldes para pasteles nuevos.

—He decidido que tú y yo podemos solucionar esto por nuestra cuenta. ¿Qué te parece?

—Bueno —respondió.

—Dime dónde vives y por qué no quieres regresar. Te ayudaré con lo que sea que esté pasando.

—Ya te lo he contado. ¿Puedo comer un poco de pastel cuando estén listos?

—Son para más tarde, para mis invitados.

—¿Quiénes vienen?

—El profesor que supervisa mi proyecto y tres estudiantes de posgrado.

—¿Son ornitólogos?

—Así es. ¿Cómo sabes esa palabra?

—La he aprendido de tu libro de Ornitología. He leído el prefacio y los dos primeros capítulos —respondió, pronunciando la palabra *pre-facio*.

—¿De verdad lo has leído?

—Me he saltado las partes que alguien de Alarreit no entendería, aunque no eran demasiadas. Me ha gustado el capítulo sobre la diversidad de las aves y cómo la forma de sus picos depende de lo que comen y la de sus patas despende de dónde viven. Nunca había pensado en eso antes.

—Eres una lectora avanzada.

—Uso el cerebro de la niña muerta para hacer cosas, era muy inteligente.

Jo se limpió las manos llenas de harina con un paño de cocina.

—Lávate las manos y te dejaré pellizcar los bordes de las masas.

La extraterrestre corrió hacia el lavabo. Cuando terminó de enjuagarse las manos, Jo comentó:

—Tengo que llamarte por un nombre mejor que Irpud-na. ¿Y si escoges un nombre común?

La niña se sujetó el mentón con una de las manos y fingió que se lo pensaba.

—¿Qué tal… *Ursa*? Porque vengo del lugar que vosotros llamáis en lenguaje científico *Ursa Maior*.

—Me gusta el nombre Ursa.

—Puedes llamarme así.

—¿Sin apellido?

—*Maior*.

—Tiene sentido. ¿Alguna vez has hecho masa para pasteles, Ursa?

—No hacemos pasteles en Alarreit.

—Deja que te enseñe.

Ursa aprendió a hacer la masa con tanta rapidez como comprendió el texto de nivel universitario y, mientras se cocían los pasteles y su dulce aroma perfumaba la cocina, ayudó a Jo a preparar una ensalada de patata. Usaron la receta de la madre de Jo (según ella, la única ensalada de patata que valía la pena comer). A continuación, condimentaron la carne picada para hacer las hamburguesas como solía hacerlas la madre de Jo: con salsa inglesa, miga de pan y especias. Jo no había cocinado nada tan elaborado desde que vivía en la cabaña. Le gustaba la idea de usar las recetas de su madre en el día de su cumpleaños —una forma de honrarla— y preparar la comida la ayudó a distraerse de la creciente tensión que sentía por volver a ver a Tanner. Ni siquiera la niña era suficiente distracción.

Cuando Ursa guardó la mantequilla, miró con detenimiento la cerveza que se enfriaba en la nevera.

—¿Son alcohólicos los ornitólogos?

—¿Por qué piensas eso?

—Hay mucha cerveza.

—Es para cuatro personas.

—¿Tú no te beberás ninguna?

—Una, quizá.

—¿No te gusta emborracharte?

—No. —Jo vio desconfianza en los ojos de la extraterrestre—. ¿Has tenido malas experiencias con gente que bebe mucho?

—¿Por qué preguntas eso? Acabo de llegar aquí.

Capítulo cinco

Después de comer sándwiches y colocar los pasteles en la nevera, Jo envió a Ursa a ponerse su propia ropa limpia. Cuando la niña salió de la habitación y vio a Jo trabajando en su portátil, se sentó en el sofá y avanzó un poco más en la lectura del texto de *Ornitología*.

Jo giró la pantalla para que Ursa no pudiera ver que estaba usando su teléfono para conectarse a Internet. Cuando logró conectarse, buscó en Google «Ursa niña desaparecida», pero no encontró nada. Aunque el agente de policía no conocía casos de niños desaparecidos en el área, lo intentó con «niña desaparecida Illinois», lo que la llevó a la página del Centro Nacional para Niños Desaparecidos y Explotados, donde se topó con una triste y larga lista de niños desaparecidos en Illinois. Era probable que muchos de ellos estuviesen muertos; y sus cuerpos, ocultos en tumbas que jamás serían encontradas. Algunas de las fotografías eran de pequeños que llevaban desaparecidos desde 1960 y unas pocas eran reconstrucciones de niños muertos que nunca habían sido identificados. Una imagen casi hizo llorar a Jo. Era la foto de una zapatilla deportiva; lo único que se había recuperado de los restos de un adolescente.

Jo usó la misma página para mirar fotografías de niños en el cercano Kentucky y también en los estados limítrofes de Misuri, Iowa, Wisconsin e Indiana.

Ursa Maior no aparecía en los listados, aunque no había vuelto a su casa en al menos dos noches. Jo dejó el móvil a un lado.

—¿Cómo vas con *Ornitología*?

—La sistemática no me gusta tanto —respondió Ursa.

—Tampoco es lo mío. —Buscó las llaves del coche, que estaban sobre el escritorio—. Ha dejado de llover. Iré hasta el final de la calle para vigilar algunos nidos. ¿Quieres venir?

—¡Sí! —La pequeña saltó del sofá y deslizó los pies dentro de las sandalias demasiado grandes de Jo—. ¿Cómo vigilas los nidos?

—Los miro y veo cómo están.

—¿Es así cómo uno se saca un doctorado?

—Es mucho más que eso. Llevo un registro de la situación de cada nido que encuentro y, con esos datos, soy capaz de calcular el éxito de anidación de los azulejos índigos en cada uno de mis lugares de estudio.

—¿Qué quieres decir con «situación»?

—Me refiero a lo que ocurre después de que se construya el nido. Controlo cuántos huevos puso el ave, cuántos polluelos rompen el cascarón y cuántos abandonan el nido. Con *abandonar* me refiero a que se van volando. Pero algunas veces los padres dejan el nido antes de que la hembra ponga los huevos o estos son devorados por un depredador. Y a veces los polluelos rompen el cascarón, pero un depredador se los come antes de que puedan volar.

—¿Por qué no detienes al depredador para que no se coma a los bebés?

—No puedo evitar que pase y, aunque pudiera, salvar a unos polluelos en concreto no es el objetivo de mi estudio. El propósito de mi investigación es ayudarnos a entender cómo preservar las poblaciones de aves en una escala mayor.

—¿Cuál es el depredador?

—Las serpientes, los cuervos, los arrendajos azules y los mapaches son los principales en mis lugares de estudio. —Jo se echó sobre el hombro la mochila—. Vayámonos antes de que el clima empeore otra vez. No me gusta ahuyentar a las aves de sus nidos cuando está lloviendo.

—¿Porque sus huevos no se pueden mojar?

—No quiero que los huevos o los polluelos se mojen y pasen frío. La investigación debe tener el menor impacto posible en el éxito de la anidación.

Cuando salieron de la cabaña, Oso Menor se acercó trotando desde el cobertizo. Estaba mucho más manso y dejaba que Ursa le acariciara la cabeza.

—Quédate aquí —le pidió la niña al perro—. ¿Lo entiendes? Volveré pronto.

A Ursa no le gustó tener que ir en el asiento trasero y colocarse el cinturón de seguridad. Alguien la había dejado sentarse delante sin cinturón. Jo le explicó por qué era necesario que se lo abrochara y que el airbag frontal podía matar a un niño si se abría.

—Si los airbags matan a los niños, ¿por qué los ponen en los coches? —preguntó Ursa.

—Porque la gente que fabrica coches espera que los niños vayan en el asiento trasero, que es más seguro.

—¿Y si un camión choca contra la parte trasera del coche donde está sentado un niño?

—¿Obedecerás mis reglas o no?

Subió al asiento trasero y se colocó el cinturón de seguridad.

El perro corrió detrás del coche cuando dejaban el camino de acceso a la cabaña.

—Jo, ¡detente! ¡Detente! —suplicó Ursa—. ¡Nos está siguiendo!

—Frenar no ayudará en nada.

Ursa se asomó por la ventanilla trasera y observó cómo el perro desaparecía en una curva de la calle.

—¡Así no nos alcanzará!

—No quiero que lo haga. No puede venir a mi lugar de estudio. Si lleváramos a un depredador, mis pájaros se asustarían.

—¡Jo! ¡Todavía nos sigue!

—Deja de asomarte por la ventanilla. Esta calle es estrecha y una rama te golpeará la cabeza.

Ursa contempló, desconsolada, el espejo del lado del pasajero.

—Conoce esta calle. Nació aquí —la consoló Jo.

—A lo mejor no. Quizá haya saltado de un coche.

—Es más probable que alguien que no lo quería lo haya arrojado de uno.

—¿Volverás a por él?

—No.

—Eres mala.

—Sí.

—¿Es allí donde vive Gabriel Nash? —preguntó Ursa, señalando el camino de tierra lleno de baches y el cartel de PROHIBIDA LA ENTRADA.

—Creo que sí —respondió Jo.

—Quizá Oso Menor se dirija allí.

—Al Hombre de los Huevos no le hará gracia. Tiene gallinas y gatos.

—¿Por qué lo llamas Hombre de los Huevos si se llama Gabriel?

—Porque lo conozco de comprarle huevos.

—Me pareció que era amable.

—Nunca dije que no lo fuera.

Jo condujo hasta el nido más lejano para asegurarse de que el perro no las alcanzara. Giró en el extremo occidental de la calle y se detuvo al ver la primera marca con cinta. Sacó los datos de la carpeta rotulada como CALLE TURKEY CREEK y le mostró una hoja a Ursa.

—Esto es un registro de datos del nido. Tengo una ficha por cada nido que encuentro y cada uno de ellos recibe un número. Este es el TC10, lo que significa que es el décimo nido que he encontrado en mi lugar de estudio en la calle Turkey Creek. En la parte de arriba del registro, anoto cuándo y dónde encontré el nido y en estas líneas de aquí abajo escribo lo que veo cada vez que vengo a vigilarlo. El nido tenía dos huevos el día que lo encontré y cuatro la vez siguiente. La última vez que lo visité, aún tenía cuatro y advertí que hice salir del nido a la hembra.

—¿Habrán salido los bebés del cascarón?

—Es demasiado pronto. La hembra incuba alrededor de doce días.

—¿*Incubar* significa que los mantiene calentitos?

—Así es. Veamos cómo le está yendo. —Salieron del coche y Jo le mostró a Ursa cómo marcaba en una banderita naranja hecha con la cinta de marcado las indicaciones que la llevarían hasta el nido—. AZIN es el código para azulejo índigo, el ave principal de mi estudio, y esta es la fecha en que lo encontré. Los otros números y letras indican que el nido está cuatro metros hacia el sur-suroeste y se encuentra a un metro y medio de altura desde el suelo.

—¿Dónde? ¡Lo quiero ver!

—Lo harás. Sígueme. —Mientras se abrían paso a través de la maleza del costado de la calle, los azulejos permanecieron callados. No era una buena señal. Deberían haber estado trinando notas de alarma. Las sospechas de Jo se confirmaron cuando vio el nido destrozado.

—¿Qué ha pasado? —preguntó Ursa.

—Hay que descubrirlo, como un detective que busca pruebas para resolver un crimen. A veces, las aves inexpertas construyen un nido débil que se cae. Si el nido no estaba bien construido, un clima lluvioso como el de hoy pudo haberlo hecho caer.

—¿Es eso lo que ha pasado?

—Según las pruebas, no lo creo.

—¿Cuáles son las pruebas?

—Primero, recuerdo que este nido era robusto. Segundo, no veo ningún huevo en el suelo. Tercero, los padres han desaparecido del territorio por completo, lo que significa que esto sucedió antes de que cayera la lluvia. Y la prueba más importante es el grado de destrucción del nido. Supongo que un mapache lo tumbó. Si una serpiente o un cuervo se hubieran llevado los huevos, probablemente no habría tanto destrozo.

—¿El mapache se comió los huevos?

—Lo que haya destruido el nido se comió los huevos. Coloqué cámaras en algunos nidos para poder saber con certeza qué depredador lo hizo.

—¿Por qué no pusiste una cámara en este?

—No puedo colocar cámaras en todos. Las cámaras son caras. Vayamos al siguiente.

—¿Ese estúpido mapache se los habrá comido todos? —preguntó Ursa mientras caminaban de regreso al coche.

—Lo dudo. Pero mi hipótesis es que el éxito de anidación de los azulejos es inferior en los límites creados por el hombre, junto a la calle o en los campos cultivados, que en los límites naturales, como junto a un arroyo o donde ha caído un árbol grande. ¿Alguna vez habías oído la palabra *hipótesis*?

—Sí, pero la gente de Alarreit usa una palabra diferente. —Subió al asiento trasero—. He elaborado una hipótesis sobre ti hoy.

—¿Ah, sí? ¿De qué se trataba?

—Si no volvías a traer a la policía en ese momento, no lo harías nunca más.

Había articulado una hipótesis con una capacidad extraordinaria. Y con demasiada confianza. Jo se volvió para mirarla.

—¿Eso qué significa? ¿Crees que has comprobado tu hipótesis y que te vas a quedar conmigo?

—Solo hasta que presencie los cinco milagros.

—Ambas sabemos que eso no va a ocurrir. Tienes que volver a tu casa esta noche. Shaw, mi tutor, llegará en un par de horas y me meteré en problemas si se entera de que llevas viviendo dos días en la propiedad Kinney.

—No se lo cuentes.

—¿Y cómo le voy a explicar que hay una niña durmiendo en mi casa?

—Dormiré en otro lado.

—Así es. *En tu casa*. Por eso estamos aquí fuera. Me enseñarás dónde vives y te acompañaré hasta la puerta. Le diré a la persona que cuida de ti que vendré a ver cómo estás todos los días. Y eso haré. Te prometo que vendré.

Los ojos marrones de la niña se inundaron de lágrimas.

—¿Me has mentido? ¿En realidad no querías enseñarme los nidos?

—Sí, quiero. Pero después tienes que irte a casa. Mi tutor…

—Adelante, llévame a todas las casas. ¡La gente te dirá que no me conoce!

—¡Tienes que volver a tu casa!

—Te prometo que me marcharé a casa cuando vea los milagros. ¡Lo prometo!

—Ursa…

—¡Eres la única persona buena que conozco! ¡Por favor! —Lloraba, y su cara se había tornado casi púrpura.

Jo abrió la puerta trasera, desabrochó el cinturón de seguridad de la pequeña y la estrechó en sus brazos. Era la primera vez que una cabeza le presionaba el pecho huesudo, pero la niña no advirtió que faltaba algo. Se aferró a Jo y lloró con más fuerza.

—Lo siento —dijo Jo—. Lo siento de verdad, pero debes entender que estoy en una situación imposible. Podría meterme en problemas por dejar que te quedes conmigo.

Ursa se apartó de sus brazos y arrastró el dorso de la mano por debajo su nariz llena de mocos.

—¿Podemos ver otro nido, por favor?

—Hay cuatro más y puedes verlos todos. Pero después de eso, tendrás que regresar a tu casa.

Ursa no quiso decir que sí. Era la niña más obstinada del universo. Jo siguió conduciendo. Salvo por sus mejillas sonrojadas, se había recuperado por completo de su llanto cuando Jo aparcó el coche frente a la siguiente banderita naranja.

—Espero que el mapache no se haya comido los huevos —comentó Ursa.

—Debería haber polluelos. Deberían haber roto el cascarón a lo largo de este último día.

La pequeña salió del coche de un salto y leyó el texto de la banderita amarrada a un sicomoro joven.

—Es un nido de azulejo índigo que está a siete metros al noreste y a un metro de altura.

—Muy bien. Ahora encontremos el noreste con mi brújula. —Jo le enseñó cómo usar la brújula y la envió en la dirección correcta. Al acercarse al nido, los padres comenzaron a chillar, alarmados—. ¿Oyes esos trinos agudos y abruptos? Eso es lo que hacen los azulejos índigos cuando te acercas demasiado a su nido. —El macho, inquieto, hacía equilibro en una planta de asclepia; sus plumas eran de color zafiro y estaban iluminadas por el sol poniente, que había aparecido por fin entre las nubes de lluvia que se alejaban—. El macho está justo frente a ti. ¿Lo ves?

—¡Es azul! —exclamó Ursa—. ¡Sus plumas son todas de distintos tonos azules!

Su emoción era intensa y real. Pero si la pequeña hubiese vivido en esa calle o en alguna cercana, debería haber visto aquel pájaro antes. Era muy habitual encontrar azulejos en los costados de las carreteras del sur de Illinois.

—¡Veo el nido! —gritó Ursa—. ¿Puedo mirar dentro?

—Adelante.

Ursa abrió la maleza, que le llegaba a la altura de la barriga, y echó un vistazo al interior del nido.

—¡Ay, Dios mío! —exclamó—. ¡Ay, Dios mío!

—¿Han roto el cascarón?

—¡Sí! ¡Son muy pequeños y de color rosa! ¡Y abren el pico hacia mí!

—Tienen hambre. Debido a la lluvia, a sus padres les habrá costado encontrar hoy insectos para alimentarlos. —Jo observó los cuatro azulejos recién nacidos—. Tenemos que dejarlos en paz. ¿Oyes lo enfadados que están sus padres?

Ursa no podía dejar de mirar a los pequeños pajarillos.

—¡Es un milagro! Es esto. ¡El primer milagro!

—¿Nunca habías visto polluelos en un nido?

—¿Cómo? Si soy de un planeta que no tiene ni polluelos ni nidos.

—Vamos —indicó Jo—. Sus padres deben alimentarlos mientras haya luz.

Cuando llegaron al coche, Jo preguntó:

—¿De verdad es el primer nido de azulejos índigos que ves?

—Sí, es el primero. Es, hasta ahora, el pájaro más bonito que he visto en la Tierra.

Observaron el siguiente nido, que tenía cuatro huevos. Después de eso, fue uno de vireo ojiblanco. Los vireos no formaban parte de la investigación de Jo, pero ella recolectaba datos de todos los nidos que encontraba. Este seguía en pie, con tres polluelos de vireo y uno de tordo y, en el camino de regreso al coche, Jo le explicó a Ursa que los tordos cabecipardos ponían sus huevos en los nidos de otras aves, llamadas hospedadoras, que los criaban.

—¿Por qué los tordos no cuidan a sus bebés? —preguntó Ursa.

—Al poner sus huevos en los nidos de otras aves, pueden tener muchos más bebés, porque los otros pájaros se encargan de todo el trabajo. En la naturaleza, el que produce más crías es el ganador.

—¿Los vireos se enfadan por tener que criar a los tordos bebé?

—No saben que están criando tordos. Lo hacen engañados. Y con frecuencia, los bebés del ave hospedadora no reciben suficiente alimento porque los polluelos de tordo son más grandes, crecen más rápido y chillan más fuerte al pedir comida. A veces, los polluelos de la especie hospedadora mueren.

—¿Morirán los vireos bebés?

—Tienen buen aspecto. Sus padres están haciendo un buen trabajo alimentándolos a todos.

Ursa se entretuvo antes de entrar al coche para ir a visitar el último nido. Se detuvo a mirar las flores, le preguntó a Jo sobre un escarabajo y fingió estar fascinada con una piedra que encontró entre los matorrales. Ursa permaneció absorta en la piedra que llevaba en la mano mientras conducían hasta el último nido, que quedaba pasando la calle del Hombre de los Huevos. Salieron del coche, pero antes de que Ursa pudiera leer la cinta de marcado, una camioneta de color blanco y con una placa de la universidad dobló en la curva. Tras el volante, el canoso doctor Shaw Daniels saludó con la mano a Jo. Aparcó detrás de su coche y se inclinó para sacar su cuerpo desgarbado a través de la puerta.

—¿Estás trabajando tan tarde?

—No es tarde —respondió Jo—. Apenas son las seis. Creía que no llegaríais hasta casi las ocho.

—Cancelaron la última reunión por una intoxicación alimentaria.

—¿En serio?

Shaw sacudió la cabeza.

—Fue algo que sirvieron en la recepción de la noche anterior.

Jo miró, a través de la puerta abierta del conductor, a Tanner, quien estaba sentado en la parte de atrás de la camioneta con Carly Aquino. El sentimiento de culpa era evidente en la mirada que él le devolvió, al igual que su intento de ocultarla tras una sonrisa empalagosa. ¿Qué le había gustado a Jo de él, más allá de su cara bonita? Ella apartó la mirada y la dirigió a Leah Fisher, quien se encontraba delante, en el asiento del copiloto.

—¿Alguno de vosotros se encuentra mal?

—Estamos todos bien —respondió Leah.

—Por suerte, no nos quedamos demasiado tiempo en la recepción —dijo Shaw—, porque teníamos una cena con John Townsend y dos de sus estudiantes. —No dejaba de echar vistazos a Ursa—. ¿A quién tenemos aquí? —preguntó.

—Ursa vive por aquí. Le estaba enseñando cómo vigilo los nidos.

—Un placer conocerte, Ursa —saludó—. Soy Shaw. ¿Qué tienes ahí?

—Es una piedra con cristales rosas —contestó Ursa.

—Genial —repuso Shaw y posó la mirada en las sandalias que empequeñecían los pies de la niña.

—Iba descalza —explicó Jo—. Le presté esas para que no se lastimara los pies. ¿Tenéis hambre?

—Mucha —contestó su tutor—. Almorzamos solo unas patatas fritas en el coche.

—Bien. Id a la casa y bebeos una cerveza mientras yo observo este último nido.

—¿He oído la palabra *cerveza*? —gritó Tanner desde dentro del coche.

—Así es —confirmó Jo—. Hay mucha. No he cerrado con llave.

Mientras se alejaban en la camioneta, Jo se dirigió hasta el nido de azulejos; su preocupación por Ursa había desaparecido de manera momentánea por el claro sentimiento de culpa de Tanner. Una conversación incómoda estaba al caer y, teniendo en cuenta lo cobarde que era, él prolongaría la tensión todo lo que pudiera.

Unos ladridos furiosos resonaron por la calle. Jo nunca había oído al cachorro adolescente ladrar así, pero tenía que ser él.

—Maldita sea, el perro los está atacando.

—No les hará daño —aseguró Ursa.

—¿Cómo lo sabes? Está defendiendo la Cabaña Kinney como si viviera allí. No tendría que haberlo dejado entrar al porche.

—Le enseñaré a no ladrar.

—Te lo llevarás… cuando te vayas.

Los ladridos no se habían detenido. Jo caminó deprisa en dirección al último nido.

—Shaw es amable —dijo Ursa detrás de ella.

—Lo es, pero eso no significa que no te mandará a casa.

—¡No tengo casa aquí!

Jo se detuvo y la miró.

—Ni se te ocurra decirle que eres de otro planeta. No se lo digas a ninguno de ellos. ¿Entendido?

Capítulo seis

Los relámpagos destellaron a lo lejos entre las nubes sureñas.

—Espero que solo sean relámpagos —dijo Jo—. No quiero perder otro día de trabajo.

—Es bueno que te tomes un descanso —comentó Shaw.

Su enfermedad, otra vez. Los cuatro le habían preguntado cómo se encontraba. Y Carly y Leah habían sugerido que contratara a un asistente que la ayudara. Ni siquiera le dejaron poner las hamburguesas en la parrilla. «Siéntate, Joanna. Prepararemos la cena mientras descansas».

—Iré a cerrar las ventanillas del coche por si acaso —señaló Jo, alejándose del fuego.

—Iré a buscar otra cerveza. ¿Alguien más quiere? —preguntó Tanner, detrás de ella.

—No, gracias —dijo Shaw.

—Yo estoy bien —respondió Carly.

—Esta es la última para mí —comentó Leah.

Ursa estaba atrapando luciérnagas y poniéndolas en un frasco que Jo le había dado. Cuando vio que Jo se alejaba del grupo que rodeaba el fuego, la siguió de lejos. Jo había permitido que cenara con ellos y oyera su conversación cerca del fuego, pero pronto tendría que pedirle que se fuera. Ya había eludido las preguntas sobre por qué la niña estaba pasando el rato en la cabaña y, hacía quince minutos, Shaw había comentado: «¿No es hora de que la pequeña se marche a casa?».

Jo se sentó a oscuras en el coche, aparcado sobre el camino de gravilla, y cerró las ventanillas que había dejado abiertas en su prisa por rescatar a sus visitas del ataque de Oso Menor. El perro se había calmado de inmediato con la llegada de Jo y Ursa, pero ella había tenido que explicar que era un perro callejero que no quería irse. «Seguramente le has dado de comer, así que ahora no te lo quitarás de encima», había criticado Shaw. Si él supiera...

—Bonito coche. —La voz de Tanner emergió de la oscuridad.

Se había bebido al menos seis cervezas, las suficientes para prepararse para el discurso que Jo había estado esperando toda la noche. Ella cerró el coche justo cuando el atractivo rostro de Tanner surgía de entre las sombras arrojadas por las luces del porche.

—¿Has visto? —respondió Jo—. Es el primer coche relativamente nuevo que tengo. Pero, la verdad, preferiría haberme traído mi viejo Chevy. Estas calles de gravilla lo están destrozando.

Tanner apoyó una mano en el capó rojo del Honda todoterreno.

—¿Era de tu madre?

—Insistió en que me lo quedara y mi hermano no lo quiso.

—He atrapado otra luciérnaga, Jo. Ahora tengo cuatro —gritó Ursa desde debajo de un nogal.

—Será mejor que las liberes pronto —comentó Jo.

—Lo haré —repuso la pequeña.

—Qué niña más mona —dijo Tanner—. ¿No estarán preocupados sus padres? Es un poco tarde para que esté fuera.

—Creo que la situación en su casa es un poco cuestionable —explicó Jo.

—Qué mierda.

—Sí.

—Jo...

Ella cruzó los brazos contra el pecho y esperó. Tanner dio unos pasos para acercarse, sus rasgos habían quedado oscurecidos por la sombra del árbol y su cercanía sin rostro hizo que la oscuridad húmeda pareciera el confesionario de una iglesia.

—Lamento no haber ido a Chicago a verte —agregó él—, pero creía...

—¿Qué?

—Creía que no querrías que te viera así.

—¿Así cómo?

—Ya sabes… enferma. Sin pelo y todo eso. —Cuando ella no dijo nada, él movió el cuello de un lado al otro para hacerlo crujir, un gesto de nerviosismo habitual en él—. ¿Hice mal en suponer…?

—Tenías razón. No quería ver a nadie. —Si algo había aprendido Jo en los últimos dos años era que la vida podía ser bastante dura ya sin añadirle resentimientos triviales.

Tanner bebió un sorbo de cerveza para limpiar lo que quedaba de su pecado.

—¿Querías una? —preguntó, sosteniendo en alto la botella—. ¿Debería traerte una?

—No, gracias.

Bebió otro largo trago de la botella.

—Por cierto, tienes un aspecto genial.

—¿Genial para una superviviente de cáncer?

—Solo genial.

—Gracias.

—¿Te harás una reconstrucción cuando te sientas mejor?

—Ya me siento mejor.

—Pero probablemente quieras esperar un tiempo…

Jo se apartó los brazos del pecho.

—Así es cómo lo quiero. Ahora que he experimentado la libertad que los hombres tienen con respecto a su pecho, no volveré atrás.

Él sonrió a medias, suponiendo que su humor era consecuencia de su amargura.

—Entiendo que lo prefieras después de todo lo que pasó. Pero al menos tu madre recibió el diagnóstico a tiempo para salvarte. —Inclinó la cabeza hacia un lado para hacerse crujir el cuello—. Quiero decir…

—Sé lo que quieres decir y tienes razón. Ella misma lo dijo. Nadie se hace una mamografía a los veinticuatro años. Si no se hubiera puesto enferma y descubierto que tenía la mutación, quizá no habrían encontrado mi cáncer hasta que fuese demasiado tarde.

—Espero que no te importe que lo sepa, pero oí que pediste que te lo quitaran todo.

—No me lo quitaron todo. Todavía tengo el útero. Y estoy bastante segura de que me dejaron casi todo el cerebro también.

Esta vez no sonrió.

—Quizás deberías haber esperado para tomar esa decisión.

Era probable que él estuviera expresando las opiniones que los profesores y alumnos de posgrado habían intercambiado durante los dos años que ella había estado ausente.

—La madre de mi madre y su hermana murieron de cáncer de ovarios antes de los cuarenta y cinco años —argumentó Jo—. No iba a quedarme sentada esperando a que esa bomba de relojería explotase.

—¿No congelaste tus óvulos o algo?

—¿Para qué? ¿Para pasarle esta miseria a una hija?

—Entiendo tu punto de vista. ¿Qué hay de las hormonas?

—¿Qué pasa con ellas?

—¿El hecho de no tener ovarios no te hace entrar en la menopausia?

Era evidente que Tanner había estado hablando de sus decisiones médicas. Seguro que nunca había pronunciado la palabra *menopausia* antes del diagnóstico de Jo.

—Hago terapia de reemplazo hormonal —respondió ella.

—¿Eso te hace sentir normal?

Supuso que patearle los huevos no daría una apariencia de normalidad. Así que, en lugar de eso, dijo:

—Sí, me siento genial.

Él asintió, inclinó la botella hacia sus labios y la vació.

—¿Conoces a esa actriz…? —Intentó recordar el nombre de la mujer, pero las células de su cerebro se encontraban demasiado aturdidas—. Tenía una de esas mutaciones también e hizo que se lo quitaran todo. Le hicieron una reconstrucción y dicen que le quedaron muy bonitas… ya sabes…

—Tiene unas tetas estupendas porque es lo bastante rica como para conseguir que su cuerpo tenga el aspecto que quiera. Y no desarrolló el cáncer. Pudo conservar los pezones y toda la piel y el tejido que no estaba en riesgo.

Tanner se armó de suficiente valor para mirar el pecho de Jo.

—Pero ¿no crees que algún día querrás…?

—¡No! ¡Déjalo ya! Si yo estoy contenta con mi aspecto, tú también deberías estarlo. ¿Lo entiendes, Tanner? ¿Es que ya no es posible que me veas como una persona completa?

—Mierda… Jo, lo siento…

—Regresa con Carly. Y podéis dejar de fingir que no estáis juntos para evitarme la pena. No siento ninguna. —Se alejó caminando hacia una tranquilizadora nube oscura de sonidos de grillos y saltamontes. Fue como estar bajo los efectos de la anestesia: la oscuridad se volvía cada vez más profunda cuanto más se alejaba. Cuando salió, se encontró junto al arroyo. Había estado llorando.

—¿Jo?

Dio media vuelta. Bajo la ensombrecida luz de la luna, la pequeña parecía una *changeling* otra vez, con el rostro pálido marcado por las venas de las ramas del bosque.

—¿Estás bien? —preguntó.

—Por supuesto —respondió Jo.

—Me parece que estás mintiendo.

El sonido de Oso Menor bebiendo agua del arroyo llenó el espacio entre ambas.

—Ursa, tienes que…

—Lo sé. Ya me voy —interrumpió.

—¿Te irás a casa?

La pequeña abrió la tapa del frasco y sostuvo el recipiente en el aire. Las luciérnagas recuperaron su libertad una por una, creando una constelación expansiva en el bosque oscuro. Volvió a colocar la tapa y le dio el frasco a Jo.

—Vamos, Oso Menor —dijo.

Jo observó cómo la niña y el perro subían la pendiente hacia la calle.

—¿A dónde vas?

—Voy adonde tú quieres que vaya —respondió Ursa.

Capítulo siete

Jo trabajó durante quince agotadoras horas en el bosque Shawnee al día siguiente, tanto para apartar a Tanner Bruce de sus pensamientos como para recuperar el tiempo perdido por el día de lluvia. Quizá también lo hizo para demostrar que no estaba enferma. Vigiló y buscó nidos en todos sus lugares de estudio con «límites naturales», los más difíciles para trabajar porque tenían que estar lejos de perturbaciones humanas, y una vez que llegaba a ellos, a menudo debía abrirse camino entre matorrales riparios de zarzaparrilla y ortiga, que provocaban ardor.

El sol había caído detrás de las copas de los árboles cuando Jo y las varias criaturas que se habían aferrado a ella subieron al Honda. El ejercicio y el mundo verde la habían rejuvenecido, como siempre. Tanner y sus groseras opiniones aún la acompañaban, pero le resultaban más fáciles de ignorar, como una estúpida luz averiada en el salpicadero del coche.

Sin embargo, era incapaz de dejar de pensar en la pequeña extraterrestre. Desde el momento en que se había despertado, Jo había estado castigándose por no acompañar a la niña hasta la puerta de su casa, aunque dudaba de que realmente hubiese vuelto allí. Cuando Ursa se había marchado, le había dicho «Voy adonde tú quieres que vaya». Cuanto más intentaba Jo averiguar lo que eso quería decir, peor sonaba. Sin embargo, se había quedado allí, observando cómo la pequeña desaparecía en la noche.

Dobló en la calle Turkey Creek, convencida de que la niña estaría en la Cabaña Kinney esperándola. Antes habría deseado que la pequeña *hubiese* desaparecido. En lo que quedaba del gris crepúsculo, detuvo el coche en la entrada de gravilla. Observó el nogal del jardín delantero. No había niña. Ni perro.

Dejó su equipo en el porche cerrado y caminó hasta el pozo para hogueras.

—¿Ursa? —llamó. La única respuesta fue el *¡prit!* de un añapero buscando comida en el campo detrás de la casa.

Se acercó un coche. Nadie se adentraba tanto en esta calle a menos que se hubiera perdido. Un cartel de SIN SALIDA al comienzo del camino evitaba que la mayoría de la gente confundiera esta calle con otra. Jo salió al jardín delantero cuando la camioneta del Hombre de los Huevos, apenas reconocible bajo la penumbra del final del atardecer, doblaba la esquina. Sus ruedas crujieron hasta detenerse detrás del coche de Jo. El joven apagó el motor. No sería una visita breve.

Jo se encaminó a su encuentro mientras él salía de la camioneta.

—Te he oído venir por la calle —señaló él—. Te estaba esperando.

Ella mantuvo la distancia entre ambos.

—¿Qué sucede?

Él se acercó.

—Creo que ya lo sabes. Me has encasquetado a la extraterrestre.

—¡Yo no le dije que fuera a tu casa!

—¿Por qué no la llevaste a la policía?

—¿Y tú?

Se acercó unos pasos más, lo suficiente para que ella percibiera un fuerte aroma a comida. Lo que fuera que había cenado olía lo bastante bien para abrirle el apetito a Jo.

—Deberías arreglar esta luz —comentó él, levantando la vista al poste de luz.

—Se quemó hace dos semanas y decidí que me gustaba más la oscuridad.

—No te gustará tanto cuando algún granuja decida que una casa oscura es un objetivo más fácil que una iluminada.

Granuja. ¿Quién seguía usando esa palabra?

El Hombre de los Huevos se frotó la barba de la mejilla, de atrás hacia delante, con una mano.

—Esa niña es todo un personaje. ¿Sabes lo que está haciendo en este momento?

—¿Leyendo *Guerra y paz*?

—Entonces lo sabes.

—¿El qué?

—Lo extrañamente inteligente es.

—Te lo dije el día que hablamos de ella.

—Sí, pero ahora lo he comprobado. Mi madre también cree que es brillante.

—¿Tu madre?

—Cuido de ella. Está enferma.

—Lo siento —repuso Jo, repitiendo lo que tanta gente le había dicho. Él asintió.

—¿Te dijo la extraterrestre cómo se llama?

—Se hace llamar Ursa Maior porque viene de allí.

—Es el mismo nombre que me dio a mí. Creo que Ursa podría ser su nombre real.

—Pienso lo mismo —asintió—. He buscado por todo Internet si había una niña desaparecida con el nombre de Ursa.

Jo se acercó más.

—¿Has entrado en la página web de Niños Desaparecidos y Explotados?

—Sí —respondió él.

—¿Has visto la fotografía de los zapatos?

—¿Tú también? ¿Cómo es posible? ¿Cómo es posible que nadie eche de menos a ese niño muerto?

—Parece que has atravesado el mismo proceso que yo —señaló Jo.

—He estado a punto de llamar a la comisaría al menos cinco veces. Pero he decidido hablar contigo primero.

—No tengo ningún consejo —repuso Jo—. A menos que estés dispuesto a encerrarla en una habitación.

—¿Y eso qué significa?

—Eso es exactamente lo que yo dije. Llamé al comisario la noche en que hablamos. ¿No te contó nada de eso?

—No. ¿Qué ocurrió?

—Huyó, tal como dijo. El agente ni siquiera pudo verla.

—Vaya —repuso él—. Tenía la sensación de que pasaría eso si llamaba. ¿Qué dijo el agente? ¿Conocía algún caso de una niña desaparecida?

—No. Actuó como si estuviera haciéndole perder el tiempo. No dijo nada de intentar buscarla, ni siquiera cuando le hablé de los hematomas.

El Hombre de los Huevos tensó el cuerpo de manera visible.

—¿Tiene hematomas?

—En el cuello, en el brazo y en la pierna. Están cubiertos por la ropa.

—Dios. ¿Crees que son marcas de maltrato?

—Hay marcas de dedos en uno de ellos.

—¿Se lo dijiste al policía?

—Le dejé claro que estaba segura de que alguien le había hecho daño. Pero ese hombre está en contra de apartar a los niños de sus hogares. Me contó una historia sobre un amigo suyo del colegio. Llevaron al chico a una casa de acogida donde lo maltrataban y terminó suicidándose.

—¿Te dijo que no la entregaras?

—No exactamente, pero me contó que a menudo la gente acoge a los niños por el dinero. Señaló que aunque los hematomas de Ursa fueran marcas de maltrato, ella mentiría al respecto. Dijo que una casa de acogida puede ser tan horrible como el lugar de donde viene y que ella lo sabe.

—¿Qué clase de consejo retorcido es ese?

—¿Lo es?

—¿Estás de acuerdo con él?

—No lo sé —respondió Jo—. No he tenido tiempo de pensar desde que hablé con él. Recibí visitas ayer...

—Ursa me lo contó.

—¿Sabes qué descubrí? Creo que no es de por aquí cerca.

—Qué extraño que digas eso… —comentó él.

—¿Por qué?

—Porque he pensado lo mismo hoy. Cuando le enseñé los gatitos recién nacidos, enloqueció. Dijo que eran un milagro. Es evidente que nunca había visto gatitos bebés y los chavales del campo ven muchos.

—¿Ha visto otro milagro?

—Solo le quedan tres, según dice.

—Su primer milagro fueron unos polluelos.

—Me lo contó.

—Como bien has dicho, una niña del campo hubiera visto polluelos a su edad por lo menos una vez. Creo que es de una ciudad, por lo que tal vez la trajeron en coche y la abandonaron.

—Habla como si fuera de por aquí.

—Quizá sea de San Luis —sugirió Jo.

—Allí no tienen un acento rural demasiado marcado.

—¿Paducah?

—He buscado en cada estado sureño donde podrían hablar con ese acento, incluso en Florida —reveló—. No aparece en las listas de desaparecidos.

—Si quienes debían cuidarla la trajeron en coche y la abandonaron, está claro que no denunciarán su desaparición.

—Quizá huyó —apuntó él—. Es demasiado inteligente para cualquier idiota que le haya hecho esto. No te he llegado a contar qué se trae entre manos.

—¿El qué?

—Vio algunos libros sobre Shakespeare en nuestra biblioteca y me preguntó si me gustaba. Cuando le dije que me encantaba…

Jo no oyó algunas de las palabras siguientes mientras asimilaba que al Hombre de los Huevos le encantaba Shakespeare.

—… quiso llamar a los seis gatitos como personajes de las obras de Shakespeare. Me pidió permiso para usar el ordenador y así leer sobre los personajes y elegir los nombres adecuados. De modo que eso es lo que hace ahora mismo, está estudiando las obras.

—Hizo lo mismo conmigo, de alguna manera conectó con mi interés por las aves… incluso leyó algunas páginas de mi manual de ornitología. Creo que lo hace para que la quieran.

—Quizá así es cómo sobrevive en su horrible familia.

—Es obvio que no la quieren.

—No me digas.

Jo se apoyó contra la parte de delante de la camioneta y se llevó una mano a la frente.

—¿Te encuentras bien? —preguntó él.

—Estoy demasiado cansada para lidiar con esto ahora.

—Me parece que necesitas sentarte.

Ella se apartó de la camioneta.

—Hoy he trabajado quince horas. Lo que necesito es ducharme, cenar y dormir.

—Antes de eso, ¿hablarías con ella?

—¿De qué?

El Hombre de los Huevos cruzó los brazos.

—Debo confesarte algo. Ursa y yo hemos venido a buscarte dos veces esta noche.

—¿Por qué?

—Está preocupada. Dice que tienes cáncer.

—¡Joder! Anunciémoslo desde todas las torres de comunicación.

Él descruzó los brazos.

—No sabía que eso era posible.

—No creo que lo sea, pero los estudiantes de posgrado y mi tutor ya han hablado bastante de ello.

—¿Estás en remisión?

—Supongo que así lo llaman.

—¿Te importaría decírselo a Ursa para que vea que estás bien? Le da miedo que te mueras.

—Todos vamos a morir.

—Mejor contémosle una versión para niños.

—Sí. De todas formas, tengo que hablar con ella. Me siento mal por haberla obligado a marcharse anoche.

—No tenías alternativa. Me dijo que ibas a meterte en problemas con tu tutor.

—¿Hay algún detalle de mi vida del que no hayáis hablado?

—No hemos llegado a charlar sobre tu elección de ropa íntima.

Ropa íntima. Seguro que esa expresión era influencia de su madre.

—Te llevaré en mi camioneta —ofreció él.

—Estoy hecha un desastre.

—También mi camioneta.

No sabía nada del Hombre de los Huevos —conocido también como Gabriel Nash—, salvo que un tipo al que le encantaba Shakespeare debía de tener demasiados estudios como para vender huevos en la cuneta de una carretera rural. De repente, Jo recordó cómo se había enfadado de pronto cuando Ursa le había preguntado si estaba haciendo un posgrado. Además, no había rastro alguno de su supuesta madre. Tal vez había matado a Ursa y la estaba usando de cebo para atraer a Jo a la misma trampa. Por enésima vez ese día, Jo se castigó por dejar que una niña de nueve años se adentrara sola en el bosque.

Él se dio cuenta de su vacilación.

—Puedes seguirme en tu coche, si prefieres.

—Creo que haré eso.

—Haces bien en ser cautelosa —comentó él.

—¿Eso qué quiere decir?

Él pensó cómo responder.

—Si quisiera hacerte daño, habría aprovechado las muchas oportunidades que he tenido para hacerlo desde que vives aquí.

—Igual que yo, si quisiera hacerte daño —repuso ella, porque él no tenía derecho a ver a una mujer que vive sola en el bosque como una invitación a la violencia.

Él sonrió levemente, un destello de dientes blancos en la oscuridad.

—Por lo general, más de una persona alquila la casa. ¿Por qué solo estás tú este verano?

—Así resultaron las cosas —contestó Jo.

La verdad era que un estudiante de posgrado que estudiaba insectos de las praderas y colinas había planeado vivir en la Cabaña Kinney durante el verano… hasta que se enteró de que la compartiría con Jo. Usó el dinero de su investigación para alquilar otra casa con el argumento de que quería estar más cerca de sus lugares de estudio. Pero Jo sospechaba que, en realidad, no quería vivir en un lugar tan pequeño con una mujer que ya no era exactamente una mujer. Muchos estudiantes de posgrado varones se habían sentido incómodos con ella desde su regreso, sobre todo aquellos con los que solía coquetear. Su psicóloga le había advertido sobre ese tipo de reacción por parte de los hombres, pero aquella era una herida que no se cerraba por mucho que acudiera a terapia. Lidiar con el dolor suponía un calvario diario. La naturaleza y su investigación eran algunos de sus únicos alivios.

—Es una pena —dijo el Hombre de los Huevos—. Debe de ser bastante solitario.

—No lo es —respondió Jo—. Prefiero vivir sola mientras investigo. La gente alrededor me distrae.

Él abrió la puerta de su camioneta.

—Supongo que eso ha sido una indirecta. Sígueme.

Capítulo ocho

El camino arado que llevaba a casa del Hombre de los Huevos no había sido empedrado en años y solo la anchura de su camioneta evitaba que el bosque lo recubriera. Jo avanzó despacio por la callejuela, su Honda se mecía y chirriaba cuando las ruedas se sumergían en los profundos baches. Oyó unos fuertes ladridos antes de vislumbrar a Oso Menor, con los ojos resplandecientes por la luz de los faros del coche. Siguió ladrando mientras corría entre la camioneta y el todoterreno, incluso cuando la densidad del bosque oscuro se abrió a un jardín iluminado por un poste de luz.

El Hombre de los Huevos salió de su camioneta e intentó hacer callar al perro.

—Veo que, junto a Osa Mayor, has heredado a Oso Menor —comentó Jo, bajando de su coche.

—Le dije a Ursa que el perro no puede quedarse en mi casa.

—Suerte con eso.

—Lo sé —repuso él—, dejé que lo alimentara.

—Veo cierto patrón aquí.

—No me quedó otra. No quería que anduviera hambriento cerca de mis gallinas y cerditos.

—¿Tienes cerdos?

—¿No los has olido?

—No podría distinguir el olor de un cerdo del de un caballo.

—Como la mayoría de la gente de ciudad.

La expresión «Gente de ciudad» desató su curiosidad.

—¿Te comes a tus cerdos? —preguntó.

—En realidad, les leo Shakespeare. —Sonrió a Jo—. Sí, nos los comemos. Vivimos de la tierra todo lo que podemos. Detesto ir al supermercado.

—Es una aversión problemática.

—No te haces una idea —comentó él, pero Jo no entendió qué había querido decir.

El Hombre de los Huevos echó un vistazo a las ventanas iluminadas de la cabaña.

—La cuestión es que Ursa vive por aquí cerca, pero sus padres tienen problemas. Eso es lo que opina mi madre, pero aun así, no le entusiasma demasiado que la niña esté aquí.

—¿Ursa no le contó la historia de que es extraterrestre?

—Sí, pero eso solo hizo que mi madre sintiera más pena por ella. Dice que Ursa ha creado una fantasía para escapar de su realidad.

—Lo cual es cierto.

—No, no lo es —refutó—. Ursa no se cree esa tontería.

—Entonces, ¿por qué insiste en ello?

—Porque es astuta.

—¿Por qué te parece astuto lo de fingir ser una extraterrestre?

—No lo sé. Soy demasiado estúpido para averiguarlo por ahora.

Ursa salió brincando por la puerta delantera, atravesó el porche a toda prisa y saltó los tres escalones a la vez, como si llevara años haciéndolo.

—¡Te ha encontrado! —Envolvió con los brazos a Jo por la cintura y apoyó la cabeza contra su barriga—. ¡Te he echado de menos, Jo! Y ¿adivina qué? ¡He visto otro milagro!

—Eso me han dicho… Gatitos —dijo Jo.

—¿Puede ir a verlos? —le preguntó Ursa a Gabe.

—No los molestaremos de noche y Jo debe comer. —Se dirigió a Jo—. Hay muchas sobras de la cena.

—Ah, gracias —repuso Jo—, pero…

—Nos harías un favor. He preparado demasiada comida.

—Costillas de cerdo, puré de manzana, guisantes y puré de patatas —enumeró Ursa—. Gabe lo cultiva todo en la granja. Hasta prepara el puré de manzana. ¡Hay manzanos aquí, Jo! ¡He trepado por ellos!

—Gatitos, cerditos, manzanos… qué fantástico mundo para una niña —comentó Jo.

—Ha estado bastante contenta —dijo él.

Ursa sujetó a Jo de la mano y la arrastró por los escalones de la cabaña, bajo un cartel que rezaba LA GRANJA DE LA FAMILIA NASH. Pasaron al lado de una hilera de mecedoras en el porche techado y entraron en la casa. El interior de la cabaña era un espacio encantador con las paredes y el suelo de madera, una chimenea de piedra y muebles hechos de árboles. La casa era más elegante de lo que Jo hubiese imaginado, sobre todo considerando el descuidado camino de acceso y el cartel destartalado de PROHIBIDA LA ENTRADA. En la cocina, había electrodomésticos modernos y preciosas encimeras de granito. Y a diferencia de la Cabaña Kinney, que tenía viejos aires acondicionados de ventana para enfriar el ambiente, la finca de los Nash disponía de aire acondicionado central.

Una mujer guapa, de pelo canoso y que probablemente era la abuela de Gabe estaba sentada a la mesa de la cocina, con un bastón de cuatro patas al lado.

—Soy Katherine Nash —se presentó ella, y observó detenidamente a Jo con sus agudos ojos celestes. Estiró una mano temblorosa, quizá debido al Parkinson. Jo se la estrechó.

—Mucho gusto. Soy Joanna Teale, pero puede llamarme Jo.

—Ursa lleva hablando de ti todo el día.

—Lo siento —dijo Jo, y Katherine sonrió.

Gabe ya le estaba sirviendo en un plato comida caliente de las sartenes y cacerolas. Lo apoyó sobre la mesa y apartó una silla.

—¿Estás seguro? —insistió Jo—. Estoy manchando el suelo con las botas.

—Tonterías —comentó Katherine—. Mi marido solía decir que las cabañas de madera no parecían auténticas sin un poco de tierra en el suelo.

—Una filosofía que encajaba a la perfección con un niño que iba siempre cubierto de tierra —señaló Gabe.

Jo se preguntó si lo habían criado sus abuelos. Antes, Gabriel había dicho que su madre estaba enferma. Quizá padecía una enfermedad crónica, algo que la había dejado incapacitada desde que él era pequeño.

Se sentó, cortó la tierna carne estofada y se llevó a la boca un delicioso bocado de chuleta de cerdo especiada.

—Es una cabaña preciosa —le dijo a Katherine—. ¿Ya estaba aquí cuando comprasteis el terreno?

—La construyó Arthur, mi marido, con algunos de sus amigos —respondió la mujer—. George Kinney, el hombre al que pertenece la propiedad que alquilas, también ayudó. Ya sabes, él y mi marido eran grandes amigos.

—No lo sabía —repuso Jo.

—Se conocieron en la Universidad de Illinois, cuando eran compañeros de habitación. Después de hacer sus posgrados, ambos terminaron en Illinois otra vez. Mi marido enseñaba Literatura Inglesa en la Universidad de Chicago y estoy segura de que sabes que George es entomólogo en la de Illinois.

—Sí —confirmó Jo. Le echó un vistazo a Gabe, al advertir que la observaba desde la cocina. Ahora entendía algunos de los misterios del Hombre de los Huevos. El abuelo que lo había criado era profesor de literatura. Eso explicaba su conexión con Shakespeare y era tal vez la razón por la que había reaccionado así a la pregunta de Ursa sobre el posgrado. Gabe apartó la mirada con timidez y colocó un recipiente de plástico en la nevera—. ¿Quién fue el primero en comprar un terreno aquí, su marido o el doctor Kinney?

—Arthur y yo lo compramos primero. Queríamos un refugio de la ciudad y Arthur había soñado con construir una cabaña de madera desde pequeño. George y su esposa compraron la propiedad contigua cuando salió a la venta unos años después. A George le encantaba poder estudiar sus insectos acuáticos en el arroyo Turkey, a solo unos pasos de su puerta.

—¿Qué edad tenían vuestros hijos cuando construisteis la cabaña? —preguntó Jo.

—La terminamos antes de que Gabe naciera, cuando su hermana iba al instituto. —Sonrió ante la confusión de Jo—. Supongo que creíste que era la abuela de Gabe...

Jo se encontraba demasiado avergonzada como para reconocerlo.

—Gabe es lo que llamamos un bebé premenopausia —explicó Katherine—. Lo tuve cuando tenía cuarenta y seis años y su padre tenía cuarenta y ocho. Su hermana le lleva diecinueve años.

—¿Tu padre aún vive? —le preguntó Jo a Gabe.

Antes de que su hijo respondiera, Katherine señaló:

—Arthur murió hace dos años.

—Lo siento —dijo Jo.

—Estaba en buena forma —contó Katherine—, pero un aneurisma se lo llevó de forma inesperada.

Ursa había estado escuchando la conversación, pero se fue corriendo a otra habitación en cuanto Jo comenzó a comer. Regresó con un papel en la mano.

—Hasta ahora, tengo tres nombres —le dijo a Gabe—. ¿Quieres saber cuáles son?

—Por supuesto. —Se sentó en una silla frente a la niña.

—Uno de los machos se llamará Hamlet.

—Es posible que su destino acabe siendo desgraciado —comentó Gabe.

—Lo sé. Leí lo que le pasó —repuso Ursa—, pero Hamlet es una persona importante.

—Lo es —confirmó él—. ¿Cuál será Hamlet?

—El gris, porque es un color un poco triste.

—Tiene sentido.

—La gatita blanca será Julieta, de *Romeo y Julieta*. Me gusta mucho ese nombre.

—A mí también —coincidió Gabe—. Pero Julieta también tuvo un final triste.

—¡Deja de decir eso! ¡Son solo nombres!

—Es verdad. Después de todo, hasta la propia Julieta preguntó: «¿Qué tiene un nombre?». ¿Qué más?

—Macbeth.

—De acuerdo, y no haré comentarios sobre su suerte. ¿Para qué gatito?

—El blanco y negro.

—Has estado ocupada. Son tres de las mejores obras de Shakespeare.

—Es que busqué cuáles son las obras más importantes. La siguiente es *Julio César*. Pero ¿no crees que «Julio» es demasiado parecido a «Julieta»?

—Puedes llamarlo César.

—Tal vez, pero primero tengo que leer sobre él para saber a qué gatito le quedará mejor ese nombre.

—No es nada bueno… me refiero a su destino.

Ursa apretó los labios, exasperada, y Gabe ocultó su sonrisa con una mano.

A Jo le encantó. Ya eran como viejos amigos, respondiendo al humor del otro.

—Quizá deberías pasar a las comedias —sugirió Gabe.

—Debería volver a su casa —intervino Katherine—. ¿La llevarás tú o Jo?

Gabe le echó una mirada nerviosa a Jo.

—Todavía no lo hemos discutido.

—Sus padres deben de estar desesperados ya —dijo su madre.

—No lo están —aseguró Ursa—. Se alegran de que esté aquí, porque así conseguiré mi posgrado.

Katherine clavó sus penetrantes ojos celestes en su hijo.

—Lo sé, lo sé —respondió él—. Déjame hablar con Jo al respecto.

—La cena estaba deliciosa. Muchas gracias —dijo Jo, al levantarse de la silla.

Gabe le señaló la puerta de entrada y, cuando Ursa intentó seguirlos, le indicó a la niña:

—¿Me haces un favor? Pon los platos de Jo en el fregadero y enjuágalos.

—Me lo pides solo para poder hablar sobre mí —se quejó Ursa.

—Te lo pido porque odio lavar los platos. Ve.

Guio a Jo a través de la puerta y por los escalones del porche para tener más privacidad.

—No puede quedarse. Mi madre no sabe que durmió aquí anoche.

—¿Cómo no lo va a saber?

—Yo tampoco lo sabía. Cuando fui a ordeñar la vaca, el perro vino ladrando hacia mí desde el establo.

—¿Durmió en el establo?

—Supongo que sí.

—Pobre niña. Ha estado durmiendo en el cobertizo de Kinney.

—Me da la sensación de que ha pasado por cosas peores —comentó Gabe.

—Gracias por ayudarla. Hoy parece otra niña.

—Sí, pero no puede quedarse. Mi madre me obligará a llamar a la policía si se entera de que no sabemos dónde vive.

—Supongo que tenemos que averiguarlo. Pero no puedo tomarme el día libre mañana, hay demasiados nidos que debo observar.

—Bueno, no esperes que yo lo haga. No la encerraré como a un animal.

—Lo sé. Es horrible con solo imaginarlo, ¿no?

Él bajó la mirada hacia Oso Menor, que estaba tan manso como lo había visto Jo, a quien le lamía los dedos con olor a chuleta.

—¿Y si esperamos? —sugirió Gabe.

—¿A qué?

—¿No te parece extraño que haya fijado un plazo de cinco milagros? ¿Por qué lo habrá hecho?

—Para ganar tiempo, por supuesto.

—Pero quizá haya una razón. Tal vez esté esperando que alguien en quien confía regrese a casa o algo por el estilo.

—¿No habíamos quedado en que no es de por aquí?

—Pudo haberse mudado la semana pasada. —Echó un vistazo a la puerta para asegurarse de que Ursa no estuviera escuchando—. Quizá la cuida una abuela que está en el hospital. Tal vez su abuela enfermó, y tuvo que venir a vivir aquí con un familiar agresivo y por eso huyó.

—A mí también se me ocurren ese tipo de historias.

—Encajan con la situación.

—¿Y si la abuela no mejora? —preguntó Jo.

—¿Y si lo hace y por nuestra culpa la pobre niña acaba en el sistema de acogida?

—¿Cuánto tendríamos que esperar a que la hipotética abuela reaparezca?

—Solo digo que deberíamos pensarlo unos días. Quizá si nos ganamos su confianza, nos cuente la verdad.

Ursa asomó la cabeza por la puerta de entrada de la cabaña.

—¿Ya habéis terminado de hablar de mí?

—No. Vuelve a entrar —indicó Gabe.

La puerta se cerró.

—Creo que podríamos meternos en problemas por esperar —advirtió Jo.

—Nadie ha denunciado su desaparición. A nadie le importa una mierda lo que le ocurra, ni siquiera al agente con el que hablaste. Y como bien dijo, podría terminar en una casa de acogida horrible, y no veo razones para darnos prisa en hacerlo cuando tal vez encontremos una solución mejor.

—Si la entregamos, podríamos asegurarnos de que no vaya a un lugar horrible.

—¿Cómo?

Jo no tenía una respuesta a eso.

—Si quieres entregarla, hazlo —concluyó él.

—No quiero.

—Llévala contigo a casa de Kinney.

—¿Y la dejo sola cuando me voy a trabajar por la mañana?

—Acércala hasta mi entrada cuando pases con el coche. Me encargo del cuidado matutino de los animales.

—Será muy temprano.

—Lo sé. Te oigo pasar con el coche. Lo soportará.

—¿Cómo le explicarás su presencia a tu madre?

—Es una niña de por aquí a la que le gusta pasar el rato en nuestra granja.

—No me parece bien hacer esto —dijo Jo.

—¿No te parece peor lo de encerrarla en un armario y llamar a la policía para que se la lleve?

—Mierda. Sí, es peor.

Capítulo nueve

Durante cuatro días, Jo y Gabe se intercambiaron a Ursa a escondidas. A veces, parecía que ella y Gabe eran una pareja divorciada que llevaba y traía a su hija de una casa a otra. Pero a menudo se asemejaba a un intercambio ilegal, porque trasladaban a Ursa en la oscuridad de las horas previas al amanecer y al anochecer. Jo revisaba las páginas web sobre niños desaparecidos al regresar a casa todas las noches, esperando encontrar los ojos marrones de Ursa en cada desplazamiento de pantalla que hacía con el ratón. Pero tras más de una semana, nadie había denunciado su desaparición.

Al tercer día, Gabe llevó a Ursa a un mercadillo para comprarle ropa, lo que resultó en un vestuario considerablemente inclinado hacia el color púrpura y los estampados de animales de ojos grandes. Para el cuarto día —vestida con ropa decente, bien alimentada y tras jugar muchas horas al aire libre—, Ursa ya no parecía una *changeling*. Las ojeras desaparecieron de debajo de sus ojos, su piel se volvió de un rosado saludable y ganó algo de peso.

Todas las noches, después de ducharse, Ursa le contaba a Jo las cosas divertidas que había hecho en la granja y, a veces, Jo se ponía un poco celosa de lo mucho que a la pequeña le gustaba pasar tiempo con Gabriel en el País de las Maravillas. Era en esos momentos cuando la situación se parecía a un divorcio, a pesar de que apenas conocía a Gabe.

La tensión entre los dos «padres» se volvió más real durante la quinta noche, cuando Ursa le dijo:

—¿A que no sabes qué me ha dejado hacer Gabe hoy?

—¿Ordeñar a la vaca?

—Eso ya lo hago.

—¿Montar a un bebé unicornio?

—¡Ojalá! Pero disparar un arma ha sido casi tan divertido como eso.

Jo apoyó el tenedor en la mesa.

—¡Disparé cerca del blanco tres veces!

Jo empujó su silla hacia atrás.

—Espera aquí. Volveré en unos minutos. —Buscó sus llaves y se puso las sandalias.

—¿A dónde vas?

—A hablar con Gabe.

—¿Por qué estás enfadada?

—¿Por qué crees que estoy enfadada?

—Tienes los ojos como truenos.

—No estoy enfadada contigo. Quédate aquí.

Jo dejó a Oso Menor en el porche para que no la siguiera. Maldijo al Hombre de los Huevos cada vez que la parte de abajo del preciado Honda de su madre se raspaba contra el descuidado camino.

Gabe abrió la puerta con un delantal rosa puesto, y si ella no hubiera estado enfadada, tal vez se habría reído de ese hombre musculoso y barbudo convertido en ama de casa.

—Deberías arreglar ese Gran Cañón que llamas calle —espetó.

—¿Has venido hasta aquí a decirme eso? —preguntó él.

—No.

—¿Ursa está bien?

—Está perfecta —respondió Jo— y me gustaría que eso no cambiara, así que, por favor, mantén tus armas lejos de ella de ahora en adelante.

—¿Quién es? —preguntó su madre desde el interior de la cabaña.

—Es Jo. Necesita un poco de azúcar. Espera aquí —le dijo. Regresó en menos de un minuto, sin el delantal y con una bolsita de azúcar en la mano—. ¿Eres una de esas fanáticas del control de armas? —preguntó, sonriendo a través de su barba.

—Estoy en contra de darle un revólver a una niña pequeña que es incapaz de comprender el peligro de las armas de fuego.

—Usó protección para los oídos y los ojos y le he enseñado todas las normas de seguridad.

—Es una niña y las niñas hacen cosas inesperadas. A veces abren a hurtadillas el gabinete de armas de sus padres y disparan a sus hermanos pequeños.

—Es demasiado inteligente como para hacer eso. ¿Y quién sabe dónde terminará? Quizá algún día necesite esta habilidad.

—¿Para liquidar a sus horribles padres de acogida?

—Creo en estar preparado —sostuvo él.

—Cierto, para el apocalipsis.

—Quizá.

—¿Eres uno de esos? ¿Uno de esos locos catastrofistas? ¿Cómo es posible que alguien que lee a Shakespeare sea tan idiota como para creer en eso?

—¿Así que todos los propietarios de armas son gente estúpida que no lee a Shakespeare? ¿Es ese tu argumento?

—Estoy demasiado cansada para esto. Limítate a mantener tus armas bajo llave y lejos de Ursa. —Comenzó a bajar las escaleras, pero regresó y le arrebató el azúcar de la mano—. De hecho, la necesito para el café, se me ha acabado.

Todas las dudas que albergaba sobre dejar que Ursa se quedara con ellos resurgieron en el camino de regreso a casa, en especial sus reservas sobre el Hombre de los Huevos. No sabía nada en absoluto sobre él.

Ursa la esperaba fuera, de pie en el jardín.

—¿Le has gritado a Gabe? —preguntó.

—Por supuesto que no —respondió Jo.

—¿Seguirás dejando que vaya a visitarlo?

La pequeña estaba más afligida por la discordia de lo esperado. Jo se colocó en cuclillas frente a ella y le sujetó las manos.

—No pasa nada. Solo he tenido un pequeño desacuerdo con Gabe.

—¿Por lo de disparar armas? —preguntó Ursa.

—Sí. Me criaron de forma diferente a Gabe. Las armas nunca me parecieron algo *divertido*. Mis padres me enseñaron que su único propósito es matar.

—Solo disparamos al blanco.

—¿Y para qué usa la gente un blanco? Para aprender a apuntar al corazón o al cerebro. Te estaba enseñando cómo matar a alguien.

—No lo había pensado de ese modo.

—Bueno, se trata de eso o de matar ciervos. Y no creo que quieras hacer eso.

—¡Nunca mataría a un ciervo!

—Bien. Basta de armas, ¿de acuerdo?

—Sí.

Jo recalentó su plato de comida en el microondas, pero justo cuando comenzaba a comer, Oso Menor empezó a ladrar en el porche.

—¿Y ahora qué? —Fue hasta el porche y vio que la camioneta de Gabe chirriaba hasta detenerse detrás de su coche—. No me lo puedo creer —comentó—. ¿Has conducido hasta aquí para seguir discutiendo?

—No estaba discutiendo —repuso él.

—Has defendido tu postura.

—Eso, técnicamente, no es discutir.

—Me gustaría terminarme la cena.

—Sí, deberías —dijo Gabe, caminando despacio por el sendero.

—¿Por qué estás aquí?

—Para hacer las paces. No hay nada como las estrellas para mostrarnos que nuestras pequeñas discusiones son insignificantes. Me he traído el telescopio.

—¡La galaxia del Molinete! —exclamó Ursa, detrás de Jo—. ¡Lo prometió! ¡Dijo que una de estas noches nos las enseñaría!

—Y esta es una noche perfecta —argumentó Gabe—. No hay luna, la atmósfera está despejada, tu poste de luz averiado sigue invitando a los ladrones a tu casa libre de armas…

Jo intentó hacer un gesto de irritación, pero la sonrisa de Gabe la detuvo.

—Termínate la cena mientras lo preparo todo —dijo él—. ¿Quieres aprender a montar un telescopio? —le preguntó a Ursa.

—¡Sí!

Jo sostuvo la puerta mosquitera abierta y la pequeña salió disparada hacia fuera.

—Esa es la única mirilla que tienes permitido usar con Gabe. ¿De acuerdo?

—Sí —respondió Ursa y Gabe hizo un saludo militar.

Tras terminar de cenar y fregar los platos, Jo se unió a ellos en los límites del campo y descubrió que el telescopio de Gabe era mucho más sofisticado de lo que había pensado. Había pertenecido a su padre, un aficionado a la astronomía que enseñó a sus hijos a encontrar objetos en el cielo nocturno. Gabe también se había traído unos prismáticos y le enseñó a Ursa cómo encontrar la galaxia del Molinete usando las estrellas de El Carro. Jo lo escuchó desde una tumbona, demasiado cansada por el largo día de trabajo de campo como para hacer el esfuerzo de buscar la mancha borrosa de una galaxia.

Incluso con el impresionante telescopio, tardaron un rato en localizar El Molinete, debido a algo que Gabe llamó «bajo brillo superficial». Esto no significaba nada para Jo, salvo que tal vez se quedaría dormida en la tumbona antes de que lo encontraran.

—Muy bien, aquí está —anunció Gabe—: Messier 101, también conocida como la galaxia del Molinete.

Ursa se subió a un cajón que él había traído y miró por el ocular.

—¡La veo! —Ursa se quedó en silencio mientras observaba—. ¿Sabes a qué se parece, Jo?

—¿A un molinete?

—Se parece a un nido de azulejos índigos. Y las estrellas blancas son los huevos.

—Tengo que verlo. —Jo se levantó del asiento y miró por el telescopio. Ursa tenía razón. El remolino etéreo era como un nido celestial lleno de estrellas blancas que parecían huevos—. De acuerdo, jamás había visto algo tan genial. Es como un nido de azulejo índigo visto desde abajo. A menudo tienen esa forma desaliñada en los bordes.

Ahora le tocaba observar a Gabe.

—Lo veo. Y el centro del nido se arremolina hacia el infinito. Eso me gusta mucho más que un molinete. El Nido Infinito. De ahora en adelante, lo veré de ese modo.

—Allí es donde vivo —aseguró Ursa—. Vivo en el Nido Infinito.

—Qué niña tan afortunada —comentó Jo, revolviéndole el pelo con los dedos.

Ursa comenzó a brincar de forma alocada, como si estuviera a punto de salir disparada hacia las estrellas.

—¿Puedo asar malvaviscos?

—Ursa… estoy demasiado cansada para encender un fuego.

—Yo lo haré —ofreció Gabe—. Ve a buscar los malvaviscos, señora del Nido.

Ursa corrió hacia la puerta trasera.

—¿Te parece bien? —preguntó él.

—Estoy despierta desde las cuatro y media —respondió Jo. Ursa también, pero la visita inesperada de Gabe la había espabilado.

—Siéntate y descansa —dijo Gabe—. Vigilaré cómo asa los malvaviscos con más criterio del que he mostrado antes. —Comenzó a arrojar ramitas al pozo para hogueras—. Por cierto, eso ha sido una disculpa.

—De acuerdo. —Jo regresó a su tumbona—. Y yo me disculpo por decir que eres un lector de Shakespeare idiota.

—Soy un lector de Shakespeare que vende huevos en la cuneta… es lo mismo. —Observó el rostro de Jo—. Te preguntarás por qué vendo huevos y no tengo un trabajo normal.

—No es asunto mío —dijo Jo, aunque se lo había preguntado muchas veces.

—Vendo huevos porque mis gallinas producen muchos más de los que puedo comerme. —Apartó la mirada y sacó más palos del montón de leña—. Pero el puesto de huevos también sirve como terapia.

—¿En qué sentido?

Volvió a mirarla.

—Para la ansiedad social, la depresión y un poco de agorafobia.

Jo se incorporó en su asiento para comprobar si Gabe hablaba en serio.

—No te preocupes, estoy bien con Ursa. Nunca le haría daño ni nada por el estilo.

Ursa apareció corriendo y dejó caer la bolsa de malvaviscos en una tumbona.

—¿Podrías traer un mechero, por favor? —le pidió Gabe.

Ella se fue corriendo a interior de la casa otra vez.

—¿Por qué iba a creer que le harías daño solo porque tienes depresión? —cuestionó Jo.

Él encogió los hombros.

—Mucha gente no entiende los trastornos mentales.

—¿Y el mechero? —gritó Ursa desde la puerta trasera.

—En el cajón que está al lado de la tostadora.

—Ahí no está.

—Eso significa que Shaw y compañía lo guardaron en el lugar equivocado. Tendrás que buscarlo. —Volvió a Gabe—. ¿La medicación ayuda?

—Mandé a la mierda a los médicos cuando intentaron medicarme.

—¿Cuándo ocurrió eso?

—Hace algunos años. Mientras cursaba segundo en la U de C, sufrí lo que mis padres llamaron de forma pintoresca un «colapso nervioso». Desde entonces no he podido salir de esta mierda.

—¿En la Universidad de Chicago, donde daba clases tu padre?

—Sí, un completo bochorno, ¿no te parece? Y todos los sueños que tenía para su único hijo varón acabaron en el retrete. —Partió una rama contra su rodilla y lanzó los trozos al pozo.

—Gabe, lo siento.

—¿Por qué? No es culpa de nadie. No puedes elegir tus genes.

—A mí me lo vas a contar. La mutación BRCA1 fue lo que me causó el cáncer de mama, si sabes a lo que me refiero.

—Mierda. Sí, lo sé.

Ursa regresó con el mechero.

—¿Sabes dónde lo habían guardado? En el cajón de tu escritorio.

—Qué extraño —comentó Jo—. Espero que no se trate de una crítica sutil a mi investigación.

Gabe prendió una llama con el mechero y sonrió.

—Prometo no acercarme a tus datos.

—Será mejor que no lo hagas —respondió Jo.

Mientras él encendía las ramas en el pozo para el fuego, Ursa salió en busca de un palo para los malvaviscos.

—No debería haber mencionado lo del cáncer —dijo Jo—. No he querido quitarle importancia a lo que me contaste.

—Hazlo, quítale importancia, ojalá yo pudiera.

—No parece que tengas ansiedad social. Eres más sociable que mucha gente que conozco.

—¿De verdad? Supongo que el puesto de huevos ha ayudado. Pero si me sacas de mi zona de confort, se acabó.

—¿Por eso odias ir al supermercado?

Él asintió.

—Si la cola es muy larga, a veces me tengo que ir.

—¿Por qué?

—La horrible opresión de la humanidad contra mi alma. ¿No la has sentido nunca?

—Creo que sí… en el supermercado Walmart.

—¡Exacto! ¡Es el peor lugar de todos!

Ursa volvió con una rama y con ella pinchó tres malvaviscos.

—Qué bien —dijo Gabe—. Uno para mí, uno para Jo y otro para mí.

—¡Son todos para mí! —exclamó Ursa.

Jo se quedó dormida mientras los miraba dorar los malvaviscos, pensando en lo adorables que estaban juntos. Se despertó cuando Gabe le rozó la mejilla con los dedos.

—Tenías un mosquito —explicó él.

—Probablemente haya alimentado a todo el bosque.

—No, te estaba observando.

Ella intentó librarse de la modorra.

—¿A mí?

—A ti. —Él la miraba como si tal vez fuese a besarla, y la descarga de adrenalina que la recorrió tras espabilarse la hizo sentir rara. Casi aturdida. Se le aceleró el corazón y lo notó contra los huesos del pecho, como si intentara escapar.

Se incorporó para comprobar si Ursa lo había visto tocarla. La niña estaba dormida en una tumbona al otro lado del pozo para hogueras, con un malvavisco derretido pegado al mentón.

Jo se puso de pie de forma temblorosa.

—Ursa tiene que irse a la cama. Se despierta temprano.

—Lo sé —dijo él, levantándose a su lado—. Quería acostarla, pero no sabía dónde. ¿Duerme en tu cama o en el sofá?

—En el sofá.

Él levantó a la pequeña de la tumbona.

—¿Gabe? —balbuceó Ursa.

—No te despiertes —respondió él—. Te llevaré a la cama.

Cuando desaparecieron dentro de casa, Jo apagó el fuego con agua.

—Podría haberlo hecho yo —comentó Gabe desde la puerta de la cocina. Salió, le agarró la manguera y la enrolló sobre el grifo.

—¿Dónde está el telescopio? —preguntó Jo.

—Lo he guardado.

—¿Cuánto tiempo he estado dormida?

—Unos quince grados de movimiento estelar. —Se acercó a ella; su rostro quedó iluminado por la luz fluorescente que llegaba desde la cocina. Quería acostarse con ella.

A Jo volvió a darle un vuelco el corazón. ¿Era hormonal, algo relacionado con las cirugías? ¿Por qué la insinuación de un hombre —bondadoso y, además, atractivo— hacía que su cuerpo reaccionara como si estuviera enfrentándose a un oso pardo enfurecido?

Intentó recordar cómo solía reaccionar en el pasado cuando un hombre por el que se sentía atraída avanzaba demasiado rápido o era demasiado directo. Habría hecho un chiste para aligerar la tensión. El humor le habría salido con facilidad, porque habría tenido confianza en sí misma y habría estado relajada. Y probablemente un poco excitada por su interés. Pero Jo no era capaz de encontrarse, no encontraba a la mujer dueña de sí misma que había sido en el pasado, y descubrir su ausencia la hizo tiritar como si la hubiera invadido la fiebre. Tuvo que envolverse el cuerpo con los brazos para intentar frenar la sensación.

No supo qué fue lo que Gabe atisbó en su mirada de terror. Fuera lo que fuese, lo hizo retroceder; sus ojos se iluminaron con un pánico fluorescente.

—Creo que… es mejor que te vayas —dijo Jo.

Gabriel desapareció tan rápido que Jo habría asegurado que se trataba de un sueño, que no había estado ahí frente a ella, de no ser porque oyó el rugido de su camioneta alejándose en la distancia.

Capítulo diez

Como Ursa había estado despierta hasta tarde, Jo esperó hasta las cinco para despertarla.

—¿Puedo ir contigo hoy? —preguntó la pequeña mientras se comía un cuenco de cereales con pasas.

—¿Por qué?

—Quiero ver lo que haces.

—Ya lo has visto.

—Quiero ver esos lugares del interior del bosque. ¿Irás allí hoy?

—Así es.

—¡Por favor!

—No es tan divertido como ir a la granja de Gabe.

—Sí que lo es.

—Si no te gusta, no podremos volver. Tendrás que quedarte ahí fuera conmigo.

—Prometo que me gustará.

A Jo le pareció bien y tener a alguien con quien hablar podría resultar divertido, para variar.

—Tenemos que avisar a Gabe, porque te está esperando.

—De acuerdo —dijo Ursa.

—No tengo su número de móvil.

—Tenemos que ir a su casa a decírselo. Ni siquiera sé si tiene teléfono.

Jo preparó dos sándwiches y se guardó otra botella de agua y unos tentempiés adicionales en la mochila. Hizo que Ursa se cambiara y se pusiera unos pantalones largos y una camiseta de manga larga que Gabe le había comprado en el mercadillo. Después de que la niña se ajustara su adorado calzado púrpura, Jo le enseñó cómo meterse los pantalones dentro de los calcetines y la camiseta dentro de los pantalones para evitar que las garrapatas trepasen por el interior de su ropa.

Antes de cerrar con llave la casa, Ursa rellenó un recipiente grande con comida de perro. Jo había accedido a comprarla cuando aceptó «esperar un tiempo» para decidir qué hacer con Ursa. Todas las mañanas alimentaban al perro frente a la puerta trasera para distraerlo mientras se alejaban apresuradamente por la calle Turkey Creek.

Jo detuvo el Honda en el camino lleno de baches de Gabe, y los insectos nocturnos se precipitaron hacia los rayos de luz de los faros delanteros del coche.

—Odio este sendero, me destroza el coche.

Ursa se desabrochó el cinturón.

—Entonces espera aquí. De todas formas, no sabrías cómo encontrarlo. —Salió del coche de un salto y desapareció corriendo por la oscura entrada. Minutos después, regresó jadeando y se metió en el coche.

—¿Qué ha dicho?

—Que está bien.

—¿Eso es todo?

—Estaba ocupado.

—¿Haciendo qué?

—Arreglando la valla del corral de cerdos. Pero tal vez esté enfadado —agregó Ursa, mientras se abrochaba su cinturón de seguridad.

—¿Por qué dices eso?

—Normalmente se alegra cuando me ve por la mañana, pero hoy no. ¿Crees que quería que me quedara con él en vez de irme contigo?

—Seguro que solo estaba ocupado con la valla.

Pero era más que eso. Descansada y con la cabeza despejada, Jo revivió en su mente los acontecimientos de la noche anterior y decidió que había malinterpretado el comportamiento de Gabe. Si tenía ansiedad social, no había ninguna posibilidad de que quisiera acostarse con una mujer a la que apenas conocía. Era muy probable que tampoco hubiera estado a punto de besarla. Jo se había asustado, quizá, porque había sentido una conexión con él; y era la primera vez que le pasaba desde sus cirugías. Le había enviado señales confusas al pobre y, lo que era peor, puede que él pensara que Jo lo había rechazado por su confesión sobre su depresión. Si ella se hubiese abierto con un hombre sobre su cáncer y, de repente, este la hubiese despreciado, se habría sentido igual de herida.

—Mierda —dijo Jo por lo bajo.

—¿Qué sucede? —preguntó Ursa.

—Nada.

Comenzaron en el arroyo de North Fork, el más lejano de sus lugares de estudio con límites naturales. Como siempre, Ursa ni siquiera se inmutó por las dificultades de un nuevo ambiente. No se quejó, por muy densa, húmeda o espinosa que fuese la vegetación al lado del arroyo. Ni siquiera los insoportables mosquitos y garrapatas que trepaban por su ropa le molestaron.

Jo le explicó sus tres objetivos: vigilar los nidos que ya había encontrado, encontrar nuevos nidos y descargarse en su portátil los datos de las cámaras que grababan los nidos. Le enseñó cómo buscar los nidos observando los movimientos de las aves y prestando atención a los chillidos de alarma, que podían indicar que estaban protegiendo un nido cercano. Ursa reconoció de inmediato el modo en que los chillidos de alarma diferían de otros sonidos de pájaros y, muchas veces, al oír uno, se iba sola a investigar.

Después de North Fork, se dirigieron al lugar de estudio de Jessie Branch y después de eso al arroyo Summers, el más bonito de los lugares de estudio de Jo. Ursa no encontró ningún nido nuevo en todo el día, pero vio muchos huevos y polluelos. También divisó una cierva con su cervatillo, atrapó una rana leopardo, observó un colibrí bebiendo néctar de cardenalas encarnadas y nadó con algunos pececillos en un estanque del arroyo para refrescarse.

El estanque era el lugar de descanso favorito de Jo. Mientras Ursa jugaba en el agua, Jo encendió su teléfono móvil y descubrió tres mensajes de Tabby. El primer mensaje de texto era de las nueve y media de la mañana y decía: «Dios mío, la casa de las peonías y los lirios está en alquiler».

El segundo había llegado a la una y cuarto de la tarde.

He hablado con la dueña. Hay mucho interés. Se alquilará rápido.

El tercero —enviado un minuto después— exigía:

Responde, maldita sea! Y trae tu culo hasta aquí!

Jo y Tabby habían sido compañeras de piso durante años, pero cuando Jo regresó al posgrado después de su tratamiento contra el cáncer, decidieron que alquilarían una casa, un lugar rodeado de árboles de verdad. Desde su penúltimo año de universidad, habían pasado al lado de la casa de las peonías y los lirios cada vez que salían a correr por Urbana. Era una pequeña casa de tablones blancos con porche y, la primera vez que la vieron, un gran número de peonías y lirios coloreaba el jardín de la entrada. La casa se encontraba en un lugar ideal, en el pintoresco vecindario justo al este del campus conocido como «el barrio de las calles estatales».

Puedes reservarla?

El texto se envió pasados casi veinte segundos. Tabby estaba pendiente del teléfono. Respondió de inmediato.

Dice que necesita vernos a las dos para firmar. Tiene prisa por alquilar. Alguien en Maine está enfermo y debe irse.

Jo conocía esa conmoción repentina demasiado bien.

Tabby volvió a escribir:

Ven, por favor! Adoro esta casa! Tienes q ver el interior! Y el
jardín trasero! Es increíble!

Aprovechando que aún tenía algo de cobertura, Jo comprobó el
pronóstico del tiempo para el día siguiente: 70 por ciento de probabili-
dades de lluvia. Seguro que no podría trabajar fuera durante demasiado
tiempo, de todas formas.

Estaré allí al mediodía. Pídele que espere.

Tabby contestó:

Lo intentaré. Nos vemos en la casa. TKM.

Añadió el emoji del mono con una mano en la boca más un par de
labios, su «beso de mono».

Jo se guardó el teléfono en la mochila y vio cómo Ursa intentaba
atrapar peces con las manos.

—Te hace falta una red —le dijo.

—¿Tienes una?

—Vi una en la Cabaña Kinney. Quizá un día podamos traerla al
arroyo Turkey para ver qué encontramos.

—¡Sí! Hay uno precioso aquí, pero no puedo acercarme lo suficiente para verlo.

—Será mejor que salgas ya. Tienes que secarte un poco antes de volver al coche.

Ursa vadeó hasta salir del agua, que le llegaba hasta el pecho, y cruzó
el lecho seco del arroyo hacia las grandes rocas mohosas donde habían
almorzado. Tenía una mancha de barro sobre la nariz y la mejilla. Igual
que Jo a esa edad; una gallinita de barro, solía llamarla su padre.

—¿A dónde vamos ahora? —preguntó Ursa.

—Por desgracia, se ha terminado la mejor parte. Ahora vigilaremos y buscaremos nidos cerca de un maizal hasta que oscurezca.

—Eso también será divertido.

—Hará mucho calor. Por suerte, te has dado un chapuzón refrescante.

—¿Por qué tú no?

—Estar mojada no resulta muy práctico a la hora de sostener fichas de datos.

Ursa levantó una piedra que le llamó la atención.

—Ursa… mañana tengo que ir hasta donde vivo.

La niña dejó de cazar piedras y la miró.

—¿El lugar llamado Champaign-Urbana?

—Sí.

—¿Puedo ir contigo?

Llevar de viaje a la hija de otra persona estaba mal en muchos sentidos. Pero Ursa no podía quedarse con Gabe, ya que era posible que Jo regresara pasada la hora en que la niña tenía permitido quedarse en la granja. La madre de Gabe ya estaba haciendo preguntas muy preocupantes sobre Ursa y quería saber por qué acudía allí todos los días.

—¿Puedo?

—¿Estás segura de que quieres venir? —preguntó Jo.

—¡Sí!

—Será aburrido. Voy a ver una casa.

—¿Por qué?

—Porque es probable que la alquile. Mi amiga y yo queremos mudarnos de nuestro apartamento cuando se termine el contrato en agosto.

—¿Una casa de verdad?

—Así es, y eso es lo que la hace genial. Hasta tiene un columpio en el porche.

Ursa se dio media vuelta y lanzó al estanque las piedras que había encontrado.

—No quiero que te vayas a vivir a esa casa.

—Ya sé que no quieres, pero tendré que irme cuando termine con mi trabajo de campo. Por eso necesito que me cuentes por qué te fuiste de casa. Tenemos que decidir qué hacer antes de que me vaya.

Ursa la miró.

—Ya te conté por qué me fui de mi casa.

—Desearía que confiaras en mí.

—Lo hago, pero eso no cambia nada.

—¿Qué es lo que no cambia? Cuéntame.

—Da igual, lo más seguro es que me haya marchado para cuando tengas que irte. Ya habré visto los cinco milagros para entonces.

Capítulo once

Jo aparcó el Honda bajo la sombra de un roble detrás del Escarabajo rojo VW de Tabby. Esta salió de su coche vestida con botas Dr. Martens púrpura, pantalones vaqueros cortos y una camiseta naranja de la Universidad de Illinois que había pertenecido a Jo. Aunque Tabby llevaba un piercing de amatista en la nariz y su cabellera castaña se encontraba salpicada con mechas azules y púrpuras, Jo rara vez la había visto vestida de forma tan conservadora. Se encontró con ella a mitad de camino entre sus coches y la abrazó.

—Tienes un aspecto genial… bronceada y todo, joder —comentó Tabby—. Pero lo más importante es que no pareces un bicho raro. Puede que la señora nos alquile la casa cuando te vea.

—¿Por eso llevas puesta mi camiseta?

—Solo demuestro mi apoyo a la universidad. El padre de la señora era profesor allí.

—Te queda fatal.

—Solo porque sabes que no soy animadora. —Miró el parabrisas de Jo—. ¿Eres consciente de que hay una niña pequeña en tu coche?

—Sí, lo sé.

Tabby contempló a Ursa.

—Ay, Dios… —Volvió a mirar a Jo—. ¿Esta es esa niña, la que tenía hematomas y no quería irse a su casa?

—Sí. Baja la voz.

—¿No me habías dicho que había huido? —susurró Tabby.

—Es obvio que ha vuelto.

—¿Por qué rayos está contigo?

—Es complicado.

—¿Y eso qué quiere decir?

—Lo que he dicho.

Tabby volvió a echar un vistazo a Ursa.

—Entonces, ¿así es la vida en la Tierra del Banjo? ¿Recoges niños al azar?

—Deja de decir eso. La Tierra del Banjo se encuentra mucho más al sur de Illinois.

—¡Tienes que llamar a la policía! —susurró.

—¡Ya te he dicho que lo hice! Solo volverá a huir. Intento decidir qué hacer.

—¡Ya tienes demasiadas cosas de las que ocuparte!

—Lo sé, pero tengo que hacer algo. Sé amable con ella. —Jo rodeó la parte delantera del coche hasta la puerta del copiloto. En otras circunstancias Ursa ya hubiera salido, pero llevaba callada toda la mañana, probablemente porque el hecho de visitar esta casa hacía que su futuro se tambaleara. Jo abrió la puerta.

—Ursa, ella es Tabby. Tabby, esta es mi amiga Ursa.

—Sal de ahí, personita con un gran nombre —dijo Tabby, que se estiró hacia dentro del coche y sacó a Ursa—. ¡Tienes mucha suerte de tener el nombre de una osa!

—Lo sé —comentó Ursa—. Y tú tienes suerte de tener el nombre de un gato atigrado en inglés. Gabe tiene un gatito atigrado al que llamé César.

—¡Genial! Pero no me pusieron ese nombre por el gato. La loca de mi madre me puso este nombre en honor a una bruja que salía en la tele.

—¿En serio?

—De verdad. Y por ese motivo, si alguien me llama por mi verdadero nombre... —Se inclinó hacia delante y susurró «Tabitha» al oído de Ursa—, le doy un puñetazo en la nariz.

Ursa sonrió por primera vez ese día.

—Lo dice en serio —advirtió Jo. Miró la casa, tan preciosa como siempre—. ¿Cuánto? Todavía no me lo has dicho.

—El alquiler no es muy caro. —Tabby evitó ser directa—. Sobre todo, si tenemos en cuenta que no hay que comprar muebles. Pero quiere alquilarla ya porque debe marcharse.

—¿Ya? Tendremos que pagar dos casas hasta agosto.

Tabby se dejó caer de rodillas en la acera y le dirigió a Jo un gesto de súplica.

—Porfa, porfa, porfa, usa algo de ese maravilloso dinero que heredaste para ayudarnos a conseguir esta casa. ¡Te lo ruego!

Era probable que Ursa no hubiera visto nunca a un adulto comportarse de forma tan ridícula, pero estaba fascinada. Esbozó una enorme sonrisa y un hoyuelo apareció en su mejilla izquierda.

—Levántate, tonta —dijo Jo.

—¡Por favor!

—Déjame ver la casa y hablar con la señora.

Tabby se puso de pie de un salto.

—¡Es la casa de nuestros sueños! ¿Cuántas veces hemos deseado vivir aquí mientras pasábamos corriendo?

Jo caminó hasta la entrada de la pequeña casa y observó el sendero bordeado de un arcoíris de iris germánicas.

—Imagínanos bebiendo vino y reflexionando sobre los misterios del universo en el columpio del porche —agregó Tabby.

—¿Podremos pagarnos el vino? —preguntó Jo.

—Si priorizamos de manera adecuada los productos de la lista de la compra, sí —respondió Tabby.

Frances Ivey, la fisioterapeuta jubilada que era la dueña de la casa, las saludó en la entrada, lanzándole una mirada recelosa a Ursa.

—¿Quién es? —preguntó.

—Jo está cuidándola hoy —contestó Tabby.

—Bien —remarcó la Sra. Ivey—. Nada de niños. Nada de perros. Nada de fumar.

—Pero los gatos están permitidos —señaló Tabby—. La Sra. Ivey tiene dos.

Ursa se puso en cuclillas para acariciar al felino tricolor que serpenteaba alrededor de sus piernas.

—Espero que ninguna sea alérgica —comentó la Sra. Ivey.

—Eso sería terrible para una estudiante de veterinaria —repuso Tabby.

—La verdad es que sí —dijo la Sra. Ivey, con un asomo de sonrisa en los labios—. Obviamente, mis gatos me acompañarán a Maine. —Cerró la puerta detrás de ellas—. Tabby me contó que estás llevando a cabo tu investigación de posgrado en el bosque de Shawnee —le dijo a Jo—. ¿Y estudias aves?

—Sí, ecología y conservación de las aves.

—Me gustan los pájaros. Tengo varios comederos al fondo. Si decidís alquilar, te agradecería que siguieras alimentándolos. Los pájaros se han acostumbrado a que les deje comida después de todos estos años.

—Me encantaría alimentarlos. Sería increíble poder ver pájaros después de vivir en un apartamento.

La Sra. Ivey le enseñó la casa a Jo. En la planta de arriba, a la que se accedía a través de una escalera de madera, había tres habitaciones, una pequeña y dos diminutas, compartían un baño completo con azulejos antiguos y una bañera con patas de garra. En la planta baja, la sala de estar contaba con una chimenea en funcionamiento con un precioso marco de roble antiguo. La habitación contigua era un salón comedor reconvertido en una sala de lectura y, al otro lado, había una cocina con una barra de desayuno. El cuarto de aseo de la planta baja tenía un aspecto tan pintoresco como el baño de arriba. Las alfombras y los muebles eran simples y enfatizaban el encanto decimonónico de las molduras talladas, los suelos de roble pulido y los travesaños de las vidrieras de las ventanas.

La plataforma de madera tras las puertas de estilo francés de la cocina daba paso a un pequeño patio trasero, un jardín privado con macizos de flores de estilo rústico, ciclamores, forsitias y azaleas. Un abedul de agua de considerable tamaño arrojaba sombra sobre el lado occidental del jardín y había un banco rodeado de helechos, hostas y astilbes en flor. Un chochín gorjeaba su alegre canto cerca de su pajarera y algunos comederos para pájaros.

—Me encanta la apariencia natural de su jardín —comentó Jo.

—Gracias —respondió la Sra. Ivey—. ¿Sabes cómo cuidar las flores?

—Sí, mi madre tenía un jardín grande.

—Yo no crecí con un jardín, pero adoro las flores —dijo Tabby—. Por eso su casa nos parecía una de las más bonitas cuando pasábamos frente a ella.

—Entremos y echémosle un vistazo al contrato de alquiler —sugirió la Sra. Ivey.

—¿Dejará que la alquilemos? —preguntó Tabby.

—Si aceptáis las condiciones.

—Aceptaremos lo que sea —aseguró Tabby—. Le entregaré a mi primogénito.

La Sra. Ivey sonrió.

—Me alegra que os guste tanto.

La Sra. Ivey sirvió té helado mientras hablaban del contrato en la sala de estar. A Ursa le dio leche y galletas en la mesa de la cocina. También le llevó rotuladores y papel, lo que probablemente fuera demasiado infantil para ella, pero Ursa se puso a dibujar de manera obediente mientras ellas hablaban sobre las condiciones en la otra habitación.

No tardaron en descubrir que tenían más intereses en común que las flores, las aves y los gatos. Y Frances, como insistió que la llamaran, se sintió tan a gusto con ellas al final que les contó por qué dejaba su amada casa. Su expareja, Nancy, quien se había mudado hacía dos años, tras terminar la relación, había sufrido un devastador accidente de tráfico y no tenía a nadie que la ayudara. Nancy había quedado con un brazo y una pierna destrozados y le habían amputado el pie del otro miembro. Frances debía marcharse de inmediato. Se quedaría en Maine durante al menos un año lectivo para que el contrato fuese más sencillo.

Aunque el alquiler era caro y Jo detestaba tener que pagar dos casas hasta agosto, firmó el contrato y pagó la parte que Tabby no podía permitirse. Como su amiga había dicho, ¿por qué no usar algo del dinero que había heredado? A su madre le habría encantado la casa. Cada vez que Jo se sentara en el jardín, se sentiría conectada con ella.

Tras firmar el contrato de alquiler, Tabby quiso ir a comer pizza para celebrarlo. Jo la siguió al restaurante y, mientras aparcaba el coche al lado del suyo, Tabby salió de su Escarabajo y se quitó la camiseta en medio del ajetreado aparcamiento.

—Eres un poco exhibicionista, ¿no crees? —comentó Jo.

—¿A quién le importa? —respondió Tabby—. No pienso permitir que me vean en público con esa horrible camiseta.

—Vaya… Gracias.

—Ya, como si les tuvieras tanto cariño a tus camisetas. —Se puso una camiseta con una lengua de los Rolling Stones sobre su sujetador de encaje negro.

El hoyuelo de Ursa volvió a aparecer con su sonrisa. Se llevó los rotuladores que Frances le había dado al restaurante para poder terminar un dibujo. Pidieron porciones de pizza y Tabby quiso tomarse una cerveza. Jo prefirió agua y dejó que Ursa se pidiera un refresco. Cuando llegaron las bebidas, Tabby sostuvo en alto su cerveza para hacer un brindis.

—Por nuestra increíble casa. —Jo y Ursa chocaron sus vasos con el de ella—. ¿No crees que ha sido cosa del destino? —agregó Tabby—. Es decir, ¿no te parece raro que vayamos a *vivir* en la casa que tanto nos gustaba?

—Yo he hecho que pasara —aseguró Ursa.

—¿Cómo lo has hecho? —preguntó Tabby.

—Soy de otro planeta. Mi pueblo puede hacer que pasen cosas buenas.

—¿En serio? —respondió Tabby.

—Le gusta fingirlo —comentó Jo.

—No estoy fingiendo —espetó Ursa—. Y esa casa es la prueba.

—¿Cómo consigue tu pueblo que las cosas sucedan? —preguntó Tabby.

—Es difícil de explicar —contestó Ursa—. Cuando encontramos terrícolas que nos caen bien, de repente les empiezan a suceder cosas buenas. Es así cómo los recompensamos por portarse bien con nosotros.

—Pero eso significa que provocaste el accidente de Nancy —señaló Tabby.

—No quise hacerlo —argumentó la pequeña—. Pero a veces pasan cosas malas para que sucedan cosas buenas.

—¿Sabes qué espero que pase? —anunció Tabby—. Espero que Nancy se dé cuenta de que todavía ama a Frances, porque es obvio que Frances sigue enamorada hasta las trancas de ella.

—Quizá eso ocurra… porque Frances me cae bien —respondió Ursa—. ¿Frances y Nancy son lesbianas?

Tabby sonrió.

—Sí, son lesbianas. ¿Te molesta?

—Apoyo los derechos de los homosexuales —contestó Ursa.

—Guau —le dijo Tabby a Jo—. Y de la Tierra del Banjo, nada menos.

—Soy de Alarreit —corrigió Ursa.

—¿Ese es tu planeta?

Ursa asintió.

—Está en la galaxia del Nido Infinito.

—Independientemente de lo que sea eso —señaló Tabby—, ¿cómo es que estás al tanto de los derechos de los homosexuales si eres extraterrestre?

—Me metí en Internet en casa de Gabe. Se supone que debo aprender sobre la Tierra, es como hacer un posgrado.

—Genial —dijo Tabby—. ¿Quién es este Gabe al que no dejas de mencionar?

—Es el dueño de la propiedad que está al lado de la cabaña que alquilo —respondió Jo.

—*Este* es Gabe —dijo Ursa, deslizando un papel de debajo de su dibujo de una casa.

Tabby examinó el dibujo de un hombre barbudo de ojos azules.

—Está muy bien, Ursa. ¿Cuántos años tienes?

—Mi edad no tiene sentido para una terrícola —indicó.

Tabby miró a Jo. Ella se encogió de hombros.

Después de comer, Tabby se bebió otra cerveza y hablaron sobre la mudanza a la casa que acababan de alquilar. Ursa trabajó en su segundo dibujo, una vista frontal de la casa de Frances Ivey. Cuando la pequeña se fue al servicio, Tabby le dijo:

—Cuéntame más sobre esta niña.

—Sé tanto como tú.

—¿Tienes alguna idea de dónde vive?

—No. —Jo vio que Ursa entraba al baño al otro lado del restaurante—. Y tampoco aparece en los listados de desaparecidos. Miro en Internet casi todos los días.

Tabby se inclinó hacia delante sobre la mesa para susurrar.

—No deberías haberla traído hasta aquí. ¿Y si le hubiera pasado algo mientras estaba contigo?

—No he querido dejarla sola todo el día.

—¡Podrías meterte en serios problemas, Jo!

—¿Crees que no soy consciente del lío en el que estoy? Pero no sé qué hacer, salvo atarla y arrastrarla literalmente hasta la comisaría. Y después de eso, volverá con las personas que le hacen daño.

—Mierda.

—Tengo la esperanza de que todo se resuelva solo de alguna forma.

Tabby le dio un sorbo a su cerveza.

—¿Crees que es… normal?

—Tan normal como puede, dadas las circunstancias.

—Pero ¿piensa de verdad que es extraterrestre?

—Creo que no.

Tabby levantó el dibujo de la casa que estaba haciendo Ursa.

—Qué raro.

—¿El qué?

—Mira la profundidad y las dimensiones del dibujo. Solo ha visto la casa desde fuera durante apenas unos minutos, pero ha reproducido todos estos detalles. Incluso ha recordado el diseño de la vidriera sobre los ventanales de la parte frontal.

—Es muy inteligente.

—¿Cómo encaja ese tal Gabe en todo esto?

—Le gusta pasar tiempo en su granja.

—¿A él le parece bien?

—Ya sabes que en los pueblos crían a los niños entre todos.

—¿Lo conoces bien? ¿Estás segura de que no es un tipo raro?

—Parece normal.

—¿Parece?

—Su padre enseñaba literatura en la Universidad de Chicago. Él estudió allí durante un tiempo.

—Aun así, podría ser un pervertido.

—Ursa me lo diría.

—¿Desde cuándo la Tierra del Banjo está habitada por profesores de literatura?

—Desde antes de que te convirtieras en una intransigente.

—¡No soy intransigente!

—Si crees que todos los que viven en las zonas rurales de EE. UU. son campesinos ignorantes, entonces sí lo eres.

—De acuerdo, quizá no *todos*. —Volvió a sujetar el dibujo de Gabe—. Tal vez este hombre no lo sea, aunque use su barba para limpiar los restos de su plato.

—Lee a Shakespeare.

—Estás bromeando.

—Todos los gatitos de su establo tienen nombres de personajes de Shakespeare.

Tabby estalló en carcajadas.

—En serio.

Rio con más fuerza y tuvo que secarse las lágrimas.

Ursa volvió casi corriendo a la mesa.

—¿Qué es tan gracioso?

—Shakespeare —respondió Tabby.

—Normalmente, no —comentó Ursa—. La mayoría de sus personajes tienen destinos trágicos.

—¡Oh, por Dios! —exclamó Tabby—. ¡Hasta la niña lee a Shakespeare! ¡Me retracto de todo lo que he dicho de la Tierra del Banjo!

—¿Qué es la Tierra del Banjo?

—Es donde se cultivan las botas púrpuras. —Tabby sacó una bota de debajo de la mesa y la colocó junto al calzado púrpura de Ursa—. Nos gusta el mismo color de zapatos.

—El púrpura es mi color favorito —reveló la pequeña.

—Ya veo —repuso Tabby, advirtiendo la camiseta lavanda con el perro estampado y los pantalones cortos de color púrpura. Miró a Jo—. Tiene que escucharla.

—No —respondió Jo.

—¿Escuchar el qué?

—¿Ves eso de allí, pequeña extraterrestre? —preguntó Tabby.

—¿El qué? —dijo Ursa.

—La máquina con luces de colores.

—¿Qué pasa con ella?

—Se llama gramola y reproduce la música de toda la historia de la humanidad, se remonta hasta la versión original de «Walk Like an Egyptian».

Ursa contempló la gramola.

—La mejor canción jamás escrita está ahí dentro —explicó Tabby.

—Por favor, no lo hagas —dijo Jo.

—¿Qué canción? —preguntó Ursa.

—«The Purple People Eater», que significa: Devorador de personas púrpura. ¿La has escuchado alguna vez?

—No —contestó Ursa.

—Va sobre un extraterrestre —contó Tabby.

—¿De verdad?

—De verdad —dijo Tabby, rebuscando en su cartera.

—Es la hora del almuerzo —comentó Jo.

—¿Y qué?

—Solo los borrachos le encuentran la gracia a eso.

—Deja ya de ser tan estirada. —Tabby sujetó a Ursa de la mano y la llevó hasta la gramola. Después de explicarle su funcionamiento, dejó que Ursa pusiera la moneda en la máquina y seleccionara la canción. Cuando sonó la ridícula canción, Tabby comenzó a cantar y a bailar frente a todos. Había estado haciendo aquello desde que descubrió la canción en segundo de universidad, pero por lo general llevaba más de dos cervezas encima. Los demás clientes rieron cuando sujetó la mano de Ursa y le enseñó cómo bailar—. ¡Mira cómo se mueve la extraterrestre! —le gritó a Jo—. ¡Ven aquí, Jojo!

—¡Ven a bailar con nosotras! —exclamó Ursa.

Todos se volvieron hacia ella con sonrisas expectantes, lo que significaba que permanecer en su asiento sería aún más humillante que ponerse a bailar. Le sujetó a Ursa la otra mano e intentó que pareciera que estaba bailando. Ursa tampoco sabía bailar, pero no le importaba. Reía, saltaba y se meneaba, más radiante de lo que Jo la había visto antes, como si la luz de las estrellas brillara directamente desde su alma alarreitana.

Capítulo doce

Al comienzo del viaje de regreso al sur de Illinois, Ursa usó su tercera y última hoja para hacer un dibujo de Tabby. Una hora más tarde, seguía trabajando en el retrato.

—¿Cómo puedes dibujar en un coche en movimiento y no marearte? —preguntó Jo.

—Estoy acostumbrada a hacer cosas a la velocidad de las estrellas —explicó Ursa.

—¿Te refieres a la velocidad de la luz?

—Nosotros lo llamamos velocidad de las estrellas. Es diferente a la velocidad de la luz.

—Te encanta dibujar, ¿no?

—Sí.

—Quizá podríamos comprar lápices de colores. Esos rotuladores son demasiado gruesos para dibujar bien los detalles.

—Lo sé —repuso Ursa—. La joya púrpura de la nariz ha quedado demasiado grande.

—Se supone que el arte representa cómo vemos el mundo, no lo copia exactamente.

—Ojalá pudiera copiar exactamente a Tabby.

—¿Por qué?

—Para llevarla siempre conmigo.

—Comparto el sentimiento. Es la persona más libre que jamás he conocido. Incluso cuando estaba muy enferma, conseguía hacerme reír.

—Ya he acabado. —Ursa le pasó el dibujo a Jo por encima del asiento. Jo le echó un vistazo mientras conducía.

—¡Es muy bueno! Se parece a ella.

—Tabby es mi tercer milagro.

—¿En serio? ¿Está a la misma altura que los polluelos y los gatitos?

—Es como un bebé. Nunca se enteró de que debía crecer y eso la hace más divertida que otros adultos.

—Excelente conclusión.

Ursa observó la vía de salida a la que se acercaban.

—¿Por qué frenas?

—Para ir a echar gasolina.

Ursa miró hacia todos lados.

—Espera… ¿dónde estamos?

—En una ciudad llamada Effingham. Suelo parar aquí. Hay una gasolinera con combustible barato.

—No quiero parar.

—Me estoy quedando sin gasolina. Tengo que parar.

—¿No puedes ir a otro lugar?

—¿Por qué?

—No me gusta este lugar.

Jo miró por el espejo retrovisor.

—¿Has estado aquí antes?

Ursa no respondió.

—¿Ya has estado aquí? —insistió Jo.

—He dicho que no me gusta porque es feo.

—Quizá lo sea, pero solo nos quedaremos unos diez minutos. Será mejor que vayas al baño. El de aquí está limpio.

—No necesito ir.

—Te has bebido dos refrescos.

La pequeña se acostó en el asiento.

—Voy a dormir.

Jo llenó el depósito de gasolina y usó los servicios. También compró dos paquetes de Necco, unos caramelos que rara vez encontraba en las tiendas. Esa era la otra razón, la más importante, por la que había parado en esa gasolinera en particular.

Jo creyó que Ursa dormía cuando regresó al coche cerrado, pero la pequeña se incorporó pasados algunos kilómetros de autopista.

—¿Quieres un Necco? —le ofreció Jo.

—¿Qué es eso?

—Unos caramelos que me gustan. —Le pasó el paquete abierto a Ursa.

—¿Puedo comer uno púrpura?

—¿Cuántos hay antes?

—Solo tres.

—De acuerdo, pero el púrpura no sabe a uva, si es lo que esperabas. Es de clavo y a algunos no les gusta.

Ursa sacó el caramelo púrpura y se lo apoyó en la lengua.

—¡Me gusta!

Medio paquete de Necco después, Ursa dijo que necesitaba ir al baño.

—¿Por qué no has ido en Effingham?

—Porque no necesitaba ir cuando estábamos allí.

Jo se detuvo en Salem y la llevó al servicio. Lograron volver hasta la calle Turkey Creek sin tener que detenerse para ir otra vez al baño. Después de doblar por la calle, Ursa preguntó si podía ir a ver los gatitos. Esa misma mañana, habían parado para avisar a Gabe de que se iban a Urbana, pero cuando vieron una camioneta todoterreno plateada aparcada frente a la cabaña, Jo decidió que era mejor no molestarlos, pues él y su madre tenían visita.

Al acercarse a la propiedad de los Nash, Ursa le rogó que frenara. Eran las 7:10 p. m., lo bastante temprano para una visita breve, y Jo quería asegurarse de que Gabe no se hiciera una idea equivocada de lo que había pasado la otra noche. Pero la camioneta plateada seguía aparcada al final del camino lleno de baches.

—Quizá deberíamos irnos —dijo Jo.

—A Gabe no le importará. —Ursa salió del coche antes de que Jo pudiera detenerla. Una mujer con una coleta un poco canosa apareció por la puerta de la cabaña. Tendría cuarenta y tantos años, sus rasgos eran amplios y agresivos y los kilos de más que cargaba en su complexión poderosa y alta la hacían parecer más intimidante que obesa. Pero probablemente fueron sus severos ojos azules los que provocaron que Ursa retrocediera por las escaleras y alargara el brazo para sujetar la mano a Jo. La mujer parecía enfadada con ellas y Jo no podía imaginar por qué.

—Hemos venido a ver a Gabe —anunció Jo—. Mi nombre es Joanna Teale y esta es mi amiga Ursa. Alquilo la propiedad de al lado.

—Sé quiénes sois —soltó la mujer antes de que Jo terminara de hablar.

—¿Dónde está Gabe? —preguntó Ursa.

—No se encuentra bien —respondió la mujer.

—¿Está enfermo? —consultó Ursa.

La mujer hizo un gesto de fastidio.

—¿Puedo verlo? —agregó Ursa.

—No, no puedes.

—¿Quién eres? —preguntó Ursa.

Jo pensaba algo similar: *¿Quién mierda te crees que eres?*

—Soy la hermana de Gabriel.

Jo nunca lo hubiera imaginado. No se parecía en nada a él.

—¿Puedo ir a ver los gatitos? —pidió Ursa.

—Creo que lo mejor es que os vayáis —dijo la mujer.

—¿Es su enfermedad grave? —preguntó Jo.

La mujer ya estaba entrando a la cabaña.

—Le diré que habéis pasado a verlo. —La puerta se cerró.

—Es mala —comentó Ursa cuando regresaron al coche.

Tal vez lo que habían interpretado como maldad era angustia. Quizá la hermana de Gabe estaba preocupada porque él se encontraba muy enfermo.

Jo se llevó a Ursa a hacer trabajo de campo al día siguiente. Hacía un calor insoportable y la mayor parte del trabajo era en carreteras, pero Ursa no se quejó ni una sola vez. Encontró un nido nuevo con dos huevos de cardenal. Jo le dijo que quizá tendría que pagarle el sueldo de un asistente de campo.

Tras terminar de vigilar los nidos en la calle Turkey Creek, Jo condujo hasta la propiedad de los Nash y aparcó al lado de la camioneta plateada. Ella y Ursa llamaron a la puerta y, cuando nadie contestó, golpearon con más fuerza.

La madre de Gabe abrió lentamente la puerta de madera, sujetando su bastón de cuatro patas.

—Hemos venido a ver cómo está Gabe —dijo Jo a través de la puerta mosquitera.

—Lacey me contó que pasasteis anoche.

Lacey debía de ser la hermana de Gabe; un nombre coqueto que no encajaba con su apariencia amenazante.

—¿Cómo está?

—No muy bien —respondió Katherine.

—Lamento oír eso. ¿Podemos visitarlo, aunque sea unos pocos minutos?

—A él no le gustaría —sostuvo ella.

—¿Por qué no le pregunta? Quizá lo animemos.

—No lo creo —dijo Katherine—. Lo siento.

Jo y Ursa la observaron cerrar la puerta con sus manos temblorosas. Lacey había aparecido por el camino que llevaba a los cobertizos. Iba vestida con ropa de trabajo sucia y tenía las botas de goma manchadas de estiércol. Lo más probable era que estuviera encargándose de las labores habituales de Gabe.

—¿Necesitáis algo? —preguntó.

—Esperábamos poder ver a Gabe —respondió Jo.

—¿Ha abierto mi madre la puerta?

—Sí, hemos hablado con ella.

—Maldita sea —murmuró.

—Lo siento. Si hubiésemos sabido que estabas ahí atrás, habríamos…

—Es mejor así. Tengo un montón de mierda de la que ocuparme y lo digo de manera literal. —Se dirigió hacia los establos.

Jo estuvo a punto de gritarle algo, pero todo lo que quería decir hubiese sonado demasiado combativo. Se metió en el coche con Ursa.

—¿Por qué no nos dejan ver a Gabe?

—No lo sé. Pasa algo raro.

Condujo hasta la Cabaña Kinney, sin poder mantener a raya sus crecientes pensamientos. Puede que Gabe hubiera sufrido otro colapso nervioso. O aún peor, a Jo le asustaba la idea de que su incómoda interacción con él la otra noche lo hubiese desencadenado.

Mientras Ursa y ella se ocupaban de los nidos al día siguiente, Jo decidió que sería más contundente con Lacey esa tarde. Terminaron el trabajo de campo un poco antes y llegaron a casa de los Nash alrededor de una hora antes de anochecer.

—Esta vez no aceptaremos un no como respuesta, ¿de acuerdo?

—De acuerdo.

Ursa llamó a la puerta de la cabaña. Lacey abrió, mientras se limpiaba las manos con un paño de cocina.

—No os dais por vencidas, ¿verdad?

—Es nuestro amigo y estamos preocupadas por él —explicó Jo.

—¿Cuánto tiempo seguirá siendo tu amigo cuando te vayas al final del verano?

Jo estaba demasiado impactada para responder. Pero deseó haberlo hecho cuando Lacey agregó:

—Hazle un favor y olvídate de él ahora, en lugar de más adelante. —La hermana de Gabe cerró la puerta.

Al parecer, creía que Jo y Gabe tenían una relación. Y ya había llegado a la conclusión de que ella lo dejaría. Jo dudó de que Gabe le hubiese dado esa idea y eso quería decir que Lacey había cruzado los límites de su vínculo de hermana. Jo había oído hablar de hermanas controladoras —aquellas que detestaban a las mujeres con las que salían sus hermanos—, pero esto era indignante. Lacey estaba tratando de sabotear una relación que ni siquiera había comenzado.

Jo no se percató de que Ursa seguía en el porche hasta que llegó al coche.

—Ursa, vamos.

La niña se acercó al borde superior de las escaleras del porche.

—Has dicho que no íbamos a aceptar un no como respuesta.

—Es solo un decir.

—No, no lo es.

—No quiere vernos.

—Quizá quiera y no lo dejan —argumentó Ursa.

—Lo sé, pero no hay nada que podamos hacer.

—Sí, sí que hay.

—¿Qué?

—No ha cerrado la puerta y yo sé dónde está su habitación.

—¡Madre de Dios! Ursa, ¡baja ya mismo de ahí! —siseó Jo.

—No tengo por qué hacerte caso, no soy de este planeta. Y nosotros tenemos nuestras propias reglas. —Corrió deprisa hacia la puerta.

—¡Ursa!

La niña empujó la puerta interior para dejarla apenas entornada y se deslizó al interior por el hueco. Jo consideró por un momento si seguirla o no y decidió que no podía dejar que la pequeña lidiara con Lacey sola. Entró justo a tiempo para ver a Ursa desaparecer tras una pared. Lacey se encontraba en el fregadero de la cocina lavando los platos, mientras Katherine le hablaba sentada a la mesa. Ambas estaban de espaldas a la puerta y su conversación, junto con el ruido del agua, evitaron que oyeran entrar a Ursa.

Jo cruzó lentamente la sala de estar, agachada para parecer más pequeña. Se escabulló por el pasillo y vio que Ursa abría una puerta al final del camino.

—¡Llama primero! —susurró, aunque demasiado tarde para evitar que la niña entrara sin avisar.

Jo y Ursa permanecieron inmóviles en el umbral de la puerta y observaron a Gabe. Vestido con unos pantalones de pijama grises y una camiseta celeste, se encontraba acurrucado de costado, de espaldas a ellas, en una cama con armazón hecho de troncos. Había libros apilados por todas partes. La única decoración en la habitación era un mapa estelar colgado en una de las paredes.

—¿Gabe? —lo llamó Ursa—. ¿Estás bien?

Él rodó sobre su espalda; sus ojos, hinchados, desconcertados.

—¿Ursa?

—¿Estás enfermo? —preguntó ella.

—¿Quién te ha dicho eso?

—Tu malvada hermana.

Él dejó escapar una risa suave por la nariz y se incorporó en la cama, apartándose los mechones de pelo que le caían sobre la cara. Al ver a Jo, su mirada azul recuperó su familiar agudeza.

—¿Os ha dejado entrar ella?

—En realidad… no —respondió Jo.

—¿Ha sido mi madre?

—Se trata, más bien, de una misión de búsqueda y rescate —explicó Jo.

—¿Es una broma?

—Para nada.

—¿No saben que estáis aquí?

Jo negó con la cabeza.

—La extraterrestre me ha obligado a hacerlo.

La sonrisa de Gabe duró poco.

—Dios, debo de tener un aspecto horrible —comentó, pasándose las manos por la barba y el pelo.

—Estás bien —repuso Ursa—. No pareces para nada enfermo.

—Sí, bueno, hay diferentes formas de estar enfermo. —Arrastró las piernas por encima del borde de la cama, sin duda poco acostumbrado a moverse. Miró a Jo a los ojos—. ¿Qué os hizo pensar que necesitaba que me rescatarais?

—No nos dejaban verte.

—¿Por qué queríais verme?

—Se nos han acabado los huevos.

Él sonrió.

—No has acudido a tu puesto de huevos al lado de la carretera. Has provocado una crisis en todo el condado.

—¿No a escala nacional, entonces?

—Tus alucinaciones son un poco descabelladas —respondió Jo.

—Puede ser.

—¿Puedo ver a los gatitos? —preguntó Ursa.

Gabe se puso de pie, un poco tembloroso.

—Os permitiré ver a los gatos shakespearianos, mi lady.

—No tienes que levantarte —dijo Jo—. Solo queríamos asegurarnos de que estabas bien.

—Sí, tengo que levantarme. Quiero ver la cara que pone Lacey mientras te hace la cruz.

—Eso me da un poco de miedo —repuso Jo.

—Yo intervendré. Pero debo advertirte que ella no se toma a su hermanito roto demasiado en serio.

—¿Roto como un huevo?

—Ey, buena analogía. —Deslizó los pies dentro de unos viejos mocasines marrones—. Vamos a ver a los gatitos.

—¿Ya han abierto los ojos? —preguntó Ursa.

—No lo sé. Hace días que no los veo. —Avanzó primero por el pasillo. Cuando llegaron al espacio abierto entre la cocina y la sala de estar, saludó con la mano a su hermana y a su madre—. No nos hagáis caso —comentó—, solo estamos pasando.

—¡Gabe! —exclamó Lacey.

—¿Qué?

—¿Cómo han entrado?

—¿Quiénes?

—¡Ellas!

—Espera un momento… ¿las ves? Creía que eran alucinaciones mías.

Lacey se acercó a Jo a grandes zancadas.

—¿Te has atrevido a escabullirte dentro de nuestra casa?

—No —respondió Jo—. El atrevimiento proviene por completo de otra fuente.

—Y nadie le va a gritar a una niña pequeña, ¿no es cierto, Lace? —sostuvo Gabe.

—¿Así que ahora estás bien? ¿Así sin más? —cuestionó Lacey—. ¿No podías haberte levantado antes de que tuviera que conducir hasta aquí para hacer tu trabajo?

—Yo no te dije que vinieras.

—¿Quién demonios iba a ocuparse de mamá?

—¿Podemos apretar el botón de reproducción de esta grabación más tarde? Mis amigas no quieren escucharla. Vamos —les dijo a Ursa y Jo.

—¿A dónde vais? —preguntó su hermana.

—Ursa quiere ir a ver a los gatitos —respondió Gabe.

—Sí, ¿y qué pasa con eso? Te dije que no quería más gatos.

—Todos mis gatos están castrados. La madre era una gata callejera que apareció embarazada.

—Bueno, todavía no los he encontrado, pero estoy pensando en llevarlos al río.

Gabe se le echó encima con alarmante intimidación y ella retrocedió hasta golpearse el trasero contra una silla de la cocina.

—Si les haces algo a esos gatitos, ¡te encontrarán a *ti* en el río! ¡Hablo en serio, Lacey!

—¡Estás completamente loco! —exclamó Lacey.

—Así es, ¡así que no me jodas! ¡Y no vuelvas a decir una cosa semejante frente a esta niña nunca más!

La mirada amarga de Lacey recayó sobre Ursa.

—¿Quién es? Mamá dice que le das de comer todos los días.

Para evitar que Ursa siguiera oyendo aquello, Gabe la alzó en brazos y se dirigió de forma apresurada hasta la puerta.

—Lo siento —le susurró a Ursa al oído—. No te preocupes por nada de todo eso.

Jo lo empujó por la espalda en su apremio por salir. Avanzaron a toda velocidad por el sendero de gravilla en el lado oeste de la casa. A mitad de camino del establo, Gabe bajó a Ursa.

—Perdón —dijo—, eres demasiado grande para ir en brazos.

—No pasa nada.

Jo echó un vistazo por encima del hombro para ver si Lacey los seguía. No lo hacía, y la cabaña había desaparecido detrás de los árboles que la rodeaban por todos los costados.

—Siento que hayáis tenido que ver eso —se disculpó Gabe cuando llegaron al establo—. Mi hermana es… Ella y yo nunca nos hemos llevado bien. Lacey estaba en la universidad cuando yo nací y siempre ha sido más como una madrastra mala que una hermana para mí.

—No tienes que disculparte —señaló Jo.

—¿Puedo ir a verlos? —preguntó Ursa.

—Adelante —respondió él.

Ursa salió corriendo. Gabe y Jo la siguieron hasta los montones de heno al fondo del establo.

—La gata madre es sorprendentemente mansa —dijo Gabe, levantando a la gata naranja atigrada que había venido a saludarlo con sus maullidos. La sostuvo contra su pecho y ella movió la cabeza contra sus dedos mientras él le rascaba detrás de las orejas.

—Es evidente que no es salvaje —comentó Jo.

—Lo sé. Creo que alguien la lanzó a mi propiedad mientras estaba embarazada. La gente de por aquí sabe que tengo gatos en los establos.

Jo acarició a la gata en brazos de Gabe.

—Dio a luz al primer gatito al lado de mi cobertizo de herramientas, pero me dejó llevarla al establo. Los gatitos están más a salvo de los depredadores aquí dentro porque mantengo la puerta cerrada de noche.

—¿Depredadores como tu hermana? —preguntó Jo.

—Sí, es peor que una serpiente ratonera, ¿verdad?

—¿Deberíamos esconderlos mejor? —preguntó Ursa.

Gabe se puso en cuclillas frente a ella.

—No dejaré que les haga daño.

—Pero ha dicho que…

—Creo que se irá mañana. Odia las labores de la granja.

Ursa le sujetó la mano a Jo y la llevó hasta un nido de gatitos multicolores entre dos grandes fardos de heno.

—Apuesto a que hay más de un padre —comentó Jo.

—Ha descubierto tu secreto más profundo y oscuro —le susurró Gabe a la gata madre.

Jo sonrió al ver su buen humor. No había tenido buen aspecto al principio, pero se había reanimado en los últimos diez minutos. Al parecer, el instinto de la niña extraterrestre era mejor que el de Jo.

—¡Tienen los ojos abiertos! —exclamó Ursa, con una gatita blanca en las manos. Maulló con suavidad, sus ojitos entrecerrados intentaron enfocar el rostro humano—. Esta es Julieta —dijo Ursa—. ¿Quieres sostenerla?

Jo acunó a la gata contra su pecho.

—El gris es Hamlet —precisó Ursa, señalando al animalito—. Este atigrado marrón es César. El blanco y negro es Macbeth y la naranja es Olivia…

—¿De qué obra es ese personaje? —preguntó Jo.

—De *Noche de Reyes* —contestó Gabe.

—Por fin una comedia.

—Y el negro es Otelo —concluyó Ursa—. El nombre fue idea de Gabe, porque Otelo es moro.

Ursa le quitó a Julieta de las manos a Jo.

—Julieta y Hamlet son mis preferidos. —Sacó a Hamlet del nido y se recostó contra un fardo de heno con los dos gatitos en el pecho.

Sosteniendo a la gata madre en un brazo, Gabe levantó a Olivia y se la dio a Jo.

—Ten, un poco de comedia, la necesitamos.

Jo dio calor a la pequeña gatita naranja hasta que esta se acomodó. Gabe la miraba, sonriente.

—¿Cómo te encuentras? —le preguntó Jo, pero se arrepintió de inmediato de haberle hecho la pregunta que ella misma eludía desde su diagnóstico—. ¿Te apetece cenar con nosotras?

Él intentó leer sus intenciones.

—Ursa y yo vamos a preparar hamburguesas, boniatos fritos y ensalada. Pero te aviso que son hamburguesas de pavo. No como demasiada carne roja.

—No me molesta que sean hamburguesas de pavo —comentó él.

—¿Has comido?

—No.

—Entonces, ven con nosotras.

—Tengo que ducharme primero.

—Mientras, empezaremos a cocinar.

—¿Estás segura?

—Segurísima.

—¿Adivinad qué, chicos? —dijo Ursa.

—¿Qué?

Ursa se incorporó, con un gatito en cada mano.

—Voy a escribir una obra sobre Julieta y Hamlet.

—¿Es una obra sobre gatos o sobre personas? —preguntó Gabe.

—Sobre personas. Julieta y Hamlet se conocen *antes* de que pasen todas esas cosas horribles y eso cambia su destino. Es una comedia y todos acaban felices al final.

—Me gusta —comentó Gabe.

—Me gusta mucho —coincidió Jo—. ¿Podemos reservar las entradas?

Capítulo trece

Ursa exploró el borde de la pradera con una linterna mientras Jo atizaba el fuego para las hamburguesas.

—¿Qué estás haciendo? —preguntó Jo.

—Recojo flores para la mesa.

—Creía que comeríamos en el jardín, como hacemos siempre que asamos a la parrilla.

—¡No! Gabe viene a cenar, es una ocasión especial.

Jo no quería que lo fuera. Las cosas entre ella y Gabe podían acabar siendo incómodas de nuevo y comer en la mesa de la cocina bajo la luz fluorescente solo empeoraría las cosas. Cuando Jo entró a comprobar los boniatos, vio que la cena no se desarrollaría bajo la fluorescencia. Ursa había apagado todas las luces y sobre la mesa, a cada lado de un ramillete de flores, había colocado dos velas largas derretidas hasta la mitad. Parecía demasiado romántico, pero antes de que Jo pudiera decir nada al respecto, el ladrido de Oso Menor anunció la llegada de Gabe. Jo se apresuró a hacerlo callar.

—Qué perro guardián más bueno —comentó Gabe, cerrando la puerta de su camioneta.

—No es bueno, es molesto.

Gabe le palmeó la cabeza al perro y se acercó por el sendero. Le ofreció a Jo una caja de huevos.

—¿Los necesitáis en serio?

—Sí, gracias. —Aceptó la caja y percibió el cálido aroma a jabón en su piel—. Tengo que avisarte que Ursa ha convertido esto en un acontecimiento de alta cocina.

—¿Ha encontrado caviar en el arroyo?

—El menú es el mismo, pero está intentando crear un ambiente especial para la cena.

—Suena bien. Espero ir bien vestido para un restaurante.

Bajo el resplandor amarillo de la luz del porche, Jo evaluó su vestimenta: una camisa azul con botones y pantalones claros, ropa mucho más atractiva que la camiseta con vaqueros gastados que solía llevar. Parecía que se había vestido para una cita. Jo reprimió una punzada de pánico.

—Estás perfecto —dijo—. Un esmoquin hubiera sido excesivo.

Jo lo guio al interior de la casa, donde Ursa estaba doblando papel de cocina como servilletas para la mesa.

—Tenía miedo de que Lacey no te dejara venir —confesó la niña.

—Ha hecho lo posible por evitarlo, pero he roto los grilletes —repuso él.

Quizá aquello no estuviera tan alejado de la verdad.

—¿Necesitáis ayuda con la cena? —preguntó.

—Gracias, pero solo falta poner las hamburguesas sobre la parrilla —respondió Jo—. Quedaos bajo el aire acondicionado, si es que podemos llamarlo así. —Cuando Ursa insistió en comer dentro, Jo encendió el aparato de la sala de estar al máximo, pero era viejo y todavía no había conseguido bajar la temperatura demasiado.

Jo permaneció fuera mientras cocinaba cuatro hamburguesas de pavo y tostaba los panes. Cuando entró con la comida, la luz de la sala de estar estaba encendida. Gabe y Ursa se encontraban sentados en el sofá viendo los dibujos que la pequeña había hecho de él, Tabby y la casa de Frances Ivey.

—Ursa me ha contado que antes de ayer fuisteis hasta Urbana para alquilar una casa —dijo Gabe.

—Así es. Lamento no haber podido avisarte antes de que fuéramos. Pero si Tabby y yo no nos hubiéramos dado prisa, podríamos haber perdido la oportunidad.

—No pasa nada. —Él le devolvió la mirada intencionada con que lo miraba Jo y comprendió que su disculpa pretendía abarcar más cosas—. Tabby debe de ser todo un personaje si Ursa la ha elegido como tercer milagro.

—Tabby es milagrosa de más formas de las que puedo explicar —repuso Jo—. La conozco desde segundo de universidad y hemos sido compañeras de piso desde tercero.

—Ursa me ha dicho que tu amiga va a ser veterinaria.

—¡Y tiene nombre de gato! —agregó la niña—. ¿No es gracioso?

—Lo es —confirmó Gabe.

Jo apoyó el cuenco de boniatos fritos en la mesa, al lado de las hamburguesas.

—La cena está servida.

Ursa apagó las luces de la sala de estar y la cocina.

—Uhhh, qué miedo —dijo Gabe, para disipar un poco la tensión. Ursa se sentó a la mesa a su lado y Jo, enfrente.

—Yo he preparado la ensalada —reveló Ursa.

—Buen trabajo —elogió Gabe.

—La hamburguesa extra sin queso es para ti —indicó Jo.

—No estoy seguro de poder con ella —avisó Gabe—. No he comido demasiado estos días.

—¿Porque estabas con vómitos? —preguntó Ursa.

—No, es que no tenía hambre.

Jo lo había sospechado, pero aun así había colocado una cuarta hamburguesa sobre la parrilla. Igual que las comidas que le había llevado a su madre agonizante —siempre demasiado abundantes—, como si hubiera podido alimentarla hasta sanar. A veces pensaba de esa forma sobre sí misma cuando no tenía apetito y le asustaba que el cáncer hubiera regresado.

Por suerte, Ursa nunca le daba esas preocupaciones. Estaba famélica; su parloteo habitual quedó silenciado por un bocado a la hamburguesa.

—He oído que Ursa se ha convertido en toda una ornitóloga —comentó Gabe.

—Así es —respondió Jo—. Ha encontrado dos nidos.

Él alzó la mano y dejó que Ursa le chocara los cinco. Estaba fingiendo sentirse mejor de lo que realmente se sentía. Dejó su hamburguesa antes de haberse comido la mitad siquiera y, mientras Jo y Ursa terminaban de comer, picoteó un poco de ensalada.

—¿Cómo va la investigación? —preguntó.

—Mejor de lo esperado, para ser mi primera temporada de trabajo de campo.

—¿Cuántas más tienes que hacer?

—Como mínimo, una más.

—¿Vivirás aquí el próximo verano?

—Esa es la idea.

Bajó la mirada al tenedor con el que estaba pinchando la ensalada antes de volver a mirarla.

—¿Por qué estudias a los azulejos?

—Estoy llevando a cabo un estudio de anidación y los azulejos índigos abundan y son fáciles de encontrar. Siempre han anidado en bosques afectados por incendios e inundaciones. Hoy en día, prefieren los límites de nuestras carreteras y de los campos de cultivo, pero ese tipo de hábitat no es demasiado bueno para ellos. La población de muchas aves que anidan en esa clase de paisaje arbustivo está disminuyendo.

—Interesante —comentó Gabe.

—Por eso, estoy comparando el éxito de anidación entre hábitats creados por alteraciones humanas y naturales.

Él asintió.

—¿Qué te llevó al mundo de las aves?

—Debo decir que mis padres —respondió Jo—. Mi padre era geólogo y mi madre, botánica. Cuando era pequeña, mi familia acampó e hizo senderismo por todo Estados Unidos. Fue entonces cuando empecé a aprender cosas sobre las aves, sobre todo con mi madre.

—Los padres de Jo están muertos —anunció Ursa.

Gabe no había parecido extrañarse cuando Jo hablaba en pasado para describir a sus padres. Pero, a diferencia de la mayoría de la gente, no preguntó qué les había pasado.

—Mi padre llevaba a cabo investigaciones en los Andes —contó Jo—. Yo tenía quince años cuando el avión en el que viajaba se estrelló contra una montaña. Otros dos geólogos y el piloto peruano murieron con él.

—Madre mía. ¿Cuántos años tenía?

—Cuarenta y uno.

—¿Tu madre estaba allí, investigando con él?

—No, estaba en casa conmigo y con mi hermano. No terminó su posgrado en Botánica, lo dejó después de tener a mi hermano. Mi padre hacía viajes muy largos de investigación y ella no quiso mandar a mi hermano a una guardería mientras terminaba sus estudios.

—La madre de Jo murió de cáncer de mama —dijo Ursa—. Le salvó la vida a Jo.

—Como puedes ver —señaló Jo—, Ursa ha sentido mucha curiosidad por mi familia. —Mirando a la pequeña, agregó—: Desearía que ella me contara tanto como le he contado yo.

—No lo entenderías si te hablara de mi familia alarreitana —aseguró Ursa.

—Lo entendería. Sabes que sí.

—Cuéntale a Gabe cómo tu madre te salvó la vida.

—Cambiar de tema no ayudará en nada —sostuvo Jo.

—Has sido tú la que ha cambiado de tema —soltó Ursa—, porque no quieres hablar de tu madre. —Echó la silla hacia atrás y se levantó de la mesa para ir al baño.

—Otra vez me ha ganado con su inteligencia —dijo Jo.

Él sonrió.

Jo apartó su plato vacío.

—Probablemente te preguntes qué ha querido decir Ursa con que mi madre me salvó la vida.

—Supongo que su cáncer llevó a que descubrieras el tuyo.

Ella asintió.

—¿Hace cuánto pasó eso?

—Casi dos años. Murió el invierno pasado.

—Y mientras tanto, tú lidiabas con tu propio cáncer. ¿Ya eras estudiante de posgrado cuando te diagnosticaron?

—Lo era, pero perdí dos años… entre ayudar a mi madre y mis cirugías.

—¿Más de una cirugía?

Era obvio que no tenía pechos, pero Jo no había pretendido mencionar la ooforectomía. Y mucho menos, a un hombre de su edad. Pero tenía que superarlo.

—Me descubrieron el cáncer en una etapa temprana —explicó—, pero aun así, me hicieron una mastectomía completa y me extirparon los ovarios… porque presentaba un alto riesgo de recaída de cáncer de mama y de ovarios.

Él se inclinó hacia ella y la luz de las velas le bañó la cara.

—No tienes que decir nada.

Se volvió a sentar hacia atrás.

—No lo haré. Como siempre, cuanto más te esfuerzas por decir algo apropiado, menos sirven las palabras.

—La gente cree que tiene que decir algo, y lo que dicen nunca me hace sentir mejor.

—Lo sé. He decidido que el lenguaje no es algo tan avanzado como creemos. Seguimos siendo simios tratando de expresar nuestros pensamientos con gruñidos, mientras la mayor parte de lo que queremos comunicar permanece encerrada en nuestros cerebros.

—¿Y dice *eso* el hijo de un profesor de literatura?

—Quizá no heredé su gen literario.

Jo se incorporó para levantar los platos, así él no se sentiría obligado a comerse lo que no se podía terminar. Gabe la ayudó, apilando su plato sobre el de Ursa.

—¿A qué se dedicaba tu madre? —preguntó Jo.

—Fue profesora de primaria durante un tiempo, pero hizo lo mismo que la tuya: renunció cuando nació Lacey. También es poetisa —respondió, mientras la seguía a la cocina—. Tiene dos libros de poemas publicados.

—¿En serio? ¿Sigue escribiendo?

—No puede. El párkinson hace que sus manos tiemblen demasiado como para que pueda escribir o teclear.

—Podría dictarte mientras tú lo escribes por ella.

—Se lo sugerí, pero dice que eso estropearía el proceso creativo.

—Creo que lo entiendo.

—Es probable que el párkinson le quite las ganas de escribir poesía, de todas formas.

—Qué triste.

—Sí.

Ursa ya tenía la bolsa de malvaviscos en la mano.

—¿No te cansas nunca de comer malvaviscos? —preguntó Jo.

—No tenemos nada más de postre y el fuego está encendido. ¿Por favor?

—Está bien.

—¿Quieres algunos? —Ursa le ofreció a Gabe.

Él le echó una mirada a Jo.

—Quizá sería mejor que me fuera.

—Quédate un rato —repuso Jo.

—¿Segura?

—Cuanto más tiempo puedas evitar los grilletes, mejor, ¿no?

Capítulo catorce

Se acomodaron en las tumbonas mientras Ursa cocinaba los malvaviscos. Gabe permanecía callado mirando el fuego, ensimismado. Ursa tampoco hablaba demasiado; su euforia habitual había quedado disminuida por su silencio.

—¿Lacey se irá mañana? —preguntó Jo.

—Ahora que me he levantado de la cama, es lo más probable —respondió él, con la mirada todavía en el fuego.

—¿Dónde vive?

—En San Luis.

—Eso es bueno.

Él la miró.

—¿Por qué?

—Porque es una distancia corta en coche.

—Ojalá fuera más larga.

—¿Viene mucho de visita?

—No porque quiera. Viene cuando mi madre la llama y le dice que venga.

—¿Tu madre la llama muy a menudo?

—Si me echo una siesta larga, llama a Lacey. Si no estoy de humor para hablar, llama a Lacey. Si no hago las tareas matinales, llama a Lacey.

—¿Por qué?

—Porque piensa que me estoy hundiendo otra vez. —Echó un vistazo a Ursa para ver si la pequeña entendía lo que estaba diciendo—. La aterra que deje de cuidar de ella y de los animales.

—¿Eso ha pasado alguna vez?

Él soltó un sonido sarcástico.

—No podría saberlo.

—¿Qué quieres decir?

—Nunca he tenido la oportunidad de ver si llegaría tan lejos. Lacey siempre aparece antes de que suceda.

—Y entonces te aíslas porque puedes y porque ellas esperan que lo hagas.

Sus ojos se encendieron con algo más que el reflejo del fuego.

—¡Exacto!

—Es horrible. Y tener a Lacey cerca haría que cualquiera se aislara. Parecía casi enfadada de que te pudieras levantar.

—Lo estaba. Se queja de tener que venir aquí cuando estoy deprimido, pero en realidad creo que lo disfruta. Es una cuestión de poder para ella.

—Por eso no nos dejó verte. Se sintió amenazada por la posibilidad de que tuvieras amigos.

—Que pudieran darme una razón para salir de la cama… algo que, por cierto, hicisteis y os agradezco.

—Agradéceselo a Ursa. Yo fui muy cobarde para hacerlo.

—Gracias por ser de armas tomar, Ursa. Eh… bueno, armas no…

Jo y Ursa rieron.

Gabe tenía mejor aspecto y quizá se sentía mejor, porque doró dos malvaviscos y se los comió. Pero cualquier progreso desaparecería cuando regresara al ambiente tóxico de su casa.

—¿Qué ha dicho tu hermana cuando has salido de casa para venir aquí? —preguntó Jo mientras Ursa corría tras una luciérnaga.

—Ya te imaginarás. —Arrojó el palo para pinchar malvaviscos en el fuego—. No, es probable que no puedas imaginártelo, porque eres una persona normal.

—¿Qué ha dicho?

Gabe miró a Ursa para asegurarse de que no lo oyera.

—Primero, me increpó por comprarle ropa a Ursa. Mi madre se lo contó mientras estábamos en el establo. Cuando la ignoré, se volvió más cruel, hasta que me enfadé. Siempre hace lo mismo. Dijo que podrían acusarme de pedófilo si seguía dejando que Ursa viniera a la granja. Le pregunté si era una amenaza y respondió que quizá. Dijo que era raro que la levantara en brazos.

—¡Eso es horrible!

—Sí, no estuvo bien. Y se burló de mí refiriéndose a ti... como si pensara que estamos saliendo o algo.

Entonces Jo había acertado respecto a eso.

—¡Qué arpía! Si creía que habías encontrado a alguien, debería alegrarse.

—Mi felicidad solo la hace miserable y viceversa. Me ha odiado desde que estaba en el vientre de mi madre.

—¿Sabes lo que me dijo?

—¿Qué? —preguntó alarmado. Al parecer, no confiaba en nada de lo que saliera de la boca de su hermana.

—Me dijo que debería dejarte ahora, en vez de más adelante, cuando termine mi investigación.

—¡Será zorra! —exclamó Gabe, mirando en dirección a su cabaña.

—No te preocupes. Me di cuenta de lo que ocurría, pero me pareció que debías saberlo.

Gabe miró a Jo a los ojos.

—¿Dijo algo más?

—En esencia, eso fue todo.

Mantuvo los ojos fijos en los de Jo, como si buscara la verdad más allá de su respuesta.

—¿Qué creías que me había dicho?

Bajó la vista hacia sus manos, cuyas palmas frotaba entre sus rodillas.

—Ella y mi madre creen que eres la razón por la que me he deprimido... porque estaba contigo antes de que ocurriera.

Ella había deducido eso mismo en cuanto él desapareció, pero no pensaba preguntarle si era verdad. Esa pregunta podía llevar a por qué

Jo se había vuelto distante de repente la noche en que observaron la galaxia. Ella jamás hablaba de cómo las cirugías habían cambiado la forma en que veía su cuerpo. Solo era capaz de visitar ese lugar desolado en privado.

Gabe volvió el rostro hacia ella.

—Lacey no tenía ningún derecho a echarte la culpa. Lamento que te involucrara en la mierda familiar.

—No pasa nada. Lamento haberla llamado arpía. No debería haberlo hecho.

—¿Por qué no? —Ahuecó las manos y se las colocó a ambos lados de la boca para gritar en dirección a su casa—: ¡Arpía!

—Dudo que lo oiga.

—Nunca se sabe. Se pueden oír ruidos fuertes de una casa a otra. Estoy seguro de que oyes a nuestra vaca.

—Es cierto.

—Me refería a Lacey.

—De acuerdo, para ya. Deberíamos sentirnos mal por ella. La gente tan amargada como ella suele tener una razón. ¿Está divorciada o algo así?

—No, pero tienes razón cuando dices que está amargada. Siempre buscaba desesperadamente la aprobación de nuestro padre y odiaba que él presumiera de lo inteligente que era yo de pequeño. Se especializó en Letras e intentó convertirse en escritora, sobre todo, para complacerlo, pero fracasó. En esa época, se volvió realmente cruel. Solía burlarse de mí sin parar hasta hacerme estallar. Disfrutaba tratando de hacerme quedar mal delante de nuestros padres, en particular de mi padre.

—La típica rivalidad de hermanos.

—¿Es típico que una mujer de veinte años juegue con un niño pequeño solo para aplastarlo y demostrarle lo tonto que es? ¿O decir que un hermano recién nacido parece un sapo y llamarlo Señor Sapo hasta hacerse mayor? A su alrededor, me sentía el ser más feo y estúpido del mundo.

—Eso es horrible. Lo siento mucho.

—No lo sientas. Lo superé hace mucho —lo dijo en un tono hostil que contradecía su afirmación—. Dejé de esperar que sintiera aprecio por mí el día que me abandonó en el bosque. Yo estaba recolectando flores para mi madre y ella se fue sin más. Todavía recuerdo lo aterrado que estaba.

—¿Cuántos años tenías?

—Cinco. Mi madre tardó una hora en encontrarme. Le había pedido a mi hermana que me llevara a pasear mientras ella trabajaba en un poema. Lacey mintió, dijo que yo me había alejado. Y luego no dejó de decir una y otra vez que yo habría encontrado el camino a casa si hubiese sido más inteligente.

—Dios, espero que nunca tenga hijos.

—Tiene dos y los ha malcriado mucho. Ambos van a la universidad ahora.

—¿Trabaja?

—Siguió escribiendo mientras hacía de ama de casa y cuidaba de los niños, pero ninguno de sus libros tuvo éxito. Sintió que había decepcionado a mi padre. Pero no debería haber elegido esa especialidad solo para complacerlo; y menos, después de descubrir que la escritura no era lo suyo.

Ursa había regresado durante la conversación.

—¿Estáis hablando de Lacey?

—Sí —respondió Jo.

—¿Por qué has gritado antes? —le preguntó a Gabe.

—Solo hacía el tonto.

—Creía que Lacey había venido para obligarte a regresar a casa.

—No puede obligarme —señaló él.

—¿Te quedas?

—Me iré dentro de poco. Estoy seguro de que vosotras dos estáis cansadas.

—¡Tienes que quedarte! —exclamó Ursa—. Si regresas, volverás a ser su prisionero. Pero esta vez, cerrarán la puerta y no podremos rescatarte.

—Tampoco exageres —respondió Gabe.

—¡Por favor! Jo quiere que te quedes. Jo, ¡dile que no se vaya!

—Quizá no deberías regresar —sugirió ella—. Demuéstrale a tu hermana que tienes vida propia. Y tu madre también debe entenderlo. ¿Por qué no se queda un tiempo con Lacey en San Luis y te da un respiro? O podríais contratar a alguien para que la ayude. ¿Quién decidió que tendrías que ser su cuidador para siempre? Eres demasiado joven para semejante carga.

Gabe se quedó mirándola.

—Disculpa —dijo Jo—. Tiendo a escupir opiniones cuando estoy cabreada.

—No te disculpes. Todo lo que has dicho es cierto.

—Entonces, dales una lección y duerme en el sofá. Ursa puede dormir conmigo, si a ella le parece bien.

—¡Sí, me parece bien! —exclamó Ursa, levantando los brazos con alegría—. Y mañana, ¡Gabe puede acompañarnos al arroyo Summers! Es un lugar genial, Gabe. ¡Es como un bosque mágico!

—Nunca he visto un bosque mágico —comentó él.

—Es bastante mágico —confirmó Jo.

Capítulo quince

—Ey, Jo…

Gabe se encontraba unos treinta metros más allá, sumergido hasta el pecho en la vegetación.

—¿Qué? —respondió ella.

—Creo que hay un nido por aquí que ha perdido la banderita.

Vadeó a través del matorral hacia él.

—No puedo creerlo… ¿De verdad has encontrado un nido en tu primera hora de excursión?

—Tiene tres huevos blancos dentro.

—¡Es un nido de azulejos índigos!

Ursa oyó lo que ocurría y corrió hacia allí. Ella y Jo llegaron a la vez donde estaba Gabe y observaron el nido construido sobre tallos de caña.

—Felicidades por tu primer nido —dijo Jo—. Pero menuda faena, ahora tendré que pagarte un salario de asistente de campo a ti también.

—Probablemente sea más de lo que gano con la venta de huevos —respondió él.

—¡Ahora somos todos ornitólogos! —exclamó Ursa.

Gabe tocó un pequeño huevo con el dedo.

—Es bastante emocionante, ¿no? —señaló Jo.

—Ya había visto nidos, pero toparse con uno cuando lo estás *buscando* es muchísimo mejor.

—Ten cuidado, buscar nidos puede volverse adictivo. Hay algo en ello… en descubrir pequeños secretos de lo salvaje.

Gabe sonrió.

—¿Sueno como una loca?

—No. Lo comprendo perfectamente.

Observó cómo Ursa anotaba el lugar, la fecha y el estado en una nueva ficha de datos mientras Jo le dictaba. La pequeña escribió «Gabriel Nash» con esmero en la línea que rezaba «Descubierto por».

—He contribuido con un punto de referencia a la ciencia. Mi existencia ya no es insignificante —comentó él. A Jo le gustó aquello.

—Será mejor que nos vayamos —dijo ella—. Los padres se están poniendo nerviosos y no queremos atraer a un depredador.

—Ningún depredador tocará mi nido —gritó Gabe al bosque mientras se alejaban caminando.

—Quizá decirlo en alto se convierta en magia que lo proteja —deseó Ursa.

—Esa podría ser una nueva línea de investigación —apuntó Gabe—. «El uso de la magia en la prevención de la depredación de nidos».

—Seguro que conseguirás una beca de la Fundación Nacional para la Ciencia —repuso Jo.

—Ursa Maior será la coautora.

—Sí, sin duda conseguiréis fondos —afirmó Jo.

La suerte de principiante de Gabe desapareció en el siguiente lugar de estudio, pero tenía sus esperanzas puestas en el último, el bosque mágico de Ursa. Llegaron al arroyo Summers durante las primeras horas de la tarde. Los barrancos arbolados, las cascadas musgosas y las rocas helechosas del burbujeante arroyo cautivaron a Gabe. Le dijo a Ursa que percibía la magia y, de vez en cuando, aseguraba haber visto una ninfa o un hada o un unicornio. Ursa comenzó a ver fantasmas también y, poco después, los dos se esforzaron más por inventarse criaturas fantásticas que por buscar nidos. A Jo le encantaba, incluso pese a que la distraían.

Antes de terminar el trabajo, se sentaron en su lugar habitual frente al enorme estanque de agua cristalina para comerse la segunda mitad del almuerzo. Antes de que Jo se sentara para comer en su roca plana favorita, Ursa ya se había metido en el agua, descalza, e intentaba atrapar peces con la mano.

—Deberías comerte el sándwich antes de mojarte la ropa —sostuvo Jo.

—No quiero —respondió Ursa y se lanzó de plancha a la parte más profunda del agua.

—No se me da muy bien lo de fomentar la disciplina —se lamentó Jo, mientras le pasaba un sándwich de pavo y queso cheddar a Gabe.

—Es una niña muy buena. No le hace falta disciplina.

—¿Salvo por que no me dice de dónde es, por mucho que se lo ruegue?

Él se sentó en la roca a su lado.

—Te dijo de dónde es.

—Cierto, del nido enorme en el cielo.

—A veces, casi puedo creérmelo —comentó Gabe—. No se parece a ninguna niña que haya conocido.

—Lo sé. Y nadie la ha reclamado todavía.

—¿Buscas en Internet?

—Así es, pero se vuelve cada vez más difícil. Tengo miedo de verla en una de esas páginas y que regrese con los idiotas que ni siquiera han sido capaces de denunciar su desaparición.

—No la recuperarán. Irá a una familia de acogida.

Jo volvió el rostro hacia él.

—¿Cuánto tiempo más vamos a esperar para volver a llamar al comisario? Han pasado casi dos semanas.

La mano con la que él sostenía el sándwich se aflojó como si hubiera perdido el apetito.

—He pensado mucho sobre eso estos últimos días.

—Yo pienso en ello todo el tiempo. Tenemos que encontrar la forma de llevarla a la comisaría.

—Sí.

Se terminaron los sándwiches en un silencio triste, observando a Ursa jugar en el agua. Jo le alcanzó a Gabe una botella Nalgene con agua y abrió otra para sí.

—¿Cómo reaccionaron tu hermana y tu madre cuando volviste a casa a cambiarte esta mañana?

—Lacey enfureció porque quiere regresar a San Luis.

—¿Tu madre dijo algo?

—Estaba demasiado sorprendida para decir nada.

—¿Sorprendida por qué?

—Ya sabes por qué.

—No, no lo sé. Tuviste una crisis debido al alto nivel de estrés que padeciste en la universidad. ¿Por qué eso hace que tu vida sea más sacrificable que la de Lacey? ¿Por qué no puedes tomarte un día libre para pasarlo con los amigos? No dejan que te recuperes a propósito, porque se han acostumbrado a tu rol de cuidador a jornada completa.

—No es solo eso.

—Yo creo que sí.

La miró a los ojos.

—Estoy enfermo. No puedo «recuperarme y seguir adelante» sin más.

—Si crees eso, seguro que no.

—Como la mayoría de la gente que nunca ha pasado por esto, tu idea acerca de lo que es la depresión es optimistamente errónea. —Dejó el agua a los pies de Jo y se dirigió hasta donde se encontraba Ursa. La pequeña estaba metida en el agua hasta los tobillos, cerca de la orilla, tratando de atrapar algo en las raíces de un enorme sicomoro.

—¿Has visto eso? —preguntó ella—. He atrapado un sapo enorme, pero se ha escapado.

—Tu apuesto príncipe ha desaparecido —repuso él.

—¿Quién quiere un estúpido príncipe?

—¿Qué tal un príncipe inteligente?

—No hay príncipes en este bosque mágico —aseguró Ursa.

—Qué moderno.

Ursa vadeó hacia aguas más profundas.

—¿Vienes?

—Creo que sí —respondió Gabe—. Me pica todo.

—Es por las ortigas.

—Ya lo sé. La palabra *irritado* ha cobrado un significado completamente nuevo para mí. —Se quitó las botas y la camiseta de manga larga de la Universidad de Chicago, pero se dejó puestos los vaqueros. Jo no pudo evitar contemplar su torso desnudo, que poseía un aspecto esbelto y fuerte debido al trabajo en la granja. Tras dirigirse a la parte más honda, desapareció. Reapareció con un grito y lanzó agua hacia todos lados al sacudir la cabeza.

—¡Está muy fría! —le dijo a Jo—. Deberías meterte.

—A Jo no le gusta que sus fichas de datos se mojen —explicó Ursa.

Jo caminó hasta la orilla del estanque.

—¿Vas a meterte? —preguntó Ursa.

—Ahora que has dicho eso, tengo que hacerlo.

—¿Qué he dicho?

—Que no me gusta que se me mojen las fichas. Me hace parecer idiota.

Ursa vitoreó y saltó sobre la espalda de Gabe, para aferrarse a él como un monito.

Jo se quitó las botas de senderismo y se arremangó los pantalones hasta las rodillas. El problema era que no quería que se le mojaran las fichas de datos cuando regresara a trabajar, y las dos prendas superiores que mantenían a los mosquitos y las ortigas a raya tardarían una eternidad en secarse.

Se desabrochó los botones de arriba y se quitó tanto la camisa de manga larga como la camiseta por la cabeza. Lo hizo, tal vez, porque le había dicho a Tanner que no tenía ningún problema con su apariencia. O porque su madre le había pedido: «Vive con pasión por las dos». Quizá se quitó ambas prendas porque quería mostrarle a Gabe que aquello de «recuperarse y seguir adelante» no le era ajeno. Fuese cual fuese la razón, se había quitado la ropa, y la sensación del agua fría salpicándole el pecho acalorado le resultó maravillosa.

Ursa apenas se dio cuenta. Había visto el pecho de Jo un par de veces mientras se vestían. Pero era evidente que Gabe no sabía qué hacer. Primero observó las cicatrices. Luego apartó la mirada. Después volvió a mirarla, pero solo a la cara.

—Una pregunta: si llegara a pasar un guardabosques, ¿me arrestaría por exhibicionismo? —comentó Jo—. ¿Es exposición indecente si no tienes nada que exhibir?

—Buena pregunta —respondió él, visiblemente aliviado por su sentido del humor.

A Jo le gustó dejar que un hombre le viera el pecho por primera vez en un claro del bosque. No en una habitación. Y sin presiones. En el bosque, estaba relajada, tan entera como jamás se había sentido. Estiró los brazos para sumergirlos en el agua y se deslizó a través del estanque. Ursa pasó de la espalda de Gabe a la de ella y le rodeó la clavícula a Jo con los brazos.

—¿No te alegras de haberte metido?

—Me alegro mucho.

Ursa le colocó a Jo sus labios fríos y mojados sobre la oreja.

—Salpiquemos a Gabe —susurró.

—Vale —respondió Jo en voz baja—. Uno, dos y ¡tres!

Ursa saltó desde la espalda de Jo y le lanzó agua a Gabe de manera salvaje. Jo la ayudó, pero con mucho menos entusiasmo.

—No es justo. ¡Sois dos contra uno! —se quejó él.

—Tú eres más grande —se justificó Ursa.

Gabe arrojó poderosas olas hacia ella con los brazos. Ursa se sujetó de los hombros de Jo y comenzó a dar patadas al agua como una loca.

—¡Me rindo! ¡Me rindo! —exclamó Gabe.

—¡Ganan las chicas! —gritó Ursa.

—Por supuesto, no tenía ninguna oportunidad.

—Ey, ¿oís eso? —preguntó Jo. Guardaron silencio y oyeron el estruendo de un trueno que provenía del sudoeste.

—Todavía no está cerca —señaló Gabe.

—Pero hemos dejado el coche muy lejos. —Salió del agua. No le gustaba lo mucho que duraban los estruendos lejanos y su frecuencia auguraba una tormenta repleta de relámpagos.

—¿Puedo comerme el sándwich? —preguntó Ursa.

—Cómetelo rápido mientras Gabe y yo nos cambiamos —respondió Jo.

Para cuando terminaron de vestirse y Ursa devoró el sándwich, el bosque se había oscurecido y los truenos eran mucho más fuertes.

—La tormenta se mueve con rapidez —comentó Gabe.

—Esas son las peores —repuso Jo.

Avanzaron todo lo que pudieron a través del lecho rocoso del arroyo para evitar la vegetación densa de la orilla, pero río arriba, donde el arroyo tenía más agua, se vieron obligados a entrar en el bosque. El viento soplaba con fuerza a través de las copas de los árboles y la temperatura bajó al menos diez grados. El cielo se había vuelto negro verdoso.

—¡Parece de noche! —exclamó Ursa.

—¿Corremos o nos resguardamos? —le consultó Gabe a Jo.

—Nunca sé qué es mejor.

—¡Corramos! —dijo Ursa—. ¡Esto da miedo! —gritó mientras corría, pero Jo percibió su alegría bajo los estallidos de los truenos y el repentino bombardeo de la lluvia. El viento y los relámpagos se intensificaron. Cuando las ramas comenzaron a quebrarse, Jo buscó un lugar donde resguardarse, pero no vio ninguno.

—Ya casi hemos llegado —gritó Gabe por encima de los truenos y el viento—. ¡Jo!

Ella se detuvo y se dio media vuelta. Gabe estaba arrodillado en el suelo sobre Ursa. Corrió hasta ellos, y el corazón le golpeó el pecho al ver a Ursa tumbada entre la vegetación, inconsciente y con los ojos cerrados.

—¿Se ha tropezado?

Gabe le pasó una mano a Ursa por el pelo mojado y le mostró la sangre a Jo.

—La ha golpeado esa rama.

La rama era tan gruesa como la muñeca de Jo. Esta se arrodilló al lado de Ursa y le acarició la mejilla.

—¿Ursa? Ursa, ¿me oyes?

La pequeña abrió los ojos, pero no parecía poder enfocarlos.

—Tenemos que llevarla a un hospital —señaló Gabe. Pasó los brazos por debajo del cuerpo de la niña y la levantó. Jo corrió a abrir el coche.

Él acostó a Ursa en el asiento trasero.

—Quédate con ella. Sé dónde queda el hospital más cercano.

—¿Dónde?

—Marion. He ido allí con mis padres. —Tomó las llaves y le dio a Jo la camiseta extra que llevaba en su mochila—. Usa esto para presionar la herida.

Jo se apoyó la cabeza de Ursa en el regazo y sostuvo la camiseta contra el corte en su cuero cabelludo mientras Gabe conducía. Los limpiaparabrisas abofeteaban el cristal con violencia mientras la lluvia, los truenos y los rayos atacaban el coche. Todo parecía una traducción sensorial del pánico de Jo.

Ursa intentó incorporarse.

—Estás herida —le dijo Jo—. No te levantes.

—Estoy bien. Me ha golpeado una rama. —Ursa levantó la cabeza hacia Gabe—. ¿Por qué está conduciendo Gabe?

—Porque sé dónde queda el hospital —respondió él.

—¡No quiero ir al hospital! —Jo no podía sujetarla—. ¡Quiero ir a casa! ¡No quiero ir al hospital!

—Estuviste inconsciente durante diez segundos, por lo menos —argumentó Gabe—. Es probable que tengas una conmoción cerebral y quizá sea necesario que te cosan la herida.

—¡Era una broma! ¡No estaba inconsciente!

—Lo estabas —afirmó Jo.

—Todo irá bien —dijo Gabe.

—¡No irá bien!

Ursa tenía razón. Nada iría bien cuando llegaran al hospital. ¿Cómo explicarían la razón por la que Ursa estaba con ellos en el bosque? O, aún peor, que llevaba viviendo en la Cabaña Kinney casi dos semanas. Si la universidad se enteraba, Jo se metería en un buen lío.

—¿Vendrá la policía? —preguntó Ursa, expresando pensamientos similares.

—Sí, es probable que venga la policía —respondió Gabe.

—¡Me alejarán de vosotros! —gritó Ursa, bajo un torrente de lágrimas—. ¡No iré!

Jo intentó abrazarla, pero Ursa la apartó de un empujón.

—Lo siento —dijo Gabe—, pero tenemos que hacer lo que sea mejor para ti, aunque no quieras.

Ursa se quedó en silencio, con las lágrimas rodándole por las mejillas. La lluvia y los truenos menguaron y el único sonido que se oía en el coche era el chillido intermitente de los limpiaparabrisas. A las afueras de Marion, Gabe disminuyó la velocidad detrás de otro coche frente a una señal de STOP. Antes de que el Honda se detuviera por completo, Ursa se desabrochó el cinturón, levantó el seguro y cerró la puerta de un golpe tras salir del coche. Jo se arrastró por el asiento, pero Ursa ya había corrido hasta un matorral en el límite del bosque. Para cuando Jo se adentró en la densa vegetación, Ursa había desaparecido.

—¡Ursa! —gritó—. ¡Ursa, regresa!

Gabe atravesó el matorral, barriendo los árboles con la mirada.

—Debe de estar escondida. No puede haber ido demasiado lejos en tan poco tiempo. —Corrió algunos metros al interior del bosque y se detuvo—. ¡Ursa, sé que puedes oírme! —la llamó—. Sal y hablaremos del tema, ¿de acuerdo?

—¡Ursa, por favor! —gritó Jo—. ¡Por favor, sal!

Buscaron detrás de todos los árboles que eran lo bastante grandes como para ocultarla.

—Ha seguido corriendo —sostuvo Jo—. ¡Nunca la encontraremos!

—¡Ursa! —gritó Gabe tan fuerte como pudo—. ¡Si sales, no iremos al hospital!

Esperaron. Las gotas de lluvia caían de las hojas de los árboles. Un pájaro carbonero profirió un chillido.

—Se ha ido —dijo Jo.

—Eso parece. —Gabe vio que estaba a punto de llorar—. La encontraremos. Vayamos con el coche en la dirección en que se ha ido.

—¿Eso ha sido una promesa? —preguntó Ursa, detrás de ellos.

Se dieron media vuelta. Se encontraba en el extremo del matorral que había a la vera del camino.

—Me iré corriendo otra vez si no prometéis llevarme a casa —advirtió.

—Pero... ¿dónde está tu casa? —preguntó Gabe.

—¡Mi casa en la Tierra es con Jo! —gritó la pequeña.

—Ursa...

—¡No serás amigo mío si no haces lo que has dicho! ¡Y has dicho que no iríamos al hospital!

—No iremos —aseguró Jo.

—¿Lo prometes?

—Sí. —Jo caminó hacia ella despacio para que permaneciera tranquila—. ¿Cómo está tu cabeza?

—Está bien.

Cuando Jo llegó a ella, le levantó el pelo para evaluar el corte.

—Mira, ha dejado de sangrar —le dijo a Gabe.

—Porque tiene la cabeza más dura que jamás haya visto. ¿Dónde demonios estabas?

—En una cosa de metal —contestó Ursa—. Está por aquí.

Los guio al interior del matorral y les mostró la abertura de un tubo corrugado de desagüe. Jamás la hubieran encontrado allí dentro.

—Me rindo —anunció Gabe—. Esta extraterrestre es demasiado lista para mí.

—¿Podemos ir a casa? —preguntó Ursa.

—Iremos a casa —respondió Jo.

Capítulo dieciséis

Jo apenas había detenido el Honda cuando Ursa saltó del coche, recogió un palo y lo lanzó para que Oso Menor corriera a buscarlo. Durante todo el camino a casa, se había comportado de forma frenética en un intento por demostrar que el golpe en la cabeza no le había hecho nada.

Jo abrió con su llave la puerta delantera de la casa.

—Ursa, entra a darte un baño.

—¿Quieres decir una ducha? —preguntó Ursa.

—No, no quiero que estés de pie.

—Estoy bien.

—Como mínimo, tienes dolor de cabeza. Haz lo que digo. Iré al baño a ayudarte en un momento.

—No necesito ayuda —se quejó Ursa, pero entró de manera obediente.

Todavía envuelto en su camisa manchada de sangre, Gabe colocó su mochila en la parte trasera de su camioneta.

—Parece estar bien.

—Creo que está fingiendo —comentó Jo.

Él dejó junto a su mochila la camiseta ensangrentada que habían usado para presionar la herida de Ursa.

—¿Vendrás después de asearte? —preguntó ella.

—¿Quieres que venga?

—Sí. ¿Y si no puedo despertarla en mitad de la noche o algo así?

—Ese es el riesgo que corremos al dejarla tomar las decisiones.

—Venga… bastante mal me siento ya.

Él le tocó el brazo a Jo con suavidad.

—No tardaré.

—Puedes cenar con nosotras —ofreció Jo.

—¿Estás segura de que tienes suficiente comida? Tu nevera parecía bastante vacía cuando guardé las cosas anoche.

—Lo sé. Tendremos que hacer tortillas con los huevos que trajiste.

—Traeré algo de comida. Deja que me ocupe de la cena. Pareces agotada.

—Tú debes de estar igual.

Su sonrisa cansada lo confirmó.

—Nos las arreglaremos. Ahora vuelvo.

Jo hizo que Ursa se desvistiera y se sentara en el agua caliente. Después de limpiarle la herida en el cuero cabelludo, le dio una esponja enjabonada y la dejó lavarse el cuerpo. Ursa salió del baño vestida con un pijama de Hello Kitty que había comprado con Gabe en el mercadillo. No quiso acostarse en el sofá mientras Jo se duchaba, pero Jo la obligó.

Jo se duchó y se vistió con pantalones cortos y una camiseta. Cuando salió del baño, Gabe ya estaba en la cocina preparando la cena.

—Espero que no te importe, Ursa me ha abierto —dijo él—. Quería que la comida estuviese lista lo antes posible. —Estaba condimentando un pollo en una cazuela y había traído relleno de pan para cocer sobre la estufa.

—Tiene muy buena pinta —comentó Jo.

—Quiero hacer el relleno, pero no me deja —se quejó Ursa.

—Porque deberías estar descansando —repuso Gabe—. Vuelve al sofá.

—No estoy discapacitada —espetó la pequeña de camino a la sala de estar.

—«Discapacitada» —repitió Gabe—. Ni mi hermana usa ese tipo de vocabulario, y es escritora.

—¿Cómo está Lacey?

—Hirviendo de rabia, como dicen por aquí. —Vertió el relleno en una mezcla de agua y mantequilla derretida—. Creo que sospecha que hemos asesinado a alguien.

—¡La sangre! ¿Cómo la has explicado?

—Le he dicho que Ursa se había hecho daño. Eso llevó a otro sermón de por qué no debería andar con la hija de un desconocido. Ha amenazado con llamar a la policía.

—¿Crees que lo hará?

—Con Lacey nunca se sabe.

—¿Qué ha dicho cuando has vuelto a salir?

—Me ha ordenado que terminara con mi «aventura infantil», así lo ha llamado, y me quedara en casa. Dice que, pase lo que pase, se irá mañana por la mañana.

—¿Tienes que volver a tu casa esta noche?

Dejó de revolver y la miró.

—Me has pedido que me quede a dormir y eso haré.

—Solo si quieres.

—Sí quiero. Yo también estoy preocupado por Ursa.

—¿Cómo puedo ayudarte con la cena? Al parecer, necesitamos verduras.

—Ya lo había pensado. Lacey y mi madre tenían sobras de maíz y guisantes en la nevera. Solo hace falta recalentarlas.

Una hora más tarde, se sentaron a comer el pollo, el relleno y las verduras. Gabe también había traído un recipiente ya empezado de helado de nata con caramelo para el postre. Jo estaba demasiado llena para comerlo, pero Ursa y él se sirvieron un cuenco cada uno.

—Desde luego el golpe en la cabeza no ha afectado tu apetito —le dijo Gabe a Ursa.

—Te dije que no necesitaba ir al hospital —respondió ella.

—Bueno, nos diste un buen susto. Vaya con el bosque mágico.

—No es culpa del bosque —argumentó Ursa—. Yo hice que sucediera.

—¿Hiciste que una rama te golpeara la cabeza y casi te matara?

—Nunca me hubiese provocado la muerte. Pero, como les expliqué a Tabby y a Jo, a veces tienen que pasar cosas malas para que pase algo bueno.

—¿Ha salido algo bueno de esto? —preguntó Gabe.

—Te quedas a dormir otra vez.

—¿Sabías que me quedaría a dormir si te hacías daño?

—No es que lo adivinara. Las cosas ocurren sin más. Los habitantes de Alarreit desprendemos unas motitas invisibles, parecidas a los *quarks*, pero distintas; y son las causantes de que ocurran cosas buenas alrededor de nosotros cuando conocemos terrícolas que nos caen bien.

Gabe apoyó la cuchara en su plato vacío.

—Entonces, estas especie de *quarks* emanan algo así como buenas vibraciones.

—Pueden cambiar el destino de las personas.

—¿Qué hay de bueno en que me quede a dormir?

—A Jo y a mí nos gustas. —Ursa levantó su cuenco y se bebió lo que quedaba de su helado derretido—. Y, de todos modos, tú no querías estar con tu hermana malvada, ¿no es cierto? Ese es otro motivo por el que es algo bueno.

—¿Tú qué crees, doña científica? —le preguntó él a Jo.

—¿Por qué no? No vemos la gravedad y, sin embargo, tiene un fuerte efecto en nosotros.

—Es cierto. —Gabe se puso de pie y colocó el cuenco de Ursa dentro del suyo—. Quizá mañana encuentre un millón de dólares debajo de mi almohada.

—Lo más probable es que no —dijo la niña.

—¿Por qué no?

—Los *quarks* saben lo que quieres *de verdad*.

—¿No quiero un millón de dólares?

—Creo que no.

—Maldita sea. —Él fue hasta el fregadero y lavó los cuencos.

—¿Tienes ese medicamento que los terrícolas llaman ibuprofeno? —le preguntó Ursa a Jo.

—¿Te duele la cabeza?

—Solo un poco.

—No mientas. ¿Cuánto te duele?

—Bastante. —Vio que Jo y Gabe se miraban—. Estaré bien. He oído que una compresa fría y un ibuprofeno ayudan mucho.

Debió de haberlo utilizado en el pasado. ¿Quién había cuidado de ella cuando había estado enferma y por qué esa persona no había denunciado su desaparición?

Llevaron a Ursa al sofá, le dieron un ibuprofeno e hicieron que se recostara con una compresa fría sobre los ojos y la frente. Oscurecieron la habitación y encendieron dos velas. La pequeña se durmió profundamente de inmediato. Jo se sentó en el borde del sofá y la observó respirar.

—No puedes quedarte sentada toda la noche —dijo Gabe.

—Tengo que estar a su lado.

—Deja que la lleve a tu cama. —Gabe la llevó a la primera habitación y la acostó en el colchón doble sobre el suelo de madera. Colocó la manta de Jo sobre la niña y, con cuidado, la metió por debajo de sus hombros. Le apartó los mechones de pelo que le cubrían la cara. Levantó la vista y alcanzó a ver la sonrisa de Jo.

—¿Te irás a dormir enseguida? —preguntó.

—Me quedaré despierta todo lo que pueda para ver cómo sigue.

—¿Te molesta si me siento aquí, junto a la cama?

—Para nada. —Jo trajo las dos velas y colocó una sobre la cómoda y otra sobre la mesita de noche. Se sentó en el colchón frente a Ursa, y Gabe, en el suelo al lado de la niña.

—Ha sido un gran día —reveló él—. Antes de que Ursa se hiciera daño, obviamente.

—Has resistido muy bien el calor, los insectos y los ataques de la maleza.

—Y ni hablemos de las ortigas.

—Sí, ni las nombremos.

El silencio flotó entre ellos. Él levantó el libro que yacía al lado de Ursa.

—*Matadero cinco* —comentó—. Nunca había visto una edición de tapa dura. ¿Es muy viejo?

—Impreso en 1969, el año en que se publicó por primera vez.

Él la miró.

—¿Con la tapa original? Debe de valer una fortuna.

—No se encuentra en demasiado buen estado… pero no tiene precio. Mi abuelo se lo legó a mi padre, él a mi hermano y a mí. Mi madre también se leyó ese ejemplar más de una vez. —Se estiró sobre Ursa y tomó el libro de las manos de Gabe para apoyárselo sobre las piernas cruzadas—. Lo mencionábamos mucho en nuestras conversaciones —contó, acariciando la tapa con una mano—. Era nuestro favorito.

—A mi padre le hubiera encantado eso.

—¿El qué?

—La forma en que sigues vinculada a tus padres a través de un libro.

Así era y no solo a través de ese. Tenía la mayoría de los libros que habían pertenecido a sus padres y leía un fragmento de alguno de ellos todas las noches antes de quedarse dormida o cuando tenía insomnio. Mientras leía, tocaba las mismas páginas que ellos habían tocado, su padre y su madre estaban justo ahí con ella.

—Tu familia parece interesante, si a todos os gustaba un libro tan raro como ese.

—Desde luego, éramos interesantes —repuso ella—. Algo extraños, a decir verdad, y a veces eso hacía que a mi hermano y a mí nos resultara difícil relacionarnos con otros niños.

—¿Por qué?

Jo pensó unos instantes.

—Desde que me dedico a la biología, me he dado cuenta de que la mayoría de los científicos que trabajan en la naturaleza distan un poco del resto de las personas. Quizá tenga algo que ver con cómo pueden dar la espalda a las comodidades de la sociedad moderna durante largos períodos de tiempo. Pero no es solo el hecho de que sean capaces de apartarse de la sociedad, sino más bien que *necesitan* hacerlo. Para las personas así, el mundo natural resulta vital, es una experiencia espiritual.

Sus ojos iluminados por las velas estaban absortos en ella.

—Mis padres eran así. En muy pocas ocasiones nos llevaban a hacer las cosas que hacían otros niños, como ir al parque de atracciones o a playas turísticas. Los fines de semana, hacíamos senderismo y kayak o íbamos a buscar salamandras o fósiles. Durante las vacaciones, solíamos irnos de acampada, a veces a lugares que se encontraban bastante lejos de casa, como Maine, para ver frailecillos, o a Utah, para ver formaciones rocosas. Y adondequiera que fuésemos, buscábamos minerales y gemas entre las rocas.

—Genial —comentó Gabe.

—Lo era. Deberías ver nuestra colección familiar. El entusiasmo de mi padre por la geología era contagioso, casi obsesivo. Siempre señalaba la geología de los paisajes que nos rodeaban. Es probable que te parezca aburrido, pero no lo era. La forma en que describía cómo las fuerzas de la naturaleza daban forma a la tierra era casi poética.

—Parecía un tipo interesante.

—Lo era. Y mi madre... ella también poseía una fuerza natural, pero de una forma relajada, como el burbujeo de un arroyo. Si metía la pata en el colegio o con mis amigos, siempre me ayudaba a ver que no tenía tanta importancia y arrojaba una luz positiva sobre las cosas. Y su jardín... era precioso, un bosque de flores, estanques y árboles en el medio de un vecindario residencial. Mi amiga Tabby solía decir que estaba convencida de que había hadas en el jardín de mi madre... Era así de mágico.

—¿Dónde vivíais? —preguntó.

—En Evanston. Mi padre daba clases cerca, en Northwestern.

—¿En serio? Eso no queda lejos de donde enseñaba mi padre.

—Para la gente de Chicago, sí —respondió ella—. ¿Vivíais en la ciudad cuando tu padre estaba en la Universidad de Chicago?

—En Brookfield, en la casa donde creció mi padre. ¿Sabes dónde queda?

—Sí, fui varias veces al zoológico de Brookfield.

—Mi casa estaba a menos de un kilómetro del zoológico.

Jo bajó la mirada al libro en su regazo.

—Qué raro…

—¿El qué?

—Cuando te compré huevos por primera vez, jamás hubiera imaginado que nuestros entornos familiares eran tan parecidos.

—¿Creías que era tan solo un pueblerino estúpido y aficionado a las armas?

—No sabía qué eras.

Ninguno de los dos sabía qué más decir, pero el silencio no fue incómodo. Jo se levantó y colocó el libro en la mesita de noche. Buscó la almohada y la manta en el sofá de la sala de estar y las apoyó al lado de Ursa en la cama.

—Tienes aspecto de estar cansado —le dijo a Gabe—. ¿Por qué no te acuestas?

—¿Estás segura?

—Si estamos los dos aquí, la vigilaremos mejor. Cada vez que te despiertes, puedes comprobar cómo está y yo haré lo mismo.

—Creo que está bien.

—Se ha dormido tan rápido… y durante todo el tiempo en que hemos estado charlando, no se ha movido.

—Porque está exhausta.

—Es cierto. Será mejor que la deje dormir hasta tarde.

—Buena idea.

Jo puso la alarma de su teléfono para las 7:00 a. m. y apagó las dos velas. Se estiró sobre el colchón y oyó que Gabe hacía lo mismo al otro lado de Ursa.

—¿Tienes espacio suficiente? —preguntó.

—Suficiente para dormir hasta tarde.

El aire acondicionado murmuraba y agitaba la ventana. Esperaba que a Gabe no le molestara. Prefería los sonidos del campo y el bosque por la noche, pero dormía mal cuando hacía calor y había humedad en la habitación.

—Perdona que te haya aburrido hablando de mi familia —dijo Jo.

—No te disculpes, lo he disfrutado —respondió él.

—Me gustaría saber más sobre tus padres alguna vez. Crecer con una poetisa y un profesor de literatura que construyó una cabaña en el bosque debió de ser increíble.

Después de un silencio, él contestó:

—Sí, fue increíble, pero no de la forma en que piensas.

Jo se incorporó sobre un codo e intentó mirarlo en la oscuridad.

—¿Qué quieres decir?

—Nada.

Él rodó hacia un lado para darle la espalda.

Capítulo diecisiete

Las ventanas se agitaban. Jo abrió los ojos e intentó entender qué estaba oyendo, hasta que otro largo trueno sacudió los cristales. Puso una mano sobre Ursa para asegurarse de que respiraba y levantó su teléfono. Eran las 6:03 a. m. Después de unos minutos, tuvo suficiente cobertura como para comprobar el tiempo. Los vestigios de una tormenta tropical en el Golfo golpeaban el sur de Illinois y se esperaba lluvia hasta por lo menos el mediodía. Más truenos retumbaron a lo lejos.

—Justo lo que necesitábamos, otra tormenta —comentó Gabe.

—Es exactamente lo que necesitamos. Me puedo quedar en la cama. Y eso es bueno para Ursa. —Desactivó la alarma de su teléfono.

—¿No trabajas cuando llueve?

—No es bueno alejar a las aves de su nido en clima lluvioso.

—Tiene sentido.

—¿Gabe? —llamó Ursa. Se sentó y lo miró con los ojos adormilados.

—Vuelve a dormir —dijo Jo—. Está lloviendo. No hay trabajo de campo.

—Bien. —Se acurrucó de lado, colocó un brazo alrededor de Gabe y se quedó dormida otra vez.

—Bueno, supongo que ahora no me puedo levantar —señaló él.

—No —repuso Jo—. Las mañanas de lluvia son las mejores.

Durmieron dos horas más. Ursa se despertó primero, apoyó una mano sobre Jo y la otra sobre Gabe.

—Esto es como un nido. Me siento como un polluelo.

—Apuesto a que estás tan hambrienta como uno —apuntó Jo.

—Lo estoy, pero no quiero dejar el nido nunca.

Gabe se sentó.

—La mitad del nido se va al baño.

—¡Gabe!

—Lo siento, pajarito. Prepararé café. Quedaos en la cama si queréis —le dijo a Jo.

—No —respondió ella—. Me voy en esa misma dirección.

El nido de Ursa se dirigió a la cocina, donde le llenaron el pico con huevos fritos, medio bollo inglés y rodajas de naranja. Después de fregar los trastos del desayuno, Gabe se puso a arreglar el fregadero atascado de la cocina con las herramientas que tenía en la camioneta. Terminó desmontando toda la tubería. La estaba volviendo a colocar cuando Oso Menor comenzó a ladrar fuera. Desde el porche, Jo vio que Lacey detenía su todoterreno junto a la camioneta de Gabe. Avanzó por el camino de entrada, ignorando la lluvia y los intentos de Oso Menor por asustarla.

—Tengo que ver a Gabe —anunció, entrando en la casa.

—Pasa —dijo Jo a su espalda.

Lacey vio a Gabe en el suelo, ajustando la tubería, y a Ursa sentada a la mesa, dibujando un azulejo índigo con sus nuevos lápices de colores.

—Vaya, si no es la viva imagen de la felicidad hogareña —comentó.

Ursa pareció haber visto entrar a un cavernícola gigante y Gabe se puso de pie a toda velocidad.

—Supongo que un fregadero atascado era más importante que mi marcha —agregó Lacey.

—Supongo que sí —respondió Gabe.

Lacey fijó su atención en Ursa.

—He oído que te hiciste daño ayer.

Ursa asintió ligeramente.

—¿Qué pasó?

Ursa le lanzó una mirada nerviosa a Jo.

—Había una tormenta. Una rama cayó…

—¿Qué dijeron tus padres al respecto? Apuesto a que estaban preocupados.

—¿Hay alguna razón por la que estés aquí? —interrumpió Gabe.

—Varias —respondió Lacey—. Gracias a que saqueaste la cocina anoche, necesitamos provisiones.

—El congelador grande está lleno de comida —sostuvo él.

—Bueno, en el congelador no hay papel higiénico y también nos hace falta. Y a mamá se le ha terminado la crema para el eczema. Está disgustada porque todavía no la has repuesto.

—Iré en cuanto termine aquí.

—Demasiado tarde. He pasado por aquí de camino a la tienda.

—Creía que te marchabas.

—Yo también, pero hay mucho trabajo que hacer en la cabaña mientras tú pasas el rato en casa de Kinney. —Señaló el fregadero con la cabeza y dijo—: George estará muy agradecido de que lo repares. Quizá debería contratarte.

Lacey rio con suavidad por la nariz antes de abandonar la habitación, y los ojos de Gabe adquirieron un tono extrañamente vidrioso. Se dio media vuelta, con la mirada perdida en la ventana, y se agarró con fuerza al borde del fregadero. Oso Menor le ladró a Lacey mientras ella se iba. Gabe se dio la vuelta y todo rastro de enfado, o lo que fuera, había desaparecido de sus ojos.

—¿Qué ha sido eso sobre George Kinney contratándote?

—Era Lacey siendo Lacey. —Regresó al suelo para terminar el trabajo con las tuberías.

Durante las siguientes dos horas, Jo pasó los datos de sus fichas a su portátil y Gabe le enseñó a Ursa cómo jugar a la guerra y al solitario con una vieja baraja. A las doce y media, aún llovía y Jo decidió renunciar al trabajo de campo ese día. Necesitaba aprovechar el tiempo libre con un muy necesario viaje a la lavandería y al supermercado.

Le preguntó a Gabe si podía quedarse con Ursa. No quería arriesgarse a llevarla cerca de la estación de policía de Vienna por si se cruzaban con el agente Dean. Si iban a poner a Ursa bajo custodia policial, la entrega se haría según las condiciones de Jo. Sin embargo, era muy consciente de que todo lo que había ocurrido hasta ese momento había sucedido completamente según las condiciones de Ursa la extraterrestre.

Jo metió dos paños de cocina sucios en la bolsa de la lavandería, que ya estaba repleta con el añadido de la ropa de Ursa. Gabe y la pequeña permanecían sentados a la mesa de la cocina, esperando que la sopa de tomate hirviera. Él le estaba enseñando a jugar al póker, usando pequeñas galletas saladas como fichas para apostar.

—Primero armas, y ahora apuestas —señaló Jo—. Eres una mala influencia.

—No por mucho tiempo —repuso Gabe—. No podemos dejar de comernos el dinero.

—Lamento que no haya más comida —se disculpó Jo—. Traeré muchas provisiones.

—¡No te olvides de comprar macarrones con queso! —pidió Ursa. Apoyó las cinco cartas que tenía en la mano sobre la mesa—. Tengo tres ases. Te he ganado.

—¡Deja de hacer trampa con tus *quarks*! —exclamó Gabe.

Cuando llegó al pueblo, Jo pidió la ensalada del chef en una cafetería cerca de la lavandería. Observó por la ventana el lento trajín de la vida en un pueblo pequeño y se relajó en su habitual soledad. En los momentos tranquilos del año anterior, había reflexionado a menudo sobre aquellos que ya no estaban, su madre y su padre o su propio ser anterior a las cirugías. Aquel día pensó en los vivos, en Ursa y Gabe. Se permitió asimilar el alivio que sentía por la recuperación de Ursa después del golpe en la cabeza. Se preguntó qué habría pasado si hubiesen llevado a la pequeña al hospital, ¿la policía los habría interrogado? La respuesta a esa pregunta daba igual, pues había algo que era innegable: Ursa ya no podría quedarse con Jo. Esta ni siquiera quería imaginar el momento en que las autoridades obligaran a Ursa a separarse de ella y de Gabe. Por suerte, su comida llegó antes de que pudiera mortificarse demasiado con la idea.

Plegó la capa superior de huevos en rodajas hacia el centro de la ensalada. Unas semanas atrás, no habría creído nunca que el enigmático

Hombre de los Huevos formaría parte de su vida cotidiana. Algo tan poco probable casi tenía que ser consecuencia de la intervención de una extraterrestre. Sonrió al recordar cómo Ursa se había acurrucado contra Gabe esa mañana, confiando por completo en su bondad.

Dejó de comer para concentrarse en una sensación sorprendente. El tipo de calor interno que solía notar cuando un hombre le atraía. Le alivió que su cuerpo aún pudiera sentirlo. Pero quizá no era su cuerpo. Lo más probable es que se tratara del tratamiento hormonal.

El calor se desvaneció con su fría evaluación. Así era la vida con una dosis doble de genes analíticos. De todos modos, resultaría poco práctico enamorarse de Gabe. Su investigación era un proyecto ambicioso que normalmente requeriría al menos un asistente. ¿Y por qué iba a arriesgar su recuperación emocional cuando él solo había mostrado interés en una amistad? Se había quedado a dormir dos veces y no había dado ni el más mínimo paso hacia otra cosa.

Ni un solo paso. Quizá no se sentía atraído por su cuerpo o simplemente por la idea del cáncer. Por muy compasivo que fuera, era poco probable que deseara a una mujer a la que le faltaban partes del cuerpo habituales. Se metió en la boca el último bocado de ensalada, pagó la cuenta y se fue.

Las últimas nubes de lluvia grises se despejaron cuando llegó a casa. El bosque alrededor de la Cabaña Kinney tenía un aspecto magnífico, cada hoja y rama, adornadas con gemas doradas de sol creadas por las gotas de lluvia.

Gabe y Ursa no estaban en casa. La nota de Gabe rezaba:

Nos hemos ido al arroyo a pescar con una red llena de agujeros. Seguramente tardemos un poco. Ven con nosotros si te va la frustración.

Ursa dejó un mensaje al lado que decía:

¡¡Espero que hayas traído una tarta!!

Jo había comprado una tarta de manzana holandesa y helado de vainilla para acompañar. Después de guardar la compra y la ropa limpia, decidió comenzar a preparar unos fideos para la cena en vez de ir hasta el arroyo. Alrededor de las siete, Ursa entró de golpe por la puerta delantera gritando:

—¿Has traído tarta? ¡Hemos atrapado unos peces preciosos llamados carpas! ¡Y Gabe me ha enseñado chinches de agua! Llevan una burbuja de aire debajo del cuerpo que les proporciona oxígeno cuando están sumergidas.

—¿No es genial? —comentó Jo.

—¡Y hemos encontrado unas larvas llamadas tricópteros que pueden construir una casa que se mueve! Hacen un tubo con una cosa sedosa y le pegan arena y pequeños trozos de piedra y madera alrededor. La usan para mantener sus cuerpos blandos a salvo de depredadores.

—Las he visto —repuso Jo—. Son increíbles.

Gabe llegó a la cocina y colocó dos frascos cubiertos de arena en el fregadero, su ropa estaba tan mojada y embarrada como la de Ursa. Jo intentó no pensar en lo bien que le quedaba ese aspecto de bosque y arroyo.

—No sabía que eras experto en insectos acuáticos —señaló Jo.

—No lo soy —respondió él.

—Sí lo es —aseguró Ursa—. ¡Sabe los nombres de todo!

—¿Eres autodidacta o alguien te enseñó? —preguntó Jo.

—George Kinney. Huele muy bien aquí. ¿Qué es? —Levantó la tapa de una cacerola.

—Salsa de tomate con salchichas de pavo —respondió Jo.

—¡Bien! ¡Tarta! —Celebró Ursa, levantándola de la encimera.

—Déjala ahí —indicó Jo—. Es para el postre. Pero solo podrás comerte una porción si te comes las verduras.

Fuera, Oso Menor había enloquecido.

—Maldita sea. Es Lacey otra vez —dijo Gabe. Los tres se dirigieron a la ventana que daba al frente y cuando vieron que se acercaba un coche patrulla por el camino de gravilla, Ursa desapareció. Jo experimentó una sensación de *déjà vu* cuando la puerta mosquitera de atrás crujió al abrirse y se cerró de golpe.

—¡Lacey de mierda! —maldijo Gabe—. Sabía que estaba tramando algo cuando pasó por aquí.

—¿Qué le diremos?

—La verdad, tanto como sea posible.

Jo salió e intentó calmar a Oso Menor para que no atacara al policía. Gabe permaneció en el camino de entrada. No se trataba de K. Dean. Era un agente mayor, tendría alrededor de cuarenta y cinco años, pero era más esbelto y estaba en mejor forma que la mayoría de veinteañeros. Sus ojos de color marrón oscuro reflejaban una mirada inquisidora, llena de acusaciones.

—¿Es usted Joanne Teale? —preguntó el agente.

—Sí, *Joanna* —corrigió Jo—. ¿En qué puedo ayudarlo?

El policía caminó hacia ella, sin prestarle atención al perro callejero que le ladraba sin parar. No apartó la mirada de Gabe.

—¿Hay algún problema? —agregó Jo.

—Quizá usted pueda decírmelo —dijo el agente, arrastrando las palabras—. Me dijeron que buscara a una niña herida en esta propiedad.

—¿Quién ha dicho eso?

—¿Por qué necesita saberlo? ¿Es verdad o no?

—Hay una niña que viene a menudo por aquí —respondió—. Llamé a la comisaría para informar sobre ella hace algunas semanas.

Él no esperaba que ella dijera eso.

—El agente Dean vino hasta aquí —añadió.

El policía asintió, su semblante serio se ablandó un poco. Era evidente que conocía a Dean.

—Pero la niña lo vio venir y huyó.

—¿Por qué haría eso?

—Quizá tenía miedo de que la obligara a volver a su casa. La pequeña tenía hematomas.

—¿Le contó esto a Kyle... al oficial Dean?

—Así es.

—¿La niña sigue viniendo? —preguntó el policía.

—Sí. ¿Alguien ha denunciado su desaparición?

—Alguien denunció que estaba en peligro. La última vez que la vio, ¿estaba herida?

—Tenía un corte en la cabeza ayer. Se lo curé.

—¿El corte parecía ser consecuencia de un maltrato?

—No. Una rama que le cayó encima durante la fuerte tormenta.

—A Jo se le retorcieron los músculos del estómago. Tal vez había hablado de más. ¿Qué respondería si le preguntaba dónde había pasado eso?

—¿Conoce a la familia? —preguntó el agente.

—No. No sé dónde vive y ella no quiere decírmelo.

El policía miró a Gabe.

—Es amigo mío. Vive al lado —señaló Jo.

—¿Y es usted la dueña de esta propiedad?

—La alquilo. Estoy llevando a cabo una investigación.

—¿Qué clase de investigación?

—Sobre aves.

—Bueno, alguien tiene que hacerlo —comentó el agente, sonriendo para sí. Caminó hasta donde estaba Gabe—. ¿Ha visto a esta niña?

—Así es —respondió—. También viene a mi casa —agregó, sabiendo que Lacey le habría dado esa información.

—¿Qué es lo que quiere la niña? —preguntó el agente.

—Le gustan los animales.

—¿Sabe dónde está en este momento?

—Probablemente ande por aquí cerca —respondió Gabe.

—¿Eso es un *sí* o un *no*? —insistió el agente, mirándolo a los ojos.

—Estaba aquí hace un rato, pero se marchó. No sabemos a dónde.

El agente asintió.

—¿Le molesta si echo un vistazo dentro? —le preguntó a Jo.

La petición era mucho más de lo que Jo había esperado. Siempre había creído que la policía necesitaba una orden judicial para entrar en casa de alguien. Pero Gabe le dirigió un gesto con la cabeza para señalarle que debía dejarlo pasar.

—No hay problema —respondió, abriendo la puerta del porche.

Jo y Gabe siguieron al agente al interior de la casa. Por suerte, Jo había guardado la ropa limpia de Ursa en la cómoda. Pero, ¿y si miraba dentro de los cajones?

El policía caminó de habitación en habitación de la pequeña casa, examinando todo. Cuando llegó a la cocina, señaló el dibujo del azulejo índigo que había hecho Ursa y que estaba pegado con un imán a la puerta de la nevera.

—¿Quién lo ha dibujado? —preguntó.

—La niña —respondió Jo.

—¿Con cuánta frecuencia la deja entrar en casa?

—Rara vez estoy aquí. Paso la mayor parte del día trabajando.

—Le he preguntado si la deja entrar.

—Sí, porque me da pena. Creo que no la están cuidando.

—¿Esta niña tiene nombre?

—Dice que se llama Ursa Maior, pero supongo que es un nombre inventado… porque es el nombre de una constelación.

—Sé lo que es —repuso el agente. Salió por la puerta trasera y observó los límites de la pradera antes de dirigirse al cobertizo en ruinas. Jo y Gabe permanecieron en el jardín delantero bajo el nogal mientras él revisaba el anexo; Oso Menor lo siguió a todos lados—. Bueno, no veo a ninguna niña —dijo el policía—. Pero hay cierta preocupación por ella, así que agradecería que llamarais a la comisaría si volvéis a verla. —Le entregó a Jo una tarjeta con su información de contacto—. Buenas noches.

—Igualmente —respondieron Jo y Gabe al unísono.

Observaron cómo el oficial se subía al coche patrulla y se alejaba por el camino de gravilla. Oso Menor lo despidió con una ráfaga de ladridos a la carrera.

Cuando desapareció por completo, Gabe señaló:

—Tengo que irme a casa. Voy a patearle tan fuerte el trasero a Lacey que llegará volando a San Luis.

—No la enfurezcas o hará algo peor.

—Tranquila. Pero si vuelvo a casa, ella se irá.

—¡Por eso lo ha hecho! ¡En serio, no me creo que seas familia de esa horrible mujer!

Gabe se fue caminando.

—Quiero encontrar a Ursa antes de irme.

Jo lo siguió hasta la parte trasera de la casa.

—La última vez que esto ocurrió, no se alejó demasiado. Pero era de noche.

Buscaron en la pradera, llamando a Ursa, pero sin gritar demasiado por si el agente se había detenido en la granja Nash de camino al pueblo. Siguiendo un rastro de tallos rotos, llegaron al límite lejano del herbazal, una colina que caía hacia el bosque. Siguieron la búsqueda un rato más, pero el sol se estaba poniendo y no habían llevado linternas.

De pie en la puerta trasera, Gabe observó el campo cada vez más oscuro.

—Está agachada en algún lado. Regresará por la noche para asegurarse de que el coche patrulla ya no esté.

Cocinaron pasta, pero apenas comieron. Y no cortaron la tarta. A las diez, encendieron un fuego en el pozo para hogueras como una señal para que Ursa regresara. Se sentaron en las tumbonas a esperar, demasiado preocupados como para decir nada. A las diez y media, Gabe comentó:

—O se ha perdido, o no piensa volver. ¿Cuál de las dos opciones crees que es la correcta?

—Ha confiado en mí lo suficiente como para regresar dos veces, pero es tan inteligente que resulta difícil creer que se haya perdido. Sabe que debe seguir el arroyo Turkey para volver aquí y la luna es lo bastante brillante como para ver el camino.

—Tengo una hipótesis. —Se puso de pie y contempló la pradera—. Después de salir corriendo por la puerta trasera, es probable que se haya dirigido hacia el norte a través de las hierbas altas para mantener la casa entre ella y el policía. Si bajó la cuesta de allí atrás, entonces se encontró con el arroyo Guthrie. —Señalando hacia el este, agregó—: El arroyo

Turkey se bifurca alrededor de una colina. Si cruzó Guthrie al alejarse y regresó cuando ya había oscurecido, tal vez no haya visto la bifurcación del arroyo Turkey. Podría estar siguiendo el arroyo equivocado para tratar de encontrarnos.

—Tienes razón. El arroyo Turkey está lleno de vegetación en el lugar donde se bifurca. Casi no parece un arroyo.

—¿Conocía la disposición del terreno de allí atrás?

—No lo creo. Se quedaba bastante cerca de la casa y el cobertizo.

Gabe contempló el campo oscuro, frotándose la barba.

—Seguro que esto te recuerda al día en que Lacey te abandonó en el bosque —comentó Jo.

Él pareció sorprendido, como si no hubiese esperado que ella hiciera esa conexión.

—Es exactamente lo que estoy recordando —respondió—. ¿Tienes una buena linterna? Quiero ir hasta Guthrie para intentar encontrarla.

Jo revisó su equipamiento y encontró una linterna de minero para él y una común para ella. Llamaron a Oso Menor y lo alentaron para que los siguiera con la esperanza de que oyera u oliera a Ursa.

Al haber pasado muchos días de su infancia vagando por la propiedad de Kinney, Gabe conocía la forma más fácil de bajar la colina hasta el arroyo Guthrie. Llamaron a Ursa de forma intermitente mientras se abrían paso entre la vegetación. Avanzaron lentamente en la oscuridad del lecho del río, tropezando a menudo con raíces y piedras. Oso Menor disfrutaba de la excursión y, con frecuencia, echaba a correr hacia el bosque oscuro para explorar, aunque siempre regresaba.

—Si caminó hasta aquí, tan lejos, debería haberse dado cuenta de que se había equivocado de camino. Debería haber dado la vuelta —señaló Jo.

—Lo sé. ¿Volvemos?

—Continuaré un poco más. Todavía no puedo darme por vencida.

Él asintió y permaneció a su lado.

—¡Ursa! ¡Soy Jo! ¡Ven aquí! —gritó. Después de otros quince minutos, decidieron emprender el regreso. Jo intentaba no llorar.

Gabe la rodeó con los brazos de forma espontánea.

—No pasa nada —dijo—. Es inteligente. Estará bien. —Se le había secado la camisa desde que había vuelto del arroyo con Ursa, pero aún olía a agua de río, arena mojada y peces. Jo cerró los ojos y se sumergió en el consuelo de aquella intimidad inesperada. Él la aferró con más fuerza. También él parecía necesitarla.

Oso Menor ladró y echó a correr por el arroyo en dirección a la propiedad de Kinney. Jo y Gabe se apartaron y corrieron tras él. Los ladridos del perro se detuvieron de forma abrupta más adelante y, al torcer por una curva, sus luces se toparon con Ursa, que estaba arrodillada en el lecho del arroyo abrazando a Oso Menor.

—¡Jo! —exclamó la niña. Chapoteó a través de un estanque poco profundo y se abalanzó contra el cuerpo de Jo. Un sollozo estalló en su boca—. ¿Me va a llevar la policía?

—Se ha ido —respondió Gabe.

Ursa pasó sus brazos a la cintura de Gabe.

—¿Dónde estabas? ¿Cómo hemos pasado sin que nos oyeras? —preguntó él.

—¡Me he perdido! —explicó ella—. Quise encontrar ese sendero que sube hasta la calle, pero no lo vi. Estaba oscuro ¡y todo parecía distinto! Di media vuelta y caminé durante un buen rato, pero aun así no pude encontrarlo.

—Y entonces diste la vuelta otra vez —agregó él.

Ursa asintió mientras se pasaba las manos por las mejillas, donde las lágrimas habían dejado líneas sucias.

—Mientras avanzábamos hacia el noroeste para buscarla, ella se encontraba al sudoeste de nosotros —señaló Gabe.

—Fuiste muy inteligente al seguir el arroyo —le dijo Jo—. Pero seguiste el arroyo equivocado. Este es el Guthrie, no el arroyo Turkey.

—Por eso todo parecía distinto —agregó Gabe.

—Estaba asustada —confesó Ursa, que volvió a derramar lágrimas—. Creía que no volvería a veros.

Gabe se puso en cuclillas.

—Sube a caballito. Te llevaré un rato. —Ursa subió a su espalda y le envolvió el cuello con los brazos. Él le sujetó las piernas y se puso de pie.

—¿Peso mucho? —preguntó.

—¿Qué ha dicho la larva que llevo en la espalda, Jo?

—Creo que estaba chillando —contestó ella.

—Gabe y yo hemos encontrado hoy una larva de tricóptero —contó Ursa—. Comen detritos.

—Bonita palabra —comentó Jo.

—La he aprendido hoy. Es una cosa pegajosa hecha de plantas y animales podridos.

—Suena delicioso —dijo Jo.

—¿Habéis comido tarta?

—No. Te estábamos esperando.

Cuando llegaron a la Cabaña Kinney, Gabe bajó a Ursa cerca de su camioneta.

—Tengo que irme —explicó. Se quitó la linterna de minero y se la dio a Jo—. Tengo que asegurarme de que Lacey haga las maletas esta noche.

—Creo que ella llamó a la policía —dijo Ursa.

—Yo también. —Gabe se dirigió a Jo—. Asegúrate de que Ursa se mantenga oculta. No la lleves a buscar nidos durante un tiempo.

—Mañana no trabajaré en el arroyo Turkey.

—Bien. —Giró a medias hacia su camioneta—. Supongo que os veré…

—¿Cuándo?

—No lo sé. Tenemos que asegurarnos de que las cosas se calmen.

Jo avanzó hacia él. Creyó que volverían a abrazarse. Pero él se subió a la camioneta y se fue.

Capítulo dieciocho

Al día siguiente, Jo dejó que Ursa se quedara en la cama unas horas más para compensar el sueño perdido. Pero eso la retrasó aún más en la vigilancia de los nidos, después del día de lluvia. Tuvieron que trabajar hasta tarde para intentar ponerse al día lo máximo posible y llegaron a la calle Turkey Creek después del atardecer, demasiado tarde para encontrar a Gabe en su puesto de huevos de los lunes.

—¿Podemos pasar por casa de Gabe? —preguntó Ursa.

—No. Lacey podría estar allí.

—Podría escabullirme y ver si su coche sigue allí.

—No nos escabulliremos más.

Tuvieron una conversación similar al día siguiente y el día después de ese. Habían pasado tres días y seguían sin noticias de Gabe. Jo lamentaba no haberle preguntado si tenía teléfono móvil. Por alguna razón, no se imaginaba comunicándose con él de esa forma.

A la mañana siguiente, Jo dejó que Ursa durmiera hasta el amanecer.

—¿Llueve? —preguntó la niña cuando abrió los ojos y vio luz gris.

—He dejado que durmieras un poco más. Comenzaremos en la calle Turkey Creek.

—Me gusta cuando hacemos eso. —Ursa se sentó a la mesa de la cocina y se comió, adormilada, un gofre.

Normalmente, salían de casa en el silencio de la oscuridad. Pero cuando comenzaron el trabajo en la calle Turkey Creek, las recibió el coro del amanecer al completo: las canciones desenfrenadas de las aves que defendían sus territorios tras una larga noche. Como siempre, le habían dejado comida a Oso Menor en la parte de atrás de la casa antes de irse con el coche.

—Te has pasado del primer nido —avisó Ursa, señalando la banderita naranja por la ventanilla.

—Aparcaré entre los nidos que tenemos que vigilar. Caminaremos por la calle y buscaremos nidos nuevos primero.

Las primeras horas de la mañana eran un buen momento para buscar nidos. Después de una noche larga, los polluelos estaban hambrientos y sus padres los visitaban con frecuencia, por lo que, a veces, llevaban a Jo directamente hacia el nido. Ella detuvo el coche a unos cuatrocientos metros del camino de entrada de Gabe, lejos de la calle, entre la maleza. Ursa se colgó al cuello los prismáticos baratos que Jo le dejaba usar y salió del coche de un salto. Contempló con anhelo la casa.

—¿Podemos ver a Gabe hoy?

—Tal vez lo veamos muy pronto —respondió Jo—. Es jueves. Vende huevos por la mañana.

—A menos que esté enfermo otra vez —señaló Ursa.

Jo no quiso reconocer que esa era una de las razones por las que había decidido ponerse a trabajar cerca de su casa aquella mañana, cuando a Gabe le tocaba vender huevos. Quería asegurarse de que estuviera bien.

Ursa miró a Jo mientras caminaban.

—¿Qué es lo que enferma a Gabe?

—No estoy segura —dijo Jo.

—Creo que se trata de Lacey.

—No es solo eso. El cuerpo humano es muy complicado. Dentro de nosotros hay muchas clases de genes, hormonas y sustancias químicas que afectan nuestro humor y, a veces, todo ello se combina y nos hace sentir tristes.

—¿Siempre?

—No siempre.

—Gabe estaba bien hasta que vino Lacey.

—Nuestro entorno, es decir, lo que sucede a nuestro alrededor, afecta a las sustancias químicas de nuestro cuerpo.

—Lacey provocó que las sustancias químicas de mi cuerpo se sintieran mal —respondió Ursa.

—Las mías también.

Revisaron el nido en el extremo lejano de ese trecho de la calle, luego avanzaron en dirección al sendero de entrada de los Nash. Iban camino de examinar un nido de cardenales, abriéndose paso por la vegetación espolvoreada con polvo de piedra caliza, cuando oyeron la camioneta de Gabe.

—¡Gabe! ¡Gabe! —gritó Ursa, agitando los brazos.

Gabe disminuyó la velocidad de su camioneta, sonrió y saludó con la mano, pero siguió conduciendo.

—¿Por qué no ha parado? —preguntó Ursa.

—Supongo que no quería molestarnos mientras estamos trabajando. Él también tiene que trabajar.

—¡Pero podría haber frenado un momento!

Era cierto.

Una hora después, terminaron el trabajo y condujeron hasta la intersección donde Gabe estaba sentado bajo su toldo azul y su cartel de HUEVOS FRESCOS. Jo aparcó en la zanja detrás de su camioneta. Ursa saltó afuera y corrió hasta su mesa.

—¡Te echábamos de menos! —exclamó—. ¿Por qué no has venido a vernos?

—Creía que era mejor dejar que las cosas se calmaran —respondió él, con los ojos en Jo, que se acercaba a ellos.

Ella se detuvo al lado de Ursa.

—¿Lacey se ha ido?

—Anteayer.

Lo que significaba que se había quedado en la cabaña un día más.

—¿Cómo has estado?

—Genial —espetó él con brusquedad, consciente de lo que subyacía a la pregunta.

—¿Puedo quedarme en la granja de Gabe hoy, como hacía antes? —consultó Ursa—. ¿Puedo? Por favor.

—Eso depende de Gabe —señaló Jo.

—Eso ya no es posible —dijo él.

—¿Por qué no? —cuestionó Ursa.

—Ya sabes por qué. Si mi madre le cuenta a mi hermana que vuelves a pasar los días en la granja, Lacey llamará a la policía.

—Podría quedarme en los lugares que tu madre no ve.

—No es una buena idea —insistió Gabe, que observaba cómo un coche se detenía cerca de su puesto.

—¿Puedo ver a los gatitos esta noche, cuando Jo y yo volvamos? Tu madre no me verá en la oscuridad.

—¿Cómo va todo, Jen? —le preguntó Gabe a la mujer que se acercaba, de mediana edad y vestida con uniforme de enfermera.

—Estoy que no doy más, lista para meterme en la cama —respondió la mujer—. Me llevaré una docena. —Le entregó un billete de cinco a Gabe.

—Muchas gracias, señora —dijo él al darle el cambio.

Ella levantó una caja de la mesa.

—Que tengas un buen día, Gabe.

—Igualmente. —Cuando Jen se alejó, Gabe levantó el ejemplar maltrecho de *Zen y el arte del mantenimiento de la motocicleta* que tenía en el regazo.

—¿Puedo? —insistió Ursa.

—¿Si puedes *qué*? —respondió él.

—Ver a los gatitos esta noche.

—Ya te he explicado por qué no puedes venir a mi casa. Si el agente de policía regresa, ten por seguro que te llevará adonde perteneces. —Mirando a Jo, agregó—: Tiene que hacer lo correcto.

Ursa lo contempló como si no supiese quién era.

—Vamos —dijo Jo. Cuando Ursa no se movió, Jo le sujetó la mano y la arrastró hacia el coche. Gabe mantuvo los ojos fijos en el libro que tenía en la mano.

—¿Por qué está enfadado con nosotras Gabe? —preguntó Ursa cuando volvieron a estar en marcha.

—No debemos dar por sentado que está enfadado. —A Jo le hubiese gustado que fuera solo enfado, porque lo que estaba haciendo era mucho peor. Les estaba haciendo el vacío, estaba suprimiendo sus emociones.

Trabajaron como en un día normal, pero todo parecía raro. Ursa se encontraba más apagada que nunca desde que Jo la conocía. Casi no reaccionó cuando vieron un zorro corriendo a lo largo del extremo de un maizal. Al final del día, seguía callada y Jo pensó que tal vez dejarían atrás la granja de los Nash sin que la niña volviera a mencionar a Gabe.

Pero su suerte fue otra. Cuando los faros delanteros del Honda reflejaron en el sendero de entrada a la propiedad de los Nash, iluminaron a Gabe, que estaba sentado en la portezuela abierta de la parte de atrás de su camioneta. Se bajó de un pequeño salto y les hizo señas.

—¿Qué hay de nuevo? —saludó Jo desde la ventanilla.

—Os estaba esperando. Llegáis tarde.

—Hemos tenido que pasar por el supermercado.

—¿Estáis demasiado hambrientas para ver a los gatitos?

—¡No! —respondió Ursa.

—Seguidme —indicó Gabe.

Frente al establo, Ursa salió del coche de un salto mientras Jo apagaba el motor.

—¿Puedo entrar? —preguntó la pequeña.

—Para el carro y espera a Jo —respondió Gabe.

—Ojalá tuviera un carro con caballos que frenar —comentó Ursa.

El interior del establo se encontraba sumido en la oscuridad, pero Gabe encendió una linterna para iluminar el camino hacia los gatitos. La gata madre salió de las sombras, maullándole a Gabe, que apoyó la linterna sobre un fardo de heno cerca de sus crías.

—¡Mira qué grandes están! —exclamó Ursa—. ¡Y ya caminan, en cierto modo! —Acarició a cada gatito mientras decía su nombre. Levantó a Julieta y a Hamlet con las manos y se los apoyó contra las mejillas—. ¿Me habéis echado de menos? Yo a vosotros sí.

—¿Me acompañas fuera un momento? —Gabe le preguntó a Jo.

Ursa estaba tendida sobre su estómago observando cómo Julieta y Hamlet luchaban con torpeza.

—Jo y yo regresaremos en un momento —la avisó Gabe.

Cuando salieron, él cerró la puerta del establo y guio a Jo fuera del alcance del oído de Ursa.

—Quería disculparme por cómo me he comportado esta mañana.

—Deberías disculparte con Ursa.

—¿Se disgustó?

—Creo que sí.

Él estudió el suelo, preparándose para decir algo. La miró.

—Más razón, entonces, para que no vuelva por aquí.

—No estoy segura de entender lo que dices.

—Se ha encariñado demasiado. Y yo tengo… —Apartó la mirada de los ojos de Jo por unos segundos—. Esto no va a terminar bien —dijo—. Cada día que no la llevas a la policía, empeoras las cosas para todos.

A ella le enfureció el modo en que lo dijo —*llevas* en vez de *llevamos*—, como si estuviera desatendiéndose de toda responsabilidad por dejar que Ursa se quedara.

—¿Te has parado a pensar siquiera en lo que estás haciendo? —cuestionó él—. Estás creando un vínculo con una niña que terminará con el corazón roto cuando regreses a tu vida en la universidad. Estás alimentando a un perro que morirá de hambre cuando te vayas y has dejado que Ursa se encariñe con él. No hay forma de que pueda llevarse al perro con ella.

Jo no tenía ganas de oír el sermón. Ya se regañaba a sí misma por aquello todo el tiempo.

—Ya no puedo formar parte de esto —anunció él—. Todos terminaremos heridos.

—Más bien, quieres decir que ya duele y pretendes detener el dolor antes de que empeore.

—Sí, ya duele, quizá más a ella que a nosotros. Esto ha ido demasiado lejos. —Esperó a que ella respondiera—. ¿No crees?

—Sí. Ha ido más lejos de lo que imaginaba. —Jo dibujó una línea en la gravilla con la punta de la bota—. Cuando supe que a mi madre le quedaban pocos meses de vida, tuve dos opciones... —Lo miró—. Podía alejarme del dolor o acercarme a él. Quizá fue porque perdí a mi padre sin tener la oportunidad de decirle cuánto lo quería, pero decidí acercarme. Me acerqué tanto que su dolor y su miedo se convirtieron en los míos. Lo compartimos todo y nos quisimos como nunca lo habíamos hecho cuando la muerte era algo lejano. Al final, parte de mí murió con ella. No estoy recuperada de eso, ni siquiera ahora, pero tomé la decisión de adentrarme en la oscuridad con ella. Todas las personas que conozco que han perdido a un ser amado se arrepienten de algo... les hubiera gustado haber hecho esto o aquello o haber amado más. Yo no me arrepiento de nada. No lamento nada.

Él no tuvo nada que decir.

—Supongo que es imposible que lo entiendas.

—El granjero estúpido no es tan estúpido —repuso él—. Siempre he creído que tu vínculo con Ursa está relacionado con todo lo que has pasado. Pero esto es diferente a lo que ocurrió con tu madre. Al final, te arrepentirás. Quererla solo hará que sea más doloroso para Ursa.

—¿Y si el final es diferente al que imaginas?

—¿Cómo?

—Quizá intente convertirme en su madre de acogida. —Nunca había verbalizado en voz alta aquella idea tentadora. Ahora lo había dicho por fin. Y se sentía bien al respecto.

Él la contempló sin más.

—Sé que hay que conseguir la certificación, o como se diga, pero dudo de que sea muy difícil. Y aunque estoy soltera, poseo los recursos que se requieren de una madre de acogida. Mi padre tenía un seguro de vida considerable porque su trabajo era peligroso. Mi madre usó algo de ese dinero para adquirir otro seguro porque se convirtió en madre soltera. Tengo dinero suficiente como para contratar a alguien que cuide a Ursa mientras estoy en la universidad. Y también he pensado en Oso Menor. No me dejan tener perros donde vivo, pero a Tabby se le da muy bien encontrarles un hogar a los perros callejeros. Espero que uno de sus amigos veterinarios lo adopte y Ursa pueda ir a visitarlo.

—Por mucho dinero que tengas o sea cual sea el plan para el perro, no puedes cambiar el hecho de que le mentiste a la policía.

—No violé ninguna ley.

—Claro que sí. Ambos lo hicimos. ¿Sabes qué le dijo el agente a Lacey? Que permitir que el hijo de otra persona se quede en tu casa se consideraba poner en riesgo a un menor, sobre todo si el menor está herido. Quizá hasta llegue a ser un secuestro. ¿De veras crees que te dejarán ser madre de acogida después de lo que has hecho?

—¡No he hecho más que cosas buenas por ella! Ursa lo confirmará.

—¿Y cuando les diga que ha ido a trabajar contigo todos los días y nada menos que durante doce horas bajo un calor extremo?

—Ella quiere ir. Y dejarla sola en casa sería peor.

La oquedad de sus últimas palabras resonó en el silencio de Gabe.

—De acuerdo, ¿sabes qué? —dijo Jo—. No permitiré que Lacey llene mi vida de mierda como haces tú.

—¡Esto no tiene nada que ver con Lacey!

—Ah, ¿no? El último día que estuvo aquí se encargó de arrebatarte toda la alegría. Ursa y yo hemos visto esta mañana cómo te ha afectado. Si sigues así, si continúas teniendo miedo de involucrarte con la gente, terminarás tan amargado como ella, y eso es exactamente lo que pretende. —Se dirigió hasta el establo, abrió la puerta y dijo—: Ursa, vamos. Tenemos que cenar antes de que nos encontremos demasiado cansadas para cocinar.

Ursa apareció por detrás de los fardos de heno.

—¿Puede venir Gabe a cenar con nosotras?

—No lo creo.

Ursa corrió hasta Gabe, que se encontraba a mitad de camino entre los coches aparcados y el establo.

—¿Quieres venir a cenar con nosotras? Prepararemos chile y pan de maíz.

—Suena genial, pero será mejor que regrese con mi madre. —Mientras le revolvía el pelo, agregó—: Que cenes bien, pequeña.

Ursa estuvo tan callada como Jo en el camino de regreso a casa. Oso Menor bailó alrededor del coche mientras Jo aparcaba en el camino de gravilla iluminado por la luna.

—¿Tú y Gabe estáis enfadados? —preguntó Ursa.

—No es exactamente enfado —respondió Jo.

—Entonces, ¿qué ocurre?

—Gabe ha decidido que no quiere pasar más tiempo con nosotras. Te aprecia mucho, nunca dudes de eso, pero le asusta lo que pueda pasar.

—¿Qué podría pasar?

—Para empezar, le da miedo meterse en líos con la policía.

—No se metería en ningún lío. Yo le diría a la policía que mi casa está en las estrellas.

—Sabes que no te creerían. —Jo se giró en su asiento para mirarla; era una figura opaca en la oscuridad ligeramente más luminosa—. Espero que algún día no muy lejano me cuentes la verdad. Deberías confiar en mí lo suficiente a estas alturas. Sabes que lucharé por lo que te haga más feliz.

Ursa volvió la cara hacia la ventanilla del coche.

—¿Y si…?

Jo no se movió, casi no respiró, para darle un refugio de silencio en el que pudiera hablar. Estaba segura de que Ursa se encontraba a punto de decirle algo importante.

Pero Ursa tan solo se quedó mirando el bosque oscuro.

—¿Qué ibas a decir?

Miró a Jo.

—¿Y si de verdad soy de otro planeta? Aunque sea durante solo un segundo, ¿me has creído alguna vez?

Se había acobardado. O quizá nunca había tenido la intención de decir nada. Fuera lo que fuera, Jo comprendía su dilema. La pequeña vivía como en una constelación paralela. Igual que un niño que colorea de forma obsesiva dentro de las líneas, Ursa debía controlar cada movimiento que hacía o podría terminar en el universo aterrador que se encontraba tras la figura que había dibujado para reprimirse a sí misma.

—¿Por qué no me crees? —insistió.

—Soy científica, Ursa.

—¿No crees en absoluto en la existencia de extraterrestres?

—Teniendo en cuenta la inmensidad del universo, es probable que haya otras formas de vida ahí fuera.

—Y yo soy una de ellas.

A veces Jo se sentía realmente abrumada cuando intentaba imaginar los acontecimientos que podían llevar a una niña a querer dejar de ser humana. Y esta era una de esas veces. Por suerte, en la oscuridad Ursa no podía ver sus lágrimas.

—¿Tú y Gabe volveréis a hablaros alguna vez? —preguntó.

—Hablaremos con él cuando compremos huevos.

—¿Y ya está?

Jo no iba a mentirle.

—Sí, y ya está.

Capítulo diecinueve

A la mañana siguiente, Ursa no se encontraba en el sofá cuando Jo fue a despertarla. Tampoco estaba en el baño. Jo abrió la puerta para inspeccionar el porche cerrado y encontró a Oso Menor acurrucado en la alfombra, mirándola con ojos soñolientos. Al lado de él había un cuenco vacío.

Ursa sabía que no debía alimentar al perro en el porche. Debió de haberlo dejado entrar por la noche y dado comida para que permaneciera callado mientras ella se escabullía. Jo no albergaba ninguna duda de a dónde se había ido.

Volvió a entrar en casa y confirmó que el calzado púrpura de Ursa no estaba. La ropa que Jo le había preparado para ese día, tampoco. Jo se vistió a toda prisa, desayunó y preparó la comida habitual para el almuerzo. Guardó agua suficiente para ella y Ursa. Cuando llevó su equipo fuera, echó a Oso Menor del porche y le puso un cuenco de comida en la losa de cemento de la parte trasera.

Condujo hasta la propiedad de los Nash en la oscuridad previa al amanecer. Supuso que Gabe se habría levantado temprano, y estaría ordeñando a la vaca y haciendo lo que fuera que hacía por las mañanas. Jo solo esperaba no tener que ir hasta la puerta de la cabaña. Mientras el coche rebotaba por el camino arbolado de los Nash y giraba hacia los establos, los faros delanteros de su coche iluminaron a Gabe, que llevaba una linterna en la mano y los vaqueros cubiertos hasta las rodillas por unas botas de goma. La había oído llegar. Jo bajó la ventanilla.

—Ursa se ha ido.

—Mierda. Revisemos el establo de los gatitos.

—Es lo primero que se me ha ocurrido.

Él le hizo señas para que se dirigiera al establo y la siguió trotando. Entraron y avanzaron hasta la pared del fondo. La luz de la linterna de Gabe iluminó a Ursa. Estaba dormida con los seis gatitos, su cuerpo acurrucado formaba uno de los extremos del cálido nido y el cuerpo de la gata madre, el otro. Jo y Gabe permanecieron inmóviles, ninguno quería alterar la belleza de la escena.

La gata madre se levantó y caminó sobre la madre humana para despertarla. Ursa se cubrió los ojos para protegerlos de la luz de la linterna.

—¿Gabe? —preguntó.

—Y Jo —respondió él.

Ursa los miró con los ojos entornados.

—¿Por qué estás aquí? —preguntó Jo.

Ursa se sentó, la cabeza le picaba por el heno enredado en su cabellera.

—No quiero dejar de ver a los gatitos o a Gabe.

—¿No debería ser decisión de Gabe?

Ursa se puso de pie y lo miró.

—Lo siento —dijo él—, pero Jo y yo no estamos de acuerdo sobre... hacia dónde está yendo esto.

—¿Hacia dónde está yendo el *qué*?

—Tú —respondió—. Creo que necesitas encontrar un hogar estable, en el lugar que sea.

—Tengo un hogar estable en las estrellas.

—Gabe no quiere volver a oír esa historia —señaló Jo—. Tengo un sándwich de huevo para ti en el coche. ¿Vienes conmigo?

—Prefiero quedarme aquí.

—Aquí en la Tierra no siempre conseguimos lo que queremos.

—Pero Gabe y tú no sabéis lo que queréis.

—No estoy de humor, Ursa. —Tiró de la mano de Ursa para sacarla del establo y luego la soltó—. O caminas hasta el coche o te quedas aquí y te arriesgas a que Gabe llame a la policía.

—¿Harías eso? —le preguntó a Gabe.

Él no respondió.

—Me voy —anunció Jo.

Ursa la siguió al coche y subió al asiento trasero.

—Adiós, Gabe —dijo con tristeza.

—Que pases un buen día —respondió Gabe, cerrándole la puerta.

Una vez más, Ursa no habló demasiado mientras Jo vigilaba y buscaba nidos, pero esta vez, Jo no la alentó a hablar. Agradeció el silencio. Sin la distracción de la charla de Ursa, sus pensamientos eran más lineales, como antes de conocer a Ursa y a Gabe. Para el final del día, coincidía con casi todo lo que había dicho él. Era imposible que la dejaran ser la madre de acogida de Ursa cuando se había quedado tanto tiempo con ella. Y eso significaba que Gabe tenía razón acerca de entregarla a la policía de inmediato para ahorrarle sufrimiento.

Esa noche, mientras Ursa dibujaba con sus lápices de colores, Jo revisó las páginas web de niños desaparecidos, pues hacía días que no las había comprobado. Aunque la posibilidad fuera dolorosa, esperaba que Ursa estuviera en la lista. De ser así, tendría una razón indiscutible para ayudar a la policía a atraparla. Pero la extraordinaria niña con solo un hoyuelo en una de las mejillas todavía no figuraba como desaparecida.

Jo colocó el dibujo que Ursa había hecho de una mariposa monarca en la nevera junto al azulejo índigo. Le recordó a Ursa que se lavara los dientes después de ponerse el pijama. Se fueron a acostar, Ursa en el sofá y Jo en la cama. Ursa gritó su habitual «Buenas noches, Jo» después de que ella apagara la lámpara.

La inquietud nocturna de Jo había empeorado por culpa del abandono de Gabe. Soportar la carga de la responsabilidad de Ursa sin él resultaba atroz. Sin una pizca de sueño a la una de la mañana, se dirigió a la sala de estar para ver cómo estaba Ursa.

Se había ido.

Jo contempló el sofá vacío, pensando qué hacer. Si conducía hasta casa de Gabe, estaría dejando que Ursa la controlara. Si se quedaba allí y se iba a trabajar por la mañana, Gabe podría llamar a la policía cuando descubriera a la niña en su propiedad.

Si lo hacía, Ursa huiría. Jo estaba convencida. Era probable que Ursa intentara esconderse en la propiedad Kinney, lo que desataría una tormenta de mierda sobre Jo y los Kinney y, quizá, hasta sobre el Departamento de Biología de la Universidad de Illinois, que era el que pagaba el alquiler.

Si Ursa decidía no esconderse en la Cabaña Kinney, entonces terminaría en cualquier lado. Era demasiado confiada y había toda clase de personas peligrosas que podrían aprovecharse de eso.

Jo deslizó los pies dentro de unas bailarinas y buscó las llaves y una linterna. De nuevo, encontró a Oso Menor encerrado en el porche con un cuenco vacío. Lo dejó allí, frustrado y ladrando ante su partida.

Apagó los faros delanteros del Honda y encendió las luces de posición cuando llegó al camino de entrada de los Nash. Sorteó los baches a baja velocidad para minimizar el ruido y apagó todas las luces delanteras cuando se acercó a la cabaña. La casa estaba a oscuras, excepto por una luz en el porche, y todas las puertas y ventanas se encontraban cerradas para no dejar salir el aire acondicionado. Estaba segura de que Gabe y su madre no oirían su coche si conducía muy despacio.

Usando la luz del poste como guía, avanzó por el sendero hasta los edificios del ganado. Aparcó y cerró la puerta con una presión suave. No encendió la linterna hasta que estuvo dentro del establo. Caminó alrededor de los fardos de heno y apuntó la luz en dirección al cubil de gatitos. La gata madre parpadeó y maulló, pero Ursa no se encontraba allí. Jo revisó todo el establo, iluminando cada rincón y esquina. Ursa no apareció.

Fuera, echó un vistazo a los otros edificios: un establo para vacas con dos pequeñas áreas de pastoreo, una pocilga llena de barro, un gallinero con un corral externo cerrado y un pequeño cobertizo de madera que probablemente fuera donde Gabe guardaba sus herramientas. Eso reducía las opciones a la vaca y el cobertizo. Pero la asustaba seguir moviéndose a hurtadillas en casa de alguien que tenía armas. Tenía que buscar a Gabe.

Caminó por el sendero del establo hasta la cabaña. Se detuvo en las sombras cerca del poste de luz y contempló la casa, tratando de recordar la noche en que ella y Ursa se habían escabullido dentro del dormitorio de Gabe. Habían girado tras atravesar la sala de estar y la habitación de Gabe había sido la segunda a la izquierda. Jo avanzó a lo largo de la pared izquierda de la cabaña de madera y pasó por delante del ventanal de la sala de estar y la ventana pequeña de la primera habitación. Se detuvo frente a la siguiente. Con la esperanza de que Gabe no fuera de gatillo fácil por la noche, golpeó la ventana con un nudillo. No sucedió nada. Llamó con más fuerza y se encendió una luz. Las cortinas se abrieron y Gabe apareció en el rectángulo de luz.

Jo reaccionó al verlo. Con más fuerza de la que hubiese imaginado.

Se acercó al cristal y lo saludó con la mano. Él destrabó la ventana y la levantó.

—¿Se ha ido otra vez?

—Sí. Y ya he mirado en el establo de los gatitos.

—Es lógico que no estuviera allí. Es demasiado inteligente para eso. Espera, ahora salgo.

Jo caminó hasta el porche y esperó frente a los escalones. Él salió unos minutos después, vestido con una camiseta oscura, vaqueros de trabajo y zapatos de cuero sin cordones. Había traído una linterna.

—De verdad que lo siento —comentó ella.

—Espero que te des cuenta de que se te está yendo de las manos —repuso él.

—Lo sé. ¿Has despertado a tu madre?

—No. —Caminó más allá de donde estaba ella y se dirigió hacia los establos. Jo lo siguió en silencio. Revisaron el cobertizo de herramientas primero, el establo de la vaca después. Gabe comprobó también el gallinero, lo que desató cacareos disgustados, y se detuvo frente al gallinero, pensativo.

—Quizá haya huido de una vez por todas —dijo Jo—. Hoy apenas ha pronunciado palabra.

—Sabe que ya ha agotado la paciencia.

—¿Crees que se ha ido?

—No. Es otro de sus juegos.

—No olvidemos que es una niña pequeña asustada.

—Sí. —Él caminó en otra dirección.

—¿A dónde vas?

—A la casa del árbol.

Jo lo siguió unos cien metros por un sendero hasta que su linterna iluminó un cartel pintado con letras infantiles y desgastadas que decía: GRANJA DE GABE. Debajo, en el mismo palo, había una tabla rota que rezaba PROHIBIDO EL PASO. Apuntó con su linterna a un enorme roble con una increíble casa en su copa. Se encontraba muy arriba, unas tres veces la altura de Gabe, y estaba sujeta por cuatro troncos largos que hacían las veces de viga. Una encantadora escalera de caracol con pasamanos de ramas sinuosas llevaba a su entrada.

—Esta es la mejor casa del árbol que he visto jamás —comentó Jo.

—Adoro este lugar. Mi padre y yo lo construimos cuando tenía siete años. Lo fabricamos con troncos para no dañar el árbol. —Caminó hasta la escalera que rodeaba el tronco y pisó con fuerza el primer escalón—. Aún está en buen estado.

—¿Ursa sabía de su existencia?

—Ha pasado horas aquí arriba. Aquí es donde se ocultaba de mi madre mientras yo vendía huevos.

—Me sorprende que no quisiera ir a vender huevos contigo.

—Sí quiso.

—¿Por qué no la dejaste?

Él se volvió para mirarla.

—Es raro que no pienses en estas cosas.

—¿En qué?

—Me asustaba llevarla a la carretera. ¿Y si la persona de la que huyó la veía por allí? Tendría que dejar que se la llevase, sin forma alguna de saber si eso había sido lo correcto.

—Tiene su lógica.

—Lo que te hace falta a ti.

Aquello dolió como un puñetazo, pero no estaba de humor para contraatacar.

—¿Cómo quieres que use la lógica si estoy bajo el control de una extraterrestre?

Gabe había estado con el ceño fruncido desde que había salido de la cabaña, pero ahora lo relajó al sonreír.

—Tal vez no lo creas —agregó Jo—, pero antes de que apareciera la niña de las estrellas, yo era una persona sensata, casi hasta la exasperación.

—Comparto el sentimiento —repuso él—. Llevo luchando contra una marea de *quarks* desde que la vi. —Le ofreció una mano—. Sube primero. Quiero ir detrás de ti por si tropiezas.

Ella no necesitaba su ayuda, pero aceptó su mano cálida y su precaución como una reconciliación. Pero cuando él le soltó los dedos, volvió a tocarla, en la cintura esta vez, para guiarla suavemente escaleras arriba. ¿Estaba siendo un caballero o ansiaba ese contacto físico tanto como ella? Basada en los datos que había recolectado, supuso que lo más probable era lo primero.

Por suerte, el pasamanos era sólido, porque los escalones subían en espiral hasta una altura peligrosa. Jo llegó a la cima e iluminó con su linterna una pequeña habitación dividida por dos enormes ramas de roble. Una pequeña hamaca hecha de sogas colgaba entre la pared y una de las ramas. Al otro lado, había una sillita para niños y un escritorio hecho con lo que parecían tablas de madera reciclada. La habitación se abría hacia dos vistas del bosque: un balcón daba al sendero que llevaba hasta allí y el otro, a un hermoso barranco arbolado. Jo apuntó su luz hacia el cañón, imaginando a Gabe de pequeño como el rey de todo lo que observaba.

—Qué extraño —dijo Gabe, detrás de ella.

Jo se dio media vuelta. La linterna de Gabe alumbraba el pequeño escritorio. En la superficie había dos lápices con goma, un libro con ilustraciones de cuentos de hadas y varias hojas de papel blancas sujetas con rocas. Las piedras arrojaban destellos de luz desde los cristales incrustados en ellas, la clase que a Ursa le gustaba recolectar.

Jo observó con Gabe los dibujos a lápiz de Ursa: la caricatura de un sapo, el retrato muy realista de un gatito recién nacido y el dibujo que se encontraba debajo de todos. Era de una tumba rectangular coloreada con lápiz. Había una cruz blanca sin ninguna inscripción clavada sobre la tierra de la sepultura. Junto a la tumba, Ursa había escrito «Te quiero» a un lado y «Lo siento» al otro.

—Hay una persona en esa tumba —señaló Jo.

—Lo sé. —Gabe levantó el papel y examinaron la tumba. Ursa había dibujado a una mujer bocabajo con los ojos cerrados y el pelo hasta los hombros antes de colorear la tierra oscura sobre ella—. Dios —suspiró Gabe—. ¿Estás pensando lo mismo que yo?

—Alguien a quien ella quería murió y por eso está sola.

Él asintió con la cabeza.

Jo tomó el dibujo de su mano.

—Me pregunto por qué escribió «Lo siento».

—Yo también. Es escalofriante.

—Por favor, no me digas que crees que la niña mató a alguien.

—¿Quién sabe lo que ocurrió? Por eso deberías haberla llevado a la policía de inmediato.

Jo colocó el dibujo de nuevo en la mesa.

—¿Sabes? Estoy cansada de tu repentina virtud. Creo que has olvidado que fuiste *tú* quien decidió que debíamos quedarnos con la niña hasta saber más sobre ella.

—Ya estás haciendo eso otra vez.

—¿El qué?

—Me atacas para eludir el problema con Ursa.

—¿Quién elude el problema con Ursa más que tú? Nos abandonaste como si fuésemos gatos callejeros con los que ya no querías tratar… Solo que sé que has tratado mejor a los gatos.

Él se acercó hasta que quedaron cara a cara.

—¡Qué comentario de mierda!

—Fue una mierda lo que hiciste.

—Tenía que hacer algo. Nos hemos metido en un buen lío. ¿No lo entiendes, Jo? Podrían detenernos por secuestro y mandarnos a prisión.

Ella le sostuvo la mirada.

—No nos abandonaste por eso.

Él no pudo mantener el contacto visual. Y eso revelaba mucho más de lo que intentaba esconder al apartar la mirada. Consciente de que ella había dado en el clavo, Gabe se dio la vuelta para marcharse.

Sin pensar, ella lo sujetó del antebrazo.

—No lo hagas —dijo.

Él la miró, sus rasgos parecían esculpidos de forma cuidadosa.

—¿Que no haga *qué*?

—No te aísles y me dejes fuera. Necesitamos hablar de lo que ocurre entre nosotros.

Su fachada indiferente se desvaneció para dejar al descubierto un miedo sincero. Al menos sabía de lo que estaba hablando Jo.

—¿No podemos ser sinceros?

Él dio un paso atrás y liberó su brazo.

—He sido sincero. Estoy jodido de la cabeza. Sabes que no puedo hacer esto.

—No estás jodido.

—¿No? —Se rodeó el pecho con los brazos—. Jamás he estado con una mujer. ¿No te parece jodido?

—Muy astuto —respondió ella.

Él descruzó los brazos.

—¿Qué?

—Me recuerdas a Ursa… siempre reforzando los muros de la fortaleza, incluso contra las personas que luchan a tu lado.

—¿Qué tiene eso que ver con nada?

—Esperas que me escandalice y que mi deseo se enfríe por el hecho de que eres un hombre de veinticinco años que nunca ha estado con una mujer. Lo has dicho para deshacerte de mí… igual que usas tu enfermedad para mantenerme lejos.

Gabe apretó los dientes y echó un vistazo a la escalera.

—Por favor, no huyas de mí en este momento.

—Tenemos que encontrar a Ursa —argumentó él.

—¿De verdad eso es lo único que tienes que decir?

—¿Qué quieres que diga?

Bajó la mirada al dibujo de la tumba que había hecho Ursa. En el rectángulo oscuro donde se encontraba la mujer muerta, vio la caja de cenizas vacía que había contenido los restos del cuerpo cremado de su madre. Después de cumplir su último deseo —desparramar sus cenizas en una fría ola espumosa del lago Michigan—, Jo fue incapaz de tirar la caja, que aún seguía espolvoreada con minúsculas partículas del cuerpo de su madre. Todavía la conservaba. Su vacío permanecía allí, oculto en el interior de Jo, un vacío donde había estado el amor de su madre y, de forma más tangible, donde habían estado sus propias partes femeninas.

Gabe contemplaba la tumba con ella.

—Tengo tanto miedo como tú, ¿sabes? —dijo Jo.

Él levantó la vista del dibujo para mirarla a los ojos.

—¿Recuerdas esa sensación que describiste como una «horrible opresión de la humanidad» contra tu alma? Quizá sea otra forma de decir que tienes miedo de que la gente te haga daño si dejas que se acerque.

Él permaneció en silencio. Pero ¿cómo iba a saber de qué manera responder si nunca había tenido intimidad con nadie?

—Cuando dijiste que nunca habías estado con una mujer, ¿eso incluía besos?

—No sabía cómo estar con chicas en el instituto. Tenía fobia social.

—¿Nunca te diste un beso con alguien?

—Nunca.

Sentía que el lugar donde estaban, en lo alto del bosque oscuro, era como una piedra angular, un pináculo de honestidad que finalmente habían alcanzado. Ursa los había guiado adonde ella quería, pero en cualquier instante, la inestabilidad de sus emociones podía arrojarlos fuera de ese pequeño punto de equilibrio. Había que encontrar a Ursa, sin duda, pero Jo sabía que estaba a salvo, escondida y a salvo. El único peligro en ese momento era que Jo —y Gabe— podían dejar pasar esos segundos sin verlos como Ursa los veía, como su propia alteración diminuta del destino en un universo inmenso y milagroso, un regalo maravillo que ella les ofrecía.

Jo apagó su linterna y la apoyó en el escritorio a su lado. Tiró de la linterna de Gabe para quitársela de la mano y también la apagó. Él se sobresaltó y retrocedió bajo la repentina oscuridad.

—¿Qué estás haciendo?

—Ponértelo más fácil.

—¿El qué?

—Tu primer beso.

Capítulo veinte

No tuvo ningún problema para encontrarlo en la oscuridad. Su cuerpo emanaba calor y tal vez miedo. Él retrocedió un poco cuando ella le colocó las manos en el pecho. Luego las deslizó hacia arriba hasta su nuca. La piel de Gabe estaba caliente y húmeda, como la noche de verano que los rodeaba. Ella le pasó las manos por la barba y tocó con sus labios los de él. En cuanto Gabe se familiarizó con la dinámica, Jo se apretó contra él. Gabe se había duchado antes de irse a la cama, pero el olor de su cuerpo esbelto, con toques de bosque y granja, ocultó la suave fragancia del jabón.

—Me encanta cómo hueles.

—¿Sí?

—Tengo un sentido del olfato extrañamente primitivo. —Jo deslizó las manos por debajo de la camiseta de Gabriel y la empujó hacia arriba. Apoyó su cara contra la piel y respiró su aroma—. Mmm…

—Jo…

Ella inclinó su cara hacia él.

—¿Qué?

Él llevó su boca hacia la de ella. Un beso excepcional.

Ambos abrieron los labios y ella presionó su cuerpo contra el de él. Gabe también lo deseaba y la aferró con más fuerza. Se unieron con facilidad, como si sus cuerpos hubiesen previsto este resultado y se hubiesen preparado para esto desde el día en que se conocieron en la carretera. Se fundieron el uno en el otro y en la noche. Jo no había creído que pudiera volver a sentirse tan bien en la oscuridad.

—¿Es esto demasiada opresión para tu alma? —preguntó.

—Es la cantidad perfecta de opresión al alma —respondió él.

Pero Ursa estaba ahí con ellos. El dibujo de la tumba atormentaba a Jo.

—Quisiera continuar con esto toda la noche —dijo—, pero tenemos que encontrar a Ursa.

Él se apartó, pero dejó una mano en su cintura.

—Creo que sé dónde está. Es el único lugar que falta revisar.

—Entonces, será mejor que esté allí.

Él buscó la linterna a tientas. Jo encontró una primero y la encendió. Los hombres solían tener una apariencia distinta después de descargar la tensión sexual por primera vez —como si de alguna manera se volvieran más suaves; en especial, los ojos— y Jo se preguntó si Gabe la veía diferente. La miraba con intensidad.

—¿Dónde crees que está?

—En la cabaña pequeña. Mi padre la construyó cuando la grande ya no bastó para albergar a la familia. A los hijos de Lacey les encantaba quedarse solos allí fuera cuando crecieron lo suficiente.

—¿Ursa la conocía?

—Se la enseñé un día. Hay que mantener el cerebro de esa niña estimulado todo el rato.

—Y que lo digas.

Gabe le sostuvo la mano de camino a la escalera y la soltó con reticencia al bajar primero. Descendieron de la vertiginosa atmósfera de las copas del árbol hasta la tierra blanda del bosque.

—Por aquí —indicó él.

Dejaron atrás el cartel de GRANJA DE GABE y giraron por otro sendero. Después de algunos minutos, Jo vio la cabaña pequeña iluminada por el rayo de luz de la linterna de Gabe. La estructura rústica con tejado de zinc le recordó la cabaña de sus campamentos de verano. Estaba hecha de tablillas de cedro sin pintar y se elevaba un metro del suelo por medio de unos postes de madera.

—Es preciosa —comentó Jo—. ¿Quién hubiera pensado que a un profesor de literatura se le daría tan bien construir cosas?

—Arthur Nash era lo que llamaríamos un hombre del Renacimiento. Podía hacer cualquier cosa.

Jo lo siguió por los escalones de madera hasta un porche cerrado con mosquiteras, donde dos sillas mecedoras se encontraban colocadas de cara el bosque. Él abrió la puerta de madera lentamente, y las bisagras oxidadas chirriaron por la falta de uso. La puerta conducía a una pequeña sala abierta con una mesa y sillas, y detrás de ella había dos dormitorios. Gabe alumbró el de la izquierda mientras Jo revisaba el de la derecha.

—Aquí —señaló Gabe. Jo fue hacia él y vio que Ursa estaba acurrucada de lado en la cama de abajo de una litera. Todavía llevaba puesto el pijama de flores azules con el que se había ido a dormir y se había traído la manta de ganchillo del sillón del porche para usarla de almohada. Sus párpados se movieron en su ensoñación.

—No le digas nada sobre el dibujo de la tumba —susurró Jo—. No esta noche.

Él asintió.

Jo apagó su linterna y se sentó en el borde de la cama de abajo. Acarició el pelo de Ursa.

—Vamos, Osa Mayor, despierta.

Ursa abrió sus sentimentales ojos marrones, y sus primeras somnolientas palabras confirmaron la estrategia tras su fuga.

—¿Está Gabe aquí?

—Así es —respondió él. Caminó hacia ella, manteniendo la luz de su linterna lejos de sus ojos—. Jo y yo hemos decidido que dormirás en una jaula para perros con cerrojo de ahora en adelante.

Ursa se incorporó.

—No, de eso nada.

—Te acostumbrarás.

La pequeña sonrió, adormilada.

Él se puso en cuclillas frente a ella, tal como había hecho la noche en que Ursa se había perdido en el arroyo.

—Sube a caballito y te llevaré a casa.

—Está demasiado lejos para que la cargues hasta allí —dijo Jo.

—Entonces la llevaré hasta tu coche e iré con vosotras.

—¿Vendrás?

—Sí. Sube a bordo. El Expreso Gabriel se marcha.

Ursa trepó a su espalda.

—Mira quién está alentando su conducta ahora —murmuró Jo—. ¿Cómo es posible?

Salió afuera con Ursa; y una sonrisa disimulada se asomó por debajo de su barba. Jo enrolló la manta en sus brazos y los siguió. Cuando llegaron al coche, Gabe depositó a Ursa en el asiento trasero y se sentó a su lado.

—¿Estás seguro de que puedes dejar a tu madre? —preguntó Jo—. ¿Y si tiene que ir al baño?

—Aún se las apaña para ir sola, gracias a Dios. Pero su equilibrio está empeorando y se niega a usar el andador que Lacey le compró.

Jo lo miró a través del espejo retrovisor al comenzar a conducir. Ursa se había acurrucado contra su pecho y él la envolvía con los brazos. Odió tener que apartar los ojos de ellos, pero tenía que enfrentarse al camino lleno de baches.

—Mierda —soltó cuando el chasis volvió a raspar el suelo—. Tu calle está destrozando el coche de mi madre.

—¿Era de ella? —preguntó Gabe.

—Sí. —Jo dobló por la calle Turkey Creek y condujo hasta la propiedad de Kinney, donde Oso Menor, encerrado en el porche, ladraba de forma alborotada.

Gabe llevó a Ursa al interior de la casa. Intentó acostarla en el sofá, pero ella se incorporó.

—Tienes que dormir —sostuvo él.

—No te vayas —pidió Ursa.

—Me quedaré aquí mismo. Ve a dormir. —La cubrió con una manta mientras ella apoyaba la cabeza en la almohada. Jo dejó la casa a oscuras y solo encendió la luz de la cocina.

—¿Por qué vuelves a ser bueno? —preguntó Ursa.

—Siempre soy bueno.

—A veces no.

—Cierra los ojos. —Se sentó en el borde del sofá, con un brazo apoyado sobre Ursa mientras ella se quedaba dormida. Jo se sentó en la silla junto a ellos. Cuando la respiración de la pequeña se volvió profunda y regular, Gabe se dirigió hacia la puerta delantera. Salieron de la cabaña con aire acondicionado al bosque sofocante.

—Te llevaré a casa —dijo Jo.

—Prefiero caminar —respondió él.

—¿Necesitas descargar la energía del primer beso?

—¿Es eso lo que es? Para descargarla del todo, tendría que caminar unos cincuenta kilómetros.

—Me pasa lo mismo. Quizá un besito de buenas noches ayude. —Jo lo envolvió con los brazos y le dio más que un besito.

—Creo que eso lo ha empeorado. —La sujetó, mirando la casa por encima del hombro—. Me resulta tan raro el hecho de que me guste venir aquí ahora. Antes odiaba esta casa. Hacía años que no reparaba en ella, hasta el día que me pediste que trajera los huevos.

Jo se apartó de sus brazos.

—¿Por qué la odiabas? Creía que tenías una relación cercana con los Kinney.

—No realmente.

—Me contaste que George Kinney te enseñó sobre insectos acuáticos.

—Así fue.

—Bueno, es obvio que a tu madre le cae bien, así que debía de llevarse mal con tu padre.

—Arthur y George tenían una extraña relación de amor-odio.

—¿Por qué?

—Arthur poseía una clase de inteligencia mezclada con confianza en uno mismo que siempre sobresale. Tenía que ser la persona más inteligente de todas, el que tenía la última palabra brillante sobre cualquier tema. George es tan inteligente y tiene tanta seguridad en sí mismo como él, pero es una seguridad discreta. No sé cómo será ahora, pero cuando yo era pequeño, parecía como si George Kinney... conociera auténticos misterios del universo, pero fuera una persona demasiado relajada como para molestarse en compartirlos.

—¿Las apariencias engañan?

—Desde luego, y la confianza relajada de George molestaba a Arthur. Siempre intentaba deslegitimarlo con indirectas afiladas que disfrazaba de bromas. Por ejemplo, solía señalar que George era «recolector de bichos» en la Universidad de Illinois mientras que él era un erudito de la literatura en la Universidad de Chicago.

—Dios, pobre George.

—No te sientas mal por él. A George le resbalaban los comentarios. Se reía con él y Arthur terminaba pareciendo un cretino. De algún modo, George siempre le tomaba la delantera. Arthur dominaba las situaciones sociales con historias divertidas y discusiones intelectuales y, después estaba George, que se ganaba a las personas más inteligentes de la habitación con pocas pero oportunas palabras.

—No tenía que hacer ningún esfuerzo.

—Exacto.

—¿Por eso tu padre y George dejaron de ser amigos?

—Fueron amigos hasta el día en que Arthur murió.

—Entonces, ¿por qué odiabas esta casa?

Gabe observó de forma pensativa el bosque.

—¿Has visto el viejo cementerio que se encuentra entre las dos propiedades?

—¿Qué? ¿Creías que el cementerio estaba embrujado cuando eras niño?

Gabe curvó los labios en una sonrisa irónica.

—Sí, diría que está embrujado.

—¿En serio? ¿Cómo se llama el fantasma?

Su sonrisa se desvaneció.

—Ve a por la linterna y te lo enseñaré.

Capítulo veintiuno

Jo necesitaba dormir, pero tenía que averiguar qué había provocado el críptico cambio de humor de Gabe. Comprobó que Ursa siguiera durmiendo en la sala de estar y buscó la linterna, que encendió cuando encontró a Gave en el sendero.

—Por aquí —dijo él, llevándola hacia el bosque. Oso Menor los siguió, moviendo la cola, dispuesto a ir de paseo incluso a esta hora de la madrugada.

Gabe alumbró el lado occidental del camino de gravilla.

—Ha pasado tiempo, pero creo que entrábamos por aquí. —Se abrieron paso a través de la densa vegetación de la orilla del camino de entrada. Pero en cuanto se internaron más, el bosque se extendió y les resultó más fácil seguir desplazándose.

—Mis padres y yo veníamos aquí al menos un fin de semana al mes durante el período escolar y nos quedábamos casi todo el verano —le contó Gabe mientras caminaban—. George y Lynne, su esposa, no visitaban su propiedad tan a menudo, pero estaban muy presentes cuando era niño.

Después de una breve pausa, agregó:

—Con once años, me di cuenta de que mi madre y George tenían una extraña broma privada entre ellos. Mi madre casi siempre la empezaba. Usaba las palabras «esperanza» y «amor» cuando hablaba con él.

—No estoy segura de entender a qué te refieres.

—Decía «La esperanza es lo último que se pierde» en respuesta a algo que George comentaba o «Mira esos niños… son un amor».

—Qué extraño.

—Sí, me quedé intrigado. —Gabe y Jo pasaron por encima de un tronco a la vez—. Hizo que comenzara a prestarles más atención. La mayoría de los adultos no se dan cuenta de que los niños atienden a sus conversaciones y comprenden buena parte de lo que escuchan.

—Desde luego.

Se detuvo y apuntó la luz de un lado a otro para orientarse. Se dirigió a un afloramiento rocoso hacia la izquierda.

—Así que cuanto más los escuchaba, más me daba cuenta de qué era lo que me molestaba.

—Oh-oh.

—Sí, oh-oh. Para cuando cumplí doce años, estaba convencido de que tenían una aventura. Ese verano, yo me encontraba en el arroyo buscando insectos con George y él mencionó que estaba cansado porque no había podido dormir la noche anterior.

—¿Y qué?

—Mi madre solía tener insomnio a menudo y decía que lo único que se lo quitaba era ir a dar un largo paseo.

—Pero eso no demuestra nada.

—Lo sé. Pero unas semanas después, fui a explorar un nuevo tramo del bosque que se encontraba entre nuestras propiedades. Siempre iba por la calle, normalmente en bici, cuando me dirigía a casa de los Kinney.

—¿Estabas aquí, en este bosque?

—Así es y me tropecé con esto. —Señaló a su izquierda con la luz, alumbrando un conjunto de lápidas—. En el siglo XIX, aquí había una pequeña iglesia y algunas personas fueron enterradas en este cementerio antes de que se incendiara en 1911.

Caminaron hasta las lápidas, y Gabe iluminó la más alta. Era una cruz hecha de piedra blanca desgastada que de inmediato le hizo pensar en el dibujo de Ursa. El tiempo la había deteriorado, pero aún era legible. Las letras grabadas en el centro de la cruz rezaban: HOPE LOVETT, 11 AGO 1811 – 26 DIC 1899.

—«Hope Lovett» —señaló Jo.

—«Hope» es «esperanza» en inglés y «Lovett» se parece mucho a «love», que significa «amor». ¿Ves la conexión?

—La veo, pero ¿estás seguro de que la hay? Quizá solo sea una coincidencia.

—Lo consideré, pero decidí que tenía que estar relacionado con la broma interna de mi madre con George.

—¿Era aquí...? —Jo detestaba tener que decirlo.

—¿Donde se encontraban?

—¿Lo era?

—Estaba decidido a averiguarlo —respondió Gabe—. George y Lynne llegaron una semana y media después de que encontrara este lugar y, como siempre, vinieron a nuestra cabaña a tomar una copa y a cenar. Permanecí toda la noche lo bastante cerca de George y mi madre como para escucharlos, pero no dijeron ninguna de esas palabras hasta que George y su mujer estaban a punto de marcharse. Mi madre y George salieron antes que mi padre y Lynne. Me escabullí afuera y me senté en la mecedora del porche para escuchar la conversación. George comentó algo sobre el calor que hacía y mi madre respondió: «Tengo la esperanza de que llueva y refresque un poco». George sonrió, pero no dijo nada. «La lluvia nocturna resulta de lo más romántica, como en las películas de amor, ¿no te parece?», preguntó mi madre y él respondió «sí».

—Entonces, ¿pensaste que era un mensaje en clave para un encuentro en esta lápida?

—Por supuesto.

—Suena demasiado infantil. ¿Estás seguro de que la aventura no fue un invento de la mente hiperactiva de un chaval de doce años?

—Los vigilé.

—¿Cómo?

—Monté una tienda de campaña en el bosque, barranco abajo. Para entonces, la cabaña y la casa del árbol me parecían demasiado aburridas.

—¿Saliste a escondidas de la tienda y viniste aquí?

—No tuve que esconderme. Mis padres me dejaban vagar por aquí tanto como quisiera. —Iluminó una pila de piedras cerca de donde estaban—. Es probable que extrajeran esas rocas de los cimientos cuando construyeron la iglesia. Los vigilé desde ahí. —Caminó hasta las rocas y Jo lo siguió—. ¿Ves qué buena vista tenía?

—Sí. Cuéntame qué pasó. El suspenso me está matando.

—Llegué poco después del atardecer y esperé. Había traído agua, bocadillos y una revista con crucigramas porque sabía que me costaría permanecer despierto.

—¿Te pusiste a hacer crucigramas mientras intentabas confirmar si tu madre tenía una aventura?

—A mi padre y a mí nos encantaba hacer crucigramas. Yo era un completo sabelotodo.

—¡Cuéntame qué pasó!

—Cinco minutos antes de medianoche, vi la luz de una linterna que se acercaba desde mi cabaña. Era mi madre. Traía una manta y llevaba puesto un vestido de flores que siempre me había gustado.

—Ay, Dios.

—Desplegó la manta sobre la tumba de Hope y miró hacia la propiedad de los Kinney. Unos cinco minutos después, otra luz se acercó desde el lado del bosque de los Kinney. Mi madre colocó su linterna en el suelo de modo que se reflejara en la lápida. George Kinney apareció sosteniendo un viejo farol de keroseno. Lo apoyó en el suelo y se besaron.

—Gabe, lo lamento mucho.

Él no la oyó. Estaba mirando fijamente la cruz blanca.

—Mi madre dijo «El espíritu de Hope nos echaba de menos» mientras le desabrochaba los pantalones al viejo George, que mostró más emoción de la que jamás le había visto.

—¿Qué hiciste?

—¿Qué podía hacer? Estaba atrapado. Si hacía un movimiento, ellos oirían el crujido de las hojas y las ramas. No tuve más opción que mirar. —Volvió a fijar la mirada en la cruz—. Aprendí mucho sobre el sexo aquella noche. Hicieron prácticamente todo lo que se puede hacer.

Jo le sujetó la mano.

—Vamos.

—No te he contado la mejor parte —dijo él con un tono sarcástico que sonaba extraño en su boca—. Después, se pusieron a hablar. Al principio, no dijeron nada interesante. Pero luego George comentó: «¿Sabías que Gabe y yo hemos tomado muestras del arroyo otra vez? Su apetito por el mundo natural es insaciable». Y mi madre respondió: «De tal palo, tal astilla. Me alegra mucho que puedas pasar tiempo con tu hijo».

Jo intentó abrazarlo, pero su cuerpo estaba rígido. Gabe no apartaba los ojos de la cruz. Ella intentó volverle la cara con una mano. Él no se movió.

—Resulta que todos lo sabían —agregó—. Soy su viva imagen. Por eso me dejé crecer la barba, para no tener que verlo en el maldito espejo todos los días. No me he vuelto a ver la cara desde que me creció la barba lo suficiente… Desde los dieciséis.

—¿Tu padre lo sabía?

—Tenía que saberlo. El romance era obvio. Lo descubrí a los doce años a pesar de no saber nada sobre ese tipo de cosas. Y como he dicho, soy una réplica de George. La única persona que probablemente lo desconocía era Lynne, la mujer de George. No era demasiado inteligente y creo que, en parte, fue por eso por lo que George se sintió atraído por mi madre. Katherine es inteligente, pero muy ladina. Lacey se parece mucho a ella.

—¿Lacey lo sabe?

Al fin, Gabe la miró.

—Por supuesto. Por eso me odia. Ella tiene la cara de nuestro padre, con mentón y nariz prominentes, y yo los rasgos armoniosos de George. Esa noche descubrí por qué me había torturado desde que era pequeño.

—Estoy segura de que no es solo por el aspecto físico.

—Desde luego. Soy la prueba de los fracasos de Katherine y Arthur. Lacey veneraba a su padre y odiaba que siguiera siendo amigo de George incluso cuando este se acostaba con su mujer. Le dolía ver lo patético que era Arthur.

—¿Alguna vez has hablado con ella de esto?

—Es la primera vez que se lo cuento a alguien.

—¿No se lo contaste a tu psicólogo cuando sufriste el colapso nervioso?

—¿Por qué iba a hacerlo?

—Para que te ayude a asimilarlo. Antes de que supieras que George era tu padre, te caía bien. Él y tu madre nunca pretendieron que vieras aquello.

—¡Pero lo vi! ¿Sabes que cuando por fin terminaron, vomité? Estuve dos días sin salir de la cama. No conseguían entender por qué no tenía fiebre.

—Así que empezaste ahí.

—¿Empecé a qué?

—A usar tu cama para aislarte del mundo cuando algo te molesta.

Él la miró fijamente, con los ojos «como truenos», igual que había dicho Ursa.

—Quizá todo tenga que ver con esa noche —agregó Jo.

—De acuerdo… y tú nunca tuviste cáncer. Te amputaste los pechos solo para sufrir.

—¡Gabe!

—¿Ves lo que se siente? —Se alejó caminando.

—No digo que no tengas depresión —aclaró ella a sus espaldas—. Me refería a la causa. La depresión puede provenir de factores genéticos, ambientales o ambos.

Él siguió caminando.

—¡No me lo puedo creer! Vuelves a hacerlo. ¿Para eso me has traído aquí y me has contado esta historia? ¿Para tener otra razón para alejarme?

Su figura desapareció entre los árboles y el brillo de su linterna se desvaneció con él. Jo caminó hasta la tumba de Hope Lovett e iluminó la cruz. Hope había muerto a los dieciocho años, el día después de Navidad, justo antes del comienzo de un nuevo siglo. No había muchas historias más tristes que esa. Una tumba resultaba un lugar extraño para encontrarse con un amante.

Pero quizá no. Katherine era poetisa. Tal vez lo hubiera visto como una metáfora, un renacimiento de la esperanza y la juventud, tras haber renunciado a tantos sueños por su matrimonio y sus hijos.

Jo posó la luz de su linterna sobre más lápidas desgastadas, sorprendida por el número de tumbas que pertenecían a bebés y niños, que con frecuencia eran enterrados junto a los padres que los habían visto morir. Quizá Katherine había estado rindiéndoles homenaje. Puede que Gabe hubiera sido concebido allí mismo, con el espíritu de Hope flotando en el aire.

Jo regresó a casa de George Kinney, Oso Menor la siguió. Eran las 3:40 a. m. cuando llegó, y Ursa se encontraba profundamente dormida. Era imposible que Jo pudiera levantarse en una hora. No puso el despertador.

Cuando intentó dormir, los pensamientos de lo ocurrido en las últimas horas se arremolinaron en su cabeza. Para las cuatro y media, había empezado a desvariar. Necesitaba descansar y aliviar su mente con desesperación. Los pensamientos sobre las tumbas y la mujer enterrada de Ursa ensombrecían los momentos de intimidad con Gabe en la casa del árbol. Todo iba mal. No debería haber besado a Gabe. No debería haber dejado que Ursa se quedara. ¿Por qué había dejado que todo este lío interfiriera con su investigación?

Capítulo veintidós

—¿Jo?

Ursa estaba de pie a su lado, todavía con el pijama puesto. Jo levantó su teléfono y miró la hora. ¡9:16 a. m!

—¿Estás enferma? —preguntó Ursa.

—No —respondió ella—. ¿Acabas de despertarte?

—Sí.

—Debías de estar tan cansada como yo.

—¿Dónde está Gabe?

—En su casa.

—Dijo que se quedaría.

—No puede quedarse. Tiene que ocuparse de la granja. Sabes que su madre está enferma.

—¿Lo veremos hoy?

—No lo sé.

Jo se levantó, hizo café y preparó el desayuno. No salieron por la puerta hasta las 10:20 a. m. Jo disminuyó la velocidad del Honda cuando vio a Gabe de pie en medio de la calle Turkey Creek. Llevaba un rastrillo de metal en las manos enguantadas y su ropa estaba empapada de sudor. Levantó la mirada y se sorprendió al verlas. Jo detuvo el coche, y reparó en el camino de entrada asombrosamente blanco, con la tierra y los baches cubiertos por una gruesa capa de gravilla blanca nueva. Bajó la ventanilla.

—Habéis salido más tarde —comentó él, jadeante, y se pasó una manga por la frente sudada—. Creía que ya os habríais marchado.

—Necesitaba dormir unas horas más.

—Conozco la sensación. —Señaló su camino con el mentón—. ¿Qué te parece?

—¿Has hecho todo esto esta mañana?

—El hombre que ha traído la gravilla me ha ayudado. Yo he rastrillado el suelo y podado los árboles para despejar el camino.

—Hace falta un nuevo cartel de «Prohibida la entrada» para seguir con las mejoras.

—O uno de bienvenida —repuso él, mirándola un momento a los ojos. Después le dirigió la mirada a Ursa, que estaba en el asiento trasero—. Hola, conejito andarín, ¿cómo estás?

—Bien —respondió Ursa—. Me gusta tu calle.

—Tendrás que darle el visto bueno un día de estos.

—¿Podemos cenar con Gabe esta noche? —le preguntó Ursa a Jo.

Jo y Gabe intercambiaron una mirada.

—Perdona por haber huido —dijo él, acercándose.

—Y tú a mí… por lo que dije.

—No te disculpes. —Dio un paso atrás y apoyó sus manos enguantadas sobre la punta del palo del rastrillo—. Entonces, ¿cenamos?

—Volveremos tarde porque tengo que ponerme al día.

—Comeré algo ligero con mi madre. —Cuando Jo no respondió enseguida, se alejó un poco más—. Avísame si quieres. Será mejor que os vayáis a trabajar.

Jo asintió y puso el coche en marcha. Trabajaron en los límites ribereños de North Fork y Jessi Branch. Después se dirigieron al arroyo Summers, pero para cuando llegaron, una tormenta vespertina había oscurecido el cielo al oeste.

—Es como el día que vinimos con Gabe —comentó Ursa.

—Lo sé. Dicen que un rayo nunca cae dos veces en el mismo lugar, pero no pienso arriesgarme. —Jo sacó el coche de la zanja.

—¿A dónde vamos?

—A casa. Esa tormenta parece funesta.

La lluvia comenzó a caer mientras conducían de regreso a la Cabaña Kinney. Jo tuvo que frenar a un lado de la carretera porque no podía ver a través del aguacero. Ursa estaba encantada. Mientras esperaban, Jo le enseñó a contar los segundos entre el trueno y el rayo para calcular lo lejos que se encontraba el centro de la tormenta.

Llegaron a la calle Turkey Creek a las cinco menos cuarto, cuando el mal clima comenzaba a despejarse. Como era de esperar, el hecho de acercarse a la propiedad de los Nash suscitó los ruegos de Ursa.

—¿Cenaremos con Gabe? Nos pidió que le avisáramos.

Jo detuvo el coche y contempló la brillante bienvenida blanca de la entrada. Él le estaba mandando un mensaje claro. Pero el estado de su relación se encontraba lejos de ser transparente. Y para seguir adelante, Jo tendría que ver el camino al menos un poco mejor. Giró el volante para entrar.

—¡Bien! —celebró Ursa.

Tardó la mitad del tiempo en llegar a la cabaña que cuando el camino estaba lleno de baches.

—Mantente agachada —indicó Jo antes de detenerse junto a la camioneta de Gabe.

—¿Por qué? —cuestionó Ursa.

—Ya sabes por qué. No quiero que Katherine te vea. Podría contárselo a Lacey.

La pequeña se repantigó hasta quedar debajo de la ventanilla.

—Volveré en cinco minutos.

—¿Tanto tiempo?

—No te levantes.

Subió los escalones del porche y llamó a la puerta. Abrió Gabe, que trajo consigo un aroma a carne asada desde el interior. Llevaba puesto el delantal rosa otra vez.

—¿Puedo besar al cocinero? —preguntó Jo. Él sonrió pero echó una mirada nerviosa hacia atrás antes de dejar que ella le diera un pequeño beso.

—Supongo que la tormenta os ha obligado a volver temprano —comentó.

Jo asintió.

—Estábamos en el arroyo Summers cuando la vimos.

—Con razón habéis vuelto.

—¿Ya has comido?

—Estaba preparando la cena, pero puedo ir después.

—Suena bien. ¿Te gusta la lampuga a la parrilla? La prepararé para que Ursa la pruebe esta noche.

—Me encanta.

—¿Tu madre está en la cocina?

—Sí, ¿por qué?

—Quiero saludarla.

—No hace falta —respondió Gabe, bloqueando la puerta con su cuerpo.

Jo lo empujó para pasar y entró. Su madre estaba sentada a la mesa de la cocina y sonrió cuando vio a Jo.

—¿Cómo está, Katherine? —preguntó.

—Bastante bien —respondió ella. Observó la ropa de campo de Jo y su pelo despeinado—. ¿Cómo progresa tu investigación sobre aves?

—Muy bien. ¿Le ha contado Gabe que vino conmigo un día? Hasta encontró un nido.

—¿En serio? —exclamó, mirando a Gabe.

Este hizo un movimiento evasivo cuando Jo se estiró hacia él, pero ella logró capturarlo y le rodeó la cintura antes de que pudiera escapar.

Katherine aguzó sus brillantes ojos azules.

—¿Puedo llevarme a su hijo esta noche? —preguntó Jo—. Lo he invitado a cenar.

—Oh… sí… eso estaría bien —respondió Katherine.

Jo besó la mejilla barbuda de Gabe.

—¿Puedes venir alrededor de las seis?

—Allí estaré —respondió Gabe, tenso y muy consciente de que su madre estaba escudriñando los gestos íntimos de Jo. Cuando ella lo soltó, salió disparado hacia la cocina y se puso a revolver una cacerola hirviendo.

—Tengo otra petición —anunció Jo—, y espero que no suene demasiado exigente.

Gabe se dio la vuelta, con una expresión de pánico.

—Gabe me contó que escribe poesía…

—Pero bueno, ¿por qué has hecho eso? —le recriminó Katherine a su hijo.

—Me encantaría leerla —comentó Jo—. ¿Tiene alguna copia de sus dos libros que pueda prestarme?

El temblor de las manos de Katherine empeoró, como por nerviosismo.

—Creo que Gabe ha hecho que sonara mejor de lo que es.

—Como bióloga, sería una lectura sin ninguna crítica. Me atrae la idea de leer poesía con raíces en este lugar. ¿Alguna vez escribió sobre la naturaleza del sur de Illinois?

—¡Sí! —contestó—. Hasta hay algunos pájaros en mis poemas. Uno es sobre un nido que encontré.

—¿De qué especie?

—Era un chipe grande.

—Me encantan los chipes. Encontré un nido el mes pasado.

—Vaya, ¿no es maravilloso? —Katherine le dijo a Gabe—: Ya sabes dónde están las copias. Tráele una de cada.

Cuando él salió de la habitación, su madre preguntó:

—¿Qué ha pasado con esa niña pequeña que solía venir por aquí?

—Todavía viene y va —respondió Jo.

Gabe regresó y le entregó a Jo dos libros de tapa blanda, uno llevaba por título *El secreto de la criatura* y el otro, *El espíritu de Hope*. Miró a Jo para ver cómo reaccionaba al segundo título.

—Gracias —dijo Jo.

—Puedes quedártelos —ofreció Katherine—. Nadie los quiere y yo, menos que nadie.

—Bueno, supongo que siempre somos nuestros peores críticos. Será mejor que os deje volver a la cena antes de que se queme algo. Que pase una buena noche, Katherine.

—Tú también.

Gabe caminó con ella hasta la puerta.

—Sé lo que estás haciendo, bribona —le dijo a Jo apenas salieron.

—¿El qué?

—La estás llevando a tu terreno.

—Si esto es un ring de boxeo, ¿quiénes son los boxeadores?

Él lo consideró.

—¿Sabes? No estoy seguro… porque eres tan artera como ella.

—¿Por qué los hombres llamarán a las mujeres inteligentes «arteras»?

—De acuerdo, eres tan *inteligente* como ella.

Jo lo besó.

—Reserva esos comentarios seductores para más tarde.

Capítulo veintitrés

Gabe trajo sobras de coliflor con salsa de queso para cenar.

—¡Asquiflor no! —se quejó Ursa—. ¡Ya comí ayer por la noche!

—Esta tiene queso derretido por encima —argumentó él—, y el queso derretido hace que todo, hasta la tierra, sea delicioso.

—¿Puedo comer tierra en lugar de coliflor, entonces?

—Me encantan las mujeres con un ingenio afilado —respondió—, aunque últimamente me encuentro rodeado de muchas de ellas. —Apoyó el cuenco de coliflor en la mesa de la cocina—. Dejad que os ayude.

—Ya has tenido que prepararle la cena a tu madre —dijo Jo—. Ve afuera, al calor sofocante, que resulta aún más bochornoso por el fuego, y disfruta de una cerveza fría y unos entremeses con Ursa. Aunque Ursa tiene prohibida la cerveza. —Le dio un plato de galletas saladas cubiertas con queso cheddar a Ursa.

—Las he preparado yo —señaló la pequeña.

—Tienen muy buena pinta —comentó Gabe.

Jo sacó una cerveza de la nevera, la abrió y se la dio a Gabe.

—Salid. Comenzaré a asar en unos minutos.

—Jo me hará comer algo llamado lampuga —dijo Ursa mientras salían por la puerta trasera.

—El nombre me suena… creo que son orugas gigantes —respondió él, cerrando la puerta detrás.

Jo sazonó un poco de mantequilla derretida y la llevó afuera con el pescado y los pinchos de verduras. Primero, colocó los pinchos sobre el fuego. Cuando ya casi estaban cocidos, colocó los filetes de lampuga, que untó con mantequilla mientras se asaban. Pese al calor, comieron en el jardín, sentados en las tumbonas desgastadas que probablemente llevaban allí desde la primera vez que los Kinney pusieron un pie en la casa.

—He leído algunos poemas de tu madre después de ducharme —reveló Jo, cuando terminaron de comer.

—¿Cuál?

—*El secreto de la criatura*. Quiero leerlos en orden cronológico.

—Es el único que he leído —dijo Gabe—. Se publicó dos años antes de que yo naciera.

—¿Nunca has leído ningún poema de *El espíritu de Hope*?

—No, se publicó cuando yo tenía trece años, un año después…

—¿Después de qué? —preguntó Ursa.

—De que descubriera el significado de la vida —respondió él.

La pequeña lo observó, intentando entender qué había querido decir. Ursa era como Gabe había sido de niño, estaba muy en sintonía con cada detalle del comportamiento de los adultos. Resultaría inútil tratar de mantener en secreto su romance en ciernes. Era obvio que ya percibía la diferencia entre ellos.

—Guau, te lo has comido todo —comentó Jo—. ¡Hasta la coliflor!

—El queso hizo que no estuviera mal —repuso Ursa—. Deberías ponerle siempre que hagas asquiflor.

—Gracias —le dijo Jo a Gabe—. Has dejado el listón muy alto para mis sencillas habilidades culinarias.

—De nada. Pero yo apoyo tus platos sencillos. El pescado estaba delicioso.

—¿Puedo traer los malvaviscos? —preguntó Ursa.

—Esperemos un poco —contestó Jo.

Ursa se repantingó en la tumbona.

—Quería preguntarte algo —le dijo Jo.

—¿Qué?

—Anoche, cuando Gabe y yo fuimos a buscarte, revisamos la casa del árbol y encontramos algunos de tus dibujos.

Ursa permaneció echada, con una expresión impávida.

—En el dibujo de la tumba, ¿quién estaba bajo la tierra?

—Una persona muerta —respondió Ursa.

—Sí, pero ¿quién?

Ursa se incorporó.

—Yo.

—¿Tú? —preguntó Gabe.

—Quiero decir este cuerpo. Me apoderé del cuerpo de una niña, ¿recordáis? —Jo y Gabe esperaron a que continuara—. Me sentí mal por invadirlo. Sé que, en este planeta, las personas deben ser enterradas, así que eso fue lo que hice. La dibujé y luego la enterré y coloqué sobre ella una de esas cruces que hay en los cementerios.

—¿Por qué ponía «te quiero» y «lo siento» en el dibujo? —Quiso saber Jo.

—Porque la quiero, gracias a ella tengo un cuerpo. Y dije que lo siento porque no la pudieron enterrar.

Gabe miró a Jo y alzó las cejas.

—¿Quién creísteis que era? —preguntó Ursa.

—Alguien de tu pasado —respondió Jo.

—No tengo pasado en este planeta. —La pequeña se levantó de la tumbona—. ¿Puedo beber más leche?

—Por supuesto —dijo Jo.

—Ha sido una respuesta verosímil —comentó Gabe cuando Ursa se metió en casa.

—Me pareció que se había puesto nerviosa cuando le he preguntado.

—Asumámoslo —señaló Gabe—, es demasiado inteligente como para caer incluso cuando se tropieza.

—Bueno, pero necesito que hable antes de que me vaya.

—¿Cuándo te vas?

—En un mes, a principios de agosto.

—Mierda —dijo Gabe.

—Lo sé. Empezar todo esto es de ser masoquistas, ¿no?

—Hablando de *eso*... —Se inclinó hacia delante y la besó—. Me moría por besarte. Estabas muy atractiva mientras cocinabas como una esclava sobre el fuego.

—Eres todo un cavernícola.

—Sin duda.

Volvieron a besarse.

—Nunca te quitarás el olor a pescado de la barba —comentó Jo.

—Como mujer cavernícola no debería importarte.

—No soy una mujer cavernícola.

—¿No te gusta la barba?

—En realidad, no. Me encantan las caras bien afeitadas.

Él se frotó la barba con una mano.

—Podría recortármela.

—Podrías afeitártela.

—No.

—Siéntate —ordenó Jo.

—¿Por qué?

—Siéntate, venga.

Él se sentó justo cuando Ursa salía con su leche.

—Si no te la afeitas tú, lo haré yo —sostuvo Jo. Y antes de que él pudiera levantarse, ella se sentó de costado en su regazo.

—Jo, ¿qué estás haciendo? —preguntó Ursa.

—He tomado a Gabe como rehén. Tráeme las tijeras y una cuchilla de afeitar del baño.

—¿Por qué?

—Le vamos a afeitar toda la barba.

—¿En serio? —preguntó Ursa.

—No —dijo Gabe.

—¿No crees que estaría guapo? —comentó Jo.

—No lo sé... —respondió Ursa.

—¿Ves? —dijo Gabe.

—Pero ¡quiero hacerlo! —exclamó Ursa—. Será divertido.

—¡Ursa! Se supone que estás de mi parte —se quejó Gabe.

—Voy a buscar las cosas. —Salió corriendo hacia la puerta y se derramó la leche en la mano.

—Trae el bote ese de espuma de afeitar que alguien se dejó bajo el lavabo —gritó Jo—. ¡Y un cuenco de agua caliente!

—Jo, vamos… —suplicó Gabe.

—Calla. Me dijiste que no te has visto la cara desde que comenzó a crecerte la barba.

—Ya sabes por qué.

—¿No crees que es hora de dejar de esconderte de quién eres?

—¡No quiero ver la cara de Kinney todos los días!

—No eres él. De todos modos, tienes muchos de los rasgos de tu madre. Tus ojos son como los de ella.

—Lo sé. Intenté que la barba creciera sobre ellos, pero no fue posible.

Ella le acarició el vello bajo el ojo.

—Casi lo logras. —Lo besó con suavidad—. Por favor, déjame hacerlo. Si no te gusta, puedes dejártela crecer otra vez. —Volvió a besarlo—. ¿No quieres ser irresistible para mí?

—¿Como George?

—He visto a George. La verdad es que no es mi tipo.

—¿Dónde lo has visto?

—En el Departamento de Biología. Es profesor emérito. Está retirado, pero sigue investigando.

—Me lo imaginaba. Investigará hasta el día de su muerte.

—Mi tutor dijo lo mismo sobre él. Es una leyenda entre los entomólogos.

—Sí, por aquí también.

Jo le sujetó el borde inferior de la camiseta y se la levantó.

—¿Me afeitarás también el pecho?

—No, me gusta el pelo en el pecho. Pero debes quitarte esto o se mojará.

Él dejó que ella le quitara la camiseta por la cabeza. Jo la arrojó sobre la silla y apoyó las manos sobre los pectorales de Gabe.

—Me gusta —dijo Jo—. Tienes más que yo aquí arriba.

—Tu cuerpo es precioso —repuso él.

Ella se levantó de su regazo.

—Lo es, ¿sabes?

—Sí, las cicatrices demuestran lo valiente que soy y blablablá.

—No iba a decir eso.

—Me da igual lo que digas, no pienso creérmelo. Para el caso, más vale que no digas nada.

—Eso no es justo.

—Dímelo a mí.

Ursa apareció con el bote de espuma de afeitar apretado contra el pecho mientras sostenía un cuenco con agua en una mano y la cuchilla de afeitar y las tijeras en la otra. Jo se acercó a ella para ayudarla. Colocaron las cosas en una mesa de plástico al lado de Gabe.

—Necesitaremos una toalla —dijo Jo.

—Iré a buscarla —se ofreció Ursa—, pero ¡no empecéis sin mí! —Se fue corriendo por la puerta otra vez.

—Al menos alguien se lo va a pasar bien —comentó Gabe.

—Haré que sea lo más placentero posible —prometió Jo.

Ursa regresó con la toalla y Jo le envolvió el cuello a Gabe con ella. Puso una silla frente a él y se sentó con las piernas a horcajadas sobre las de él. A Gabe parecieron cautivarle sus piernas abiertas y sus vaqueros cortos, pero ambos sabían que aquella escenita debía permanecer apta para todos los públicos en presencia de Ursa. Jo levantó las tijeras para atraer su mirada a un lugar menos comprometido.

—¿Listos?

—No —dijo Gabe, pero Ursa gritó:

—¡Sí!

Jo tijereteó el vello oscuro, que había adquirido un tono dorado por la puesta del sol. Intentó no pellizcarle la piel al recortar más cerca de su rostro. Tras rebajar la barba, Jo mojó el vello y dejó que Ursa sacudiera la espuma de afeitar. Puso una buena cantidad de espuma en la mano de la niña.

—Embadurna toda la barba —indicó Jo.

—Chicas, necesito respirar —dijo Gabe.

Jo usó la toalla para limpiarle la espuma de las fosas nasales y los labios. Levantó la cuchilla.

—Allá vamos…

—¿Puedo hacerlo yo? —preguntó Ursa.

—¡De ninguna manera! —exclamó él.

—Solo los adultos pueden usar las cuchillas de afeitar —explicó Jo.

Ursa se acercó para observar los primeros trazos de la cuchilla.

—La piel parece normal ahí abajo —comentó.

—¿Creías que sería verde? —preguntó él.

—Soy extraterrestre, así que no me hubiera sorprendido.

—¿Tu pueblo tiene la piel verde?

—Nuestra apariencia exterior es como la luz de las estrellas.

A Jo le encantó descubrir la cara de Gabe. Era parecida a la de George Kinney, pero mucho más atractiva. Su frente alta, su peculiar nariz, apenas torcida, y su mentón cuadrado eran idénticos a los de George. Pero los ojos azules, un poco rasgados, pertenecían a Katherine, al igual que la curvatura bien definida de su labio superior y el contorno de su sonrisa. Jo pasó un dedo sobre el trozo afeitado de su mejilla izquierda, tratando de resistir la necesidad de besarlo ahí.

—¿Cómo te hiciste esta cicatriz?

—No te lo creerás —respondió.

—¿Cómo?

—Corriendo con las tijeras en la mano.

—Entonces es cierto.

—Sí, casi me saco un ojo cuando tenía seis años.

Ursa se deshizo del agua, que estaba llena de grumos de espuma de afeitar y pelos, y trajo más agua caliente. Después de que Jo se encargara con cuidado de los toques finales, mojó un extremo de la toalla y le limpió el rostro. Él la miró a los ojos mientras ella le pasaba la toalla por la cara.

—¿Y bien? —preguntó.

—Deberían multarte por haber ocultado esta cara durante tantos años.

—¿A quién le daría el dinero?

—A mí. —Jo se sentó en su regazo, le rodeó el cuello con los brazos y le dio un beso en los labios.

—¡Lo he logrado! ¡Lo he logrado! —cantó Ursa, dando puñetazos al aire y bailando alrededor de ellos.

—¿Qué has logrado? —preguntó Gabe.

—He hecho que Jo y tú os enamoréis. Han sido mis *quarks*. ¡Lo sabía! ¡Lo sabía!

Jo y Gabe se besaron otra vez, mientras Ursa seguía ejecutando su danza de los *quarks* y Oso Menor ladraba y saltaba para acompañar el baileto de la niña.

—Si esto es lo que uno siente con un alma oprimida, entonces no es tan malo —le susurró Gabe a Jo al oído.

—¡Este es sin duda el cuarto milagro! —exclamó Ursa.

—Eso significa que solo te queda uno —dijo Gabe.

—Lo sé. Lo reservaré para algo realmente bueno.

Después de lavar los platos de la cena, Gabe y Ursa doraron malvaviscos. Jo los observó, disfrutando tanto de la cara nueva de Gabe como de la charla entre ambos.

Gabe se sentó al lado de Jo y le sostuvo la mano.

—Chicos, mirad —llamó Ursa—. Estoy haciendo estrellas. —Atizó el fuego una y otra vez con su palo y los tres observaron cómo una cascada de chispas se desvanecía hacia el oscuro cielo estrellado. Jo quería vivir así, como lo hacía la niña, disfrutando de cada momento. Pero cada segundo que pasaba con Ursa se encontraba ensombrecido por la incertidumbre de su futuro. Y ahora Gabe formaba parte de ese destino que se acercaba cada vez más, con el verano ya en decadencia.

Después de que Ursa se pusiera el pijama y estuviera lista para acostarse, Gabe fue hasta su camioneta y trajo una copia vieja y desgastada de *El conejito andarín*.

—Recuerdo ese libro —comentó Jo.

—Todos los niños recuerdan este libro. ¿Lo conocen los alarreita-nos? —le preguntó a Ursa.

—No.

—Me acordé de él cuando te llamé «conejito andarín» esta mañana.

—Es un libro para bebés —dijo Ursa.

—Pero no deja de ser excelente. Mi padre era profesor de literatura y adoraba este libro.

—¿En serio? —preguntó Jo.

—Le gustaba cómo condensa el conflicto entre la necesidad de protección paterna y el deseo de independencia del niño. Me lo leía a menudo por la noche, incluso cuando crecí un poco.

—Mi madre también me lo leía —dijo Jo.

—A la cama, extraterrestre —indicó Gabe—. Este libro puede ense-ñarles a los alarreitanos algo importante sobre los humanos.

Ursa subió al sofá y se tapó con la manta. Gabe le leyó el cuento del pequeño conejo que le contaba a su madre todos los lugares en los que se escondería cuando huyera, mientras su madre respondía a cada uno de sus planes con inspiradoras formas de encontrarlo. A Jo siempre le había encantado la paciencia de la mamá coneja y la forma en que quería a su hijo incondicionalmente.

Cuando Gabe terminó, Ursa observó:

—Ahora entiendo por qué me llamaste «conejito andarín».

—Te pega mucho, ¿no crees? Pero quédate en la cama esta noche. Jo y yo estamos demasiado cansados para correr a buscarte.

—¿Te quedas?

—Quizá un rato.

—Me quedaré en la cama para que Jo y tú podáis besaros.

—Me parece una buena idea —repuso Gabe.

Capítulo veinticuatro

Gabe fue a cenar la noche siguiente… y la siguiente a esa. Cuando Ursa se quedaba dormida, ellos se recostaban abrazados en el porche, bajo la luz de las dos velas que Ursa había encontrado para su primera cena juntos. Hasta el momento, hacerse cargo de la atracción que sentían no había ayudado a resolver la situación con Ursa. En todo caso, había empeorado su indecisión. La palabra «comisaría» ya no formaba parte de su vocabulario. Nunca hablaban del futuro de Ursa o de qué harían cuando Jo se fuera. Al saborear su primera relación, Gabe comenzó a vivir como Ursa, en un presente infinito desconectado del pasado y el futuro.

Jo dejó que viviera en su fantasía. Y dejó que Ursa viviera la suya. Trabajar doce horas al día la dejaba sin tiempo y capacidad mental para pensar en perderlos a ambos. Volvía a casa cansada, y la alegraba acurrucarse con Gabe y Ursa en su burbuja iridiscente.

La tercera noche que Gabe acudió a cenar, Jo llevó al porche el segundo libro de Katherine, *El espíritu de Hope*, después de que Ursa se fuera a dormir. Había terminado de leer los poemas ese día. Gabe hizo una mueca cuando vio el libro que llevaba en la mano.

—He pensado que podríamos leer algunos de estos poemas —sugirió—. Dijiste que nunca habías leído este libro.

—Por una buena razón.

—Algunas de estas poesías son sobre ti. Creo que deberías verlas.

Él arrojó el libro al suelo.

—No vamos a malgastar nuestro valioso tiempo hablando de mi familia disfuncional. —La atrajo hacia él en el sillón y la besó.

—Muchas familias son disfuncionales —repuso Jo—. Lo que importa es cuánto se quieren. —Levantó el libro del suelo—. Tu madre fue muy valiente al mostrar su amor en estos poemas. Si tú no los lees, lo haré yo. Unos pocos.

Él se reclinó contra los almohadones como si estuviera a punto de oír una charla promocional sobre una multipropiedad vacacional. Dos de los poemas eran sobre Gabe cuando era niño. Las referencias de Katherine al hijo de su amante eran metafóricas pero fáciles de interpretar ahora que Jo conocía la historia. Revelaban la intensidad del amor maternal de Katherine de una forma que hacía llorar a Jo. El tercer poema mencionaba a George y cuánto lo amaba. El poema que daba título al libro, «El espíritu de Hope», expresaba algunos de los remordimientos que Katherine sentía por su familia dividida.

Gabe había dejado caer su fachada distante para cuando Jo terminó de leer el cuarto poema. Apenas podía evitar que se le cayeran las lágrimas.

—Creo que escribió este último después de que descubrieras su aventura con George —comentó Jo—. Sabía que había metido la pata y te había alejado de tu padre.

—No es mi padre.

—Es tu padre biológico y tú eres su hijo. Y *todos* te querían, Gabe. Por lo que me contaste sobre tu infancia, estoy segura de que Arthur, Katherine y George te querían. Cada uno de ellos alentó tus intereses y tus talentos al máximo posible. Y solo los buenos padres hacen eso.

—Es cierto que me alentaron —respondió—. Pero me convertí en un imbécil a los doce… tras descubrirlos. Creyeron que era la pubertad y ninguno supo qué hacer conmigo.

Jo bajó el libro y le acarició el brazo a Gabe.

—Por supuesto, después decidieron que mi problema era una enfermedad mental.

—Lo dices como si ya no creyeras eso.

—Me siento mucho mejor contigo. ¿Crees que es pasajero?

—No lo sé.

—Hoy ha llamado Lacey.

—¿Por qué?

—Estaba preocupada porque no tenía noticias de mi madre. Creo que mi madre no quería que ella supiera lo nuestro. Tiene miedo de que Lacey venga y lo estropee. Mi madre prácticamente me empuja por la puerta para que venga aquí todas noches.

—Sabía que una mujer que hacía el amor en un cementerio tenía que ser una terrible romántica.

Él le lanzó una mirada penetrante.

—El amor no es un crimen, Gabe.

—Ella se casó con Arthur Nash. Debería haberse divorciado en vez de convertirlo en un cornudo… con su mejor amigo, nada menos.

—¿Qué te parece eso? Su mejor amigo. ¿Alguna vez consideraste la posibilidad de que Arthur estuviera de acuerdo?

—No estarás hablando en serio.

—La poligamia es común en el mundo animal y más común entre los humanos de lo que creemos.

—También el infanticidio y la violación. ¿Quieres glorificar eso también?

Jo bajó la mirada al libro de poemas en sus manos. *El espíritu de Hope.* Hope Lovett, muerta a los dieciocho años una fría noche de invierno de 1899. ¿Se había enamorado alguna vez? ¿Había hecho el amor? En aquella época, si no estaba casada, probablemente no. A diferencia de muchos hombres poetas del pasado, a Jo no le parecía para nada romántica la muerte de una persona virgen, fuese mujer u hombre.

Dejó el libro a un lado y levantó las dos velas.

—Ven —dijo.

—¿A dónde vamos?

Lo guio al interior de la casa. Pasaron al lado de Ursa y entraron al dormitorio de Jo. Ella colocó una vela en el suelo, la otra en la mesita de noche. Cerró la puerta con llave, detrás de Gabe.

Él permaneció cerca de la puerta.

—¿Qué estamos haciendo? No sé si estoy…

—Tranquilo —repuso Jo—. Solo vamos a acostarnos. —Se quitó los pantalones cortos, se sentó con las piernas cruzadas, vestida solo con unas braguitas rosas y una camisola blanca, y lo miró. Él nunca la había visto sin pantalones. Pero se quedó ahí de pie sin más.

Ella se tumbó sobre un costado.

—Ven, no muerdo. A menos que quieras que lo haga.

Él sonrió, observando toda la extensión del cuerpo de Jo. Ella palmeó el colchón para que se acercara.

Él deslizó los pies fuera de los zapatos.

—Los pantalones también —indicó Jo.

—Estoy bastante seguro de que me estás seduciendo —respondió él.

—Sabes lo cansada que estoy tras un día en el campo. Tal vez me quede dormida.

—Ni pensarlo. —Se quitó los vaqueros a toda prisa. Cuando se recostó sobre su espalda, ella lo abrazó.

—¿Sigues enfadado conmigo?

—No estaba enfadado.

Se inclinó sobre él.

—Demuéstralo.

Él le besó los labios con dulzura, y luego el cuello. A Jo le encantaba su forma de querer. Su inexperiencia lo volvía curioso, atento a los pequeños detalles. Una serie de pecas en su hombro le llamó la atención. Las observó de cerca bajo la luz de las velas y unió las marcas con los dedos.

—Se parecen a las estrellas de El Carro.

Nunca había deseado tanto a un hombre. Las cirugías no habían cambiado nada. Salvo una cosa. Era profundamente consciente de la pasión que sentía por él, un milagro del cuerpo y la mente que solía dar por sentado.

Jo le quitó a Gabe la camiseta y la ropa interior y se acostó sobre la extensión de su cuerpo.

Él la envolvió con sus brazos.

—Sé lo que estás haciendo.

Ella le besó la mejilla.

—¿Qué estoy haciendo?

—Crees que si me enseñas lo genial que es el sexo, me olvidaré de mi madre y de George.

Ella se incorporó y se sentó a horcajadas sobre su estómago y lo miró a los ojos.

—¿Hay alguna posibilidad de que continuemos con esto sin tu madre y George en la habitación? —Antes de que él pudiera responder, se puso de pie, se quitó las bragas y volvió a sentarse—. ¿Qué te parece?

—Te las has quitado… del todo. —Él se sentó y la acurrucó sobre su regazo—. ¿Hay alguna posibilidad de que te quites la camisa?

—Estoy segura de que preferirías que me la deje puesta.

Él le sujetó la cara entre las manos.

—Te deseo tal como eres. ¿Entiendes?

Ella dejó que Gabe le levantara la camisola y se la quitara por la cabeza.

—No falta nada —aseguró él—. Eres la persona más completa que he conocido jamás. —Apoyó con ternura sus manos, cálidas y ásperas, sobre las cicatrices en el pecho de Jo—. ¿Es una zona muy sensible? ¿Mejor no toco?

—No me molesta si a ti tampoco.

Él levantó las manos y trazó con el dedo índice la cicatriz cerca de su corazón. Ella no vio ningún rastro de pena o tristeza en sus ojos. Gabe dibujó la línea igual que había unido las estrellas en su hombro, con amoroso asombro. Como si quisiera conocer y explorar cada secreto de su cuerpo.

Movió la mano a la cicatriz derecha y la rozó con sus dedos cálidos.

—En cierto modo, estas cicatrices hicieron que nos conociéramos.

Él la miró a los ojos.

—Las mías también. ¿Y qué podría ser más bonito que eso?

—Nada. —Jo lo empujó con suavidad hacia el colchón—. Excepto, quizá, esto.

Capítulo veinticinco

En el transcurso de las primeras semanas de julio, Jo se sumergió en la fantasía por completo. Sucumbió al torbellino de Ursa, un remolino atemporal de estrellas que Gabe había llamado el Nido Infinito. Nada podía tocarlos a ellos tres en ese giro de amor infinito. Ni sus pasados. Ni sus futuros. Jo dejó de revisar las páginas de niños desaparecidos y sospechaba que Gabe también.

Pero ni siquiera las galaxias duran para siempre. El primer temblor en su universo comenzó con una llamada de Tabby. Una amiga suya estaba saliendo con un inglés que había venido a Estados Unidos para estar con ella. La pareja quería quedarse en el apartamento de Jo y Tabby y estaban dispuestos a pagar el último mes de alquiler. Eso eran buenas noticias, pero las pertenencias de Jo seguían allí. Tabby había comenzado a vivir en la casa alquilada hacía unas pocas semanas. Jo había planeado mudarse después de que terminara su temporada de campo, pero ahora tendría que tomarse un día libre.

Acabó temprano de trabajar para ir a buscar a Gabe durante su tarde de venta de huevos de los lunes. Él sonrió debajo del toldo azul cuando ella aparcó detrás de su camioneta.

—Habéis terminado temprano —dijo—. ¿Un antojo repentino de tortilla?

—Un antojo repentino de ti —respondió Jo, inclinándose sobre las cajas de huevos para besarlo.

—¿Adivina qué? —exclamó Ursa—. ¡Iremos a Champaign-Urbana mañana y tú vendrás con nosotras!

—Tranquila —pidió Jo—. He dicho que primero le preguntaríamos.

La chispa en sus ojos se oscureció un poco.

—¿Por qué vas a ir hasta allí?

—Tengo que sacar mis cosas del viejo apartamento. Hemos encontrado inquilinos.

—¿Se murarán enseguida?

—Ya están allí y no me entusiasma la idea de que toquen mis pertenencias.

—¿Cómo es que puedes perder un día de trabajo?

—Por un día no pasa nada. No quedan tantos nidos activos como hace unas semanas.

—Pero ¿conducirás hasta allí solo para trasladar unas pocas cosas? ¿No puede hacerlo Tabby?

—No puedo pedirle eso. Son más que unas pocas cosas. ¿Hay alguna posibilidad de que quieras ayudar?

Gabe se frotó la mejilla como si la barba aún estuviera allí.

—Me encantaría enseñarte el lugar.

—Conocerás a Tabby y verás lo bonita que es la casa —argumentó Ursa, meciéndose sobre los dedos de sus pies.

Jo no lograba interpretar la expresión en los ojos de Gabe, pero no era buena.

—¿Podemos hablar de esto más tarde? —preguntó él.

—Por supuesto. ¿A qué hora vendrás?

—Tal vez a eso de las ocho.

A Jo no le sorprendió cuando Gabe no llegó a las ocho. No apareció hasta las nueve. Mientras Ursa se quedaba dormida, se sentaron en el sillón del porche a hablar, como siempre.

—¿Has pensado acerca de venir con nosotras mañana? —preguntó Jo.

—Así es —respondió Gabe.

—¿Eso es un *sí*?

—No puedo dejar a mi madre todo el día sola.

—Por eso intenté hablar antes del tema, para que te diera tiempo a llamar a Lacey.

—¿No habíamos dicho que era mejor que Lacey no viniera?

—No dejaremos que vea a Ursa.

—Es demasiado tarde para llamarla.

—Ni siquiera lo has considerado, ¿no?

Él contempló el bosque oscuro a través de la mosquitera.

—Tenemos que encontrar el modo de que formes parte de mi vida allí.

—Lo sabía —dijo él—. No se trata de trasladar algunas cajas.

—¿De qué se trata?

—Quieres que me mude allí.

—Sé que no es posible. No te pido que dejes a tu madre y la granja. Solo que imagines una forma de que podamos estar juntos.

Gabe giró su cuerpo hacia ella.

—¿De verdad quieres eso?

—Lo que tenemos no pasa todos los días. Me asusta que no vuelva a pasarme nunca más.

—Lo sé. A mí también.

—Entonces, haz algo para conservarlo. —Sujetó las manos de Gabe entre las suyas—. Por favor, inténtalo.

—Si crees que ayudará, iré.

—Ayudará. No podré venir siempre a la granja. Tienes que estar dispuesto a enfrentarte al mundo.

Él asintió, pero de forma tensa.

—¿Quién cuidará de tu madre mañana? —preguntó.

—Iré a llamar a Lacey ahora mismo.

—Son las nueve y media.

—Da igual… viene cuando mi madre se lo dice.

—¿Eso harás, que tu madre la llame?

—No lo sé. —Se levantó del sofá—. Deja que me vaya a casa y hable con mi madre; aunque ya sé que querrá que te acompañe.

Jo se puso de pie a su lado.

—Porque te quiere.

—Sí. —La besó en la mejilla y salió por la puerta mosquitera.

—¿Cómo sabré si vienes? —Jo le gritó.

—Iré. Lacey vendrá.

Capítulo veintiséis

Gabe vio pasar el pueblo de Mount Vernon. No dijo demasiado desde que salieron y Jo creyó que lo mejor era respetar su silencio. Lo más probable era que hubiera tenido una interacción poco agradable con Lacey, quien había venido de San Luis a las seis de la mañana.

Jo miró por el espejo retrovisor. Ursa seguía coloreando un dibujo para Tabby: el gatito atigrado al que había llamado César. Tardaría un buen rato en dibujar todas las rayas, había dicho Ursa. Jo no dudó de que lo haría bien.

Gabe se secó las manos en los vaqueros.

—¿Estás bien? —preguntó Jo.

—Sí.

—La interestatal 58 debe traerte recuerdos.

—Claro que sí.

—¿En su mayoría buenos?

—Supongo.

Lo dejó en paz.

Pasaron Salem, Farina y Watson, y cuanto más lejos conducían en silencio, más culpable se sentía Jo por haberlo obligado a salir de su zona de confort. Pero tenía que saber lo malo que era para él. Estaba comprometida de un modo profundo. Y si el viaje demostraba que era incapaz de lidiar con el mundo exterior, entonces tendría que comenzar el doloroso proceso de cortar lazos.

Cuando llegaron a las afueras de Effingham, donde Jo se detenía siempre para echar gasolina barata y comprar caramelos Necco, Gabe pareció recobrar el ánimo.

—Solíamos comer en una pizzería de aquí muy buena.

—¿Está cerca de la autopista?

—No, no demasiado.

—¿Cómo la encontrasteis?

—Mi padre odiaba las franquicias. Era un experto en restaurantes locales, sobre todo de pueblos pequeños. De hecho, investigaba en busca de lugares con un ambiente local. He comido en pastelerías estrafalarias y cafeterías vintage por todo el estado.

—Tu padre era un tipo interesante.

—Te hubiera caído bien.

Jo esperó que dijera algo más, pero volvió a quedarse callado. Miró a Ursa por el espejo retrovisor. Se había quedado dormida, algo raro para su cabeza hiperactiva.

—Este paisaje aburrido duerme hasta a Ursa —comentó—. Si es que los maizales y los campos de soja pueden considerarse *paisajes*.

—Si hace mucho tiempo que no los ves, sí —respondió él—. Ahora que vivo en el bosque, no estoy acostumbrado a ver tanto cielo. Al principio ha sido un poco impactante.

Una vez le había dicho que tenía un poco de agorafobia. Quizá por eso había estado tan callado. Jo intentó entablar una conversación un par de veces más, pero no obtuvo demasiada respuesta y se dio por vencida.

Llegaron a Urbana según lo planeado, al mediodía. El plan era encontrarse con Tabby en el viejo apartamento y cargar las pertenencias de Jo en su VW y en el Honda. Jo tenía la esperanza de que no hiciera falta más de un viaje, porque subir las escaleras hasta el tercer piso y bajarlas haría la mudanza bastante lenta.

Cuando Jo vio el edificio en el que ella y Tabby habían vivido desde el último año de universidad, sintió alivio por el hecho de mudarse. Más allá de encontrarse a una distancia conveniente del campus, el horrible edificio y la congestión del tráfico que lo rodeaba distaban de ser el tipo de hogar relajante que Jo había anhelado desde sus cirugías.

—Mirad, allí está el coche de Tabby —exclamó Ursa.

—Debe de estar arriba —dijo Jo. Envolvió la cintura de Gabe con un brazo y lo besó en la mejilla mientras caminaban hacia las escaleras—. ¿Tenéis hambre?

—Todavía no —respondió él.

—Yo sí —apuntó Ursa.

—Comeremos sándwiches con Tabby en casa.

Ursa subió saltando el resto de los escalones. Llegaron hasta el tercer piso y se dirigieron al balcón externo del apartamento 307. Jo llamó a la puerta en lugar de usar su llave por si los inquilinos nuevos estaban dentro. Tabby abrió la puerta vestida con una camiseta sin mangas de encaje azul que dejaba al descubierto su abdomen, unos pantalones verde militar arremangados y unas unas Converse desgastadas de color rojo.

—¡Jojo! ¡Estás preciosa! —exclamó, abrazando a Jo.

—Gracias, tú también. Me gusta el nuevo color —dijo, en referencia al pelo azul pálido de Tabby.

Su amiga tuvo que hacer un esfuerzo por apartar la mirada de Gabe para saludar a Ursa. Jo no le había contado que Gabe y Ursa la acompañarían, ni que había empezado una relación. Todo había sido demasiado complicado como para explicarlo; en especial, la situación con Ursa. Nadie en el mundo exterior, ni siquiera la mejor amiga de Jo, podría comprenderlo. Y explicar su vida en la cabaña del bosque —verse forzada a defenderla— destrozaría con toda seguridad su frágil belleza.

—Ursa, mi extraterrestre favorita —saludó Tabby, inclinándose para abrazarla—. ¿Cómo va todo, amiga?

—Bien —respondió la pequeña—. Tengo un dibujo para ti en el coche.

—¡Genial! Y te has puesto nuestro color. —Chocó los cinco con Ursa por su camiseta púrpura.

—Tabby, te presento a Gabe Nash —anunció Jo—. Gabe, Tabby Roberti.

Gabe sonrió de forma tensa y estrechó la mano de Tabby.

—Espera… ¿*Gabe?* —comentó Tabby—. ¿El tipo del dibujo de Ursa?

—Sí, menos la barba —respondió Jo.

—¡Se la afeitamos! —exclamó Ursa.

—¿Quiénes? —preguntó Tabby.

—Jo y yo. Pero yo solo ayudé, porque no me dejan usar la cuchilla de afeitar.

Tabby fue incapaz de ocultar la sorpresa. Y lo herida que se sentía. Si Jo tenía una relación lo bastante estrecha con un chico, ella esperaba estar al tanto. Y debió de haberle parecido muy raro que Ursa la ayudara a deshacerse de la barba.

—Será mejor que comencemos —señaló Jo—. Ya hace un calor de locos aquí fuera.

—Supongo que podría dejaros entrar al aire acondicionado —repuso Tabby. Dio un paso atrás y los hizo pasar—. ¿Alguien quiere agua? No puedo ofreceros otra cosa porque lo que hay en la nevera pertenece a los nuevos inquilinos.

—¿Están aquí?

—Se fueron para dejarnos espacio.

—¿Estás segura de que cuidarán el apartamento? Seremos las responsables si rompen algo.

—Confío en ella. A él no lo conozco, pero parece un inglés muy cortés. —Dijo esta última parte con un acento inglés que hizo reír a Ursa.

—¿Han pagado?

—Con dinero en efectivo —respondió Tabby—. ¿Necesitas ir al baño? —le preguntó a Gabe—. Quiero hablar con Jo sobre ti a tus espaldas.

Él sonrió, por primera vez en todo el día.

—¿Dónde está?

—La primera puerta a la izquierda por ese pasillo.

En cuanto la puerta del baño se cerró con un *clic*, Tabby exclamó:

—¡Zorra! Siempre ligas con hombres atractivos. ¿Por qué no me contaste nada?

—No estaba segura de hacia dónde iba lo nuestro.

Alzó las cejas y quiso saber más.

—¿A dónde ha ido hasta ahora?

—Están enamorados —respondió Ursa—. Yo hice que pasara.

—Con sus poderes extraterrestres —agregó Jo, guiñando un ojo.

—¡Es verdad! —insistió Ursa.

—Me da igual cómo sucedió. ¿Es cierto? —susurró Tabby.

Jo miró hacia el baño.

—Sabes que no puedo hablar de esto en este momento.

—Sí —repuso Tabby. Estrujó la camiseta de Jo por debajo del cuello—. Pero te lo sacaré a golpes más tarde. ¿Me oyes?

—Claro.

Tabby soltó la camisa de Jo y la abrazó.

—Me alegro por ti, Jo.

Se abrió la puerta del baño.

—¿Toca el banjo? —le susurró Tabby al oído.

—Cállate. —Jo la dejó atrás y llevó a Gabe a su dormitorio. Le colocó en los brazos un montón de ropa del armario y lo envió al coche. Luego ella misma agarró otro montón y lo siguió antes de que Tabby pudiera acorralarla y hacerle más preguntas.

Con ayuda de los tres, Jo guardó sus pertenencias en los dos coches en menos de una hora. Condujeron hasta la casa nueva y Jo llevó a Gabe a recorrer el lugar mientras Tabby y Ursa preparaban sándwiches y limonada. Por último, le mostró el jardín trasero.

Él sostuvo un lirio rojo en sus manos ahuecadas.

—Este lugar encaja contigo.

—Algún día quisiera vivir en el bosque como tú. Pero si tengo que vivir en la ciudad, no está tan mal.

—¿Preferirías vivir en el bosque? —preguntó él.

—Por supuesto. O en la montaña o frente a un lago. Quiero naturaleza al salir por la puerta.

—Así es cómo deberían vivir los seres humanos. —Observando una casa cercana, Gabe agregó—: No estamos hechos para vivir unos encima de otros.

Ella se apretó contra él y le envolvió el cuello con los brazos.

—Creía que te había gustado cuando estuvimos uno encima del otro.

Él echó una mirada nerviosa a la puerta trasera.

—Tabby lo sabe —señaló Jo—. De todos modos, ¿hay algo que esconder?

—No lo sé. Estoy intentando acostumbrarme a todo esto.

Jo mantuvo las manos en la nuca de Gabe.

—Estás intentando acostumbrarte a confiar en nosotras.

—Tal vez.

Lo besó.

—Yo tengo que confiar en todo. No quiero arrepentimientos si… —No pudo decirlo en voz alta. Nunca lo había hecho.

—¿Si qué?

—Si regresa el cáncer.

El cuerpo de Gabe se tensó contra el de ella.

—¿Podría volver?

—Siempre es una posibilidad, pero el pronóstico es bueno. Lo detectaron a tiempo.

La abrazó con tanta fuerza que dolió. Pero era una clase de dolor extraordinaria.

—¡Ey, percebes! —los llamó Tabby desde la plataforma de madera—. El almuerzo está listo.

Gabe fue al aseo a lavarse las manos y Jo empujó a Tabby hacia la sala de estar.

—No le hagas muchas preguntas —susurró—. Hay algunas cosas de las que no querrá hablar.

—¿Como qué? ¿Ese asesinato con hacha que cometió el mes pasado?

—Ha pasado malos momentos. Solo mantén una conversación amena.

—¿Peores momentos que tú?

—De otra clase.

—Dios mío. Vaya pareja hacéis.

—Sí, es extraño que nos encontráramos, ¿no?

Tabby la abrazó.

—Me limitaré al clima y la política. Pero, espera… ¿es progresista o conservador?

—¿Sabes? No estoy segura.

—¿Qué? ¡Es lo primero que necesito saber!

—No ha surgido todavía —respondió Jo.

—Mierda. ¿Tan bueno es en la cama?

—*¡Shhh!* —Jo entró en casa, aliviada de encontrar a Gabe en la cocina con Ursa. El dibujo del gatito que la pequeña había hecho (extraordinario, como siempre) ya estaba pegado a la nevera con un imán de veterinaria que rezaba: LAS ÚNICAS PELOTAS QUE NECESITA SU MASCOTA SON LAS QUE CORRE A BUSCAR. POR FAVOR, ESTERILICE Y CASTRE A SU ANIMAL.

Durante el almuerzo, Tabby se limitó a hacerle algunas preguntas neutrales a Gabe, como «¿Hace cuánto que vives en el sur de Illinois?». Luego llevó la conversación hacia la política y descubrieron que Gabe tenía una visión más bien libertaria. Jo podía asumir aquello.

Terminaron de descargar los coches alrededor de las tres. A Jo no le dio tiempo a organizar sus pertenencias porque debía hacer algunas cosas en el campus. Tuvo que dejarlo todo apilado en el suelo y en la cama que Frances Ivey no se había llevado. Tabby se había tomado todo el día libre para ayudar con la mudanza e insistió en que Jo fuera con Gabe al campus sin Ursa.

—La extraterrestre y yo vamos a hacer cosas de chicas humanas —anunció.

—Tabby me pintará las uñas —reveló Ursa—. Usaremos púrpura.

—¿Estás segura de que quieres quedarte aquí? —le preguntó Jo a la niña.

—¡Sí!

Jo deseó poder pasear con Gabe hasta el campus, pero tenía que llegar al despacho del Departamento de Biología y al banco de la calle Green antes de que cerraran. Mientras conducían hacia allí, Gabe comentó:

—La última vez que estuve aquí era un niño, pero estas calles me suenan. Creo que George Kinney vive en este vecindario.

—Es posible —repuso Jo—. Algunos estudiantes llaman a este barrio el Gueto de los Profesores.

—Lo recuerdo. Mi padre bromeó acerca de ello las dos veces que vinimos.

—¿Más palos para George?

—Desde luego.

Aparcó cerca de Morrill Hall, donde estaba ubicado el despacho de Biología Animal. Tenía que entregar el papeleo para sus clases de otoño, pero primero quiso mostrarle a Gabe el campus. Lo agarró de la mano mientras caminaban por el gran espacio rectangular rodeado de edificios antiguos.

—Bonito campus —comentó él.

—Ese es el Illini Union, el centro de estudiantes —dijo, señalando al norte—. El enorme edificio con cúpula en el extremo sur es el Auditorio Foellinger.

Caminaron por uno de los senderos diagonales. El campus estaba casi vacío, típico de mediados de verano. Unos pocos estudiantes se encontraban apoltronados en el césped y, en el extremo sur, un chico sin camiseta le lanzaba un disco volador a su perro.

—Me recuerda al campus de la Universidad de Chicago.

—No lo conozco.

—Es precioso.

—¿Alguna vez piensas en regresar a la universidad?

—No.

—Qué rápido respondes.

—¿Por qué no debería hacerlo?

—Porque mantener tu excepcional cerebro escondido en el bosque es un crimen, tanto como cubrir esa cara con una barba.

Él se detuvo en seco.

—Sabía que me traías aquí por esto.

—Este es mi mundo, Gabe. Si pudieras encontrar la forma de estar en él, todo sería mucho más simple.

—Has dicho que querías vivir en el bosque.

—Me quedan años hasta que acabe el posgrado y pueda buscar trabajo en la universidad.

Él se sentó en un banco y apoyó la cabeza entre las manos.

—Es imposible. ¿Por qué empezamos con esto?

—No recuerdo haber podido evitarlo.

Gabe levantó la vista para mirarla.

—Yo tampoco. ¿Sabías que me sentí atraído por ti la primera vez que me compraste huevos?

—No lo demostraste para nada.

—Porque no viste la mirada que te eché cuando te alejaste.

—¿Te refieres a mi trasero?

Él solo sonrió.

Jo le sujetó la mano y tiró de él para incorporarlo.

—Qué bien que seas un hombre de traseros y no de pechos.

—¿Soy un hombre de traseros?

—Sí, como el personaje de *Sueño de una noche de verano*.

—Nick Bottom, trasero en inglés.

Lo arrastró por la acera.

—Vamos, Nick. Tengo cosas que hacer.

Entraron en Morril Hall y subieron las escaleras hasta el despacho de biología del quinto piso. Jo dejó a Gabe en el pasillo para que no tuviera que parlotear con la secretaria mientras ella rellenaba formularios.

—Ahora, al banco —dijo Jo cuando salió del despacho.

Gabe comenzó a dirigirse hacia la escalera que habían usado para subir.

—No, por aquí —indicó ella, señalando la escalera al este—. Saldremos más cerca de mi coche. —Caminaron por un largo pasillo lleno de despachos. La mayoría de los profesores y estudiantes de posgrado de biología se encontraban lejos del campus, trabajando en sus investigaciones de verano.

—Después del banco, ¿volveremos a casa? —preguntó Gabe.

—No sin pelear.

—¿Por qué?

—Ursa está decidida a cenar con Tabby en un restaurante que le gusta. ¿Te parece bien?

—Supongo que sí.

Jo envolvió su mano con la suya.

—Es una pizzería… muy relajada.

—¿Gabe? —dijo un hombre detrás de ellos.

Dieron media vuelta, soltándose de las manos. El doctor George Kinney estaba frente a un despacho abierto. Caminó hacia ellos, con evidente confusión pero sonriendo, con la mirada fija en Gabe.

—Cuando te he visto pasar he creído que me lo estaba imaginando. —Se detuvo frente a Gabe. Era como un extraño espejo del tiempo: el mayor revivía el rostro de su juventud, el más joven hacía frente a su futuro.

Capítulo veintisiete

Se parecían más de lo que Jo había creído. Eran casi igual de altos. El doctor Kinney tenía también los ojos azules, pero de un tono más claro. Llevaba el pelo blanco bastante largo, como Gabe, con la raya a la derecha, mientras que Gabe se hacía la raya a la izquierda. El doctor Kinney era más delgado, pero robusto, y estaba tan en forma como podía estar un hombre a los setenta y tres años.

—Casi no te reconozco sin la barba —comentó el doctor Kinney.

Gabe advirtió la ironía del comentario, pero no dijo nada.

Para romper el silencio incómodo, el doctor Kinney se dirigió a Jo.

—Me alegro de verte, Jo. ¿Cómo va tu investigación?

—Muy bien.

—Me alegra oírlo. Espero que el aire acondicionado de la sala de estar no te esté dando demasiados problemas. ¿Debería comprar otro?

—No pasa nada. No lo uso demasiado.

—Veo que has conocido a los vecinos —señaló él, echándole una mirada a Gabe.

—Así es —repuso Jo.

—Debemos irnos —le recordó Gabe a Jo, como si Kinney no estuviera allí. Su desprecio resultaba tan evidente que incluso sorprendió al doctor Kinney, quien ya debía de estar acostumbrado. Pero en vez de echarse atrás y regresar a su despacho, Kinney dijo:

—Gabe…

Él lo miró con reticencia.

—Me gustaría hablar contigo en mi despacho. —Señaló la puerta abierta en el pasillo. Con un tono más relajado, agregó—: Si se puede llamar así. Cuando eres profesor emérito, te dan un armario. A veces el conserje guarda la fregona dentro sin querer.

Jo sonrió. Gabe no.

El doctor Kinney mantuvo los ojos fijos en Gabe.

—Lynne está muy enferma. Le queda un mes de vida, como mucho.

—Lo siento —dijo, por fin, Gabe.

El doctor Kinney asintió.

—Por favor, ven a mi despacho. Necesito hablar contigo.

—Parece que necesitáis privacidad —señaló Jo—. Iré al banco mientras habláis. Quedamos en los bancos de en frente cuando termines —le indicó a Gabe.

—Me parece bien —repuso el doctor Kinney.

Jo se fue caminando antes de que Gabe pudiera negarse.

—Tómate el tiempo que quieras —comentó Jo por encima del hombro.

Esperaba que Gabe apareciera a su lado en cualquier momento, pero salió del edificio sola. De alguna forma encontró el coche y llegó hasta el banco, aunque cada parte de su cerebro estaba concentrada en Gabe y el doctor Kinney.

Condujo de regreso a Morrill Hall. Gabe no estaba en los bancos. O había huido presa del pánico y se había olvidado del punto de encuentro, o todavía seguía hablando con el doctor Kinney. Jo se sentó en un banco y esperó. Tras quince minutos, comenzó a mirar el móvil.

Pasaron cuarenta minutos y su preocupación se intensificó. Quizá Gabe había estallado y se había ido. Consideró entrar al edificio para ver si seguía en el despacho de Kinney, pero interrumpirlos sería raro e intrusivo. También consideró llamar a Tabby para ver si había regresado a casa, pero no había forma de explicar semejante llamada.

Diez minutos después, Gabe salió de Morrill Hill; parecía agotado.

Jo se acercó, pero él siguió caminando.

—¿Estás bien?

—Sí —respondió Gabe.

—¿Qué ha pasado?

—Hemos hablado. De todo. —Siguió caminando, al parecer sin pensar hacia dónde se dirigía.

Jo tuvo que dejar que regresara a la realidad por sí mismo. Permaneció en silencio mientras caminaban. Cuando llegaron a la amplia extensión del campus, Gabe se detuvo, miró alrededor y pareció percatarse de dónde estaba. Comenzó a caminar otra vez, con rapidez, como dándose prisa por llegar a algún destino conocido. Se detuvo en el árbol más cercano y se dejó caer en el suelo bajo su larga sombra. Se acostó de espaldas sobre el césped, con la base de las manos presionadas contra los ojos. Jo se sentó a su lado y le acarició el pecho.

—Tenías razón —soltó, con las manos aún contra los ojos—. Mi padre, Arthur, lo sabía y dejó que todo pasara.

Jo consideró decir «lo siento», pero no tenía sentido.

Gabe se apartó las manos de los ojos y la miró.

—Se alegró de que George le diera un hijo a Katherine. Arthur también se alegró de tener un hijo. Era impotente. Lacey fue concebida en una de esas raras ocasiones en las que pudo hacerlo.

Volvió a llevarse las manos a los ojos.

—Lyn tiene el hígado destrozado. Nunca lo supe, pero fue alcohólica todos estos años. De pequeño, creía que su cara inmutable y su silencio eran indicios de lo tonta y poco interesante que era. Pero supongo que estaba borracha.

—Lo mantiene en secreto —comentó Jo—. Yo solo oí rumores de que su esposa estaba enferma.

Él todavía tenía las manos en los ojos.

—¿Adivina qué me ha preguntado?

—¿Qué?

—Quiere casarse con mi madre cuando Lynne muera. Me ha pedido permiso.

Jo no se lo esperaba. Supuso que por eso Kinney se había empecinado en conseguir que Gabe conversara con él.

—¿Qué le has dicho?

Se apartó las manos de los ojos y la miró.

—¿Me has llevado por el pasillo de su despacho con la esperanza de que esto ocurriera?

—¡No! No siquiera sabía que ese era su despacho. Solo he hablado con él dos veces; y ambas, en el despacho principal.

—Me dijo que se trasladó a ese despacho más pequeño hace dos años. Tuvo que retirarse antes de lo que quería para cuidar de Lynne.

—Hace dos años yo estaba recibiendo tratamiento para el cáncer. Cuando me fui, su despacho aún estaba en el departamento de entomología.

Gabe asintió, admitiendo que Jo no había planeado la reunión.

—¿Sabe que tu madre tiene párkinson? —preguntó ella.

—Sí, y aun así quiere casarse con ella. —Él se incorporó y la miró—. ¿Estás llorando?

—Intento no hacerlo.

—¿Por qué?

—Porque es una historia preciosa, pero también muy triste. Tal vez Lynne sabía que George no la amaba. Quizá por eso comenzó a beber.

—Por eso no hay nada precioso en esto. Su egoísmo destrozó la vida de la gente.

Su *amor* había cambiado vidas. Eso le importaba a Jo.

—Me contó cómo ocurrió todo —continuó Gabe—. Había estado yendo al bosque de Shawnee para sus clases de biología y llevó a mi padre al área. Un fin de semana de su último año de universidad, George, Lynne, Arthur y Katherine hicieron una acampada de parejas. A que no adivinas lo que pasó…

—George y Katherine se enamoraron.

—Sí, pero no hicieron nada al respecto. George y Arthur siguieron siendo amigos íntimos mientras estudiaban diferentes programas de posgrado; cada uno fue padrino de la boda del otro y todo eso. E incluso después de que sus familias comenzaran a pasar tiempo juntas, George y Katherine aún no se habían tocado… O, al menos, eso dice George.

—¿Por qué iba a mentir si al final acabó pasando?

—Es cierto.

—¿Cuándo comenzaron a verse?

—Después de que mi padre comprara la propiedad en el sur de Illinois. Todavía estaba construyendo la cabaña cuando la propiedad de al lado salió a la venta. Consideró comprarla, pero mi madre sugirió que le preguntaran a George y Lynne si estaban interesados. De esa forma, podían reunirse cuando estuvieran de vacaciones allí.

—Percibo una intención oculta.

—¿En serio? —dijo con sarcasmo Gabe.

—¿Cuándo descubrió Arthur su aventura?

—Cuando mi madre se quedó embarazada. Sabía que no era de él porque hacía años que no mantenían relaciones. Al cuarto mes de embarazo, mi madre hizo que Arthur y George se sentaran con ella y hablaran sobre qué iban a hacer.

—Bueno, ahora Katherine me gusta aún más. Es increíble que hiciera eso.

—Decidieron no divorciarse —continuó él—. Y estuvieron de acuerdo en no contárselo a Lynne porque su alcoholismo la volvía frágil. Hasta el día de hoy, George nunca se lo ha contado ni a su esposa ni a sus dos hijas.

—¿No se dieron cuenta de lo mucho que os parecéis?

—Supongo que Lynne estaba demasiado absorta en su propia miseria y las chicas Kinney no me han visto demasiado. Tenían la edad de Lacey cuando nací.

—Al parecer, también decidieron no decirte nada a ti tampoco.

—Esa fue una de las dos condiciones que puso Arthur: me criaría como su hijo y George y Katherine no mantendrían relaciones en su propiedad.

—¡Por eso se encontraban en el bosque!

—Claro. El cementerio forma parte de la propiedad de Kinney, a tan solo unos metros del límite con la de Nash. Sin duda, era una de las razones por las que les resultaba tan gracioso encontrarse allí.

—¿De veras crees que les hacía gracia? —preguntó Jo—. Tu madre es una persona compasiva, lo veo en su poesía. Tenía que saber cuánto le dolía a Arthur.

—Sí, desde luego que lo sabía —respondió, con amargura—, pero, ¡oye!, él consiguió un premio de consolación, ¿no? Me tuvo a mí.

Jo le acarició el brazo.

—Sí, te tuvo a ti.

Arrancó un manojo de hierba y lo arrojó al suelo.

—¿Sabes qué ha dicho George? Quiere ser un auténtico padre para mí.

—¿Y qué le has respondido?

—Nada, porque son patrañas. Me ha dicho que sus hijas no pueden enterarse jamás. No sería muy auténtico, ¿no crees?

—¿Por qué lo odias tanto ahora que conoces toda la historia? Es evidente que George y tu madre permanecieron con personas que no amaban para hacer felices a sus respectivas parejas. Quizá se dieron cuenta de que no deberían haberlo hecho, pero, para entonces, ya tenían hijas que sufrirían si se divorciaban. Cuando por fin estuvieron juntos, trataron de hacerlo de la forma en la que menos personas salieran heridas. ¿No ves la belleza en sus sacrificios y en el poder de un amor que ha persistido tantos años?

—Si fueran tus padres, lo entenderías —respondió Gabe.

—Así es. Si pudiera tener a mis padres de vuelta, dejaría que amaran a quien quisieran.

Él arrancó más hierba y la frotó entre sus manos.

—Tenemos que irnos —comentó Jo—. Hemos dejado a Ursa demasiado tiempo con Tabby.

Gabe se encontraba demasiado absorto en sus pensamientos como para oír nada.

—Mientras me marchaba, George ha dicho que había sido una extraña Providencia que yo pasara frente a su puerta hoy. Me ha contado que, justo antes de que pasáramos, estaba pensando en mí. —Aplaudió para sacudirse el césped de las manos y la miró—. ¿Sabes qué me ha venido a la mente? Los *quarks* de Ursa. Han sucedido cosas de lo más extrañas desde que apareció esa niña.

Capítulo veintiocho

Gabe tenía prisa por volver a casa. Ursa quería comer pizza en el restaurante con la canción del devorador de personas púrpura, pero él no estaba de humor para cenar o hablar con nadie. Ni siquiera bajó del coche cuando regresaron a la casa. Jo les dijo a Ursa y Tabby que no se encontraba bien e hizo que Ursa se sentara en el asiento trasero pese a sus protestas y lágrimas.

—Pararemos a comer de camino a casa —prometió Jo—. Quizá en McDonald's, y puedes pedir helado.

—¡Quiero pizza con Tabby! —insistió Ursa.

—Lo siento.

—¿Puedo hablar contigo dentro un momento? —le preguntó Tabby a Jo antes de que esta entrara en el coche.

Jo la siguió al interior de la casa, con miedo de lo que su amiga fuera a decirle. Quizás quería hablar de Gabe o de Ursa, Tabby podía ser intensa, pero a Jo no le quedaba demasiada energía.

—Me ha sorprendido que vinieras con Ursa hoy —comentó Tabby, cerrando la puerta de entrada.

—Ah, ¿sí?

—No finjas que no es raro. ¿Qué demonios ocurre? Me ha contado que vive contigo.

—Supongo que es cierto.

El blanco de los ojos verdes de Tabby duplicó su tamaño.

—¡Tienes que llevarla a la policía!

—Sabes que huye.

—Entonces métela en el coche y no le digas a dónde la llevas.

—Es demasiado inteligente. Saltó del coche cuando intentamos hacer eso.

—¿En serio?

—Casi no la encontramos.

—¿Por qué hablas en plural? Me ha contado que Gabe se queda a dormir.

—¿Y qué pasa?

—¡No puedes jugar a las mamás y los papás con la hija de otra persona! Podrías meterte en serios problemas. Y ¿qué harás cuando termines la temporada de campo?

—No se lo he dicho a Ursa todavía... No te asustes...

—¿Qué?

—Quizá intente convertirme en su madre de acogida.

Tabby se palmeó la frente con una mano.

—¡No me jodas! Hablas en serio.

—Sí.

—Frances Ivey dijo que nada de niños.

—¿Crees que eso me detendrá? Quiero a esta niña.

Ambas se quedaron en silencio; Jo, tan asombrada como Tabby.

—Jo...

—¿Qué?

—Creo que deberías llamar a esa terapeuta que viste en Chicago.

—Vi a muchas terapeutas.

—Ya sabes a cuál me refiero —repuso Tabby.

—A la psicóloga... ¿A la que solías llamar doctora Muerte?

—Sí, esa.

—¿Sabes lo que me dijo? Me aseguró que los supervivientes pueden vivir y amar más a fondo que la gente que no se ha enfrentado a la muerte.

—En serio... ¿qué estás haciendo?

—Supongo que estoy siendo una superviviente. —Abrió la puerta y caminó con paso decidido por el sendero.

—¡Te quiero, Jojo! —gritó Tabby desde el porche.

—Yo también te quiero, Tabs.

Apesadumbrados por heridas grandes y pequeñas, los tres permanecieron en silencio durante el viaje por la Interestatal 57. Nadie pronunció ni una sola palabra hasta que llegaron al pueblo de Mattoon.

—A mi padre le gustaba un asador de por aquí —comentó Gabe.

Jo pisó el freno.

—¿Paramos? Necesitamos gasolina y Ursa tiene hambre.

—¡Quería pizza! —se quejó la pequeña.

Gabe se dio la vuelta para mirarla.

—Hay una pizzería muy buena no muy lejos de aquí. Es uno de esos lugares a la antigua con máquinas de discos.

—¡Quiero a Tabby!

—No creo que la tengan en la carta —respondió Gabe.

—¡Cállate!

—Oye, eso no ha estado bien —la regañó Jo.

Gabe se volvió para mirar de nuevo el parabrisas. El coche se quedó en silencio otra vez. Dejaron atrás Mattoon.

—Lo siento, Gabe —dijo Ursa algunos minutos después.

—Disculpas aceptadas. Y lamento haber estropeado tus planes. —Se volvió para mirarla de nuevo—. ¿Quieres probar esa pizzería que hay más adelante? Solía ir allí cuando tenía tu edad. También me gustaba poner música en la gramola.

—Seguro que no tienen «Purple People Eater».

—Encontraremos algo bueno.

—Será mejor que te cerciores de que ese lugar siga abierto —comentó Jo.

—Lo estará. Era muy popular entre los lugareños y siempre estaba lleno.

Usó su móvil para encontrar el restaurante. Jo echó un vistazo al espejo retrovisor para mirar a Ursa. Estaba dibujando otra vez. Los lápices de colores y el bloc de hojas habían resultado grandes adquisiciones.

—¿Qué estás dibujando? —preguntó Jo.

—A un devorador de personas púrpura.

Para Ursa, el arte era una forma de lidiar con las cosas. A menudo, cuando quería algo o echaba de menos a alguien, dibujaba para satisfacer su necesidad.

Llegaron a Effingham al anochecer. A esa hora, Jo hubiese preferido comprar comida rápida antes que detenerse a cenar en un restaurante. Pero si Gabe tenía ganas de ver uno de sus lugares favoritos de la infancia, entonces ella también. Quizá lo que necesitaba era vincularse con su padre.

Mientras Gabe le daba indicaciones para llegar al restaurante, Ursa se encontraba encorvada sobre su bloc, concentrada en su dibujo, pese a la falta de luz.

—Llévate las cosas para dibujar en el interior —indicó Gabe mientras Jo aparcaba—. La pizza tarda un rato en cocinarse y así estarás entretenida.

Jo observó la larga fila de motocicletas aparcadas bajo las bombillas multicolores colgadas a lo largo de la cornisa del restaurante.

—¿Estás seguro de que es aquí?

—Así es —respondió él. Abrió la puerta de Ursa—. Gracias a Dios, no lo han cambiado. El aparcamiento sigue siendo todo de grava. Y mira cuántos coches hay.

—Mira cuántas Harleys hay —repuso Jo.

—Lo sé. ¿No es genial? Parece salido de los años sesenta.

—No sabría decir si es muy auténtico.

—Arthur, sí. Lástima que no esté aquí. Adoraba este lugar de noche.

—Parece un poco hostil.

—Ves, ese es el problema de esta generación. Ven un destello de color en su mundo gris de comida rápida y se cagan de miedo. Este tipo de lugares les resultan demasiado reales. Pero aquí es donde se desarrollan las historias más interesantes de la humanidad.

—Parece que me estés soltando el rollo de una de las clases del doctor Nash.

—Así es, y coincido por completo con él. Imagina encontrarte la descripción de este local en un libro e intenta poner un McDonald's en su lugar.

—Creo que ambos restaurantes se utilizarían con propósitos muy distintos.

—Exacto. No hay comparación. Uno sería una metáfora de la monotonía de nuestras vidas, y el otro, de la poca imprevisibilidad que todavía existe.

—Siempre y cuando la imprevisibilidad no incluya una pelea de cuchillos entre motociclistas, cuenta conmigo.

—Una pelea de cuchillos… ¡eso sería espectacular!

—¿Sabes? Tu faceta de Arthur resulta un poco aterradora —comentó Jo.

—Ursa, ¿piensas salir del coche en algún momento de este siglo? —preguntó Gabe.

—No quiero comer aquí —respondió Ursa.

—¡No! ¿Tú también?

—No tengo hambre —contestó la pequeña—. Quiero ir a casa.

—Este lugar es perfectamente seguro.

—No es eso. Es que no tengo hambre.

—¿Qué le ocurre esta noche? —le preguntó a Jo.

—Tiene abstinencia de Tabby… puede ser duro. Entra y consigue una mesa, yo hablaré con ella.

—¿Quieres que te deje la llave de cruz por si necesitas defenderte?

Ella le dio unas palmadas en el hombro.

—Ve. Asegúrate de que haya mesa antes de que gaste demasiada energía aquí fuera.

Jo se asomó por la puerta abierta del coche y dijo:

—Gabe tiene muchas ganas de entrar. ¿Puedes cooperar, por favor? Hazlo por él. Incluso aunque no tengas hambre.

—Este lugar me parece estúpido —respondió Ursa.

—Trae los lápices y el bloc y no lo mires.

No se movió.

—Ya has oído lo que ha dicho Gabe; a su padre le encantaba este lugar. Murió hace dos años y esta es la manera que Gabe tiene de vincularse con él. ¿Lo entiendes?

—Sí —contestó Ursa.

—Entonces, vamos. Hazlo por Gabe. Está esperando en la mesa.

Ursa salió del coche a regañadientes. Jo se asomó dentro del Honda y recogió la caja de lápices de colores y el bloc de hojas. Miró al devorador de personas púrpura en la primera hoja del bloc.

—¡Es genial! —exclamó—. Me encanta la boca que le has dibujado.

—Tiene que ser así de grande porque puede comerse a una persona entera.

—Sus dientes son bastante aterradores.

—Ya no come personas, en realidad. Fue al bosque mágico donde viven Julieta y Hamlet y ellos le enseñaron a ser amable.

—¿Saldrá en tu obra de Julieta y Hamlet?

—No lo sé. Solo me imaginé que estaba en el bosque mágico mientras lo dibujaba.

Subieron a un porche de tablones gastados iluminado con algunas bombillas de colores. Jo tiró de la pesada puerta de madera y, en cuanto entró, comprendió la fascinación de Arthur por el lugar. El interior se encontraba hecho de madera casi en su totalidad: los tablones del suelo, los paneles de las paredes, los reservados y las mesas. Y la madera desgastada parecía empapada con el olor del tiempo, de las historias de la gente, como Gabe había dicho. El lugar olía a pino y grasa de pizza y a sudor, whisky y tabaco; los aromas mezclados maduraban como el vino en un barril de roble. En la brillante gramola sonaba el éxito de los sesenta de Nancy Sinatra «These Boots Are Made for Walkin'». Encajaba a la perfección con la atmósfera, pero las voces y las risas ahogaban la canción casi por completo. El ambiente era oscuro, y estaba iluminado con luces de colores casi exclusivamente, salvo por las lámparas sobre las tres mesas de billar al fondo. Alrededor de las mesas, un grupo de hombres y mujeres tatuados bebían cerveza y charlaban mientras miraban cómo rodaban las bolas.

Muchas miradas siguieron a Jo y Ursa mientras avanzaban hacia Gabe, que estaba en una mesa en el centro de la estancia. Lo más probable era que los clientes —casi todos vecinos del pueblo, según le pareció a Jo— se hubieran percatado de que ella y Gabe eran forasteros. Sus vaqueros y sus camisetas se camuflaban, pero la camisa de la Sociedad Ornitológica Estadounidense que llevaba puesta Jo sin duda la delataba.

Jo se sentó frente a Gabe y Ursa eligió una silla entre ellos dos frente a la pequeña mesa cuadrada.

—¿No es genial? —preguntó Gabe.

—Debo admitir que me siento como si nos hubiéramos trasladado a otra era. Pero creo que saben que somos viajeros del tiempo.

—Les da igual. Estamos apoyando la economía local. —Él levantó la mano de Ursa y miró sus uñas color lavanda—. Qué color más bonito. ¿Tabby también te pintó las uñas de los pies?

Ursa asintió.

—De púrpura oscuro. —Con un lápiz en la mano, volvió a inclinarse sobre su devorador de personas púrpura, y su rostro quedó casi pegado al papel para poder ver bajo la luz tenue.

Gabe abrió el menú.

—¿De qué quieres tu pizza, Ursa?

La pequeña no levantó la cabeza.

—De lo que tú quieras.

Como Jo comía muy poca carne roja, y menos aún carne curada, pidieron una pizza grande que era mitad vegetariana y mitad salchichas con pepperoni.

—¿Qué quieres de beber, cariño? —preguntó la camarera cuarentona, con la cara muy maquillada y peinada con dos coletas de color borgoña.

Ursa siguió dibujando.

—¿Qué tal un cóctel para niños? —sugirió Gabe—. Lo pedía de pequeño.

—Bueno —respondió Ursa, sin levantar la mirada.

Jo observó qué la tenía tan concentrada. Estaba dibujando plantas y árboles alrededor del devorador de personas púrpura.

—¿Es el bosque mágico?

—Sí.

—Parece una selva.

—Es magia. Lo mantiene a salvo.

—¿No puede usar todos esos dientes para protegerse?

—No cuando pasan cosas malas alrededor.

Al percibir su extraño estado de ánimo, Gabe miró a Jo y alzó las cejas.

—¿Quieres poner algo en la gramola? —preguntó—. Nadie la está usando.

—Puedes hacerlo, si quieres —respondió Ursa.

—Veré si tiene tu canción. —Se levantó de la mesa y se dirigió a la gramola.

—¿Pasa algo, Ursa? —preguntó Jo.

—No quería venir aquí —contestó la pequeña.

—Lo siento. Gracias por hacer esto por Gabe.

La primera canción de Gabe, «Smells Like Teen Spirit», comenzó a sonar antes de que él regresara a la mesa.

—¿Eres fan de Nirvana? —le preguntó Jo cuando él se sentó.

—No de una forma dedicada y comprometida. Pero me gusta esta canción.

Llegaron el agua de Jo, la cerveza de Gabe y el cóctel para niños de Ursa. Levantando su vaso, Gabe anunció:

—Quiero proponer un brindis.

Jo alzó su agua.

—¿Por qué brindamos?

—Por la boda de Katherine y George. Por que su matrimonio dure muchos años.

—¿De verdad?

—Es una gran idea. Al menos, alguien de mi familia podrá pasar página con respecto a esto.

Gabe sostuvo en alto su vaso.

—Ursa, estamos haciendo un brindis —señaló Jo.

—No lo entiendo. Katherine es tu madre —repuso Ursa, demostrando que había estado atenta.

—Así es —dijo Gabe.

—¿Va a casarse? —preguntó la niña.

—Tal vez —contestó Jo.

—¿Quién es George?

—George Kinney —aclaró Jo.

—¿El dueño de nuestra casa?

—No es nuestra —corrigió Jo—, pero sí. Levanta el vaso y brinda.

Ursa chocó su vaso con el de ellos y bebió. Después del primer sorbo, la mayor parte de la bebida desapareció rápido.

—¿No está casado George?

—Así es —explicó Gabe—, pero pronto no lo estará.

—¿Se divorciará?

—Algo así.

—Tu madre es un poco vieja para casarse —comentó Ursa.

—Las personas pueden estar enamoradas a cualquier edad —argumentó Jo.

Ursa ya no escuchaba. Permanecía inmóvil, mirando fijamente hacia el otro lado de la habitación. Jo siguió la dirección de su mirada. Un hombre joven desaliñado con un teléfono presionado contra la oreja echaba miradas en su dirección. Cuando vio que Jo y Ursa lo observaban, giró el taburete hacia la barra. Ursa siguió contemplando algo, pero Jo no podía descifrar qué.

—¿Qué os tiene tan fascinadas? ¿Hay algún chico guapo por allí o qué? —preguntó Gabe.

—Eres el hombre más atractivo de todo el local —respondió Jo.

—Solo porque compito con motociclistas viejos.

No era cierto. La multitud era bastante joven, sobre todo la gente sentada en la barra. El hombre que Ursa parecía haber estado mirando se levantó del taburete y pasó por al lado de su mesa, contemplándolos. Ursa observó cómo salía del restaurante.

—¿Conoces a ese hombre? —preguntó Jo.

—¿Qué hombre?

—El que estabas mirando hace un instante.

—Miraba eso que hay encima de la puerta.

—¿La herradura?

—¿Por qué está ahí puesta? —Quiso saber Ursa.

—Le trae buena suerte a la gente que entra. Es una superstición.

Ursa contempló la herradura unos segundos más antes de volver a su dibujo.

Ahora que había aceptado el futuro de Katherine y George, Gabe estaba de buen humor. El restaurante probablemente también había contribuido. Él y Jo hablaron de música y otras cosas hasta que vino la pizza, pero Ursa continuó garabateando y el bosque protector que rodeaba a su extraterrestre púrpura se volvió cada vez más elaborado.

Gabe alabó con vehemencia la pizza. A Jo le gustó bastante, pero tenía la sensación de que el entusiasmo de Arthur por el restaurante le había agregado más sabor a la pizza de lo que Gabe creía. Él insistió en pagar la cuenta y dejó una muy buena propina.

Al salir del pueblo, Jo se detuvo a echar gasolina e hizo que Ursa fuera al baño, pues se había negado a ir en el restaurante. La pequeña se encontraba extrañamente retraída. Jo pensó que su hosquedad se debía tal vez al cansancio y esperaba que durmiera la mayor parte del viaje hasta la cabaña.

Jo y Gabe hablaron sobre varios temas durante el camino, pero evitaron hablar de lo ocurrido con George porque Ursa seguía despierta. Estaba inquieta, iba de una ventanilla a la otra y, más de una vez, tuvieron que pedirle que volviera a ponerse el cinturón de seguridad.

Cuando Jo tomó la autopista del condado, vio unas luces en los espejos retrovisores. El coche que iba detrás dobló con ellos y los siguió los diez kilómetros que faltaban hasta llegar a la calle Turkey Creek.

—No me digas que también va a girar aquí —comentó Jo.

—¿Quién? —preguntó Gabe.

Ursa miró por el parabrisas trasero.

—Ese coche que viene detrás de nosotros —respondió Jo—. Te juro que lleva siguiéndonos un buen rato.

Cuando Jo torció en una esquina para tomar la calle Turkey Creek, el coche aceleró de repente y desapareció.

—Están perdidos —sostuvo Gabe—. Han visto el cartel de SIN SALIDA y se han dado cuenta de que esta no es la calle que buscan.

Jo condujo hasta el camino de entrada recién empedrado de Gabe, pero se detuvo allí para asegurarse de que Lacey no viera a Ursa. Salió del coche para despedirse.

—¿Ha sido un buen viaje, pese a que has visto a George?

—Ha sido interesante... desde luego. Dudo que pueda dormir demasiado.

Jo sonrió.

—¿Es una insinuación? ¿Debería dejar la puerta delantera abierta?

Él la besó.

—Pon una llave en el lugar de siempre. Debes mantener las puertas cerradas con llave de noche.

Capítulo veintinueve

Ursa quiso dormir en la cama de Jo, pero esta no podía dejar que lo hiciera. La niña había dormido en su habitación solo dos veces: la primera noche que Gabe se quedó y cuando se golpeó la cabeza. Jo tenía que ser cuidadosa con respecto a mantener sus camas separadas, sobre todo ahora que quizá solicitara ser su madre de acogida. La gente podría pensar mal si dormía con Ursa. Tal y como estaban las cosas, era probable que le hicieran preguntas incómodas a Ursa sobre su relación con Jo.

Después de que la pequeña se pusiera el pijama de Hello Kitty y se lavara los dientes, Jo apagó todas las luces excepto la que estaba sobre el horno y arropó a Ursa en el sofá. Le besó la mejilla.

—Dulces sueños, Osa Mayor.

—¿Vendrá Gabe?

—Probablemente, no. Está más cansado de lo que cree. Todos lo estamos.

—Ojalá estuviera aquí.

Jo se levantó del sofá.

—Duerme. No nos levantaremos tan temprano como siempre porque es muy tarde.

Cuando Jo se alejó, Ursa dijo:

—Deja tu puerta abierta.

—De acuerdo.

—Por favor, ¿puedo dormir contigo?

—Ya sabes las reglas. Duerme. —Jo deseaba poder ceder. Nunca había visto a Ursa asustada a la hora de dormir, ni siquiera durante los primeros días de su llegada. Tal vez el miedo estuviese relacionado con el dibujo del extraterrestre con dientes grandes. Su estado de ánimo había cambiado tras dibujarlo.

El fuerte zumbido del aire acondicionado hizo que Jo se quedara dormida enseguida. Pero solo unas pocas horas después, Oso Menor la despertó. Miró el móvil, eran las 2:10 a. m., demasiado tarde para que el perro estuviera dándole la bienvenida a Gabe. Seguro que estaba ladrándole a un mapache o a un ciervo. El aire acondicionado se encontraba en su ciclo de descanso y Jo deseó que se encendiera para que ahogara el ruido.

Oso Menor enloqueció de repente, sus ladridos se sucedían de forma tan seguida que apenas tenía tiempo para respirar entre uno y otro. Despertaría a Ursa, si es que no lo había hecho ya.

Jo se detuvo en seco en la entrada de la sala de estar. Ursa estaba de pie al lado del sofá, mirándola; con el cuerpo inmóvil de forma antinatural. Su rostro, iluminado por la luz fluorescente de la cocina, había adquirido un color azul fantasmal y sus ojos parecían dos hoyos negros. Se había convertido en una *changeling* otra vez.

—Jo… —dijo.

Jo ignoró los golpes irracionales de su corazón contra el pecho.

—Vuelve a la cama —indicó—. Quizá haya un coyote allí fuera. Será mejor que lo deje entrar al porche.

Cuando se movió hacia la puerta de entrada, Ursa corrió y se arrojó contra la puerta con los brazos abiertos.

—¡No salgas!

—¿Por qué?

Ursa se atragantó con un sollozo.

—¡Los hombres malos! ¡Los hombres malos están aquí!

Jo sintió que se le helaba el cuerpo.

—¿Qué hombres malos?

Ursa comenzó a llorar.

—¡Lo siento! ¡Debería habértelo contado! ¡Te matarán a ti también! ¡Lo siento! ¡Lo siento!

Oso Menor había dejado de ladrar durante diez segundos, pero volvió a hacerlo, esta vez, mucho más cerca de la casa. Jo sujetó a la pequeña de los hombros.

—Deja de llorar y dime qué ocurre. ¿Es el hombre del restaurante?

—¡Sí! ¡Pero no es él!

—¡Eso no tiene sentido! —Jo le dio una pequeña sacudida de hombros, en un intento por conseguir que dijera algo que tuviera más sentido—. ¡Dime qué ocurre! ¡Necesito saberlo!

Sonaron dos disparos y Oso Menor lanzó un gemido horrible.

—¡Oso Menor! —gritó Ursa—. ¡Oso…!

Jo le cerró la boca apresuradamente con una mano.

—¡Shhh! —siseó.

Los aullidos de dolor de Oso Menor no se detuvieron. Se oyó otro disparo y se quedó en silencio. Ursa casi se desplomó, ahogada en llanto. Jo le sujetó la cara entre las manos para que le prestara atención.

—¿Cuántos hombres hay? ¿Lo sabes?

—Creo… creo que dos. En ese coche. ¡No estoy segura! ¡Han matado a Oso Menor!

—¿Ese coche que nos siguió desde Effingham?

Ursa asintió, su cuerpo se estremecía con sus sollozos.

—¡Tienes que dejar de llorar! ¡Por favor! Si te oyen, ¡sabrán dónde estamos!

Ursa se tragó el llanto a bocanadas y el silencio le dio la oportunidad a Jo de concentrarse. Con la parte de su cerebro que funcionaba al margen del instinto de supervivencia, comprendió que estos hombres debían de estar relacionados con el pasado de Ursa. Pero era incapaz de pensar en nada más allá de eso o de la necesidad de mantener a Ursa a salvo. Los hombres podrían disparar al interior de la casa en cualquier momento. Si llamaba a emergencias y les indicaba su ubicación remota, perdería demasiado tiempo. Esperaba que Gabe hubiese oído los disparos y llamara a la policía, pero no tenía forma de saberlo con certeza.

Para entrar, los hombres usarían la puerta frontal o la trasera, ambas de madera. La vieja casa se elevaba sobre bloques de hormigón y las ventanas se encontraban ubicadas a media pared, demasiado altas para que fuera fácil acceder a través de ellas desde el exterior. Jo alejó a Ursa de la puerta, temerosa de que una bala perforara la madera. Se detuvo frente a la entrada de su dormitorio, intentando pensar. Los hombres sabrían que los disparos las habían despertado. Oso Menor había frustrado un ataque sorpresa. Ahora estaban a la defensiva. Asumirían que Gabe seguía con ella porque no habían visto que Jo lo había dejado en su cabaña. Les asustaría que Jo y Gabe tuvieran un arma.

Pero se volverían más audaces con cada minuto de silencio que hubiera en la casa. Se darían cuenta de que sus presas estaban acorraladas y patearían las puertas. Jo y Ursa tendrían que salir por una ventana, pero eso las obligaría a correr por el área abierta que rodeaba la casa antes de poder esconderse en el bosque. Las dos bombillas contra insectos en los porches les proporcionarían suficiente luz a los hombres para verlas y apuntarles.

A Jo le vino a la cabeza un verso de la canción de Nirvana que Gabe había puesto en la gramola. La oscuridad sería menos peligrosa.

—Agáchate y quédate aquí —le susurró a Ursa. La pequeña obedeció, dejándose caer al suelo en el umbral de la puerta. Jo se dirigió de forma sigilosa hasta la cocina y, a toda velocidad, presionó el interruptor para apagar la luz. Se acuclilló en la oscuridad, para ver si pasaba algo. Quizá se preocupasen cuando vieran que la luz se apagaba. Imaginarían que alguien estaba al acecho con un arma en la mano.

Gateó por el suelo hasta la puerta trasera, se levantó de un salto para apagar la bombilla contra insectos y volvió a bajar. Ahora, la parte de atrás de la casa estaba a oscuras. Solo la tenue luz contra insectos del porche cerrado permanecía encendida, pero no podía apagarla porque el interruptor estaba en el porche. Desde el suelo, abrió el cajón de los cuchillos y sacó el más afilado.

Aferrando con fuerza el cuchillo, gateó de nuevo hasta Ursa.

—Levántate y mantente en silencio —susurró, tirando de la pequeña mano sudada. Ursa se puso de pie, su cuerpo temblaba. Aunque permanecer cerca de la ventana resultaba arriesgado, Jo tenía que preparar una salida. La parte más baja de la ventana de su dormitorio se encontraba bloqueada por el aire acondicionado. La del otro dormitorio era una mejor opción, de todos modos, porque daba a la parte de atrás, que estaba a oscuras. Cuando los hombres entraran por las puertas, Jo y Ursa saldrían trepando por la ventana y correrían hacia el bosque.

Era un buen plan. Funcionaría. A menos que hubiese más de dos hombres rodeando la casa. Pero si fuera así, seguro que ya habrían atacado.

Jo llevó a Ursa a la habitación vacía y la alzó para que subiera a la ventana. Estaba atascada. Debió de haberse hinchado por la humedad del verano. La empujó con todas sus fuerzas y el marco de madera cedió por fin. El aire acondicionado se había encendido otra vez y Jo tuvo la esperanza de que enmascarara el ruido.

Jo usó el cuchillo para cortar la mosquitera.

—Si entran, salta por la ventana y corre a casa de Gabe a través del bosque —le susurró cerca del oído a Ursa—. No vayas por la calle. Permanece en el bosque. Escóndete si crees que alguien te sigue. Nunca te encontrarán ahí fuera en la oscuridad. —Cuando Jo comenzó a irse, la pequeña se aferró a su brazo—. Iré a buscar mi teléfono y tu calzado —explicó, pero tuvo que arrancarse la mano de Ursa.

Gateó hasta su habitación y buscó su teléfono a tientas en el suelo. Cuando lo encontró, presionó la cerradura del pomo de la puerta y la trabó. Después buscó las zapatillas de Ursa por la sala de estar, regresó al dormitorio extra, cerró la puerta y también trabó la cerradura. Ahora los hombres tenían dos puertas cerradas más que tirar abajo. Eso les proporcionaría tiempo a Jo y a Ursa para llegar al bosque sin que las vieran.

Jo deslizó los zapatos color púrpura en cada uno de los pies helados de la niña y amarró los cordones con las manos temblorosas. Se dio cuenta de que había olvidado traerse sus zapatos, pero no se arriesgó a ir por ellos.

Presionó a Ursa contra la pared junto a la ventana abierta. Solo habían pasado algunos minutos desde los disparos, pero parecía una hora.

Aunque los hubiese oído, Gabe no podría haber conducido hasta aquí tan rápido. Marcó el número de emergencias en su teléfono. La llamada no se conectó. Se movió a un lugar distinto de la habitación y volvió a marcar. Observó cómo el teléfono intentaba conectarse; cada uno de sus nervios, más electrizado con cada segundo perdido.

Un pie pateó con fuerza la puerta delantera. Jo saltó y casi se le cayó el teléfono.

—¡Jo! —exclamó Ursa.

Jo dejó el teléfono en el suelo y la abrazó con fuerza.

—Todo saldrá bien. Haz lo que te he dicho. Permanece en el bosque hasta que llegues a casa de Gabe. Si no puedes encontrar su cabaña, aléjate corriendo lo máximo posible y escóndete. Iremos a por ti cuando pase el peligro. —El hombre siguió pateando la puerta delantera. El aterrador sonido se amplificó cuando comenzaron a patear la puerta trasera. Ahora Jo sabía dónde estaban los dos hombres, pero no podía dejar que Ursa saliera por la ventana aún. El hombre que se encontraba en la puerta de atrás podría verla corriendo hacia el bosque. Jo alzó a Ursa y colocó el trasero de la pequeña en el alféizar. Las puertas se estaban rompiendo. Jo y Ursa se apretujaron y compartieron el mismo latido salvaje. Uno de los hombres entraría en cualquier momento. Jo deseó que fuera el de la puerta trasera.

Estalló un disparo y luego otro. El hombre que estaba en la parte frontal de la casa había usado el arma para romper la cerradura. Volvió a disparar. Casi a la vez, la cerradura de la cocina cedió con un crujido de madera rota. Jo bajó a Ursa al suelo, pero la pequeña se quedó petrificada, con la mirada levantada hacia ella.

—¡Corre! —susurró Jo—. ¡Deprisa! ¡Iré detrás de ti!

Ursa salió corriendo al bosque, hacia el oeste. Mientras Jo se escurría por la ventana, oyó que un motor aceleraba por la calle Turkey Creek. Se dejó caer al suelo y corrió hacia el bosque justo cuando la camioneta de Gabe giraba con brusquedad en la esquina, lanzando gravilla hacia todos lados. Disparó un tiro al aire, en un intento por alejar a los hombres armados de la casa.

El momento de su llegada no podría haber sido peor para Jo. Se encontraba al descubierto, pero al menos Ursa había llegado al bosque.

La camioneta de Gabe derrapó hasta detenerse cerca del Honda de Jo. Gabe salió de un salto y se agachó, usando la cabina para cubrirse.

—¡Gabe! ¡Cuidado! —gritó Ursa.

—¡No! ¡Quédate allí! —gritó Jo cuando Ursa salió de entre los árboles.

Mientras seguía corriendo, Jo oyó pasos detrás. Sonaron unos disparos. El hombre de la puerta trasera estaba disparándole a Ursa. O a Jo. Gabe intentaba cubrir la huida de la pequeña, pero el hombre de la puerta delantera le estaba disparando a él.

Jo corría a través de un campo de guerra. Las armas restallaban a su alrededor. Se desplomó, la parte trasera de su muslo izquierdo ardía. El shock de la herida de bala no la dejaba moverse. El hombre que le había disparado pasó por delante de ella.

Se dirigía hacia Ursa. Jo se levantó, no sintió dolor, pero su pierna herida le impidió correr tan rápido como necesitaba. Bajo la tenue luz celestial, vio que Ursa corría hacia la camioneta de Gabe. Casi había llegado allí cuando el hombre disparó. Ursa cayó. Jo se detuvo y se llevó una mano a la boca para ahogar su grito. Pero el hombre sabía dónde estaba. Se volvió, y apuntó el arma directamente hacia ella.

Gabe lanzó un rugido primitivo de ira y disparó su arma. Se encontraba al descubierto, atacando al hombre para desviar su atención de Jo. El intruso se dio la vuelta y le dio la espalda a Jo para devolverle el disparo, pero tropezó hacia atrás y se desplomó en el suelo antes de disparar dos veces más.

Gabe seguía de pie.

—¡Agáchate! —gritó.

Jo presionó el cuerpo contra el suelo y observó cómo Gabe corría hacia el hombre. Le arrebató el revólver y le palmeó el cuerpo. Encontró otra arma y se la quitó.

—¿Cuántos son? —le preguntó a Jo.

—Creo que dos. ¡Ursa está herida!

—¡Lo sé! ¡Pero no te levantes! —Se apresuró a llegar hasta Ursa, con el arma preparada.

Jo se sintió aliviada al oír que hablaba con la pequeña. Debía de estar bien. Gabe dejó a Ursa y corrió hasta Jo.

—¿Estás herida?

—Solo un poco. ¿Cómo está Ursa?

Gabe no respondió.

—¡Dímelo!

—Es grave.

—¡Oh, Dios! —Se levantó y corrió hasta Ursa, arrastrando el pie izquierdo.

—¡Tienes que quedarte en el suelo! —urgió él, corriendo a su lado—. He matado a dos, pero puede haber más.

Jo se dejó caer al suelo al lado de Ursa y Gabe se puso en cuclillas y se inclinó sobre ella, mirando en derredor en busca de más atacantes. Ursa estaba tendida de espaldas. A Jo no le hacía falta una linterna para ver dónde se encontraba la herida. Bajo el suave resplandor de las estrellas, vislumbró la oscura mancha que empapaba la tela rosa de su pijama de Hello Kitty. Había recibido un solo disparo, en el lado derecho del estómago. Respiraba, pero había entrado en shock. Mientras su cuerpo temblaba, contempló fijamente a Jo, pero no parecía verla.

—¿Hay una ambulancia de camino?

—Lacey llamó a emergencias cuando oyó los primeros disparos.

—¡Quizá no envíen una ambulancia!

—Ha oído todo el tiroteo. Vendrán con una ambulancia —aseguró él, pero parecía preocupado. Bajó el arma para llamar a Lacey—. ¿Viene la policía de camino? —preguntó—. ¿Y una ambulancia? No para mí. Ursa está gravemente herida. —Después de una pausa, agregó—: Sí, la niña. —Lacey le dijo algo más antes de terminar la llamada.

»Lacey ha llamado dos veces —dijo—. Primero para avisar a la policía. Cuando oyó el tiroteo, volvió a llamar para pedir que enviaran refuerzos y ambulancias.

—¿Y si no llegan a tiempo? —Jo sollozó.

—Lo harán.

—¡Nadie encuentra esta calle!

—El comisario sabe dónde está. Y Lacey ha dicho que volvería a llamar para avisar que Ursa está herida. —Se quitó la camiseta—. Presiona la herida con esto. Con firmeza, pero ten cuidado de no hacerle daño. —Levantó el arma.

Jo presionó la horrible herida con la camiseta, sin saber cuánta fuerza hacer.

—¿Y si hay un orificio de salida?

—Es muy probable —respondió Gabe—. Le disparó de cerca.

Presionando la herida frontal, Jo deslizó una mano bajo el costado derecho de Ursa. Notó cómo la sangre manaba por la espalda. La bala podría haber entrado por cualquier lado. Se quitó la camiseta y la colocó debajo del cuerpo de Ursa, para presionar ambas heridas.

—Te pondrás bien, bichito de luz —dijo y apoyó los labios sobre la mejilla de Ursa—. Quédate conmigo y Gabe, ¿vale? Intenta quedarte con nosotros con todas tus fuerzas.

Ursa estaba consciente, con los ojos enfocados en Jo.

—N-no llores —respondió la pequeña, que hablaba pese a que le castañeteaban los dientes—. Jo… ¡deja de llorar!

—No puedo —repuso Jo—. Lo siento, pero no puedo.

Ursa la miró a los ojos.

—¿E-estás llorando porque me quieres?

—¡Sí! ¡Te quiero mucho!

Ursa sonrió.

—Es… el quinto milagro. Esto era lo que… lo que más quería e hice que pa… que pasara.

Jo lloró con más fuerza y también cayeron lágrimas de los ojos de Ursa.

—Jo…

—¿Qué?

—Si muero, no estés triste. N-no soy yo —señaló la niña.

—¡No vas a morir!

—Lo sé. Ahora puedo volver. He visto cinco milagros. No estés triste si pasa.

—¡Te quedarás aquí! Quiero ser tu madre de acogida y tal vez adoptarte. Te lo iba a decir…

—¿Sí? —Sus ojos se iluminaron. Pareció la niña feliz de siempre.

—Vendrás a vivir con Tabby y conmigo a nuestra preciosa casa. ¿Te gustaría eso?

—Sí… pero me encuentro mal. Quizá… quizá tenga que volver a las estrellas.

—¡Ya vienen! —exclamó Gabe.

Jo oyó un convoy de sirenas lejanas. Pero el sonido era demasiado remoto. Ursa tuvo que cerrar los ojos.

—¿Ursa? —llamó Jo—. ¡Ursa, quédate conmigo!

—Estrellas… —murmuró la pequeña—. Jo… veo… estrellas.

—¡Ursa, no! ¡Quédate con nosotros! —Intentó seguir presionando las heridas de Ursa, pero la fuerza había abandonado sus brazos. Sus piernas cedieron. Se desplomó de costado y cayó de espaldas. Ella también vio estrellas. ¿Había una osa? ¿Dónde estaba la Osa Mayor? ¿Qué estrellas eran esas?

Gabe la levantó.

—¡Jo! ¡Estás perdiendo mucha sangre! ¡Tus pantalones están empapados!

Gabe tenía razón. Había estado luchando contra la neblina de su mente desde que aquel hombre le había disparado. Cerró los ojos y dejó que la oscuridad se apoderara de ella. Encontraría a Ursa. La encontraría aunque tuviese que subir al cielo y bajarla de las estrellas ella misma.

Capítulo treinta

Ursa. Ursa. Ursa. Fue el mantra que la sacó de la anestesia. Cuando abrió los ojos, no se sorprendió al ver la habitación de hospital. Tampoco tuvo miedo. El ambiente era demasiado familiar.

Una enfermera de mediana edad que había estado comprobando el gotero la miró.

—¿Ya está despierta? No creía que fuera a despertarse hasta dentro de una hora, al menos.

—¿Sabe si la niña que vino conmigo está bien?

—Le está preguntando a la persona equivocada.

—O sea que le pidieron que no me lo dijera.

—¿Cómo se encuentra? —preguntó la enfermera, levantándole la muñeca para tomarle el pulso.

—Lo bastante bien como para que me cuente qué ocurrió.

—¿Sabe lo que le ocurrió a usted? —Es probable que tuviera que determinar si Jo podía soportar las noticias.

—Me dispararon en la parte trasera de la pierna.

—¿Sabe dónde está?

—¿En Marion?

—Está en San Luis.

—¿San Luis?

—¿No se acuerda? Vino con un helicóptero médico.

Ahora que se lo había dicho, lo recordó. Había creído que el fuerte zumbido del helicóptero formaba parte de su delirio.

—¿Cómo está mi pierna?

—Recibió varias unidades de sangre y la cirugía implicó reparación vascular y de tejido. El cirujano se lo explicará cuando venga.

—¿Está aquí un hombre llamado Gabriel Nash?

—¿Se encuentra bien para recibir visitas?

—Sí, quiero verlo.

—¿Está segura de que se encuentra lo bastante bien?

—¡Sí!

La enfermera salió de la habitación. Unos minutos después, se abrió la puerta. No era Gabe. Entraron un agente uniformado y un hombre vestido con camisa blanca y pantalones caqui. Cada uno de ellos llevaba un arma, lo que significaba que el hombre con ropa de calle era un detective. Ambos tendrían unos cuarenta y cinco años, pero sus apariencias eran opuestas. El agente medía un poco más de un metro ochenta, tenía los ojos oscuros y el pelo negro y corto; el detective medía unos diez centímetros menos, tenía los ojos claros y llevaba el pelo rubio oscuro en una cola de caballo. Sus rostros solemnes hicieron que Jo deseara no haber despertado.

—¿Joanna Teale? —preguntó el detective.

—Sí —contestó.

—Soy el detective Kellen, de Effingham, y este es el subcomisario McNabb, de Vienna.

—Tengo que saber qué le ha pasado a Ursa. ¿Ha muerto? Díganmelo.

—¿Cómo sabe que su nombre es Ursa? —preguntó.

—Me lo dijo ella.

—¿Le dijo su nombre completo?

—¿De verdad van a hacerme esto? ¿Me harán cien preguntas sin responder la única que importa?

—No podemos responder porque sigue en quirófano o está en postoperatorio. No sabemos si ha salido adelante.

Jo se llevó las manos al rostro, la única privacidad disponible. Pensó que Ursa había muerto en casa de Kinney.

—¿Está aquí… en este hospital?

Después de una pausa, el detective respondió que sí. El otro policía, McNabb, le lanzó a Kellen una mirada desaprobadora. Por alguna razón, no había querido que el detective la informara sobre el paradero de Ursa.

—¿Saben por qué esos hombres dispararon a Ursa? —preguntó Jo.

—Por favor, déjenos las preguntas a nosotros, señorita Teale —señaló el subcomisario McNabb.

—¿Se encuentra lo bastante bien? —consultó Kellen.

Ella asintió y, durante los siguientes cuarenta minutos, respondió a sus muchas preguntas. McNabb, que había estado en el escenario del crimen, la interrogó sobre el tiroteo; mientras que Kellen se concentró más en la historia de Jo con Ursa. Aunque no lo dijeron, muchas de sus preguntas tenían el objetivo de corroborar las declaraciones de Gabe. Jo intentó mantenerlo al margen lo máximo posible, pero los dos policías lo mencionaban con frecuencia. El detective preguntaba «¿Se encontraba Gabriel Nash allí cuando eso sucedió?» constantemente.

Cuando Jo les habló de Ursa y de cómo había terminado viviendo con ella, todo le sonó horrible. Se dio cuenta, por las miradas de los hombres y sus preguntas, de que la juzgaban. A medida que el interrogatorio avanzaba, Jo comenzó a pensar que podría encontrarse en serios problemas legales. La ansiedad, combinada con las muchas otras tensiones de su mente y cuerpo, la agotaron con rapidez. Los policías advirtieron que comenzaba a perder la coherencia y decidieron dejarla en paz, por el momento.

—¿Gabe está aquí? —preguntó antes de que se fueran.

—Estaba aquí hace una hora —respondió Kellen—. Descanse. —Él y el subcomisario salieron por la puerta.

Jo presionó el botón para llamar a la enfermera.

—¿Hay alguna forma de que vaya a comprobar si hay un hombre en la sala de espera y lo traiga? —Jo le pidió a la enfermera cuando esta apareció.

—¿Es un familiar?

—No.

—Por ahora, solo se permiten visitas de familiares.

—¿Eso no debería depender de mí?

—Tendrá que hablarlo con su médico.

—De acuerdo, déjeme hablar con él.

—No sé cuándo vendrá. La verá cuando haga sus rondas.

El trajín del hospital. Jo lo conocía bien, pero estaba demasiado cansada para discutir. Dejó de luchar contra las drogas y sucumbió al sueño.

Cuando se despertó, horas después, descubrió que había perdido la oportunidad de hablar con el médico. Ansiaba tener noticias de Ursa, pero había una enfermera nueva que era incluso menos comunicativa que la anterior. La medicación para el dolor que le dio la enfermera la volvió a dormir.

Jo creyó que estaba soñando cuando notó unos labios en la mejilla. Les ganó la batalla a sus pesados párpados y vio unos ojos verdes familiares.

—¡Tabby!

—Esto del hospital ya se está volviendo aburrido, Jojo —dijo Tabby. Miró hacia la ventana oscura e indicó—: Anda, bésala. Lo necesita.

Se hizo a un lado y ahí estaba Gabe, con la cara demacrada y oscurecida por la barba. Al principio Jo y él solo pudieron mirarse.

—Vamos, Nash, bésala de una vez —insistió Tabby.

Él se inclinó sobre ella y la abrazó. Permanecieron un buen rato abrazados antes de obedecer a Tabby con un beso corto.

—¿Cómo habéis entrado? —quiso saber Jo —. Llevan negándose a dejar pasar a las visitas desde que me desperté esta mañana.

—Ha sido cosa de Tabby —respondió Gabe—. En dos minutos, ha conseguido que abrieran la puerta, mientras yo llevaba todo el día intentándolo.

—¿Cómo lo has hecho? —le preguntó Jo a Tabby.

—Les he dicho que eras huérfana y una superviviente de cáncer que no tenía a nadie, salvo a nosotros.

—Ha sido muy persuasiva —agregó Gabe—. La enfermera en recepción casi se echa a llorar.

—Tengo experiencia con los ogros de hospital —explicó Tabby—, porque Jo los visita a menudo. Le debe de gustar la comida.

—¿Cómo sabías que estaba aquí?

—Gabe.

—Sabía que querrías que estuviera —dijo él—. Y ella aparecía en el listado del servicio de información telefónica de tu universidad.

—Siempre publico mi teléfono —sostuvo Tabby—. Nunca se sabe cuándo necesitará tu número un tipo atractivo. —Le guiñó un ojo a Gabe.

—No hemos podido localizar a tu hermano —señaló él.

—Bien —repuso Jo—. Es mejor que no lo sepa.

—Tienes que llamarlo —aconsejó Tabby.

—Sabes que acaba de empezar su residencia en Washington. Mis problemas de salud ya le han causado bastantes inconvenientes.

—Jo… —dijo Gabe.

—De acuerdo, lo llamaré. ¿Sabéis algo de Ursa?

—No han querido decirme nada —respondió Gabe—. Y las noticias locales tampoco han ayudado. Se denunció como un intento de robo. Lo único que dijeron fue que dos hombres murieron de un disparo y que una niña y una mujer fueron trasladadas en helicóptero al hospital con heridas de bala.

—Eso nos dice algo —señaló Jo—. ¡Ursa debe de haber sobrevivido a la cirugía! Si una niña pequeña hubiese muerto en un robo, la noticia se habría propagado.

—Tienes razón —repuso Tabby—. Los medios nunca pierden la oportunidad de explotar las tragedias infantiles. Esa noticia habría llegado hasta Chicago.

—Gabe… —dijo Jo.

—¿Qué?

—Acabo de darme cuenta… mataste a dos personas. ¿Estás bien?

—Sí.

—¿Por qué esa cara tan larga? —preguntó Tabby. Dándole palmadas en la espalda a Gabe, agregó—: Este tipo es un héroe. Os salvó la vida a ti y a Ursa.

—Se equivoca, ¿verdad? —dijo él—. Casi consigo que os maten a las dos. Si no hubiese aparecido en ese momento, Ursa no habría recibido el disparo.

—No puedes sentirte culpable por eso. Era imposible que lo supieras —argumentó Jo.

—No puedo evitarlo. Me siento como una mierda. Ursa salió de su escondite para advertirme. No sabía dónde estabais hasta que ella gritó y salió corriendo desde el bosque. Intenté cubrirla, pero el tipo que estaba en la puerta delantera me disparó mientras el otro salía por la de atrás. No podía cubrirlos a los dos.

—Era una situación imposible —sostuvo Jo.

—No para ti —repuso Gabe—. Cuando entré en la casa con la policía, reconstruimos lo ocurrido. Esperaste hasta que entraran antes de sacar a Ursa por la ventana. Habría estado a salvo y es probable que tú también. No habían roto la puerta de la habitación en la que estabais escondidas. Encontramos tu teléfono allí dentro. La llamada a emergencias seguía activa y ellos oyeron todo el tiroteo. Fue entonces cuando enviaron a los helicópteros.

—Cuando pienso en ti encerrada en esa habitación con Ursa… —dijo Tabby. Abrazó a Jo y volvió a darle un beso en la mejilla—. ¿Estará bien tu pierna? No debes de tener ningún hueso roto, o te habrían colocado una escayola.

—Fue en su mayoría vascular. Las enfermeras dicen que estaré bien, pero no he podido hablar con el médico. Apenas he podido mantener los ojos abiertos.

—Perdiste mucha sangre —señaló Gabe—. Anoche, cuando te desmayaste… tuve miedo de que tanto Ursa como tú murierais.

—Ojalá pudiéramos verla —dijo Jo—. Imaginad lo angustiada que deber de estar.

—Mira esto —indicó Tabby. Sacó el móvil del bolso, movió los dedos sobre este y sostuvo la pantalla en alto para que Jo la viera. Era una fotografía escolar de Ursa, que sonreía, y sobre la imagen se leía DESAPARECIDA, URSA ANN DUPREE.

—¡Revisé esa página web casi todos los días! —exclamó Jo.

—Deben de haber denunciado su desaparición recientemente —sostuvo Gabe.

—No debería haber dejado de comprobarlo —lamentó Jo.

—Yo también dejé de hacerlo —repuso él.

Jo le quitó el teléfono de la mano a Tabby y leyó la información bajo la foto de Ursa. Había desaparecido el 6 de junio en Effingham, Illinois. Tenía ocho años. Cumpliría 9 años el 30 de agosto.

—¡Es increíble que solo tenga 8 años! —Se sorprendió Jo.

—Lo sé —dijo Tabby, tomando el teléfono de nuevo—. Solo está en tercer curso.

—No parece posible —comentó Gabe.

—La primera noche que hablé con ella, usó la palabra «salutación» —agregó Jo.

—Quizá sea una extraterrestre inteligente de verdad en el cuerpo de una niña —sugirió Tabby.

Entró un enfermero a comprobar los signos vitales de Jo.

—¿Cuándo podré salir de la cama? —le preguntó ella.

—Tiene terapia física mañana por la mañana —respondió él.

Cuando el enfermero se fue, Gabe se sentó en el borde de la cama y le sostuvo la mano.

—Dijeron que solo nos podíamos quedar unos minutos y tengo que decirte algo.

—No puede ser nada bueno.

—No lo es. Nos hemos metido en un lío. Pero es peor para ti porque Ursa dormía en tu casa alquilada e iba contigo a trabajar.

—¿Eso te dijeron los policías?

—Lo insinuaron, aunque les dije que era tan responsable como tú por dejar que Ursa se quedara. —Le apretó la mano—. Odio decirte esto cuando no estás recuperada, pero tengo que hacerlo. Llama a tu abogado, si tienes uno. Creo que te acusarán de poner en peligro a una menor.

Poner en peligro a una menor. No era posible. No cuando lo único que había hecho era darle comida, techo y amor a una niña abandonada.

Pero luego vio a Ursa corriendo bajo las estrellas. Un arma que se disparaba una y otra vez. Y a Ursa tropezando y desplomándose en el suelo. Todo porque Jo no la había entregado a la policía.

Dejó caer el brazo sobre los ojos y lloró.

Capítulo treinta y uno

A la mañana siguiente, alguien llamó a su puerta.

—Adelante —respondió ella, acomodándose la bata del hospital sobre la pierna vendada. Esperaba a Gabe y a Tabby. Habían pasado la noche en un hotel cercano. En cambio, quien entró fue su tutor de tesis.

—Y bien… ¿cuándo pensabas decirme que te habían disparado y que casi te mueres? —preguntó Shaw.

—A ser posible, nunca. Supuse que estabas harto de mi perpetuo destino catastrófico.

—No lo estoy y, de haberlo sabido, habría venido de inmediato. —Plegó su largo cuerpo en una silla frente a la de ella—. ¿Ha venido tu hermano?

—Hablé con él anoche. Quería venir, pero le dije que me encontraba en perfecto estado y que me enfadaría si aparecía por aquí.

—¿En perfecto estado? —cuestionó Shaw, mirándole la pierna elevada.

—Así es. ¿Cómo te has enterado?

—Por George Kinney. La policía tuvo que ponerse en contacto con él porque ocurrió en su propiedad.

—Las noticias debieron de alarmarlo… un tiroteo y dos hombres muertos en su casa.

—No fue el mejor momento, su esposa había muerto esa misma noche.

—¿Lynne ha muerto?

Shaw arqueó sus cejas blancas, mostrando su confusión.

—¿Conocías a Lynne?

—No… no realmente.

Él la observó durante algunos instantes.

—George me contó que ese día llevaste a alguien que él conoce al campus. ¿Gabriel Nash?

Jo asintió.

—Me ayudó a trasladar mis cosas a la casa nueva.

—George me dijo que vive en la propiedad contigua a la suya. Su familia y la de George se conocen desde hace mucho tiempo. —Esperó que Jo le explicara cómo conocía a Gabe, pero ella permaneció callada—. También me dijo que Gabe te salvó la vida.

—Tenía un arma apuntada directamente hacia mí y él mató al hombre antes de que disparara.

—¡Dios mío! —exclamó Shaw, pasándose los dedos por el sedoso pelo blanco—. Tengo que conocer a este chico y aagradecérselo.

—Quizá tu deseo se cumpla. Debe de estar a punto de llegar.

—¿Debería marcharme?

—No, las visitas son lo único que hace soportable el hospital.

—Creía que eran las drogas.

—Me he hartado de las drogas. Estoy desintoxicándome.

—¿Por qué no me sorprende oír eso? —Se dejó caer contra el respaldo de su silla—. Me han dicho que la niña está mejor.

—Ah, ¿sí?

—¿No te han avisado?

—No. No quisieron decirme nada.

—Se encuentra en cuidados intensivos, pero está fuera de peligro. Creen que se recuperará.

Si su tutor no hubiera estado sentado frente a ella, habría llorado de alivio.

—¿Le contó la policía al doctor Kinney por qué esos hombres fueron tras ella?

Shaw se sentó derecho.

—¿No le dispararon por accidente?

—Estoy bastante segura de que vinieron a matarla.

—¿Se lo has dicho a la policía?

—Se lo he contado todo.

—Le dijeron a George que probablemente fuera un robo.

—Creo que dicen eso porque hay una investigación en curso y no pueden revelar nada. Está todo conectado con algo que pasó en Effingham. Un detective de allí me hizo muchas preguntas.

La mirada azul de Shaw era penetrante.

—George me comentó que la policía le preguntó si sabía que esa niña estaba viviendo en su propiedad.

A Jo no se le ocurrió qué decir.

—¿Es cierto?

—Sí.

Shaw se despeinó el pelo otra vez.

—Creo que me he metido en un buen lío.

—¿Qué demonios estabas haciendo?

—Sentí pena por ella. Apareció una noche con hambre y con un pijama sucio. Ni siquiera llevaba zapatos.

—Lo recuerdo… le diste tus sandalias.

—Llamé al comisario al día siguiente, pero ella huyó y se escondió en el bosque cuando llegó la policía.

—Pero eso fue… ¿cuándo? ¿Hace más de un mes?

—Lo sé.

Él esperó a que ella le diera más explicaciones.

—Detestaba la idea de que terminara con padres de acogida. A una le cuentan tantas historias horribles…

—¿Estabas segura de que sus padres no estaban buscándola?

—Si lo estaban, nunca avisaron a la policía. Lo comprobé en Internet las primeras semanas. Y para entonces… sé que esto parecerá una locura, pero la niña me importaba de verdad. Hasta estaba pensando en tratar de ser su madre de acogida.

—Por Dios, Jo, tu corazón es demasiado grande para este mundo cruel.

—Si me acusan de algo, ¿tendré problemas con la universidad?

—Es posible.

—¿Podrían expulsarme del posgrado?

—Nunca se sabe con el imbécil que tenemos por jefe de departamento. —Advirtió lo devastada que estaba Jo—. Sabes que lucharé por ti. Y sé por lo que has pasado; cómo pudo haber... influido en lo que hiciste.

¿Por qué todos pensaban eso? Mantuvo la boca cerrada, pero quería decirle que, aunque aún tuviera los pechos y los ovarios y su madre siguiese viva, habría hecho lo mismo. Habría querido a Ursa con la misma intensidad.

Shaw vio que la había perturbado y cambió de tema.

—¿Necesitas ayuda para terminar tu investigación?

—A decir verdad, no puedo dejar de preocuparme por las fichas de datos de los nidos y mi ordenador y todo lo que hay en esa casa.

—Me pasaría lo mismo. Si me arrancaran la cabeza del cuerpo, mi cerebro seguiría preocupándose por mis datos.

—Sin duda.

—Iré directo a casa de Kinney al salir de San Luis. Tengo una llave para entrar.

—No creo que quede demasiada puerta que abrir.

—Dios, debo llegar allí cuanto antes.

—¿No es el escenario del crimen? ¿Crees que te dejarán entrar?

—Tendrá que ayudarme el comisario. ¿Los datos de los nidos están a la vista?

—Están en el escritorio en una carpeta llamada «Registros de nidos».

—Supongo que me apañaré.

—El portátil y los prismáticos también están en el escritorio. ¿Puedes llevártelos al campus y guardarlos en un lugar seguro?

—Lo haré. Y quería preguntarte... ¿te molesta si terminamos de vigilar tus nidos activos?

—¿Si me molesta? ¡Me encantaría! Pero no tienes tiempo para eso.

—Yo no. —Se frotó el codo izquierdo; se lo había roto en el pasado y tenía artrosis. Por lo general, ese gesto indicaba que estaba a punto de decir algo que no quería decir—. Tanner y Carly me han comentado que vendrán hasta aquí y vigilarían tus nidos mientras estás en el hospital.

—No pueden quedarse en la casa. Como he dicho, las puertas están rotas y estoy segura de que la consideran el escenario de un crimen.

—Iban a acampar en un lugar cercano.

Probablemente donde Jo y Tanner habían hecho el amor junto al arroyo, el campamento favorito de Tanner desde que un grupo de estudiantes de posgrado lo había llevado allí.

—¿Seguro que pueden tomarse esos días libres?

—¿Estás de broma? Cuando los estudiantes terminan su investigación, hacen todo lo posible para evitar escribir su tesis. Dijeron que habían planeado ir a acampar de todas formas.

—Si quieren tomarse unas vacaciones de trabajo, me viene bien la ayuda.

—Y Carly conoce tus lugares de estudio… trabajó en muchas de esas áreas.

—Pueden quitar las cámaras que graban los nidos si no quieren trabajar con ellas. Y todo está debidamente señalizado en los mapas de mis carpetas.

—Por supuesto —repuso él—. Haremos copias de…

Alguien llamó a la puerta.

—Adelante —respondió Jo.

Entró Gabe.

—Lo siento —dijo al ver a Shaw—. Volveré más tarde.

—No, quédate. Gabe, te presento a mi tutor, el doctor Shaw Daniels. Shaw, él es Gabriel Nash.

Shaw saltó de su silla y le estrechó la mano a Gabe.

—¡Un placer conocerte! —exclamó—. ¡Gracias por ayudar a Jo! ¡Le salvaste la vida! ¡Y a la pequeña!

Gabe no lo negó, pero sus ojos delataron su sentimiento de culpa. Jo observó a Shaw en busca de alguna señal de que reconocía a George Kinney en el rostro de Gabe. Si advirtió el parecido, su reacción no fue evidente.

—Te esperaba desde hace rato —señaló Jo—. ¿Dónde está Tabby?

Gabe echó un vistazo rápido a Shaw.

—Está… en la tienda de regalos.

—¿Qué? ¡Será mejor que no esté comprando nada de toda esa basura carísima!

Shaw se secó la frente con el dorso de la mano en un gesto fingido de alivio.

—¡Gracias a Dios que no he comprado ese globo que decía «Mejórate pronto»!

—Iba a decir: a menos que sea un globo.

—¡Maldita sea! —Se inclinó hacia abajo y la abrazó con suavidad—. Será mejor que me vaya. Quiero ir a casa de Kinney y asegurarme de que tus datos estén a salvo.

—Coloqué sus registros de nidos en el cajón archivador del escritorio para que no estuvieran a la vista —señaló Gabe—. Y la policía me permitió guardar bajo llave su portátil y sus prismáticos en el cajón inferior, que tiene una cerradura. Escondí la llave dentro de una caja de clips en el cajón superior.

—Me cae bien este chico —le dijo Shaw a Jo—. Piensa en la seguridad de los datos como un científico.

—Supongo que se lo he pegado —repuso Jo, sonriéndole a Gabe.

—Espero verte de nuevo —saludó Shaw, estrechándole la mano a Gabe una vez más—. Vayamos a beber una cerveza un día de estos, yo invito.

—Buena idea —respondió Gabe. Parecía más relajado con un desconocido de lo que Jo lo había visto estar jamás. Pasar tiempo con Tabby tenía ese efecto en la gente.

»Parece un gran tipo —comentó Gabe después de que se fuera Shaw.

—Lo es. Me quedé en la Universidad de Illinois en vez de intentar entrar en otros programas de posgrado por él. Solo quería trabajar con él. —Estiró los brazos hacia Gabe—. Ven aquí y bésame.

—Solo lo dices porque me he afeitado y estoy irresistible otra vez.

—Me has pillado. —Se besaron por encima de su pierna levantada.

—Me alegra ver que te has levantado de la cama.

—Yo también. ¿Qué pasa con Tabby? ¿Por qué te has puesto nervioso cuando has dicho que estaba en la tienda de regalos?

—No se te escapa una, ¿no? Igual que Ursa. Nunca he podido eludir nada con vosotras.

—¿Qué ibas a eludir?

—No lo sé, porque nunca lo he intentado. —Se sentó en la silla—. Bueno… sobre lo de Tabby…

—Oh, oh.

—Sí.

—Ay, Dios, ¿qué está tramando ahora?

—Me da la sensación de que hace este tipo de cosas a menudo.

—¿Qué está haciendo?

—Ha robado una camisa de empleada de la limpieza de la sala del personal de nuestro hotel…

—¿¡Qué!?

—Quería que pareciera real…

—¿El qué?

—Está comprándole un regalo a Ursa en la tienda y va a fingir que es la repartidora de una floristería. Va a intentar verla.

—Ursa está en la Unidad de Cuidados Intensivos. La puerta estará cerrada.

—He intentado detenerla —dijo Gabe.

—Es imposible detener a Tabby cuando se le mete algo en la cabeza. ¿Te ha contado que una vez me trajo un corderito a escondidas al hospital?

—Espera… ¿acabas de decir un «corderito»?

—Sí. Su especialidad veterinaria son los animales grandes. Uno de los corderos del rebaño de su investigación había perdido a su madre y ella ayudaba a alimentarlo con un biberón. Sabe que me encantan las crías de los animales de granja con los que trabaja, así que metió al cordero con un biberón en el coche, condujo hasta Chicago y lo coló en mi habitación, dos días después de que me quitaran los pechos. Sacó al pequeño corderito de una bolsa que llevaba al hombro, lo colocó sobre mi cama y me alcanzó el biberón. «Ahí tienes», me dijo. «¿Quién necesita tetas? Hay otras formas de dar leche».

Gabe apartó la mirada y pestañeó.

—Lo sé, lloré como una cría. Al principio, creyó que era porque me había enfadado, pero me encantó. Fue una de las mejores locuras que ha hecho.

—Me obligó a salir con ella cuando nos fuimos del hospital anoche —reveló Gabe—. Quería explorar y terminamos…

—En algún lugar extraño.

—¡Sí!

—Déjame adivinar… ¿un salón de masajes hippie? ¿Un bar de karaoke japonés?

—¿Te ha llevado a esos lugares?

—En Chicago. Me hizo hacer muchas cosas raras mientras mi madre agonizaba. Decía que tenía que recordar que había todo un mundo maravilloso tras las fronteras de mi pequeño país de tristeza… usó esas palabras exactas. Siempre he creído que Tabby debería ser novelista.

—Lo sé. La veterinaria no parece lo indicado para ella.

—Cobra más sentido cuando descubres que creció en un apartamento en el centro de una ciudad. Casi no ha pisado una brizna de césped y va a trabajar con vacas, caballos y ovejas. Su padre es dueño de un taller mecánico y lo encuentra ridículo.

—¿Le molesta?

—No, le hace gracia de verdad. Es una excelente persona, extravagante como ella. Crio a Tabby y a su hermana solo, después de que su madre los abandonara.

—Tabby es la clase de persona que le caería bien a Arthur.

—Dime a dónde te llevó anoche.

—Primero fuimos a un restaurante galés llamado «Establecimiento», donde comimos y bebimos en una mesa compartida.

—Vaya, ¿y qué te pareció?

—Me resultó divertido, lo creas o no. Conocimos a dos tipos muy amables… y fue así cómo terminamos en un bar gay.

—¡Típico de Tabby!

—¿Qué es típico de Tabby? —preguntó ella, asomando la cabeza por la puerta. Entró, todavía vestida con la camisa azul de empleada de la limpieza.

—¿Has visto a Ursa? —Quiso saber Gabe.

Ella se sentó en la cama.

—Casi.

—¿Has conseguido pasar las puertas de la UCI? —preguntó Jo. Ella asintió.

—He comprado un globo y un peluche y le he escrito una nota que decía: «Ursa, ¡te queremos! ¡Mejórate pronto!». Y la he firmado con «Besos y abrazos de Jo, Gabe y Tabby». Por cierto, el peluche era un gato atigrado, ¿no es genial?

—¡Cuéntanos qué ha pasado! —exclamó Jo.

—Le he preguntado a la recepcionista del hospital, pero Ursa no aparecía en la lista de pacientes. Ha mirado el peluche y ha preguntado si la paciente era una niña. Cuando le he contestado que sí, la señora me ha dicho que lo más probable es que Ursa estuviera en el hospital para niños, que se encuentra a unas manzanas de aquí. Me ha hecho el favor de comprobarlo, pero tampoco estaba registrada como paciente allí.

—Qué extraño.

—Eso he pensado yo. He ido a la UCI de ese hospital a investigar, pero las puertas estaban cerradas. He esperado hasta que una enfermera ha salido con un paciente en silla de ruedas…

—Dime que no has hecho eso.

—Claro que sí. He entrado corriendo. Antes de que nadie se diera cuenta de que no debía estar allí, he ido a buscar a Ursa. Y he visto su habitación.

—¿Cómo sabes que era la suya? —preguntó Gabe.

—Había un policía vigilando la puerta.

—¡Un policía! —exclamó Jo.

—¿Estás segura de que era su habitación? —insistió Gabe.

—Antes de poder llegar a la puerta, una enfermera me ha detenido y me ha preguntado quién era. Le he dicho que tenía un regalo para Ursa Dupree, y que debía entregarle el juguete y el globo y cantarle una canción. Me imaginaba que el policía estaba ahí para proteger a Ursa, así que me he dirigido apresuradamente hacia él. La enfermera ha gritado «¡Detenedla!». ¿Y adivinad qué ha pasado?

—Dios santo —dijo Jo.

—Sí, el policía me ha apuntado con el arma. Un agente de seguridad me ha sacado de allí a rastras y me han hecho varias preguntas sobre cómo sabía a qué habitación ir; lo que significa que se trata realmente de la habitación de Ursa. Es probable que no esté en el hospital de niños porque la policía sabe que es demasiado obvio.

—¿Qué mentira has contado para librarte de los de seguridad? —preguntó Jo.

—No he mentido, era demasiado peligroso. Les he dicho que conocía a Ursa a través de ti y que estaba molesta porque el hospital no me deja ir a visitarla. Les he confesado que planeaba escabullirme hasta su habitación.

—¿Y qué han hecho?

—Han anotado mi nombre y mi dirección, pero solo intentaban asustarme. Y me han dicho que si volvía a intentarlo, me arrestarían.

—No me lo puedo creer —comentó Jo—. Ursa está bajo vigilancia policial.

—Yo sí que me lo creo —dijo Gabe.

—Yo también —coincidió Tabby. Se inclinó hacia delante y susurró—: ¡Apuesto a que el Gobierno sabe que es una extraterrestre en el cuerpo de Ursa Dupree!

Capítulo treinta y dos

Jo había hojeado todas las revistas de la sala de espera de la UCI, hasta *Armas y jardines*, la cual le hubiese hecho gracia a su madre, jardinera y pacifista. Su asiento favorito era el que estaba al lado de la mesa, sobre la que podía apoyar su pierna vendada. Hacía ejercicio cada hora: caminaba en círculo alrededor de la habitación con sus muletas. Usaba el baño de discapacitados para asearse y lavarse los dientes y dormía en el sofá. Comía cuando Gabe le traía comida. Él seguía quedándose en el hotel cercano y lavaba y secaba la ropa de Jo todas las noches en su habitación.

Tabby había querido quedarse con Jo en la sala de espera, pero no podía faltar más al trabajo. Gabe quería que Jo se fuera. Le decía que la policía nunca la dejaría ver a Ursa, pero Jo era incapaz de aceptarlo. Necesitaba ver a Ursa otra vez. Sabía, sin la más mínima duda, que Ursa también quería verla.

Los rumores sobre su sentada se habían difundido por todo el hospital. Su cirujano se acercó a hablar con ella el tercer día. Le dijo que se arriesgaba a sufrir una infección por estrés y quizá hasta un coágulo de sangre por permanecer tanto tiempo sentada. El personal de seguridad del hospital también apareció el tercer día. Le pidieron que se marchara, pero Jo respondió que no lo haría hasta ver a Ursa. Le dijeron que enviarían a la policía a sacarla por la fuerza, pero eso todavía no había ocurrido.

Jo observaba a todos los que iban y venían por el pasillo de la Unidad de Ursa. Tomó nota de todos los policías y las personas que parecían funcionarios públicos que atravesaban las puertas. Una mujer con un peinado afro con mechas blancas venía de visita con frecuencia y Jo comenzó a sospechar que era la asistente que el tribunal le había designado a Ursa. La mujer observaba a Jo a menudo mientras esperaba a que le abrieran la puerta de la UCI. Al principio juzgaba a Jo con evidente frialdad, pero para el tercer día, una cierta admiración reticente se asomó en su mirada.

Gabe apareció con el almuerzo durante el cuarto día de su sentada. Tenía ojeras y sus pómulos parecían más prominentes. Estaba en contacto con Lacey y su madre, pero no les había contado la verdad, que habían dado de alta a Jo al tercer día.

Gabe se quitó la mochila y se sentó a su lado.

—Pavo, provolone, aguacate y lechuga en pan de trigo —dijo al pasarle una bolsa de papel blanco.

—¿Tú no comes?

—No tengo hambre.

—Quisiera que volvieras a casa.

—Quisiera que terminaras con esta locura —respondió él.

—No puedo.

—Es probable que ya no esté aquí. Estoy seguro de que la han trasladado.

—Debe seguir ahí dentro. Esa mujer del pelo afro entró hace una hora.

—¡Ni siquiera sabes si esa mujer tiene algo que ver con Ursa!

—Creo que sí. Siempre me mira.

—Todo el mundo lo hace… porque lo que estás haciendo es una locura. Tienes que salir de aquí y contratar a un abogado.

—No necesito un abogado.

En vez de ponerse a discutir otra vez, Gabe negó con la cabeza y apartó la mirada.

—¿Me has traído ropa limpia?

—Sí, pero todavía está húmeda.

Mientras ella se terminaba el sándwich, él cerró los ojos y se reclinó contra su silla. Jo le besó la mejilla.

—¿No quieres regresar a tus aves? —preguntó él, con los ojos aún cerrados.

—No puedo hacerlo con muletas. Además, Tanner y Carly están terminando el trabajo por mí.

Abrió los ojos y la miró.

—Pensé que querrías asegurarte de que lo estuvieran haciendo todo bien.

—Tanner tiene que hacerlo bien.

—¿Por qué?

—Está usando mis nidos para volver a ganarse el favor de Shaw. Shaw se enfureció cuando Tanner me dejó como si fuera María Tifoidea después de que me diagnosticaran el cáncer.

—Sigo sin poder creer que hiciera eso.

—Yo sí. Tanner es…

Las puertas de la UCI se abrieron. Jo observó los ojos penetrantes de la mujer con el afro. Llevaba puesta una falda gris claro con una camisa color melocotón que complementaba a la perfección su piel marrón. Su figura era como la de Lacey, corpulenta y fuerte, aunque no tan alta.

Se dirigió a Jo y Gabe.

—Joanna Teale, ¿verdad? —preguntó.

—Sí —respondió Jo.

—Y usted debe de ser Gabriel Nash —agregó la mujer, deteniéndose frente a ellos.

—Sí —contestó él, con las cuerdas vocales tensas.

La mujer se cruzó de brazos y miró a Jo.

—Y bien… ¿cuánto tiempo lleva aquí fuera?

—Este es el cuarto día —dijo Jo.

—Después de una cirugía, nada menos. Es tan obstinada como ella.

—¿Como Ursa? —preguntó Jo.

—¿Quién sino? No había conocido a una niña tan obstinado en toda mi vida.

—Sé cómo se siente —comentó Jo—. Me pateó como una mula durante mucho tiempo, hasta que decidí dejarla en paz.

—¿Sabe? Cuando me contaron esta historia por primera vez, no comprendía por qué usted había hecho lo que hizo. ¿Cómo no la había llevado a la policía en todo un mes? ¿Cómo no supo que lo que hacía estaba mal?

—Sabía que estaba mal.

—Pero la extraterrestre se metió en su cabeza... con sus poderes... ¿no?

—¿Sigue diciendo que es extraterrestre?

—Ya lo creo, lo sé todo acerca de su planeta. Se llama Alarreit, y la piel de la gente es como la luz de las estrellas.

—¿Le habló de los cinco milagros?

—Claro que sí. ¿Sabe por qué no regresó a su planeta después del quinto milagro?

—¿Cómo lo explicó?

—Dijo que decidió quedarse cuando descubrió que usted la quería. El quinto milagro hizo que se quedara en vez de irse.

Jo tuvo que apartar la mirada. La mujer esperó a que se recuperara.

—¿Quiere saber un pequeño secreto? Diga «Alarreit» al revés.

Jo y Gabe se miraron, intentando descifrarlo.

—No es fácil, ¿verdad? —sostuvo la mujer—. Las personas con un cerebro normal tardan un poco.

—¿Tierrala? —preguntó Gabe.

—Ahora pruebe poniendo el «la» del final delante.

—¡La Tierra! —exclamó Jo.

La mujer asintió.

Jo intentó invertir el nombre de Ursa.

—Ursa Ann Dupree es Irpud-na-asru, porque ¡su apellido se pronuncia «dupri»! Dijo que era su nombre extraterrestre.

—Lo ha entendido —dijo la mujer—, pero ella lo hace al instante. Si le da un libro, la niña es capaz de leer las palabras al revés tan rápido como las lee al derecho. —La mujer sonrió ante la confusión de Jo y Gabe—. No, no es una extraterrestre. Pero en cierta forma, lo es; al menos, para el resto de nosotros. Es superdotada. En primer curso, el test indicó que tenía un coeficiente intelectual de 160.

—¡Esto explica muchas cosas! —exclamó Jo.

—¿No es cierto? —Extendió una mano hacia Jo—. Soy Lenora Rodhes, de Servicios para Niños y Familias. —Jo y Gabe le estrecharon la mano—. Me han asignado la imposible tarea de lograr que Ursa me cuente qué pasó la noche que escapó.

—¿No quiso contarle nada? —preguntó Jo.

Lenora agarró una silla y la colocó frente a ellos.

—Dice que solo se lo contará a usted, Jo. Lo hemos intentado todo durante cinco días y ella insiste en que tiene que ser usted.

—Qué inteligente —comentó Gabe.

—Estoy a punto de arrancarme los pelos de lo inteligente que es —repuso Lenora—. Le contaré lo que sé a cambio de su ayuda.

—¿Tiene familia? —preguntó Jo.

—Los únicos familiares vivos que tiene son una abuela drogadicta y un abuelo con alzhéimer que vive en un asilo de ancianos. También tiene un tío que se encuentra en paradero desconocido al que busca la policía.

—Si no tiene a dónde ir, me gustaría presentar una solicitud para ser su madre de acogida.

—Cálmese. Vayamos paso a paso. ¿Acepta hablar con ella?

—Por supuesto. ¿Sabe qué les pasó a sus padres?

Lenora miró a su alrededor para asegurarse de que nadie estuviera escuchando. Se inclinó hacia delante en su silla.

—Lo sabemos todo sobre sus padres. Ambos crecieron en Paducah, Kentucky. Es probable que Ursa heredara la inteligencia de su padre, Dylan Dupree. Iba por un buen camino, era uno de esos chicos que sobresalen en todo lo que hacen. Hasta que se enamoró de Portia Wilkins durante su segundo año de instituto. De alguna manera, uno de los estudiantes más inteligentes de esa escuela secundaria comenzó a salir con una de las chicas más problemáticas. Portia era preciosa; quizá esa fuera la razón.

—O tal vez ella era tan inteligente como él y eso lo atrajo —comentó Jo—. Muchos chavales inteligentes se meten en problemas.

—Es cierto —concedió Lenora—. Fuese cual fuese la razón, todo fue de mal en peor para Dylan desde que comenzó a salir con Portia. Cayó en las drogas y el alcohol, le empezó a ir mal en clase y se metía en problemas con frecuencia. En el verano entre tercer y cuarto curso, Portia se quedó embarazada. Cuando ninguna de las dos familias apoyó su decisión de tener al bebé, Dylan y Portia huyeron. Hicieron autostop para salir de Kentucky y terminaron en Effingham, Illinois.

—¿Se casaron? —preguntó Jo.

—Así es, pero después de que Ursa naciera. Portia era camarera y Dylan trabajaba con un contratista. Para cuando Ursa cumplió dos años, los ingresos de ambos sumaban lo suficiente como para mudarse a un apartamento decente. No hay registros de detención de esa época, pero creemos que Dylan y Portia consumían drogas y alcohol a diario.

—¿Por qué pensáis eso? —preguntó Jo.

—Porque Dylan se ahogó y encontraron drogas duras en su organismo. Eso pasó cuando Ursa tenía cinco años.

—Pobre Ursa —comentó Gabe.

—Los amigos que se encontraban en el lago con él confirmaron que estaba drogado cuando fue a nadar. Ursa se había quedado en la orilla con su madre, que también estaba bajo el efecto de las drogas.

Lenora dejó de hablar cuando una pareja salió del ascensor. Esperó a que entraran a la UCI antes de continuar.

—Dylan era el pegamento de la familia y, cuando murió, todo se desmoronó. Durante los tres años siguientes, Portia se metió constantemente en problemas. La despidieron de varios trabajos de camarera, la detuvieron por algunos delitos menores relacionados con las drogas y fue investigada por firmar cheques sin fondo. También le quitaron el carné de conducir tras dar positivo en un control de alcoholemia. Cuando Ursa estaba en segundo curso, su colegio solicitó que investigaran a Portia por negligencia infantil. Ursa iba a clase con la ropa sucia y más de una vez la encontraron deambulando por las inmediaciones del colegio mucho después de que terminaran las clases. Su comportamiento se volvió cada vez más extraño...

—Con frecuencia, se considera raros a los niños inteligentes —sostuvo Jo.

—Lo tuvieron en cuenta. Pero siempre interrumpía las clases. Leía cosas al revés de forma obsesiva y levantaba la mano para contarle historias descabelladas a su maestra.

—Estaba aburrida —argumentó Gabe—. ¿Puede imaginar cómo sería el plan de estudios de segundo curso para una persona con un coeficiente intelectual como el de ella?

Lenora sonrió.

—Me encanta cómo la defendéis. Pero cuando un niño se comporta así, suele ser un signo de que está pasando por una situación estresante en casa. Durante la investigación, a los asistentes sociales les dio la impresión de que Ursa prácticamente cuidaba de sí misma. Sabía cocinar cosas sencillas como macarrones con queso y hacía sus deberes, se arreglaba para el colegio e iba a la parada del autobús sin que nadie la ayudara. Su ropa estaba sucia porque no podía ir a la lavandería sola. Después de que Dylan muriera, Portia tuvo que mudarse a un apartamento barato sin lavadora ni secadora.

—¿Los asistentes sociales consideraron separarla de su madre? —preguntó Jo.

—Tiene que tratarse de una situación catastrófica de verdad para que eso ocurra. Decidieron que lo que sucedía no era atípico para una niña con una madre soltera. Lo que no sabían era que Ursa mintió cuando le preguntaron si su madre consumía drogas y alcohol. La drogadicción de Portia había empeorado tanto que estaba prostituyéndose para conseguir dinero para pagar las drogas. Era camarera en un bar-restaurante…

—¿Cómo se llama… ese restaurante? —preguntó Jo.

—No es el lugar al que fuisteis la noche del tiroteo.

—¿Se ha enterado de eso?

—Lo sé todo —aseguró Lenora—. Creemos que Ursa ya había estado en ese restaurante, pero no porque su madre hubiese trabajado allí. El último lugar en el que trabajó Portia era un bar turbio donde encontraba hombres que la ayudaban a mantener su consumo de drogas. Como no tenía carné de conducir, una amiga que era camarera con ella solía llevarla y traerla del trabajo. Un día de junio, fue a buscar a Portia a su casa y nadie respondió. Cuando Portia faltó al trabajo dos días, la amiga convenció al casero para que abriera el apartamento y la dejara entrar a mirar. Dentro, encontraron una nota pegada en la nevera que decía que ella y una amiga habían llevado a Ursa de vacaciones a Wisconsin.

—¿Las clases ya habían terminado? —preguntó Jo.

—Sí, Ursa estaba ya de vacaciones. Pero la amiga de Portia no conocía a ninguna otra amiga que pudiera llevarlas en coche a Wisconsin. Además, sabía que Portia y Ursa no dejarían su ropa en el apartamento. Durante una semana, insistió para que la policía investigara, pero cuando por fin comenzaron a hacerle preguntas, se arrepintió. Se asustó porque ella también consumía drogas y se prostituía. La policía dejó el caso después de eso.

—¿Incluso cuando la vida de una niña corría peligro? —cuestionó Jo.

—No tenían ninguna pista y la madre había dejado una nota. Y para la segunda semana, se habían quedado sin pruebas que analizar porque el casero de Portia tiró todas sus pertenencias y limpió el apartamento para que entraran a vivir inquilinos nuevos. Hacía dos meses que Portia no pagaba el alquiler.

—La policía no debería haber dejado que el casero hiciera aquello —sostuvo Jo.

—Se dieron cuenta de eso hace dos semanas, cuando encontraron el cuerpo de Portia en una zanja.

—Dios mío —dijo Gabe.

—¿Sabéis cómo murió? —Quiso saber Jo.

—El cuerpo se encontraba en estado de descomposición, pero hay señales de traumatismo en el lado derecho del cráneo. El estado de descomposición concuerda con la fecha en la que desapareció. Es probable que muriera el 6 de junio.

—Y Ursa apareció en mi jardín delantero el 7 de junio —señaló Jo.
Lenora asintió.

—Y hace una semana, parasteis en Effingham a cenar y advertisteis
que Ursa parecía tenerle miedo a un hombre. Es posible que ese individuo llamara a los dos hombres que os siguieron hasta casa. Usted le
contó a la policía que Ursa dijo «Te matarán a ti también» justo antes
de que los intrusos comenzaran a disparar.

—Esos hombres asesinaron a Portia —dijo Gabe.

—Es probable —respondió Lenora—. Y creemos que Ursa vio cómo
lo hacían.

—¿Por qué tienen a Ursa bajo vigilancia si los presuntos asesinos
están muertos? —preguntó Jo.

—¿Quién sabe si eran las únicas personas involucradas? Quizá el
hombre que llamó por teléfono en el restaurante participó en el asesinato. Creemos que Ursa sabe quién es ese hombre y qué sucedió la noche
en que su madre murió. —Se inclinó hacia Jo—. Para descubrirlo, necesitamos vuestra ayuda.

—¿Cuándo?

—Hoy. La seguridad de la niña depende de usted, Joanna. Debe
hacerla hablar.

Capítulo treinta y tres

Los encargados de la UCI abrieron las puertas a los dos cabezotas que estaban en su sala de espera. Pero había reglas. No podían hablar sobre lo que había ocurrido la noche en que la madre de Ursa murió hasta que llegaran el detective Kellen y el subcomisario McNabb. La declaración de Ursa debía ser presenciada por un agente policial para asegurarse de que no hablaba bajo coerción. Y lo más importante, no podían revelarle que la policía había encontrado el cuerpo de su madre. Lenora les explicó que saberlo quizá alterase la forma en que Ursa les contaba su historia.

Cuando Jo se acercó a la recepción principal de la UCI con sus muletas, un globo plateado le llamó la atención. Estaba atado a un gatito atigrado de peluche. Jo se alejó de Lenora Rhodes y de Gabe.

—Jo, ¿qué haces? —la llamó Gabe.

Había ido detrás del escritorio para recoger los regalos.

—No se le permite estar aquí atrás —se quejó un hombre—. Señorita…

Jo se apoyó una muleta contra el cuerpo, agarró el gatito de peluche y miró al empleado indignado.

—¿Por qué no le disteis esto a Ursa?

Nadie respondió.

—¿Vio la nota? Es evidente que pone su nombre. Habría significado mucho para ella, pero lleva tirado aquí una semana entera. —Jo miró a todos los que se encontraban a su alrededor—. ¿Por qué no le habéis dado los regalos a una niña enferma que los necesita?

—Quisimos dárselos… —respondió una enfermera.

—No se lo permitimos —explicó Lenora.

—¿Por qué no?

—Creo que sabe por qué.

—Intentaban hacernos desaparecer; a Gabe, a Tabby y a mí. Usted quería que nos olvidara.

—Creímos que recordaros resultaría más doloroso que positivo para ella —argumentó Lenora.

—Eso está mal. ¡Y luego soy *yo* la que se ha metido en problemas! —Jo sostuvo el gatito contra la empuñadura de su muleta y salió de detrás del escritorio, con el globo ondeando contra su cabeza.

Lenora chasqueó la lengua y negó con la cabeza.

—Vaya, Ursa y usted son tal para cual, ¿no es cierto?

Avanzaron por el pasillo, pasando al lado de habitaciones ocupadas, en su mayoría, por ancianos conectados a máquinas. Jo sintió mariposas en el estómago de la emoción al ver al policía sentado frente a la habitación de Ursa. El agente se puso de pie, con la mano sobre la funda de su pistola.

—No pasa nada —dijo Lenora—. Voy a dejarlos entrar.

El policía le lanzó una mirada inquisitiva.

—La niña no abrirá la boca si no los ve —explicó ella—. Creo que eso ha quedado claro.

El agente se hizo a un lado para dejar pasar a Jo. Ursa estaba sentada en su cama de hospital; los restos de su almuerzo, esparcidos sobre una mesa rodante frente a ella. Observaba con atención el suero conectado a su brazo.

—¡No, no, no, señorita! —regañó Lenora—. ¡Ni se te ocurra arrancártelo otra vez!

Ursa levantó la mirada, con aire culpable. Pero cuando vio a Jo y Gabe, su expresión fue de alegría pura.

—¡Jo! ¡Gabe! —exclamó.

Jo avanzó hacia ella lo más rápido que las muletas le permitieron. Colocó el gatito sobre la cama y se inclinó hacia los brazos abiertos de Ursa. Lloraron y se abrazaron durante algunos minutos. Después Gabe hizo lo mismo, mientras Lenora y la enfermera observaban desde el umbral de la puerta.

Cuando Gabe soltó a Ursa, Jo le enseñó el gatito y el globo.

—Esto es de parte de Tabby.

Ursa presionó el peluche contra su mejilla.

—¡Me encanta! ¡Es como César! ¿Tabby está aquí?

—Estuvo mucho tiempo, pero tuvo que regresar al trabajo —respondió Jo.

—¿Gabe y tú estabais aquí también?

—Desde que pasó aquello —contestó Jo.

Ursa miró con odio a Lenora.

—¡Lo sabía! ¡Sabía que estaban aquí!

—Me has descubierto, pequeña —dijo Lenora—. Pero solo quería que mejoraras.

—¿Dejarás que viva con Jo y Tabby?

—Tan solo disfrutemos del momento —sugirió Lenora. Se sentó en una silla en un rincón.

—¿Vas a terminarte el almuerzo? — le preguntó la enfermera a Ursa.

—No me gusta.

—Has pedido macarrones con queso.

—Hay que preparar los de la caja azul —explicó Ursa—. Y los que tienen formas saben mejor.

—La próxima vez, pruebe con las formas de *La guerra de las galaxias* —le dijo Jo a la enfermera.

—No creo que en nuestra cocina haya de eso —repuso la mujer, mientras levantaba la bandeja.

—Ahora que Jo está aquí, puede traer una caja —comentó Ursa.

Jo apartó la mesa y se sentó en el borde de la cama. Gabe acercó una silla. Jo sostuvo la mano de la pequeña.

—¿Te encuentras bien?

Los ojos marrones de Ursa se tiñeron de tristeza.

—¿Oso Menor murió?

Jo sujetó la mano de Ursa entre las suyas y se la aferró con fuerza.

—Así es. Lo siento mucho.

Un sollozo explotó en el pecho de la pequeña y las lágrimas rodaron por sus mejillas.

—Estoy tan orgullosa de él —dijo Jo—. Nos salvó a las dos. Lo sabes, ¿verdad?

Ursa asintió, llorando.

—Cuando te mejores, le prepararemos un funeral bonito.

—¿Con una cruz?

—Construiré una —señaló Gabe.

—¿Dónde está? —le preguntó Ursa.

—Está enterrado en el bosque cerca de la Cabaña Kinney —respondió él.

Ursa lloró con más fuerza y Jo la abrazó otra vez.

—¿Qué te pasa en la pierna? —preguntó cuando se calmó.

—Uno de los hombres me disparó en la parte trasera del muslo.

Más lágrimas.

—¡Lo siento, Jo! ¡Es culpa mía! ¡Es culpa mía que te hirieran y que Oso Menor esté muerto!

—¡No! ¡No lo es! Nada de lo que pasó fue culpa tuya. Jamás pienses eso.

—¡Debería habértelo dicho! Estaba segura de que nos seguían…

—Tenías miedo. No pasa nada.

Ursa miró a Gabe.

—La policía me dijo que los mataste.

—Es cierto —respondió él.

—¿Te has metido en problemas?

—No.

Jo sacó algunos pañuelos de papel de la caja que había sobre la mesa y le limpió los mocos a Ursa. Usó otro para secarle las lágrimas.

—Te quiero, Jo —dijo Ursa.

—Yo también te quiero, bichito de luz.

La niña sonrió.

—Me llamaste así la noche que me dispararon. Fue ahí cuando descubrí que me quieres.

—Mi madre solía llamarme bichito de luz cuando era pequeña.

—Ojalá tuviera mis lápices. Se me acaba de ocurrir una idea para un dibujo.

—¿El qué?

—Un bichito de luz. Pero lo haré rosa y tendrá lunares púrpuras. Ojos grandes y antenas largas.

—Suena precioso.

—Dibujaré corazones rosas y rojos alrededor.

—Hay una papelería cerca de mi hotel —comentó Gabe—. ¿Qué te parece si voy a comprarte lápices y papel?

—¡Ahora no! ¡Tienes que quedarte! —Se volvió hacia Jo—. ¡Lo había olvidado! ¡Había olvidado contarte por qué me quedé después del quinto milagro!

—¿Por qué?

—Porque decidí quedarme contigo. Cuando me dijiste que me querías y que a lo mejor me adoptabas, deseé que ocurriera más que nada en el mundo. Incluso más que volver a mi propio planeta. Me encontraba en las estrellas cuando decidí regresar.

—¿En serio?

—¡Sí! Todo era negro, brillante y realmente precioso. Pero yo solo te quería a ti e hice un gran esfuerzo para volver contigo.

Jo le besó la mejilla.

—Me alegra que hayas vuelto.

Ursa echó una mirada a Lenora.

—No pienso quedarme si no me dejan estar contigo.

—No nos preocupemos por eso todavía, ¿de acuerdo? —le pidió Jo.

—Pero sí me preocupa… todo el tiempo. Cuando me mintieron y me dijeron que no estabais aquí, intenté huir para encontraros.

—Dos veces, de hecho —comentó Lenora.

—Eso me recuerda… —dijo Gabe. Hurgó en su mochila y sacó su copia maltrecha de *El conejito andarín*—. Te he traído esto.

—¿Me lo lees? —preguntó Ursa.

—Por supuesto.

Jo intercambió el sitio con él para que pudiera enseñarle los dibujos mientras leía.

—¿Lo lees de nuevo, *porfa*? —suplicó Ursa cuando terminó.

Él comenzó de nuevo. La historia tuvo el mismo efecto adormecedor que había tenido cuando se lo leyó en la Cabaña Kinney. Ursa estaba casi dormida cuando terminó el cuento. Él y Jo le acariciaron el brazo con suavidad hasta que sucumbió al sueño.

Lenora caminó hasta la cama.

—Le han reducido los analgésicos, pero aún le dan sueño. Sus emociones también tienden a agotarla. —Miró hacia la puerta—. Bueno, tengo que almorzar algo antes de que lleguen los demás, y lamento deciros que debéis regresar a la sala de espera. No puede recibir visitas sin supervisión.

»Ha ido bien —dijo Lenora mientras caminaban por el pasillo de la UCI—. Se encuentra muy cómoda con vosotros dos. Creo que lograréis que cuente lo que Josh Kellen necesita saber. —Una enfermera les abrió las puertas exteriores—. No hay nada que Kellen odie más que a los asesinos de niños —sostuvo—. Necesita resolver el caso. —Señaló con la mano la silla en la que Jo se había sentado en la sala de espera—. Sentaos y, por favor, no os marchéis a ningún lado. Cuando estemos todos, entraremos y hablaremos con Ursa. Lo bueno es que estará descansada.

Jo y Gabe se sentaron uno al lado del otro en la sala de espera.

—¿Por qué siento que estoy a punto de hacer algo horrible? —preguntó Jo.

—Porque será horrible —respondió él—. Haremos que hable sobre el asesinato de su madre.

—No me refería a eso. Siento que nos están obligando a engañarla. A Ursa le aterra que la separen de nosotros y ellos se aprovecharán de eso.

—Están intentando resolver un asesinato, Jo.

—Lo sé, pero es una niña pequeña la que está ahí dentro. No se trata tan solo de una herramienta para desentrañar el caso.

Capítulo treinta y cuatro

Dos horas después, Lenora Rhodes salió del ascensor casi corriendo y se dirigió directamente a las puertas de la UCI.

—¿Qué sucede? —preguntó Jo.

—Se ha despertado y ha visto que no estabais allí. Ha montado un escándalo otra vez.

—Puedo calmarla —sugirió Jo.

—No, es mejor que aprenda que sus rabietas no funcionan. —Atravesó las puertas con rapidez.

—¿Qué mierda...? —se quejó Jo.

—Sí —coincidió Gabe—. ¿Por qué no darle a una niña convaleciente lo que la hace sentir mejor, en especial, antes de que tenga que hablar sobre su madre muerta?

—¡Porque son unos malditos idiotas!

Se quedaron sentados esperando. Media hora después, salieron del ascensor el detective Kellen, el subcomisario McNabb y una mujer con el pelo rubio teñido hasta los hombros. Jo y Gabe se pusieron de pie.

—Ella es la doctora Shaley —anunció Kellen, señalando a la mujer rubia—. Es la psicóloga que el estado le ha asignado a Ursa.

Jo y Gabe estrecharon la mano de la mujer.

—Me han contado lo de su vigilia —le dijo Shaley a Jo—. Estoy impresionada por su dedicación. ¡Cuatro días en una sala de espera hospitalaria! He oído que se asea en el baño.

—Las personas que no tienen voz necesitan que otros hablen por ellos —sostuvo Jo.

—¿Se refiere a Ursa?

—Sí, Ursa.

—¿Por qué supone que no tiene voz?

—Porque ha estado preguntando por mí desde hace una semana y no le permitieron verme.

—Intentamos hacer lo mejor para ella, no solo en este momento, sino para su futuro.

—Usted sabe que ella es muy consciente de que su futuro está en juego y es lo bastante inteligente como para saber qué es lo mejor para ella. Creo que cuando Ursa huyó en junio, estaba buscando un nuevo hogar. Quería elegirlo ella, en vez de que se lo asignaran.

Shaley y los dos policías la miraban con incredulidad.

—¿Y usted cree que es ese hogar? —preguntó Shaley.

—Me encantaría serlo, pero la elección es de ella.

—Tiene ocho años —repuso McNabb.

—¿Y qué elección tiene si usted fue la primera persona con la que se topó? —cuestionó Shaley—. Hay padres de acogida maravillosos a quienes les encantaría darle a Ursa un excelente hogar.

—Espero que tenga razón —respondió Jo—. Ursa se marchará si algo no le gusta y quizá la segunda vez que huya no se tope con buenas personas.

—Sabemos lo que hacemos, Joanna. Tenga fe en nosotros —afirmó Shaley.

Ella y los dos hombres se alejaron.

—Los haremos pasar en cuanto comprobemos que Ursa está lo bastante bien como para hacer una declaración —señaló Kellen antes de seguir a los otros al interior de la UCI.

Jo quería lanzarles una muleta.

—¡«Los haremos pasar»! ¿Te das cuenta de que nos están usando?

—Cálmate —pidió Gabe—. Decirles esas cosas no hará más que perjudicarte.

—¿Por qué? Todo lo que he dicho es verdad. Ursa *estaba* buscando un nuevo hogar. Ese era el objetivo de los cinco milagros: tener tiempo para decidir y darnos tiempo para vincularnos con ella.

—Jo… no eres la única persona del mundo que puede quererla.

—¡Ya lo sé! Pero ¿para qué buscar a otra persona si es lo que ella y yo queremos?

—Para empezar, estás soltera. Intentarán colocarla en una familia con madre y padre.

—Sí, ¿qué clase de mierda es eso, de todas maneras? ¿Por qué es mejor? ¿Qué hay de las parejas gays? ¿Las tendrán en cuenta?

—Jo…

—¿Qué?

—Te estás desmoronando. Llevas en esta sala de espera demasiado tiempo. Necesitas salir de aquí y descansar un poco.

—No hasta que la hagamos hablar. ¿Nos dejarán verla después de que resuelvan el asesinato? Quizá nos estén engañando a nosotros también.

—Nunca han dicho que podamos verla después.

—Lo sé. —Se dejó caer hacia atrás en la silla—. ¡Mierda!

Gabe se sentó a su lado y le sostuvo la mano.

Unos minutos después, apareció Lenora y vio a Jo desplomada sobre la silla.

—¿Está bien? ¿Está en condiciones de hacer esto?

—Sí, lo estoy.

Lenora los guio al interior de la UCI. El detective Kellen, el subcomisario McNabb y el policía que hacía guardia conversaban en voz baja sin que Ursa los viera. La doctora Shaley se encontraba dentro de la habitación hablando con ella.

—¡Jo! —gritó la niña cuando la vio. Saltó sobre sus rodillas y el movimiento tensó la vía intravenosa que tenía en el brazo.

—¡Con cuidado! —la regañó la enfermera—. ¡No te gustará si tengo que colocártela de nuevo! —Tiró de Ursa para que volviera a recostarse contra las almohadas.

Jo dejó las muletas y la abrazó.

—¿Por qué os fuisteis? —preguntó Ursa contra su pecho.

—Nos dijeron que teníamos que irnos. No queríamos hacerlo.

Ursa se apartó de sus brazos y miró con odio a la enfermera.

—¡Me has mentido! ¡Me dijiste que no sabías por qué se habían ido!

La enfermera salió de la habitación murmurando:

—Esta niña me matará de un disgusto.

Los ojos de Ursa estaban enrojecidos. Había estado llorando mucho.

—¿Te has arrancado la vía intravenosa? —preguntó Jo.

Ursa asintió.

—Quería ir a buscaros.

—Estábamos en la sala de espera. Tienes que dejar de arrancarte la vía. Duele cuando te la vuelven a colocar, ¿no?

—¡Sí! ¡Son muy malos! ¡Me ataron a la cama!

—Tuvimos que hacerlo porque no podíamos sedarla —explicó Lenora.

Porque tenían que mantenerla despierta para que declarase.

—¡Me quiero ir! —rogó la pequeña—. ¡Odio este lugar! ¡Quiero irme contigo y con Gabe!

—Todavía no estás recuperada del todo —dijo Jo.

—¿Puedo irme con vosotros cuando lo esté? ¡Por favor!

Jo no iba a mentirle.

—Eso quisiera, pero no depende de mí.

La doctora Shaley apretó los labios en una línea tensa, claramente disconforme con la respuesta de Jo.

—¿De quién depende? —preguntó Ursa.

—Tenemos visita, Ursa —dijo Lenora, para distraerla—. ¿Te molesta si entran?

Ursa echó una mirada suspicaz a la puerta.

—¿Quiénes?

—¿Te acuerdas de Josh Kellen?

—¿El hombre con el revólver?

—Lo lleva porque es agente de policía —argumentó la doctora Shaley—. Es uno de los buenos. —Lo dijo con la voz que uno pondría para hablar con un bebé. Y Ursa era más inteligente que todos ellos.

Lenora salió al pasillo y les indicó a Kellen y a McNabb que entraran. Jo miró a Gabe. Él parecía tan consternado como ella. Dos policías, una asistente social y una psicóloga observarían a Ursa mientras ella hablaba sobre cómo su madre había muerto.

A Ursa se le inundaron los ojos de miedo. Sabía por qué estaban allí.

Lenora se acercó a la cama.

—Ursa... Jo y Gabe quieren que les cuentes qué pasó la noche en que huiste.

Ursa giró la cabeza para mirar a Jo con consternación, como si de repente la viera como el enemigo. Jo le hizo un gesto con la cabeza a Gabe para que se pusiera a un lado de la cama de Ursa mientras ella se sentaba en el otro. Gabe entendió lo que ella tenía en mente y se sentó cerca de la pequeña; su cuerpo y el de Jo tapaban a las otras cuatro personas en la habitación.

Jo le sujetó la mano a Ursa.

—Todos aquí queremos que estés a salvo —dijo—. Y para eso, la policía tiene que saber qué paso la noche en que huiste de tu casa.

—Ya sabes por qué me fui de Alarreit. Me fui de casa para hacer el posgrado.

—Ursa... Sé que «Alarreit» es «la Tierra» escrito al revés.

—¡Tuve que inventarme el nombre! Los terrícolas son incapaces de pronunciar el nombre de mi planeta. No usamos palabras.

—También me dijiste tu nombre al revés.

—¿No lo entiendes? Hago todo lo que Ursa hacía. Su cerebro es mi cerebro.

—Joanna... —llamó la doctora Shaley.

Ella la miró.

—No hace falta que hablemos de esto ahora. La estoy ayudando con eso.

Jo volvió a Ursa.

—Necesitan saber qué pasó porque les asusta dejarte salir de aquí. Les preocupa que otros hombres vengan a buscarte.

Ursa miró a Gabe.

—Tú los mataste.

—¿Los maté a todos? —preguntó él.

La pequeña asintió.

—¿Qué hay del hombre que viste en el restaurante? —insistió Jo.

Ursa no respondió.

—A la policía le preocupa que sea peligroso. Tienen miedo por ti...
y Gabe y yo también.

—Gabe mató a los que eran malos de verdad —aseguró Ursa.

—Pero ¿por qué el hombre que estaba en el restaurante los llamó y
les dijo dónde estabas?

—Porque es su amigo.

El detective Kellen se acercó y, por desgracia, Ursa dejó de prestarle
atención a Jo para mirarlo.

—¿Sabes el nombre de ese individuo? —preguntó Kellen.

—Díselo —la alentó Jo—. No pasa nada.

—Si se lo digo, ¿se irá?

—No. La policía debe saber lo que le ocurrió a tu madre.

—No tengo madre —dijo Ursa en voz baja.

Jo le apretó la mano.

—Por favor, sácate esto de dentro. Mantenerlo en tu interior te está
haciendo daño. No lo hagas por ellos, ni tampoco por mí o Gabe. Hazlo
por ti.

—Les dije que solo se lo contaría si me dejan vivir contigo y Tabby
en Urbana.

—Estamos trabajando en ello —comentó Lenora.

Jo se mordió los labios para reprimir la necesidad de llamarla mentirosa.

—Huiré si no me dejas —Ursa le dijo a Lenora.

—Lo sé. Me lo has dicho unas cuantas veces —respondió la mujer.

Jo le puso una mano a Ursa en la mejilla.

—Cuéntanoslo, así conseguiremos que te dejen salir del hospital sin
que tengamos que preocuparnos por ti. Olvídate de que están todos aquí
y cuéntanoslo a mí y a Gabe. ¿Por qué huiste esa noche? ¿Le pasó algo a
tu madre?

—No era mi madre.

—¿Portia no era tu madre?

Ursa reaccionó al nombre; al parecer, se sorprendió de que Jo lo supiera. Pero a Jo no le preocupaba haber roto una de las reglas. Tenía que seguir sus instintos.

—¿Por qué dices que Portia no era tu madre?

—Porque era la madre de Ursa. Yo todavía no estaba en el cuerpo de Ursa. No me apoderé de él hasta después de que la mataran.

—¿Quieres decir que mataron a tu madre?

—Me refería a Ursa.

—¿Qué hay de Portia?

—La mataron primero.

—¿Viste qué le ocurrió?

—Ursa lo vio. Y cuando entré en su cuerpo, lo vi, porque aquello seguía en su cerebro.

De algún modo, Jo pudo continuar sin llorar.

—Cuéntame qué viste en su cerebro. Cuéntame todo lo que pasó esa noche.

Ursa apartó la mirada de Jo. Sujetó el gatito de peluche que Tabby le había regalado, la única distracción a su alcance, y echó la cabeza hacia atrás para taparse la cara con el peluche.

—Ursa… —dijo Jo.

La pequeña se presionó el gatito contra la cara con ambas manos y cerró los ojos.

—Lo llamaré César —anunció—. Me gusta su olor, es como el perfume de Tabby.

Jo le quitó el jueguete de la cara con suavidad y lo apoyó en las sábanas.

—Ursa, puedes hacerlo. Cuéntanos a mí y a Gabe qué ocurrió esa noche.

Ella siguió mirando al gatito.

—¿Y si finges que estás escribiendo una obra de teatro? —sugirió Gabe.

Ursa lo miró con los ojos brillantes, intrigada, al parecer, por la sugerencia.

—¿Qué es lo primero que pasa? —preguntó él.

—Es de noche y vengo de las estrellas —responde la niña—. Estoy buscando un cuerpo.

—¿Y qué más?

—Veo a una niña pequeña que salta desde la ventana de un edificio. —Ursa advirtió la sorpresa de Jo—. No estaba tan alto —explicó. Volvió a dirigirse a Gabe—. La niña cae en los arbustos. Fue así cómo se hizo algunos de las magulladuras. Está asustada porque dos hombres la persiguen. Salen y la estrangulan. Veo cómo la matan.

Miró a Jo, y pasó de manera abrupta de la obra a la realidad, a la fantasía que se había convertido en su realidad.

—Fue allí cuando me metí en el cuerpo de Ursa, porque odié que tuviera que morir. Quería que su cuerpo estuviera vivo aunque ella no lo estuviese.

—¿Qué pasó cuando te metiste en su cuerpo? —preguntó Jo.

—Primero tuve que conseguir que volviera a respirar… con mis poderes. Hice que se sintiera mejor y me puse de pie. Sabía que los hombres pensarían que yo era Ursa, así que corrí. Pude dejarlos atrás porque se asustaron cuando vieron que Ursa seguía viva. Había una gasolinera cerca de casa de Ursa y corrí hacia allí. Vi una camioneta… como la que tiene Gabe pero más grande…

—¿Una camioneta de caja abierta? —preguntó Gabe.

Ella asintió.

—Estaba aparcada al lado de la tienda de la gasolinera y subí a la parte de atrás. Había cosas allí y pude esconderme debajo de ellas. Tuve miedo de moverme y, de repente, el dueño se metió en la camioneta y comenzó a conducir. Supongo que tomó la carretera que va hacia Champaign-Urbana, la que se llama 57. Me asusté porque la camioneta iba muy rápido y yo me encontraba en un cuerpo nuevo y todo eso.

Jo y Gabe se miraron.

—Así fue cómo te encontré —agregó Ursa—. Seguro que fue cosa de mis *quarks*. Hacen que sucedan cosas buenas como esa.

—¿Cómo me encontraste exactamente? —Quiso saber Jo.

—La camioneta anduvo durante mucho, mucho tiempo. Antes de detenerse, se metió por una calle llena de desniveles. Después descubrí que era la calle Turkey Creek.

—¿De qué color era la camioneta? —preguntó Gabe.

—Roja.

—¿Estaba medio destartalada… como la mía?

Ella asintió.

—Probablemente sea la camioneta de Dave Hildebrandt. Su propiedad se encuentra frente a la mía.

El detective Kellen tenía una libreta en la mano.

—¿Dave Hildebrandt? —repitió mientras escribía.

—Sí —confirmó Gabe—. Viaja por todos lados buscando piezas de coche. Reconstruye automóviles.

—¿Te vio Dave? —le preguntó Gabe a Ursa.

Ella negó con la cabeza.

—Me dio miedo. Cuando llegó a su casa, enseguida comenzó a gritarle a alguien. Hubo una gran pelea.

—Seguramente con Theresa, su esposa —señaló Gabe.

Kellen escribió en su libreta otra vez.

—¿Cuándo saliste de la camioneta? —preguntó Jo.

—Esperé a que él dejara de gritar. Pero cuando salí de la camioneta, un perro grande me ladró. Eché a correr porque tenía miedo de que me mordiera. Me caí varias veces porque estaba oscuro y yo iba por el bosque. Me detuve al encontrar agua.

—¿El arroyo Turkey? —preguntó Gabe.

—Sí, pero todavía no sabía el nombre. Lo seguí y salí por ese lugar donde la calle termina frente a la colina, justo al lado de casa de Jo… digo, de Kinney. Estaba demasiado asustada como para acercarme a la casa, así que me metí en el cobertizo. Allí había una cama, solo un colchón en realidad, y me acosté sobre él. Me quedé dormida durante

mucho tiempo. Cuando por fin me desperté, era de día y vi a un cachorro; era Oso Menor. —Se le llenaron los ojos de lágrimas—. Fue
mi primer amigo. Oso Menor fue mi primer amigo desde que bajé de
las estrellas. Y ahora está muerto.

Capítulo treinta y cinco

Ahora sabían cómo Ursa había viajado de Effingham a la casa alquilada de Jo. Pero aún había un enorme agujero en su historia… la peor parte. ¿Por qué había saltado desde la ventana del apartamento? Jo odiaba hacerla pasar por esto, pero la policía nunca la dejaría en paz hasta que cerraran el caso del asesinato de Portia Dupree.

Gabe le secó a Ursa la cara llena de lágrimas con el borde de la sábana y Jo le sostuvo la mano.

—Terminemos con esto. Cuéntanos a Gabe y a mí por qué tuviste que saltar por la ventana.

—*Ursa* lo hizo. Aún estaba en su cuerpo cuando eso ocurrió.

—De acuerdo, cuéntame por qué hizo algo tan peligroso.

—Ya os lo he contado. Esos dos hombres iban a matarla.

—¿Cuáles?

—Los que Gabe mató.

—Dime sus nombres.

Ursa se volvió hacia Kellen, consciente de que los nombres le importaban a él más que a nadie.

—El nombre del bajito era Jimmie Acer, la gente lo llamaba Ace. El más fuerte se llamaba Cory. Ursa no sabía su apellido porque no lo había visto antes.

—¿No lo había visto antes de esa noche? —Quiso confirmar Jo.

—No lo había visto nunca.

—¿Por qué estaban Jimmie Acer y Cory en el apartamento de Ursa?

—Porque… —La pequeña apartó la mirada de Jo, y retorció la punta de la sábana con los dedos.

—¿Estaban haciendo cosas que la madre de Ursa le pidió que no contara?

Ursa asintió, con la cabeza gacha.

—Tú no eres Ursa, así que puedes contárnoslo.

Ella levantó la mirada.

—Supongo que tienes razón.

—¿Qué pasó con Ace y Cory?

—Ace se encontraba allí siempre. Y él… ya sabes…

—¿Qué?

—Se iba con la madre de Ursa al dormitorio. Su madre decía que estaban de fiesta cuando hacían eso. —El destello de vergüenza en sus ojos revelaba que sabía muy bien qué estaban haciendo en la habitación.

—¿Por qué estaba Cory allí?

Ursa volvió a bajar la mirada.

—Vino con Ace. A la fiesta.

—¿Estaba drogado?

—Actuaba como si lo estuviera y bebía cerveza. Estaba esperando… —Volvió a inclinarse hacia delante y otra vez levantó el gatito de peluche para darles a sus dedos algo con lo que entretenerse.

—¿Cory estaba esperando para entrar a la habitación con la madre de Ursa?

—Sí —respondió ella.

—¿Qué estaba haciendo Ursa?

—Estaba viendo la tele en la sala de estar. Estaban dando una película… esa donde las gemelas se encuentran en el campamento.

—*Tú a Londres y yo a California.*

—A Ursa le gustaba esa película.

—¿Cory estaba en la misma habitación con Ursa?

—Sí —respondió ella, bajando la mirada al gatito atigrado.

—Cuéntame qué estaba haciendo Cory —pidió Jo.

—La película lo hacía reír y no dejaba de decir lo estúpida que era. Eso hizo enfadar a Ursa.

—Y después, ¿qué pasó?

Ursa miró por fin a Jo y le rogó con los ojos que no la hiciera decir nada más.

—Por favor, cuéntamelo. No pasa nada.

Las lágrimas cayeron de sus ojos.

—Cory tocó a Ursa en un lugar que no debía. Ella le dijo que quitara la mano de ahí y lo empujó. Él le dijo que le daría cinco dólares si le dejaba hacerlo. Dijo que, de todos modos, Ursa iba a acabar como su madre y que ya que iba a ser una puta, debería empezar de niña… porque las chicas son más guapas de pequeñas…

Gabe se llevó una mano a la boca.

—¿Qué hizo Ursa? —preguntó Jo.

—Dijo que su madre no era una puta, pero Cory se rio. Ursa se enfadó y apagó la tele. Intentó ir a su habitación, pero Cory la sujetó del brazo. La empujó al sofá y… —Las lágrimas se transformaron en sollozos—. Intentó quitarle el pijama. Ella gritó y le dio patadas…

Jo estaba demasiado angustiada para hablar, pero Kellen lo hizo.

—¿Qué pasó? Cuéntanos.

—La madre de Ursa salió corriendo del dormitorio —respondió, llorando—. Le gritó que se apartara de Ursa, levantó una silla y golpeó a Cory en la espalda con ella. Ace le arrebató la silla, pero Cory se la quitó. La estrelló contra la cabeza de la madre de Ursa. —La pequeña se tapó la cara—. ¡La golpeó con mucha fuerza! Ella cayó al suelo y algo comenzó a salir de su cabeza. Creo que era su cerebro…

Jo la abrazó y la sostuvo contra su pecho.

A Kellen no le pareció suficiente.

—¿Por qué huiste? —preguntó—. ¿Te amenazaron?

—¡No fui yo! —gritó Ursa.

—¿Por qué huyó Ursa?

—Ace se puso a insultar a Cory y le dijo que Ursa lo había visto todo y que se lo contaría a la policía. Cory contestó que no lo haría y sujetó a

Ursa. Le puso una mano alrededor del cuello y presionó con fuerza. Ursa sabía que la iba a matar, así que le dio una patada, lo mordió y logró liberarse. Corrió a su habitación y saltó por la ventana abierta.

—¿No había una mosquitera? —preguntó Kellen.

Ursa negó con la cabeza mientras se secaba las mejillas con las palmas de las manos.

—El casero no quiso poner mosquiteras aunque la madre de Ursa se lo pidió. Solían pelearse por eso.

—¿Cómo se llama el hombre que estaba en el restaurante? —indagó Kellen—. Dijiste que era amigo de Ace y Cory.

—No sé si era amigo de Cory. Era amigo de Ace. Salía a menudo de fiesta con Ace y la madre de Ursa.

—¿Cómo se llama?

—No estoy segura. A veces lo llamaban Nate y otras, Todd.

—¡Nathan Todd! —El detective dio un golpe a su libreta con el dorso de su mano—. ¡Ya lo tengo!

—¿Lo conoce? —Quiso saber Gabe.

—Vaya si lo conozco. Y el teléfono que encontramos entre la ropa de Ace demuestra que recibió una llamada de Todd a la hora en que vosotros estabais en el restaurante. Con la identificación de Ursa, puedo arrestarlo.

—¿Bajo qué cargo?

—Cómplice de intento de asesinato.

—¿No será difícil de demostrar? —cuestionó Gabe.

—Tenemos nuestros métodos. —Se guardó la libreta en el bolsillo de los pantalones y caminó hasta Gabe—. Debo agradecérselo, señor Nash —dijo, estrechándole la mano—. Nos hemos deshecho de dos putos desgraciados. Ha hecho mi trabajo mucho más fácil. —A Jo le resultó perturbador que lo felicitara por matar a dos seres humanos. Pero ella veía el mundo de una forma distinta a la mayoría de la gente, al haber sido criada por padres pacifistas.

Jo había absorbido muchas de las filosofías de sus padres y una de ellas era la creencia de que los niños merecían saber la verdad tanto como fuera posible. Con frecuencia se preguntaba lo diferente que habría sido la vida de Gabe si lo hubiesen criado con la verdad, si hubiese sabido que tenía dos padres que lo querían.

Jo bajó de la cama.

—Antes de que todos os marchéis, me gustaría decir algo.

Todas las personas de la habitación —el detective, el subcomisario, la psicóloga y la asistente social— la miraron. Gabe pareció ponerse nervioso, y quizá tenía una buena razón para ello. Jo estaba demasiado exhausta para saber si lo que se disponía a hacer era lo mejor para Ursa.

—Me da la sensación de que este será el único momento en el que tendré a tantas de las personas que decidirán el futuro de Ursa en la misma habitación. —Mirando a los dos agentes de policía, agregó—: Sé que vosotros no decidiréis a dónde irá Ursa, pero si presentáis cargos contra mí, afectaréis su futuro.

—Mejor tengamos esta conversación en la sala de espera —dijo Lenora.

—¿Por qué? Ursa quiere saber qué ocurre y sabéis que puede soportarlo. —Jo volvió a mirar a los policías—. Si presentáis cargos en mi contra, es posible que me expulsen de la universidad y del posgrado.

—¿Estás segura? —preguntó Gabe.

—Me lo confirmó mi tutor. Antes de que decidáis mi destino —les dijo a los hombres—, quiero que sepáis lo que podría pasar si me acusan formalmente. Reconozco que tomé malas decisiones con respecto a Ursa, pero lo hice todo movida por la compasión. Por favor, aseguraos de que el castigo sea el adecuado para el crimen antes de arruinarnos por completo la vida a Ursa y a mí, porque no tendré esperanza alguna de ser su madre de acogida si presentáis cargos en mi contra.

—¡Quiero que seas mi madre de acogida! —exclamó Ursa.

—Lo sé, bichito de luz. Déjame terminar, ¿vale? —Miró a Lenora y a la doctora Shaley—. Tengo muchas más cosas que deciros a vosotras dos. Debo asegurarme de que Ursa no albergará dudas sobre mí si alguien le miente en el futuro. —Dio un paso atrás para que la pequeña pudiera verle la cara por completo—. Aquí mismo, frente a Ursa, os pido que me permitáis ser su madre de acogida. También me gustaría solicitar los derechos de adopción. Dejad que os hable de mis cualificaciones…

—Joanna —interrumpió Lenora—, este no es el momento ni…

—Por favor, escuchadme. Mi cualificación número uno es que la quiero y ningún otro candidato puede decir eso. Segundo, ella y yo estamos unidas por esta tragedia. Mi conocimiento de lo que ha tenido que atravesar será sanador para ella. Tercero, mis padres me dejaron una herencia importante al morir, así que dispongo de los recursos financieros para criar a una hija como madre soltera. Cuarto, no bebo ni consumo drogas y jamás me he metido en problemas con la ley, ni siquiera por una multa de tráfico. Quinto…

—Creo que ya hemos oído lo suficiente —señaló la doctora Shaley.

—Este punto es importante —argumentó Jo—. Quinto, mis padres eran científicos que me enseñaron a valorar la naturaleza y a sentir curiosidad por el mundo. Ursa brilla en los ámbitos naturales y científicos porque satisfacen su necesidad de estimulación intelectual. Mi objetivo es ser profesora en una universidad prestigiosa y no me imagino un ambiente mejor que el académico para una niña con las habilidades de Ursa.

—¿Ha acabado? —preguntó la doctora Shaley.

—Todavía no. Me gustaría hablar de algo que quizá veáis como un problema. Soy una superviviente de cáncer. Pero mi diagnóstico fue temprano y mi pronóstico es bueno. —Miró a Ursa.

»¿Entiendes lo que he dicho? Da igual lo que ocurra, nunca dudes de que te quiero y que he intentado mantenernos juntas. Más allá de esto, no tengo ningún control sobre lo que pase. —Jo se sentó en la cama a su lado—. Parece que nuestros destinos se encuentran patas arriba, como los de los personajes de las obras de Shakespeare.

—Pero ¡esto terminará como *Noche de reyes*! —aseguró Ursa—. ¡Todos seremos felices!

—Dios mío, ¿conoce a Shakespeare? —Se sorprendió Lenora.

El detective Kellen sonrió.

—«Nuestras voluntades y nuestros destinos corren en direcciones opuestas» —señaló.

—*Hamlet*, excelente cita —elogió Gabe.

—Es mi frase favorita desde el instituto —sostuvo Kellen.

Entró una enfermera con medicación líquida en un vaso para Ursa.

—Parece que a Ursa el destino le depara un descanso —dijo Lenora—. Es mejor que sigamos con esta conversación en la sala de espera.

—¡No quiero descansar! —chilló Ursa—. ¡Jo y Gabe tienen que quedarse!

Pero ellos dos le dieron un beso de despedida y dejaron que la enfermera se encargara del inminente choque entre voluntad y destino.

Capítulo treinta y seis

La habitación de hotel de Gabe le proporcionó a Jo un ambiente de lujo y privacidad poco habitual después de los días que había pasado sentada en la UCI. La ducha caliente le otorgó una sensación particularmente extravagante.

—Perdona por esto —le dijo Jo a Gabe—, pero no he llevado la ropa al baño. —No podía sostenerse la toalla alrededor del cuerpo y usar las muletas al mismo tiempo.

Gabe levantó la mirada desde su teléfono y observó su cuerpo desnudo.

—¿Te estás disculpando?

—¿Me ayudas a vendarme la pierna otra vez?

—Por supuesto, me apetece jugar a los médicos.

Jo dejó la bolsa de suministros médicos sobre la cama y se acostó sobre su estómago.

—Sobre todo si me toca mirarte el trasero mientras lo hago —agregó.

—¿Tiene buen aspecto?

Él le acarició las nalgas.

—Un aspecto genial.

—¿Qué hay de la herida, señor Trasero? ¿Cómo está?

—Parece como si te hubieran disparado.

—¿No está infectada?

—No, está bien.

—Primero aplica el ungüento con el antibiótico, y luego un apósito de gasa antes de vendarla.

Él la tocó con cuidado mientras lo hacía. Al vendarle la pierna, le acarició con los dedos la parte interna de los muslos.

—Me he distraído bastante, pero creo que se sostendrá —comentó, poniendo un trozo de cinta adhesiva en el extremo de la venda.

Ella rodó sobre sí misma para darse vuelta.

—Quítate la ropa.

Él permaneció de pie a su lado, mirándola a los ojos, mientras se desvestía. Colocó su cálido cuerpo sobre el de Jo.

—¿Te estoy aplastando la pierna? No quiero hacerte daño.

—No es precisamente la pierna lo que estoy sintiendo en este momento.

Después, se quedaron abrazados en una pequeña galaxia creada por las cortinas, que no dejaban pasar la luz, y el aire acondicionado al máximo. Solo los ruidos más fuertes de la ciudad les llegaban.

—Mañana tengo que volver a casa y hacerme cargo del cuidado de mi madre —dijo Gabe—. Estaba hablando con Lacey por mensaje de texto cuando has salido del baño. Tiene que regresar a San Luis porque sus hijos llegarán a casa pasado mañana. Quiere pasar tiempo con ellos antes de que vuelvan a la universidad.

—Qué bien que vayan a estar juntos.

—¿Quieres venir a casa conmigo… solo para recoger tu coche?

—Alquilaré un coche cuando me vaya. Debo quedarme aquí con Ursa.

—Ya lo sé. —La abrazó con más fuerza—. Has hecho bien en decir lo que pensabas hoy. Al principio, dudé, pero creo que lo que dijiste es, en parte, la razón por la que te dejarán seguir visitándola.

—O me están usando para mantenerla controlada.

—Quizá, un poco de las dos cosas.

—Tu madre me inspiró a hablar.

—¿En serio?

—Sabía lo que quería decirles a todos, pero casi me acobardo. Después pensé en cómo Katherine tuvo las agallas de reunir a Arthur y a George.

—Sois dos mujeres increíbles. —Se estaba quedando dormido.

—¿Gabe…?

—¿Qué?

—¿Te preocupa que Ursa hable de sí misma en tercera persona?

—Sí, pero supongo que es su manera de lidiar con todo esto.

—Me asusta que hacerla hablar antes de que estuviera lista la haya desdoblado.

—Para eso está la psicóloga.

—No me gusta esa mujer.

—Creo que el sentimiento es mutuo. Duerme.

El primer descanso de Jo en una cama normal desde que había dejado la Cabaña Kinney fue casi como un coma. La despertó el vapor con olor a jabón de la ducha de Gabe.

—Estabas exhausta —comentó él.

—Pues sí. Me gusta esta habitación, voy a quedarme aquí.

—¿Quieres que avise en recepción?

—Sí. De todos modos, quiero pagar la cuenta.

—No tienes por qué hacerlo.

—Lo sé, pero quiero hacerlo.

—De acuerdo, ricachona. Desayunemos antes de que me vaya. Invitas tú.

Después del desayuno, compraron lápices de colores y papel de dibujo para Ursa y un móvil nuevo para Jo. Esta acompañó a Gabe al aparcamiento. Él le dio a Jo las dos llaves de su habitación. Y por primera vez desde que estaban juntos, intercambiaron sus números de teléfono.

—Supongo que ahora somos una pareja normal —señaló Jo.

—Yo no diría tanto —repuso él.

—¿Puedo decir al menos que te quiero? Sé que no es el lugar más romántico para decirlo por primera vez… frente a un aparcamiento y…

—Yo también te quiero, Jo. —Presionaron sus cuerpos el uno contra el otro, y las muletas de Jo retumbaron contra el suelo. La gente los miró al pasar junto a ellos.

Jo sintió intensamente su ausencia al dirigirse al hospital. Ursa también lo echó de menos.

El policía que hacía guardia frente a la puerta de Ursa ya no estaba. Más tarde ese mismo día, Jo oyó que habían detenido a Nathan Todd. Al día siguiente, pasaron a Ursa a una habitación normal en el hospital de niños. Jo tenía permitido visitarla todo lo que quisiera, salvo durante sus sesiones de terapia. Esas horas le daban tiempo para comer o comprar algo que mantuviera la mente de Ursa ocupada.

Entretener a Ursa no era tarea fácil. Tras varios días, se había cansado de leer, dibujar y ver la tele. Jo le compró un puzle para adultos: la imagen de una cierva con su cervatillo en medio de una escena boscosa que parecía el adorado bosque mágico de Ursa. Se encontraban uniendo las piezas del borde cuando alguien llamó a la puerta, que estaba entornada. Lacey entró con dos gatitos de peluche en las manos.

—¿Os molesto? —preguntó.

—Para nada —respondió Jo.

Lacey sostuvo en alto los gatitos de juguete, uno blanco y otro gris.

—Sé que no son tan buenos como los de verdad, pero se supone que son Julieta y Hamlet.

—¿Gabe te ha dicho cómo se llaman? —preguntó Ursa.

—Me ha contado cómo se llaman todos —contestó Lacey—. Hiciste un gran trabajo al ponerles nombre. —Cuando le ofreció los gatitos a Ursa, esta miró a Jo, desconfiada de las intenciones de la hermana de Gabe.

—Adelante… Y ya sabes qué decir —la alentó Jo.

Ursa tomó los gatitos.

—Gracias —dijo. Levantó el atigrado, César, de su almohada y apoyó los tres gatitos juntos—. Ahora solo necesito a Olivia, Macbeth y Otelo.

—Parece que te encuentras mejor —comentó Lacey.

—Así es —repuso Ursa—. Mañana o pasado me dejarán ir a Urbana con Jo. Viviré con ella y Tabby.

—Eso suena de maravilla —dijo Lacey.

—Pero es más una ilusión que la realidad —sostuvo Jo.

—¡No lo es! —exclamó Ursa.

—Si no lo es, nadie me ha dicho nada, bichito de luz.

—Quizá no te hayan dicho nada todavía, pero sé que es lo que pasará.

Jo bajó de la cama.

—Siéntate —le dijo a Lacey, moviendo una silla.

—No puedo quedarme —sostuvo Lacey—. Quería ver cómo está Ursa y hablar contigo unos minutos. ¿Te importaría charlar conmigo un momento en la sala de espera?

—Por supuesto que no. —Se dirigió a Ursa—: Busca más piezas para formar el borde mientras no estoy.

—¿Volverás para ayudarme? —preguntó la niña.

—Sí, pero no puedo quedarme mucho rato. La doctora Shaley vendrá en media hora.

—¡No quiero hablar con ella!

—Por favor, ¿podemos no tener esta misma discusión todas las veces? —pidió Jo.

—¡No dice más que tonterías!

—Intenta ayudarte. Regresaré en unos minutos.

Jo sintió curiosidad por descubrir qué había causado la transformación de Lacey. Hasta su cara parecía distinta, calmada y radiante, y sus vaqueros desgastados y su brillante blusa de campesina encajaban a la perfección con su misterioso estado de ánimo relajado. Se sentaron en la colorida habitación, decorada para alegrar a los niños enfermos.

—¿Qué tal va todo? —preguntó Lacey.

—Depende de a qué te refieras.

—Espero que no te enfades, pero Gabe me contó que tal vez presenten cargos en tu contra por poner en peligro a una menor. Dijo que la policía te ordenó no salir de Illinois cuando regreses a casa.

Jo se sintió molesta y un poco asombrada de que Gabe hubiera hablado de su situación con su hermana.

—También comentó que es poco probable que te asignen como madre de acogida de Ursa, pese a que es obvio que deberías serlo.

Quizá Lacey tuviera una hermana gemela que Gabe no conocía. Otro secreto familiar.

—¿Los asistentes sociales no te han dicho nada? —preguntó Lacey.

—No, y lo tomo como una mala señal. Pero ya has visto lo mucho que Ursa cuenta con ello. —Miró por la ventana los fragmentos de cielo azul delimitados por los edificios—. A veces creo que no es buena idea que me quede aquí. Puede que esté empeorando las cosas.

—Entonces, ¿por qué lo haces?

—Porque me importa lo que le ocurra. Creo que tengo un efecto estabilizador sobre Ursa, que ha pasado por un infierno.

—Supongo que tenéis eso en común.

Jo no estaba segura de si se refería al cáncer y a la muerte de su madre o al tiroteo o a ambas cosas. Si se refería al cáncer, se lo habría contado Gabe.

—Bueno, la razón por la que he venido… Por cierto, Gabe no lo sabe.

—¿Qué es lo que no sabe?

—Que estoy aquí. Tampoco sabe que he hablado con mi marido sobre tu situación. Troy es un abogado especialista en derecho de familia. Por lo general, atiende casos de divorcio, pero de vez en cuando lleva casos de custodia y adopción. Si se lo permites, le gustaría ayudarte y lo hará sin coste alguno.

—Tengo dinero.

—No nos sentiríamos cómodos cobrándole a la novia de Gabe.

—¿Ahora soy su novia? —preguntó Jo.

Lacey sabía que el comentario era sarcástico, pero sonrió.

—¿No lo sabías?

—Supongo que no me llegó el boletín informativo de la familia Nash.

—Bueno, al resto de nosotros sí.

Una disculpa. Sutil, pero Jo la aceptó con agrado.

—Te agradezco el visto bueno.

—Fue Gabe —señaló ella.

—¿Fue Gabe quien hizo qué?

—Antes de marcharme a San Luis, convocó una reunión familiar. Cuando llegó la hora, George Kinney llamó a la puerta. Había estado en su casa arreglando los destrozos. Parecía tan perdido como yo. Gabe le había pedido que viniera, pero no le había dicho nada más.

Jo sonrió. Vaya sorpresa, Gabe había puesto en práctica una jugada propia de Katherine. Lacey observó su rostro.

—¿Estabas al tanto?

—No, pero me imagino lo que hizo cuando os reunió a todos en casa.

—¡Nos lo contó todo! Acerca de cómo había comenzado la aventura de George y mi madre y cómo ellos y mi padre habían decidido que Gabe jamás debía saber que era hijo de George. Obviamente, mi madre y George lo sabían, pero se quedaron impactados cuando les contó que los había visto hacer el amor en el bosque y que había descubierto que no era hijo de Arthur. Afirmó que por eso había comenzado a odiarlos. Y luego dijo algo increíble.

—¿El qué?

—Les dijo que los perdonaba. Que ahora que estaba enamorado de ti, comprendía todo lo que habían hecho. Nos aseguró que hubiese preferido morir la noche que aquel hombre te disparó antes que verte morir a ti. Agregó que nada podía detener un amor así y que se alegraba de haber nacido de esa pasión.

A Jo no le importó que Lacey la viera llorar.

—¡Lo sé! Los cuatro nos echamos a llorar con fuerza. Esa charla fue lo mejor que le ha pasado a mi familia. —Abrió la bolsa que llevaba al hombro, sacó dos pañuelos de papel y le ofreció uno a Jo—. George se ha sentido más que responsable por su esposa, que destrozó su cuerpo con el alcohol —agregó, pasándose el pañuelo que le quedaba por debajo de los ojos—. Él y mi madre van a casarse. George nos preguntó a Gabe y a mí si nos parecía bien.

—¿Y te parece bien?

—¡Estoy encantada! Hasta celebramos una fiesta de compromiso. Me quedé una noche más y lo pasamos genial, comimos costillas asadas y bebimos cerveza. Gabe y yo nos quedamos despiertos hasta tarde hablando y dejamos salir toda la mierda que habíamos contenido durante tantos años.

A Jo le resultaba difícil de creer que pudieran superar todo aquello en tan poco tiempo.

—Estoy segura de que te ha contado cómo lo traté cuando era niño —agregó, como si pudiera leerle los pensamientos.

Jo no iba a revelar nada de lo que Gabe le había contado de manera confidencial. Lacey comprendió su silencio.

—Supongo que sí —dijo—. Sé que no es una excusa válida, pero estaba pasando por una depresión severa cuando Gabe nació. Me sentía gorda y fea, y sabía que lo que escribía era una mierda. Y allí estaba Gabe, que era un niño perfecto y precioso. Y muy inteligente, además. Tenía tantos celos de él, joder.

—¿Sabías que era hijo de George?

—Sospechaba que mi madre tenía una aventura con George y la noche anterior a que Gabe naciera, mi padre se emborrachó como una cuba y me lo contó. Lloraba… —Se le formó un nudo en la garganta y se secó las lágrimas—. Le eché la culpa de todo a ese pobre niño. De que mi madre no amara a mi padre. De lo destrozado que estaba él. Hasta de mi depresión. Y cuando mi padre no pudo hacer otra cosa más que adorar a ese niñito perfecto, perdí la cabeza. Me sentí abandonada en un momento en que necesitaba a mi padre de verdad, cuando dejé la escritura.

Jo puso una mano sobre la de Lacey.

—Lo siento. Era una situación mucho peor de lo que había imaginado. ¿Todavía sufres de depresión?

Lacey asintió.

—Pero doy gracias a Dios por mi marido. Siempre ha estado ahí para mí. Incluso cuando debería haberme dejado. —Nuevas lágrimas brotaron de sus ojos.

—Me alegro de que Gabe y tú hayáis hablado por fin de todo esto.

Volvió a asentir, mientras se secaba los ojos con el pañuelo empapado.

—Gabe no me había dicho nada. El otro día, cuando le pregunté cómo iban las cosas, me respondió con un mensaje de una sola palabra: «Bien».

—Ha estado bien —repuso Lacey—. No lo había visto tan contento desde que era pequeño. Es gracias a ti. Tú has hecho que todo esto pasara.

—Técnicamente, tenemos que decir que ha sido cosa de Ursa.

—¿Con sus *quarks*?

—¿Gabe te ha hablado de eso?

—Me lo ha contado todo sobre ella. Por favor, discúlpame por llamar a la policía para que buscara a esa pobre niña.

—Hiciste lo correcto. Debería haberla llamado yo, pero me vi sumida en una conducta irracional.

—Porque la quieres. Deja que mi marido te ayude.

—Supongo que me vendrá bien cualquier ayuda. ¿Qué tengo que hacer?

Lacey sacó el teléfono de su bolso y le envió un mensaje de texto a alguien. Cuando terminó, anunció:

—Está fuera en el coche. Ahora sube.

—¿Tu marido?

—Sí, Troy Greenfield, tu magnífico abogado.

Capítulo treinta y siete

Troy, un hombre simpático, bajo y fornido, le pidió a Jo que le contara toda la historia allí mismo, en la sala de espera. Le hizo muchas preguntas y tomó una gran cantidad notas.

Cuando regresó al hotel, Jo no albergaba más esperanzas de lograr quedarse con Ursa, pero se sentía mejor porque en el futuro tendría menos remordimientos. Sabría que había hecho todo lo posible.

Lenora Rhodes y la doctora Shaley desaparecieron durante varios días. Ahora que Ursa se encontraba lo bastante bien como para dejar el hospital, decidirían dónde iba a ir a vivir. Tres días después de la visita de Lacey, Troy llamó a Jo justo antes de que dejara la habitación del hotel.

—Tengo buenas y no tan buenas noticias.

El corazón de Jo palpitó con fuerza.

—No presentarán cargos en tu contra —anunció él.

—¿Estás seguro?

—Han tardado en confirmármelo, pero los fastidié hasta conseguir una respuesta. Les dije que debíamos saberlo porque pensábamos contratar a John Davidson (un abogado defensor con mucho talento) si finalmente acababas imputada.

—¿Por eso no me han acusado? ¿Tienen miedo de Davidson?

—Para ser sincero, dudo de que haya tenido algo que ver. Hablé largo y tendido con el detective Kellen anoche y todo se reduce a su admiración por Gabe. Si presentaban cargos en tu contra, Gabe habría estado en el punto de mira también, porque Ursa pasó muchos días en su propiedad. Ni Kellen ni McNabb querían que Gabe terminara sufriendo un castigo.

—¿Es mi imaginación o eso suena de lo más machista?

—No, no es tu imaginación. Y así se lo hice saber. Fue entonces cuando Kellen dejó claro que ha estado de tu parte desde el principio. Respeta tu deseo de ayudar a una niña que no conocías. Y debido a lo que aquel primer agente te dijo la noche que llamaste a la comisaría hay más argumentos a tu favor. Les pedí que lo interrogaran…

—¿A Kyle Dean?

—Sí, y él reconoció haberte dado su opinión personal acerca del sistema de acogida, lo que pudo haberte confundido. McNabb estaba más dispuesto a presentar cargos en tu contra, pero cuando vio que la conducta cuestionable de uno de sus agentes sería un factor clave en el juicio, dio marcha atrás.

—Vaya. Lacey tiene razón: eres un abogado extraordinario.

—Gracias —dijo, riendo.

Jo se sentía aliviada, pero no podía disfrutar demasiado de las buenas nuevas de Troy cuando sus «no tan buenas noticias» estaban a punto de golpearla.

—En cuanto a Ursa —señaló Troy—, no he conseguido ningún avance con los asistentes sociales y no puedo recurrir a la ley para influir en su decisión acerca de su futuro. Lamento decirlo, pero creo que han elegido a una familia de acogida para ella.

—Yo también lo creo.

—Seguiré pendiente del tema, Jo. No perdamos la esperanza todavía.

—¿Podrías conseguirme derechos de visita o algo así?

—Como no eres familiar, legalmente no te corresponden derechos de visita. Tendrás que arreglarlo con los asistentes sociales y la familia de acogida. Pero lo investigaré a fondo, ¿de acuerdo?

—Está bien. Gracias por todo. —Las lágrimas casi no la dejaron ver el botón para terminar la llamada.

Lenora estaba en la habitación de Ursa cuando Jo llegó. Llevó a Jo al pasillo y le dio las noticias. Los posibles padres de acogida de Ursa la visitarían después del almuerzo. Le pidió a Jo que no estuviera allí cuando se conocieran y también le pidió que ayudara a Ursa a aceptar que pronto se iría a casa con ellos.

—¿Me han considerado siquiera? —preguntó Jo.

—Joanna… ¿cómo íbamos a hacerlo?

—¿Por qué no?

—Intentamos ubicar a los niños en hogares con ambos padres…

—Eso son patrañas y usted lo sabe. Ursa ha manifestado con claridad lo que quiere y no es una madre y un padre completamente desconocidos. Y sabe que tengo tantos recursos y cualificaciones como un matrimonio.

—No es solo que esté soltera. Es todo lo demás sumado a eso.

—¿Qué?

—Aún sigue estudiando. Su estado de salud es incierto. Y no podemos ignorar que puso en peligro a una menor.

—No van a presentar cargos en mi contra.

—Con o sin cargos, demostró no tener buen criterio.

—Ahora que conoce cómo es Ursa, ¿piensa que podría haberlo hecho mejor? Si hubiese involucrado a la policía, habría huido, y yo sabía que estaba mejor conmigo que ahí fuera.

—Usted sabe que se trataba de algo más que eso.

—¿Como qué?

—La estaba cuidando como si fuera su madre.

—¿Y eso me elimina como candidata para ser su madre de acogida?

—Es la *razón* por la que lo hizo lo que nos preocupa. Acaba de perder a su madre y le han extirpado los órganos reproductivos.

—¿Cómo sabe eso?

—Ursa nos los contó.

—¿Le sonsacaron información sobre mí a una niña pequeña? ¿No se os ocurrió preguntarme?

—No le *sonsacamos* nada. Se lo contó a la doctora Shaley durante sus sesiones.

—¡Eso es peor! ¡Habéis usado la psicoterapia para obtener información y descartarme!

—Por favor, ayude a Ursa a aceptar la situación. Es la mejor forma de amarla.

—No estoy de acuerdo, pero intentaré convencerla. Temo que huya y le pase algo horrible.

—No se preocupe, estos niños se adaptan.

—¿*Estos niños?* —Jo no confiaba lo suficiente en su temperamento para permanecer en presencia de Lenora un segundo más. Entró a la habitación de Ursa.

—¿Por qué estás enfadada? —preguntó Ursa.

—No lo estoy.

La pequeña la observó.

—¿Qué ha dicho Lenora?

Jo se sentó en la cama y se lo contó. Ursa lloró y protestó. Aún lloraba cuando, una hora más tarde, su médico vino a verla. Jo abandonó la habitación para que él examinara la herida de Ursa. Cuando el médico salió, le dijo en voz baja:

—Jo… lamento mucho la decisión que han tomado. Aquí, la mayoría de nosotros creemos que han cometido un error. Hemos visto cómo es usted con ella… el vínculo entre ambas.

Jo asintió.

—Ni siquiera sé si ella se hubiese recuperado sin usted. Cuando nos estábamos preparando para su cirugía, se despertó. Pese a la increíble cantidad de sangre que había perdido, volvió en sí para preguntar por usted. Le dije que teníamos que curarle el vientre y ella dijo que se alegraba, porque había regresado de las estrellas para estar con Jo y que Jo se pondría triste si ella moría.

Vio que la había hecho llorar.

—Dios, lo siento. ¿He hecho mal en contárselo?

—No. Gracias, agradezco su apoyo.

Una hora y media después, Jo se fue para permitir que vinieran los nuevos padres de acogida, mientras Ursa lloraba con amargura. Jo se dirigió a su hotel y llamó a Gabe. Él quería ir a San Luis a apoyarla, pero no podía dejar a su madre. Lacey estaba con su familia y

George se encontraba en Urbana con sus hijas. George había decidido contarles que Gabe era su hijo. No quería más secretos en su familia.

Jo no regresó al hospital esa noche. Quizá los padres de acogida estuvieran allí. Tenía la esperanza de que así fuera. La única forma de reducir el riesgo de que Ursa huyera era que pasaran mucho tiempo de calidad con ella antes de la mudanza.

Cuando Jo llegó al hospital de niños a la mañana siguiente, Lenora la estaba esperando, claramente enfadada.

—¿Al menos intentó ayudarla a aceptar la situación? —preguntó.

—¡Claro que sí! Pregúnteles a las enfermeras. Intenté razonar con ella durante horas.

Lenora la miró a los ojos y vio que decía la verdad.

—¿Qué pasó?

—Un fracaso total, eso es lo que pasó. ¿Sabe qué les dijo Ursa?

—¿Qué?

—Primero, comenzó a decir que era extraterrestre. Los padres de acogida estaban preparados para eso, ya que se lo había advertido. Pero cuando la pequeña genio vio que no se amedrentaban, les contó que venía de un planeta de devoradores de personas.

El devorador de personas púrpura.

—¿Sabe qué les dijo la mocosa a sus nuevos padres de acogida? Les dijo que cuando se fueran a dormir los apuñalaría hasta matarlos… y luego se los comería. Tienen otra hija adoptiva, de apenas un año, y Ursa dijo que sería la más deliciosa y que la mataría primero.

—Es obvio que dijo lo más horrible que se le ocurrió para asustarlos. Ursa no tiene un ápice de maldad.

—¿Cómo iban a saberlo ellos? ¿Cómo iban a arriesgarse, sobre todo cuando tienen una niña tan pequeña en casa?

—¿Quiere que hable con ellos?

—¡No quieren saber nada! Se fueron a toda prisa y ya no les interesa llevarse a Ursa.

—¿Y ahora qué?

—La puerta número dos: la pareja que habíamos elegido como segunda opción.

—Será mejor que les advierta. Hablaré con ellos, si quiere.

Lenora se frotó la parte de atrás de su corta cabellera negra.

—Quizá eso sea lo mejor.

Al día siguiente, Jo les dio a la segunda pareja un curso intensivo sobre Ursa la Extraterrestre Dupree. Eran personas amables. El marido tenía una consultoría de ingeniería y su esposa era una exprofesora de gimnasia que ahora se quedaba en casa con su pequeño de seis años. No habían podido tener más hijos biológicos.

Jo habló con Ursa antes de que entrara la pareja y le suplicó que cooperara. Ursa se negó e insistió en que solo quería vivir con Jo. Una vez más, Jo dejó el hospital perseguida por el llanto lastimero de la pequeña.

Cuando regresó al hospital al día siguiente, la pareja estaba en la habitación de Ursa, en su segunda visita. Jo pensaba marcharse, pero le pidieron que se quedara.

—Hablemos —dijo la mujer—. Quiero que seamos todos amigos.

Jo intentó hacer que Ursa se abriera, pero esta tenía una actitud hosca y solo respondía a preguntas directas con respuestas cortantes. Cuando Jo intentó enseñarles los dibujos de Ursa a los padres de acogida, ella exclamó:

—¡No quiero que los vean! ¡Son privados!

Cuando Jo le dijo a Ursa que sería bonito tener un hermanito, ella respondió:

—¡No quiero ningún estúpido hermanito!

—Tendrás una piscina, Ursa —comentó Jo—. ¿No será divertido?

—¡No! —contestó Ursa—. ¡Solo quiero nadar contigo y con Gabe en el arroyo Summers!

—Por favor, trata de portarte como la niña buena que sé que eres —le pidió Jo.

—¡No seré buena con ellos! —exclamó Ursa—. ¡Solo quiero vivir contigo! ¡Tú dijiste que querías lo mismo! ¿Por qué intentas hacer que me caigan bien?

—Será mejor que me vaya —anunció Jo.

—Sí —repuso Lenora—. Gracias por intentarlo.

Jo abrazó a Ursa, pero la pequeña no la soltó.

—¡No te vayas! —Lloró—. ¡Seré buena! ¡No te vayas! —Dos enfermeras y Lenora tuvieron que apartarle los brazos de alrededor de Jo. Ursa gritó—: ¡Llévame contigo! ¡Te quiero, Jo! ¡Solo quiero estar contigo! —Jo avanzó con rapidez por el pasillo, eludiendo las miradas sombrías de los médicos y enfermeras.

Esa noche, a las siete, Jo se comió un yogur y algunas uvas en su habitación de hotel. Tuvo que obligarse a comer al menos eso. Había tenido náuseas y se había sentido sin energías desde que había llorado al teléfono con Gabe esa tarde. Por la mañana, se despediría de Ursa por última vez. Quedarse le estaba haciendo demasiado daño.

A las ocho, la primera de una serie de tormentas eléctricas golpeó San Luis. La ciudad permanecería bajo alerta de tornado la mayor parte de la noche. Jo se fue a la cama, cerró las cortinas opacas y encendió al máximo el aire acondicionado. Casi no oyó los golpes de la lluvia y los relámpagos contra su ventana. Cerró los ojos y se colocó en posición fetal bajo las mantas, con los brazos doblados contra el pecho huesudo. A las 9:52 p. m., una llamada inesperada la despertó.

—¿Lenora? —contestó Jo.

—Se ha ido —anunció la mujer.

Jo sacó las piernas por el costado de la cama.

—¿Qué quieres decir? ¿Se ha ido a casa con ellos?

—Ha huido. No podemos encontrarla.

—¿Cómo es posible que saliera de un hospital tan seguro como ese?

—Ya sabes cómo… ¡Es demasiado inteligente, maldita sea! Creen que sigue escondida en algún lugar del hospital, pero no la han encontrado.

—¿Hace cuánto que no está?

—La enfermera alertó de que no estaba hace alrededor de una hora.

—¿Las cámaras muestran algo?

—Las están revisando ahora. Al principio, creyeron que sería fácil encontrarla.

—No conocen a Ursa.

—Pero tú sí. Nos lo advertiste. ¿Y si ha logrado salir? ¿Y si está sola en la ciudad?

Era posible que Ursa lo hubiese conseguido, salir del hospital habría sido su objetivo. Pero Jo no podía decirlo en voz alta.

—Es probable que esté escondida en la habitación de algún paciente o algo así. Estoy segura de que la encontraréis.

—¿Te importaría venir? Creo que si tú la llamas… Si oye tu voz…

—Por supuesto. Ya salgo para allá.

—Búscame en la puerta principal, conmigo te dejarán pasar. Han bloqueado todos los accesos.

Media hora después, Jo llevaba diez minutos revisando las habitaciones del hospital con Lenora cuando un guardia de seguridad las detuvo.

—No está en el hospital —informó.

—¿Está seguro? —preguntó Lenora.

—Buscábamos a una niña vestida con una bata de hospital, pero lleva puesta ropa de calle. Esto es de la cámara de seguridad. —Sostuvo en alto una foto de Ursa caminando por un pasillo del hospital.

Jo sujetó la foto. Ursa llevaba puesta la camiseta azul marino de la Universidad de Illinois de Jo y sus pantalones negros de yoga enrollados hasta las pantorrillas.

—Esa ropa es mía —reveló Jo—. Es la muda que llevaba en mi mochila en caso de que tuviera que pasar la noche con Ursa. Me di cuenta de que no estaba hace unos días y pensé que se me habrían caído en algún lado. —Observó la foto con detenimiento. Ursa llevaba sus zapatos púrpura. La última vez que Jo se los había visto puestos había sido la noche del tiroteo—. ¿Cómo ha conseguido los zapatos?

—Fueron lo único que se pudo rescatar de la ropa ensangrentada la noche que llegó —explicó Lenora—. Por lo general, las pertenencias personales se guardan en una bolsa en el armario del paciente.

—¿El video muestra cómo salió del hospital? —preguntó Jo.

El guardia de seguridad asintió, con un gesto lúgubre.

—Salió por el vestíbulo principal de la mano de un hombre. Por eso hemos tardado tanto en identificarla en la grabación. Llevaba ropa de calle y parecía estar con el hombre.

Jo tuvo que apoyarse contra la pared para evitar tambalearse.

—¿Cree que el hombre la secuestró? —interrogó Lenora.

—Teniendo en cuenta el historial de la niña, me temo que es una posibilidad —respondió el guardia.

—¿Ya han notificado a la policía? —preguntó Lenora.

—Todos los policías de la ciudad están al tanto. También hemos activado una alerta AMBER.

Jo tuvo un destello de comprensión.

—No la han secuestrado. Sostuvo la mano del hombre para que pareciera que estaba con él.

—¡Eso no lo sabes! —exclamó Lenora.

—Cierto —confirmó Jo—. Pero Ursa era consciente de que no podía salir por esas puertas sola.

—¿Cómo conseguiría que un completo desconocido le diera la mano?

—Créeme, Ursa tiene sus trucos. —Una vez más, Jo estudió la fotografía. Una de las manos aferraba algo con fuerza. Quizá se había llevado algo más que ropa. Jo abrió la cremallera del bolsillo delantero de su mochila y encontró la llave de su hotel. Hurgó en busca de la llave extra de Gabe que guardaba en un sobre de papel. Estaba vacío—. Creo que sé dónde está —anunció Jo.

—¿Dónde? —preguntó Lenora.

—Ven conmigo —le pidió Jo, poniéndose la mochila.

—Tenemos que avisar a la policía —indicó Lenora.

—No podemos involucrar a la policía hasta que la encontremos. Si ve a los agentes, volverá a huir.

—Es cierto.

Lenora agarró su gabardina impermeable de camino al exterior, donde diluviaba otra vez. Jo todavía llevaba puesto el gigantesco suéter que Gabe le había dejado; había quedado empapado hasta la camisa después de su camino hacia el hospital. En la ciudad, los agentes de policía se

encontraban por todos lados, y las luces de sus coches patrulla se reflejaban en los charcos que dejaba la lluvia en todas las esquinas.

—Pobre niña —dijo Lenora—. Debe de estar aterrada bajo esta tormenta.

—Lo dudo —repuso Jo—. A Ursa le encantan las tormentas eléctricas.

Lenora vio hacia dónde se dirigían.

—¿Sabía el nombre de tu hotel?

—La semana pasada me hizo muchas preguntas sobre el hotel donde
me hospedaba. Pensé que solo estaba aburrida. Hasta me preguntó si
usaba una llave de metal para entrar en la habitación, y le hablé de las
llaves de tarjeta.

—Eso significa que lleva tiempo planeando esto.

—Estaba esperando a ver cómo salían las cosas. Hoy ha huido porque está desesperada. Sabe que nadie la ayudará… ni siquiera yo.

—Entonces, quizá no vaya a tu habitación.

—Lo sé. Eso es lo que me preocupa.

—¿Y si decidió confiar en ese hombre como confió en ti? —dijo
Lenora—. Si no la ha llevado a la policía todavía, debe de tener malas
intenciones.

—Yo no la llevé a la policía y no tenía malas intenciones.

—Pero ¿y si se le ha acabado la suerte?

—Eso es lo que he intentado decirte.

Entraron al hotel y corrieron hasta el ascensor; Jo, renqueando con
su pierna dolorida. El ascensor se detuvo en varios pisos antes de llegar,
por fin, al sexto. En la habitación 612, Jo colocó la llave en la ranura y
abrió la puerta de un empujón.

Ursa no estaba allí. Lenora observó cómo revisaba bajo el edredón
arrugado y bajo la cama. Buscó en el armario. Solo quedaba un lugar en
el que mirar. Encendió la luz del baño y abrió la cortina de la ducha.
Ursa se encontraba hecha un ovillo en la bañera, con la ropa y el pelo
empapados por la lluvia. Levantó la vista para mirar a Jo con sus ojos
marrones llenos de tristeza.

—Jo… me he escapado —dijo.

—Ya veo. —Jo la levantó para sacarla de la bañera y la abrazó. Ursa se aferró a ella, llorando.

—¿Ya no me quieres? ¿Por qué quieres que vaya a vivir con esa gente?

—No quiero, pero no hay nada que pueda hacer al respecto.

Ursa lloró desconsoladamente mientras Jo la llevaba a la cama. Estaba mojada hasta los huesos y temblaba del frío.

—Debemos quitarte esta ropa, bichito de luz. —Jo la sentó en la cama.

—¿Por qué está ella aquí? —preguntó Ursa cuando vio a Lenora.

—Estaba preocupada por ti —respondió Lenora.

—No me importa a dónde me hagas ir, ¡encontraré a Jo! —exclamó Ursa, con nuevas lágrimas en los ojos—. ¡Jo y yo sabemos cómo ser felices sin ti!

Jo le quitó el calzado, la camiseta y los pantalones mojados. Vistió a la temblorosa niña con una camiseta limpia y la alzó para meterla en la cama. La arropó con el edredón y la sábana. Después, apagó el aire acondicionado, y fue al baño a cambiarse la ropa mojada. Cuando salió, Lenora estaba marcando un número en su teléfono.

—Por favor, no traigas a la policía todavía —pidió Jo.

—Tengo que decirles que dejen de buscar —repuso Lenora.

—Lo sé, pero ¿no puedes dejarnos un momento?

Lenora asintió. Cuando contactó con el personal de seguridad del hospital, dijo que había encontrado a Ursa y pidió que avisaran a las agencias de seguridad de que la niña estaba a salvo. Se quitó el impermeable y se dejó caer en una silla con un suspiro de cansancio.

Jo se metió en la cama con Ursa. La regla sobre camas separadas ya no importaba. Le daría a Ursa lo que necesitaba. Abrazó de costado a la pequeña y le besó la mejilla.

—¿Estás lo bastante calentita? —preguntó.

—Quiero quedarme aquí para siempre —respondió Ursa.

—Yo también —dijo Jo—. Por favor, nunca dudes de que te quiero. Nadie puede quitarnos eso.

Un trueno rugió en el exterior. La lluvia arañaba la ventana. Jo abrazó a Ursa en su nido seguro y, mientras tanto, el destino observaba la escena.

Capítulo treinta y ocho

Un mes más tarde, en un día frío y poco frecuente de finales de agosto, Ursa se encontraba entre Gabe y Jo, con las manos aferradas a las de ellos. Más allá de la cruz de mármol blanco, el pastor se alejó por el sendero del cementerio en su coche. Lenora Rhodes puso en marcha el suyo y lo siguió. Nadie más había venido a darle sepultura a Portia Wilkins Dupree, ni siquiera su madre. Portia tenía veintiséis años cuando murió tratando de proteger a su hija, la misma edad de Jo.

Ursa les soltó las manos a Jo y a Gabe y volvió a disponer las flores en una nueva constelación alrededor de la tumba.

—Adiós, mamá. Te quiero —dijo al terminar.

Sostuvo otra vez las manos de ambos.

—Quiero ver a papá ahora.

Caminaron hasta la tumba de Dylan Joseph Dupree. Estaba enterrado al lado de su madre y el espacio vacío al otro lado de ella era para su marido. El padre de Dylan vivía en una residencia geriátrica cercana, y su mente se encontraba demasiado afectada por el alzhéimer como para comprender quién era su nieta. Como no había habido sitio para enterrar a Portia al lado de Dylan y sus padres, Jo había comprado el terreno más cercano a Dylan que había conseguido. Por deseo de Ursa, la cruz de Portia era la misma que había sobre la tumba de su padre.

Ursa les soltó las manos a Gabe y a Jo al llegar a la tumba de Dylan. Sacó un dibujo doblado de su bolsillo y lo apoyó contra la base de la cruz. Era una imagen de la galaxia del Molinete, ubicada en la Osa Mayor.

A Dylan le había encantado todo lo relacionado con las estrellas. Antes de que su vida se desmoronara, había querido ser astrofísico. Había llamado Ursa a su hija por la Osa Mayor del cielo y le había enseñado los nombres de las estrellas y las constelaciones. Cuando Ursa tenía miedo de la oscuridad, él abría un poco la ventana y le decía que la magia buena que caía de las estrellas entraba por ella. Le aseguraba que la magia siempre la mantendría a salvo. Después de que él muriera, Ursa abría su ventana de par en par todas las noches, con la esperanza de que entrase mucha magia buena. Fue así cómo escapó de los hombres que casi la mataron.

Ursa caminó hasta la cruz y besó la parte superior.

—Te quiero, papi. —Señaló detrás de sí—. Estos son Jo y Gabe. Te hubiesen caído bien. A Gabe le gustan las estrellas como a ti. —Enderezó el dibujo de la galaxia y se dio media vuelta.

—¿Estás lista para marcharte? —preguntó Jo.

—Estoy lista —respondió ella.

Tenían que visitar una tumba más. Se metieron en el coche de Jo y condujeron desde Paducah, Kentucky, hasta Vienna, Illinois. Al acercarse a la calle Turkey Creek, Ursa se asomó por entre los asientos tanto como su cinturón de seguridad le permitió. No había regresado desde la noche en que la habían evacuado en helicóptero desde esa misma intersección para llevarla hasta San Luis para que la operasen.

—¿Qué es esto? —preguntó Jo cuando la calle entró en su campo visual—. ¿Hemos viajado en el tiempo al futuro?

—¿No habías dicho que no nos parecíamos tanto? —cuestionó Gabe.

—Solo por la diferencia de edad.

La versión más vieja de Gabe sonrió y saludó desde la silla bajo el toldo azul y el cartel de HUEVOS FRESCOS.

—No me habías contado que hay un nuevo hombre de los huevos.

—No lo sabía —repuso Gabe.

—¿Nunca lo había hecho?

—Estoy tan sorprendido como tú.

Jo aparcó su Honda al lado de la camioneta blanca de Gabe.

—Hasta lleva tu camioneta.

—Le dije que la usara para las cosas de la granja —explicó Gabe—. Su coche es muy bonito y la gravilla lo estropea.

—No me digas.

Ursa salió por la puerta trasera a toda velocidad y corrió al puesto de huevos. George Kinney se puso de pie y le estrechó la mano.

—Tú debes de ser Ursa.

—Así es —respondió ella.

—Yo soy George y me alegra mucho conocerte.

—¿Por qué te pareces tanto a Gabe? —preguntó la niña.

—Porque Gabe tiene dos papás y yo soy uno de ellos —explicó George.

Gabe lo abrazó.

—¿Cómo ha ido todo? —preguntó George.

—Sin complicaciones —respondió Gabe.

—Kat y yo temíamos que cambiaran de opinión.

—¿Por eso estás aquí fuera… para esperarnos?

—Estoy aquí porque estos malditos huevos se están acumulando tanto que llegan hasta el techo. —Abrió los brazos hacia Jo—. Ven aquí, Wonder Woman.

—No tengo tanto como ella en el pecho —comentó Jo.

—Así te abrazaré mejor —repuso George, estrujándola en sus brazos.

—Vamos a celebrar un funeral para Oso Menor —anunció Ursa.

—Bueno, eso es todo un detalle —dijo George—. Me han dicho que era un gran perro.

—Era el mejor perro del mundo —sostuvo Ursa.

—Será mejor que nos vayamos —señaló Gabe—. Jo debe marcharse después de almorzar.

—Lo recogeré todo y os veré en casa —dijo George.

—¿Necesitas ayuda? —preguntó Jo.

—Vamos, no soy tan viejo.

Jo, Gabe y Ursa condujeron a través del familiar viento fuerte de la calle Turkey Creek. Ursa se estiró en su asiento para ver por la ventanilla.

—Parece diferente —comentó.

—Han crecido las plantas y los colores han comenzado a cambiar —explicó Jo.

—¿Dónde están las marcas de los nidos?

—Las quité cuando terminó mi investigación. Los azulejos índigos se están preparando para migrar.

—¿Se irán?

—Dentro de algunas semanas, pero solo durante el invierno. Regresarán en primavera.

Condujeron hasta la propiedad de Kinney y giraron hacia la acogedora cabaña amarilla en la colina. Antes de que Jo apagara el motor, miró el nogal.

Ursa saltó desde el asiento trasero y corrió hacia la pradera tras la casa.

—¡Ursa, es por aquí! —la llamó Gabe.

—¡Recogeré algunas flores para él! —exclamó Ursa.

Jo observó cómo desparecía entre los altos matorrales. Gabe le sujetó las manos y la atrajo hacia su cuerpo.

—¿Sigues vendiendo huevos? —preguntó Jo.

—No lo he hecho desde el tiroteo.

—¿Volverás a hacerlo?

—No lo sé. —Echó un vistazo en dirección a la carretera, pero tenía la mirada perdida—. El puesto de huevos era un hilo que me mantenía conectado con el mundo exterior.

—¿Hay algo más significativo que te conecte ahora?

Él le sonrió.

—En realidad, es como si alguien hubiera cortado el hilo y yo hubiera caído en el mundo real.

—¿Y cómo va la cosa? —preguntó Jo.

—Bien. Pero a veces me da miedo confiar en lo bien que va. ¿Y si todo comienza de nuevo?

—La gente que te quiere te ayudará.

La besó. No pareció haber pasado nada de tiempo cuando Ursa los envolvió con los brazos, uno alrededor de Jo y el otro alrededor de Gabe. Apoyó la cabeza contra ellos.

Cuando Ursa estuvo lista, Gabe las guio hasta la tumba de Oso Menor. En una cruz hecha de madera de cedro pulida, él había tallado OSO MENOR y debajo del nombre, las palabras: DIO SU VIDA POR LAS PERSONAS QUE AMABA.

Ursa sorbió por la nariz y se secó las lágrimas.

—¿Te gusta la cruz? —preguntó Gabe.

—Es perfecta —respondió. Apoyó un ramo de varas de oro, vernonias y margaritas en el montículo de tierra, que ya estaba dando vida a nueva flora.

—¿Te gustaría que alguien dijera unas palabras? —preguntó Jo.

—Quiero cantarle mi canción favorita. El padre de Ursa… digo, mi padre solía cantarla cuando me iba a dormir.

—Eso sería bonito —comentó Gabe.

Mirando la tierra que envolvía a su perro, Ursa cantó:

—*Estrellita, ¿dónde estás? Me pregunto qué serás. En el cielo y en el mar, un diamante de verdad. Estrellita, ¿dónde estás? Me pregunto qué serás.*

Gabe apretó con fuerza la mano de Jo.

Cuando terminó de cantar, Ursa se puso en cuclillas y dio palmadas a la tierra.

—Te quiero, Oso Menor.

Regresaron al coche y condujeron hasta la granja familiar de los Nash.

—¿De quiénes son esos coches? —Quiso saber Ursa cuando se detuvieron—. ¿Quiénes están aquí, Gabe?

—Quizá deberías entrar y verlo por ti misma —respondió él.

Ursa salió del coche de un salto y subió corriendo los escalones del porche. Jo y Gabe la siguieron de cerca. Querían ver su reacción.

—¿Puedo entrar? —preguntó Ursa.

—¿Desde cuándo preguntas? —dijo Lacey desde detrás de la puerta mosquitera. Ursa sonrió.

—¿Te acuerdas, Gabe? ¿Te acuerdas cuando te rescatamos?

—Lo recuerdo muy bien.

—Entrad —invitó Lacey, abriendo la puerta mosquitera de par en par.

Ursa dio un paso al interior, y su expresión pasó del asombro a la alegría cuando un coro de voces le cantó el cumpleaños feliz. Globos de color púrpura oscuro y lavanda claro flotaban por toda la sala de estar, y las paredes y techos de madera estaban adornados con cintas de papel crepé de los mismos colores. Carteles que rezaban BIENVENIDA DE NUEVO, URSA y FELICES 9 AÑOS colgaban sobre la mesa llena de comida y un pastel espolvoreado con estrellas plateadas. Para sumar más alegría a la festiva habitación, había gatitos con coloridos lazos caminando por todos lados.

—¡No sabía que era mi cumpleaños! —exclamó Ursa.

Jo no había querido que el entierro de su madre cayera en su cumpleaños, pero era el único día en que ella y Lenora podían viajar hasta Paducah. Jo y Gabe habían planeado la fiesta para animarla.

Gabe le presentó a Ursa a la hija menor de George, a su marido y a su hijo adolescente. Gabe y ella ya eran buenos amigos, pero la hija mayor de George no había podido aceptar la idea de que tenía un hermano nacido de una aventura de su padre.

El marido de Lacey se presentó a Ursa él mismo. Cuando Troy le estrechó la mano, un collar con un colgante de cristal con forma de estrella apareció en la palma de Ursa.

—¿De dónde ha salido eso? —preguntó él.

—¡No lo sé! —exclamó Ursa.

—¿Te gusta?

—¡Sí!

—Entonces, supongo que es tuyo.

Fue entonces cuando Jo descubrió que Troy Greenfield era un mago aficionado.

Jo llevó a Ursa a un lado para darle la noticia de que Tabby había deseado con todo su corazón estar en la fiesta, pero no había podido porque su hermana había venido de visita desde California. Tabby tenía que llevarla al aeropuerto a la misma hora de la fiesta.

—No pasa nada —repuso Ursa.

Jo le dio una caja grande envuelta en papel con estampado de gatos.

—Esto es de su parte.

—¿Lo puedo abrir?

—Por supuesto —respondió Jo.

Ursa se sentó en el suelo, arrancó el papel y abrió la tapa de la caja. Sonriendo, sacó una criatura grande y suave de color púrpura con una amplia sonrisa dientuda y brazos y piernas colgantes. Como el extraterrestre de la canción, tenía un ojo en el centro, un cuerpo largo y dos alas. Estrujó el extraño monstruo contra sí.

—¡Un devorador de personas púrpura! ¡Es como una almohada suavecita!

Abrió sus otros regalos: unos prismáticos y una guía de campo para observar aves, de parte de Jo; un libro sobre la vida en los ríos y los arroyos para alumnos de cursos intermedios, de parte de George; un juego de acuarelas, de parte de Lacey; un jersey lavanda con la cara de un gatito blanco estampada, de parte de la hija de George; y un ejemplar de tapa dura de *Sueño de una noche de verano* con preciosas y coloridas ilustraciones, de parte de Katherine.

—Cielos, olvidé comprarte un regalo —lamentó Gabe.

Ursa sonrió, sabiendo que estaba bromeando.

—Bueno, supongo que tendré que darte algo. —Gabe miró a su alrededor, frotándose el mentón. Caminó por la habitación y levantó a Julieta y Hamlet—. ¿Qué te parecen estos chicos? Me han dicho que tus nuevos padres de acogida te dejarán tener gatos.

Ursa levantó la mirada hacia Jo.

—¿De verdad? ¿Puedo?

—Supongo que esos padres de acogida no son tan malos, después de todo —comentó Jo.

Ursa sujetó a los gatitos y enterró la cara en su pelaje.

—Parece que has influido de una forma positiva en los destinos de Julieta y Hamlet —señaló Gabe.

—Han sido mis *quarks* —repuso Ursa.

—Espera —dijo él—. Creía que ya habíamos terminado con el tema de los *quarks*.

—¿Cómo? Si todavía estoy haciendo que pasen cosas buenas.

—Ah, ¿sí?

—Jo dijo que no debería hablar de Ursa como si no fuera ella, pero solo porque finja ser Ursa no significa que no sea extraterrestre.

Jo y Gabe intercambiaron miradas y Ursa, como siempre, percibió su preocupación.

—No te preocupes —tranquilizó a Jo—. Sigo haciendo lo que me dijiste.

—¿Qué te dijo Jo? —preguntó Gabe.

—Dijo que la extraterrestre puede ser una especie de alma de Ursa, así Ursa y la extraterrestre forman una persona completa.

—Qué bonito —comentó Katherine.

—Sí —respondió Ursa—. Pero creo que es al revés: Ursa es el alma de quien vino de las estrellas.

Todos guardaban silencio, atrapados en el hechizo de la extraña magia de la niña.

—¿Crees que a una extraterrestre con alma humana le gustaría probar la tarta de cumpleaños? —preguntó George.

—¡Sí! —exclamó la pequeña.

—Menos mal —comentó George—, creía que tendría que comérmela toda yo solo.

Encendieron las velas y volvieron a cantarle a Ursa el cumpleaños feliz. Jo odiaba tener que irse después de almorzar, pero quería que la pequeña llegara a su nuevo hogar antes de que oscureciera. Gabe y ella guardaron los regalos y metieron a los dos gatitos en un transportín que Lacey había comprado para ellos.

Cuando salieron con el transportín, Ursa gritó al ver a la mamá de los gatitos.

—¡No quiere que me lleve a sus bebés!

—Ya no beben su leche —explicó Gabe.

La gata naranja atigrada frotó el cuerpo contra las piernas de Ursa.

—¿Ves? —insistió Gabe—. Te está diciendo que te los lleves.

Tras despedirse de Ursa y Jo con abrazos en el porche, los demás regresaron al interior de la casa para darles tiempo a solas con Gabe.

—¿Te han dicho George y tu madre la fecha de la boda? —consultó Jo.

Él puso el transportín de los gatos en el asiento trasero del Honda.

—Como son unos románticos, dijeron que esperarán a que las hojas cambien de color y no saben exactamente cuándo sucederá.

—Tendréis que avisarme con un poco de tiempo —comentó Jo.

—¿Puedo venir a la boda de George y Katherine? —preguntó Ursa.

—No lo sé —respondió Gabe—. Depende de tus nuevos padres de acogida.

—Me dejarán venir —afirmó Ursa.

—¿Estás segura? —cuestionó Jo—. He oído que son la clase de personas que te harán comer cosas verdes.

—Si lo hacen, puede que huya.

—No, no. Lo de huir se ha acabado —dijo Gabe. Le abrochó el cinturón de seguridad en el asiento trasero y la abrazó—. Te echaré de menos, conejito.

—No por mucho tiempo —sostuvo Ursa.

—¿Por qué no?

—Por los *quarks*.

Se apartó del coche y miró a Jo.

—Parece que nuestros destinos seguirán siendo sacudidos por un mar de *quarks*.

—Ha sido toda una aventura —repuso Jo. Se besaron y se abrazaron. No sabían cuándo volverían a verse. Gabe debía cosechar y preservar los cultivos de otoño de la granja y Jo estaría enseñando y asistiendo a clase durante todo el semestre. Pero vendría a la boda de Katherine y George por muy ocupada que estuviera. Le susurró a Gabe al oído—: No creo poder esperar a que las hojas cambien de color.

—Lo sé. Quizá le robe el juego de acuarelas a Ursa y pinte yo mismo las malditas hojas.

Jo puso en marcha el coche y se alejó conduciendo. Observó cómo Gabe se desvanecía en los espejos.

—No te preocupes, lo verás antes de la boda —aseguró Ursa.

—Pareces confiar mucho en tus *quarks* últimamente.

—Ahora sé usarlos mejor.

Durante el largo viaje, Ursa leyó los libros que le habían regalado por su cumpleaños, se acurrucó con su devorador de personas púrpura y jugó con los gatitos a través de la puerta del transportín. Cuando salieron de la interestatal, Ursa miró por la ventanilla del coche, asimilando su nueva ciudad de residencia. Jo giró en una preciosa calle bordeada de árboles, cuyas copas habían adquirido un color dorado debido al sol poniente. Antes de subir el coche por la entrada, Jo hizo una pausa para apreciar la casa de tablillas blancas, rodeada de flores tardías de verano.

Tabby salió al porche, sonriendo, y las saludó con la mano.

Ursa bajó del coche, intentando mantener el equilibrio con los gatitos en los brazos.

—Es mejor que los metas de nuevo en la jaula —aconsejó Jo—. Si saltan, quizá se pierdan. —Jo miró a Tabby para que ayudara con los gatitos, pero su amiga estaba hablando muy seria por teléfono con alguien.

—No se perderán —sostuvo Ursa. Presionó contra su pecho a los animalitos, que intentaban escaparse—. Ojalá estuvieran aquí las gatas de Frances Ivey. Podrían ser las madres de acogida de Julieta y Hamlet.

—Es mejor que Frances Ivey no esté. Dijo que no quería niños en casa y aún no le hemos contado nada sobre ti.

—Va a pasar algo y todo se solucionará —señaló la pequeña.

—¿El qué?

—Ya lo verás.

Cuando llegaron al sendero que llevaba a la casa, Tabby bajó los escalones corriendo.

—¡Nunca adivinarás lo que acaba de ocurrir!

—¡Tabby! ¿Qué tal si saludas primero a mi hija de acogida?

—Cierto… —Se guardó el teléfono en el bolsillo y le dio un beso en la mejilla a Ursa—. ¡Feliz cumpleaños a la niña más increíble del universo!

—Me ha gustado mucho el devorador de personas púrpura que me has regalado —comentó ella.

—Es de Purpurano, un planeta lejano —explicó Tabby—. Guau, ¡esos gatitos no pueden ser más adorables!

—Me los ha dado Gabe.

—Y bien, ¿qué ha pasado?

—Ha llamado Frances Ivey… Estaba hablando con ella hace un momento. No te lo vas a creer. ¡Va a casarse con Nancy y se quedarán en Maine! Quiere saber si estamos interesadas en comprar la casa.

Jo miró a Ursa.

—De acuerdo, esto es demasiado extraño…

—¿El qué? —preguntó Tabby.

—Ursa acaba de decirme que iba a pasar algo que cambiaría la regla de nada de niños en casa.

Tabby sonrió.

—¿Ha sido cosa tuya, pequeña extraterrestre?

Ursa chilló. Los gatitos subían en dirección a su pelo para escapar de sus brazos. Saltaron al suelo y subieron los escalones del porche corriendo, como si siguieran un camino invisible de quarks. Julieta se despatarró en el felpudo y Hamlet se echó de espaldas al lado de su hermana para golpearla suavemente con una patita en el hocico.

Ursa agarró a Jo con la mano izquierda y a Tabby con la derecha. Las atrajo para abrazarlas con fuerza, como un pajarito que se acurruca en su nido. Sonrió a los gatitos que jugaban en el porche de su nuevo hogar.

—He hecho que esto pasara. —Alzó el rostro—. ¿No es cierto, Jo?

—Claro que sí, Osa Mayor.

Agradecimientos

Este libro no hubiese florecido sin Carly Watters de P. S. Agency. Agradezco su compromiso para que este libro se publicara y por podar de forma oportuna a las enrevesadas tramas. Su habilidad con la podadora mejoró mucho la historia.

Le agradezco profundamente a Alicia Clancy que apoyara este libro de un océano al otro. Su entusiasmo inquebrantable ha sido una inspiración.

Laura Chasen, otra editora con mucho talento, pulió y mejoró mi escritura más de lo que podría haber imaginado. Valoro mucho su estilo de edición hábil y compasivo.

También me gustaría dar las gracias a las primeras personas que leyeron el manuscrito. Scott, mi siempre voluntarioso lector alfa, aportó comentarios inteligentes, como siempre. Nikki Mentges, editora y lectora de NAM Editorial, me ayudó a mejorar la historia para el proceso de presentación de manuscritos. Os doy las gracias a los dos por haberme animado a buscar casa editorial.

Quiero darles las gracias a las personas que nombro a continuación, quienes me brindaron su conocimiento sobre los efectos y consecuencias de recibir un diagnóstico de cáncer asociado con las mutaciones BRCA. Mi amiga la doctora Lisa Davenport me aconsejó y me puso en contacto con la doctora Victoria Seewaldt, del centro médico City of Hope, y con la doctora Sue Friedman, directora ejecutiva y fundadora de FORCE (Facing Our Risk of Cancer Empowered o, en español, «enfrentarse al riesgo de padecer cáncer con una actitud empoderada»). Su asesoramiento fue esencial para escribir a Joanna de forma realista. La doctora Ernestine Lee, como la gran amiga que es, me ofreció todo el apoyo que necesitaba cuando busqué más consejos sobre la historia clínica de Joanna. Habló con una gran cantidad de oncólogos cuyos consejos me ayudaron a resolver mis preocupaciones.

Mi hermano Dirk Vanderah, un excelente sanitario, me brindó información sobre las heridas de bala y la asistencia médica de emergencias. Lamento sobremanera que falleciera antes de poder ver el libro publicado.

También quisiera agradecerles su ayuda a Andrew V. Suarez, Karin S. Pfenning y Scott K. Robinson, cuyo estudio sobre los azulejos índigos en hábitats de borde me proporcionó la base científica de la investigación de Joanna.

Agradecimiento y amor infinito para Cailley, William y Grant, por su paciencia mientras escribía y por ser la inspiración para el enorme corazón de Ursa, su genialidad e imaginación.

Para terminar, más gratitud y amor para Scott. Su aliento ha sido constante desde el principio, cuando la bióloga especialista en aves que conocía desde hacía muchos años se obsesionó de forma inesperada con escribir ficción. Gracias, Scott, por tu extraordinario y, con frecuencia, exasperante optimismo.

Sobre la autora

Glendy Vanderah trabajó como especialista en aves amenazadas en Illinois antes de convertirse en escritora. Nacida en Chicago, ahora vive en la zona rural de Florida con su marido y tantas aves, mariposas y flores como es capaz de atraer a sus campos. *Más allá de las estrellas* es su primera novela.

ECOSISTEMA DIGITAL

NUESTRO PUNTO DE ENCUENTRO

www.edicionesurano.com

2 AMABOOK
Disfruta de tu rincón de lectura
y accede a todas nuestras **novedades**
en modo compra.
www.amabook.com

3 SUSCRIBOOKS
El límite lo pones tú,
lectura sin freno,
en modo suscripción.
www.suscribooks.com

DISFRUTA DE 1 MES
DE LECTURA GRATIS

1 REDES SOCIALES:
Amplio abanico
de redes para que
participes activamente.

4 APPS Y DESCARGAS
Apps que te
permitirán leer e
interactuar con
otros lectores.